England's Perfect Hero
by Suzanne Enoch

微笑みをもう一度

スーザン・イーノック
高村ゆり[訳]

ライムブックス

微笑みをもう一度

主要登場人物

ルシンダ（ルース）・バレット……………英国陸軍大将の娘
ロバート（ビット）・キャロウェイ………元陸軍大尉
オーガスタス・バレット……………………ルシンダの父。陸軍大将
ジョージアナ…………………………………ルシンダの親友
デア子爵トリスタン・キャロウェイ………ロバートの兄。ジョージアナの夫
エヴリン（エヴィ）…………………………ルシンダの親友
セイント・オーバン…………………………エヴリンの夫。侯爵
ブラッドショー（ショー）…………………ロバートの兄
アンドルー（ドルー）………………………ロバートの弟
エドワード……………………………………ロバートの弟
ジェフリー・ニューカム……………………陸軍大尉。公爵の四男

プロローグ

窓を打つ雨の音が激しくなった。バレット家の居間では議論が白熱している。

「書いておきましょうよ」夏のにわか雨と友人たちの賑《にぎ》やかな話し声にかき消されないように、ルシンダは声を張りあげた。口うるさい親友たちのあいだで意見が一致したところだった。世の男性は紳士たるべき振る舞いというものをまるでわかっていない、と。そう気づいたところで苛立《いらだ》ちは募り、不愉快さも増すばかり。ならば、今こそなにか行動を起こさなくては。

ルシンダは机の引き出しから紙を取り出してテーブルに戻ると、ジョージアナとエヴリンに一枚ずつ手渡し、自分の前にも一枚置いた。「わたしたち三人なら、大きな影響力を発揮できるわ。とりわけ、紳士面した男性たちに真の紳士のルールを教育しなおすのよ」

「ほかの女性たちのためにもなるわね」ジョージアナ・ハレーが言った。それまでの苛立たしげな表情が一変し、真剣な面持ちになっている。

「でも、ルールをリストにしたからといって、ほかの女性のためになるのかしら」エヴリン・ラディックがルシンダから鉛筆を受けとりながらも、疑わしげに口をはさんだ。

「なるわよ。リストをもとに行動を起こせばいいのよ」ジョージアナが反論した。「わたしたち、それぞれひとり男性を選んで、女性に対する振る舞い方をレッスンするというのはどうかしら？」

それなら筋が通る。「いい考えだわ」ルシンダは思わずテーブルを叩《たた》いた。

ジョージアナが鉛筆を動かしながら、愉快そうに笑った。「このリストは出版すべきね。『三人の有名なレディーによる恋のレッスン』っていうタイトルで」

ルシンダのリスト

一　女性と話をするときには、真摯《しんし》な態度で会話に集中すること。もっと興味深い女性がいるのではないかと言わんばかりに部屋の中を見まわすのはつつしむべき。

二　舞踏会では女性を物色するだけでなく、ダンスに誘うこと。パートナーのいない女性を放《ほう》っておくのは無礼。

三　外見を流行のもので飾り立てる以外に、なにかに興味を持つこと。知性はしゃれた首巻き《クラヴアット》より、よほど女性の興味をそそるもの。

四　交際中の女性の父親に対しては、ご機嫌とりをするのではなく、裏表のない本物の敬意を払うこと。

「楽しいわ」エヴリンが書き終えたリストを手に取って息をついた。

「やっぱり疑問なんだけど」ルシンダはリストを読み返しながら言った。「わたしたちが三人の男性を完璧《かんぺき》な紳士に教育しなおすことが、世の中のためになるのかしら？　ほかの男性たちが、もう女性から相手にされなくなるんじゃない？」

ジョージアナが笑い声をあげた。「ねえ、ルース。そもそも、女性の称賛と敬意を得るために、果たして男性たちが変われるかどうかが問題なのよ」

「ええ。でも、完璧な紳士を作りあげるつもりなら、その紳士たちの行く末も決めておくべきだわ」ルシンダは言った。「どちらにしても、成功させるという前提で」

「自信がありそうね、ルシンダ。でも、ジョージアナとわたしには従兄弟《いとこ》や兄弟がいるわ。だからといって有利というほどのことでもないけれど」エヴリンはにっこりした。

「わたしにも陸軍大将の父がいるわよ」

「三人とも立場は同じよ」ジョージアナがエヴリンに自分のリストを渡し、かわりにルシンダのリストを手に取った。「いいリストだわ」三人はそれぞれのリストをまわし読みした。親友たちのリストに驚いたのはルシンダだけだろうか。正直な感情があらわに綴《つづ》られたリストは、いかにも彼女たちらしい。

「それで、誰が最初に実行するの？」エヴリンが尋ねた。

三人は顔を見合わせ、賑やかな笑い声をあげた。「ひとつ確かなことがあるわ」ルシンダは言った。「教育しなおさなくてはいけない男性が多すぎて、生徒には不自由しないってこと」

1

一年二カ月後

「あなたにだまされたなんて思ってないわ、エヴィ。お願いだから、そんなこともう言わないで」ルシンダ・バレットは窓際の椅子に深々と身を沈め、憤慨《ふんがい》した表情で親友を見つめた。

「ええ、わかってるわ。でも当初の予定では、態度の悪い男性を教育しなおすだけのつもりだったのに、結局その人と結婚することになってしまったんだもの」エヴリンは顔をしかめて立ちあがり、ルシンダの椅子と自分の椅子のあいだをうろうろと歩きまわった。「ほんの数カ月前のわたしは、なんのとりえもない平凡で退屈なエヴリン・ラディックだったというのに、それが今ではセイント・オーバン侯爵夫人。本当に信じられない――」

「あなたが平凡で退屈だなんて、一度も思ったことはないわ、エヴィ」居間に駆け込んできたジョージアナが、エヴリンの言葉をさえぎった。執事がドアを閉めて立ち去る。「ごめんなさい。謝らなくてはいけないことがふたつあるわね。まず、家に帰ってくるのが遅れたこと。次に、わたしもレッスンの対象に選んだ生徒と結婚してしまったこと」

ルシンダはにっこりした。「どちらも謝ることじゃないわ」

ジョージアナはほほえみ返し、エヴリンにソファをすすめると、自分もその横に腰をおろした。「一年ちょっと前だったら、トリスタン・キャロウェイとの結婚をほのめかされただけで、怒っていたのにね。それが今ではレディー・デアー――しかも、二カ月後にキャロウェイ家の人間をもうひとり、この世に誕生させようとしているのよ」

エヴリンが笑いながら言った。「たぶん女の子だわ」

「やっとわたしの味方が現れるってわけね」ジョージアナは窮屈そうに座りなおした。「トリスタンの母親は、彼のあとに男の子ばかり四人も産んだのよ。どうしたらそんな無謀な真似《まね》ができたのか、想像もつかないわ。この家に彼のおばたちがいなければ、わたしは多勢に無勢で勝ち目がないっていうのに、彼女たちはバースの保養地に行ってしまって」

「キャロウェイ家の兄弟たちといえば……」ルシンダはわざと話題を変えた。そろそろレッスンの計画を親友たちに打ち明けてもいいかもしれない。「キャロウェイ海軍大尉がロンドンに帰ってくると言ってなかった？」

「ええ。ブラッドショーの船は今週末にブライトンへ着くはずよ。次の任地は西インド諸島かもしれないって、楽しみにしていたわ」ジョージアナは訝《いぶか》しげにルシンダを見つめた。「どうしてショーのことを知りたがっているの？　ひょっとして彼を生徒に選んだの？」

「まさか」ルシンダは顔を上気させて言った。「わたしが海軍の男性に興味を持ったりしようものなら、父がどんな反応をすると思う？　もちろんレッスンをするからといって、それが結婚につながるわけじゃないけれど」

エヴリンが自嘲《じちょう》気味に言った。「結婚につながる確率のほうが、今のところ優勢みたいよ」ジョージアナのまなざしはもっと思わせぶりだ。「その可能性は無視できないわ」紅茶をひと口飲んで、カップの縁からルシンダを見つめるジョージアナは、ブロンドながらも神秘的なロマの占い師を彷彿《ほうふつ》とさせる。「生徒はもう決まっているのね？」

「まあ、やっぱり！」エヴリンが手を叩いた。「それで、いったいどこの悪《ワル》をつかまえたの？」

ルシンダはためらいがちに親友たちの顔を見つめた。ふたりとも、レッスンを成功させたあげくに幸せな結婚をしている。そんなふたりの様子を興味深く見守ってきたルシンダの胸の内に嫉妬心《しっとしん》が芽生え始めていることを知ったら、彼女たちはなんと言うだろう。エヴリンがセイント・オーバンと結婚してからというもの、ルシンダは自分の生徒を見つけようと目を光らせてきたが、レッスンが必要なほど態度が悪く、なおかつ結婚したいと思えるような男性などめったにお目にかかれるものではない。その事実に彼女たちは気づいているだろうか。ルシンダはため息をもらした。エヴリンとジョージアナのことだから、もちろん気づいているに違いない。なんといっても、ふたりは誰よりも親しい友人なのだから。

「焦点を絞り込んでいるだけよ」ルシンダは言葉を濁した。

たしかに彼女は焦点を絞り込んでいる。ひとりの男性に。

「白状なさいよ」ジョージアナが催促した。「そもそも、リストを作って男性を教育しなおそうと言い出したのはあなたでしょう。早く実行に移さなきゃ」

「わかっているわ。ただ――」

「言い訳はなしよ」エヴリンが口をはさんだ。

「いいわ」ルシンダは息を深く吸い込んだ。「ジェフリー・ニューカム卿《きょう》よ」それだけ言うと口を閉ざし、友人の反応を待った。

ジェフリー・ニューカム卿はフェンレイ公爵の四男で、まれに見る美男子だ。女性たちのあいだでは、ギリシャ神話で女神アフロディテに愛された美少年アドニスのようだとささやかれている。髪は金色の巻き毛で、瞳は薄緑色。広い肩幅に、毒蛇さえも魅了してしまいそうな笑顔とくれば、多くの女性から言い寄られるのも不思議ではない。

それが問題なのよ。彼を選んだのがレッスンのためというよりも、結婚のためなのは見え透いているわ。態度の悪い独身男性なら、メイフェアにあふれているというのに。たとえばジョン・タルボット。眉毛が耳から耳まで一直線につながっていたって、いっこうにかまわないし、それにフィリップ――。

「ジェフリー卿ね」ジョージアナがおもむろに言った。「彼なら申し分ないわ」

「ええ、わたしも同感よ」エヴリンはいたずら好きな妖精《ようせい》のような笑顔を見せた。

ルシンダはほっとして肩の力を抜いた。「ありがとう。いろいろ考えてみたんだけれど、彼は戦争で活躍した英雄だから、父も間違いなく賛成してくれるんじゃないかと思うの。なかなかの美男子だけど、教育しなおさなくてはいけないこともいくつかあるわ。尊大で無神経で……」彼女は言いよどんだ。「これじゃあ、まるで結婚だけを目的に彼を選んだみたい」

「そんなこと、気にする必要ないわ」エヴリンがなだめるように言った。「いつもながらあなたは聡明《そうめい》よ。ジョージアナとわたしはふたりとも、レッスンの生徒として選んだ相手と恋に落ちて結婚した。その事実を無視できるはずはないんですもの。考慮に入れるのは当然だわ」

ジョージアナがうなずいた。「それに、あなたとお父様の親密な親子関係も無視できないわよ。あなたがレッスン以上のことを考えていようといまいと、生徒に選ぶ相手はバレット大将に気に入ってもらえないとまずいでしょう」

「そのとおりよ」親友たちはさまざまな理由を並べて、この選択を正当化しようとしている。ルシンダはにっこりと笑った。「父がジェフリー卿の将来性を高く買っているのはたしかだわ。それに父は、自分にもしものことがあったらわたしがひとりぼっちになると言って心配しているの」

ジョージアナはぎこちない姿勢で立ちあがり、ティーポットの紅茶をルシンダのカップに注《つ》ぎながら忍び笑いをもらした。「あなたが間違いを犯したところなんて見たことないわ、ルシンダ。それで、わたしたちはなにをすればいい？」

「あら、お茶くらい自分でいれる――」カップからあふれた紅茶が、ソーサーとルシンダのドレスにこぼれた。「ジョージアナ！」

ジョージアナははっと飛びあがり、ティーポットをまっすぐにすると、窓に向けていた視線を戻した。「あら、いやだ！　ごめんなさい！　うっかりして——まあ、あれを見て！」

窓の外に目をやると、正面玄関の前でエドワードが競走馬の背によじのぼろうとしていた。エドワードはジョージアナの末の義弟で、一〇歳になる。手を貸しているのはエヴリンの新婚の夫、セイント・オーバン侯爵だ。

「セイント！」エヴリンは息をのみ、ドアに向かって駆け出した。「放っておいたらエドワードが大怪我《けが》をするわ。　セイント！」

ジョージアナがあとに続く。「エドワード！　やめてちょうだい！」

ルシンダは笑い声をもらしながら、紅茶があふれたカップをテーブルに置いた。「わたしのことならおかまいなく。ドレスが紅茶でずぶ濡《ぬ》れになっただけですもの」ひとり言のようにつぶやいて立ちあがる。

昨年以来、キャロウェイ邸には頻繁に足を運んでいた。ルシンダにとって、ここは勝手知ったる他人の家だ。もう一度窓の外に目を向けて、なにごとも起きていないのを確かめると、彼女は二階に上がり、客用の寝室に入った。

トリスタンには弟が四人とおばがふたりいる。そんな中でジョージアナがどうやって生き延びてこられたのか、ルシンダには見当もつかないが、ジョージアナは目のまわるような喧《けん》騒《そう》に生きがいさえ感じているようだ。同様にエヴリンも、あいかわらず悪ふざけがすぎるセイントと楽しそうに新婚生活を送っている。五歳のときから父、オーガスタス・バレット陸軍大将とふたりきりの静かな暮らしを営んできたルシンダにとって、絶え間なく騒々しいジヨージアナの生活ぶりは、まるで別世界のできごとに思えた。

タオルを洗面台の水に浸し、ドレスについた紅茶を拭《ふ》いた。「まったくもう」ルシンダはぼやき、鏡に映る外出着の胸もとをにらみつけた。グリーンのモスリンに黒い染みが広がっている。

そのとき、鏡の中でなにかが動いたことに気づいた。濃いブルーの瞳がルシンダを見つめている。夏の陽光にきらめく北部の湖のように、果てしない青さをたたえた瞳だ。彼女ははっとうしろを向いた。

「まあ、どうしましょう！　ごめんなさい、勝手に入ってきたりして……」

キャロウェイ家の兄弟のひとり、口さがない連中のあいだでは〝例《ヽ》の《ヽ》キャロウェイ〟と呼ばれている青年が、読みかけの本を片手に窓際の椅子に座っていた。

ロバートだ。五人兄弟の真ん中の彼は、ワーテルローの戦いで負傷したという話で、かなり変人だという噂《うわさ》もある。帰還してからというもの、公の場で彼を見かけたのは数えるほどしかない。言葉を交わしたこともなく、ジョージアナとトリスタンの結婚式のときでさえ、彼は寡黙だった。

ゆっくりと本を閉じ、ロバートは立ちあがった。「いや、別にかまわない」低い、無愛想な声が返ってきた。「失礼」

「待って」ルシンダは頬を染めながら、ドレスを押さえていたタオルを胸もとから離した。「ドレスの染みを拭いていただけよ。それより、エドワードが競走馬に乗ろうとしてるわ。

ジョージアナがあわてて止めに行ったけれど」

ロバートはドアの手前で立ちどまった。「エドワードがきみのドレスに紅茶をこぼしたのかい？」

「いいえ、そうじゃないの。エドワードがセイント・オーバンの馬に乗ろうとしているところを、たまたま窓の外を見ていたジョージアナが目にして、驚いて紅茶をこぼしたのよ」ルシンダは思い出したように笑い、ドレスの染みをもう一度こすった。「わたしがうまくよければよかったのだけど」

どうして紅茶だとわかったのかしら？　ロバートの青い瞳にはなにもかも見透かされてしまうと、誰かが言っていたのを思い出す。そんなこと、あるはずがないわ。たぶん紅茶のにおいでもしたのよ。

紺碧《こんぺき》のまなざしが、なおもルシンダをとらえていた。三年前に帰還したころの、やつれて憔悴《しょうすい》した様子はなくなっているが、今も痩《や》せて神経質そうだ。まるで狼《おおかみ》みたい、とルシンダはふと思った。彼にすべてを見透かす力があろうとなかろうと、その視線に心を乱されているのはたしかだった。

ロバートは口を引き結んだまま、無理やり体の力を抜いたように肩を下げた。「もう選んだのかい？」

ルシンダはぼんやりと彼を見つめた。「選んだって、なにを？」

ロバートは一瞬、眉をぴくりと動かし、彼女から目をそむけた。「別に。それじゃあ」長い脚をわずかに引きずって、彼は部屋の外に姿を消した。

ルシンダはしばらく戸口を見つめていたが、ふと窓枠に置かれたままの本に目をとめた。メアリー・シェリーの『フランケンシュタイン』だ。縁がすり減り、背表紙が破れている。ロバートが、あるいはほかの誰かが、ぼろぼろになるまで読み込んだものらしい。

「ルシンダ？」

「ここよ」彼女は答えた。

ジョージアナが部屋に入ってきた。「紅茶で溺《おぼ》れなかった？　染みは取れそう？」

ルシンダは首を振って、ドレスをこすり続けた。「このとおり、溺れずにすんだわ。それでエドワードは？」

ジョージアナはため息をもらした。「セイント・オーバンに手綱を引かれて、表通りに出ていったわ。紅茶をこぼして本当にごめんなさい」

「いいのよ、気にしないで」ルシンダは口ごもった。「ねえ、ジョージアナ、わたしたちのレッスンのこと、誰かに話した？」

ジョージアナは眉間《みけん》に皺《しわ》を寄せた。「トリスタンには話したけれど、わたしのレッスンのことだけよ。なぜそんなことをきくの？」

まったくだわ。ロバート・キャロウェイはなぜあんなことをきいたの？　本当にレッスンのことだったのかしら？　まさか。人の心が読めるのでない限り無理よ。「いいえ、別に。ちょっと気になっただけ。さあ、もうほとんど目立たなくなったわ」

　ルシンダはジョージアナに続いて廊下に出た。階段をおりながらふと振り向くと、先ほどの部屋に戻っていくロバートの広い肩が目に入った。

「ジョージアナ」階下に着いてもなお、ルシンダは声をひそめた。「トリスタンの弟さんの具合はどう？　ロバートのことだけど」

「ビットのこと？」ジョージアナは肩をすくめた。「ええ、元気よ。脚の怪我もずいぶんよくなっているみたいだし。なぜ？」

「別に。ただ……二階で彼を見かけたから――」

「彼はとても無口なの」ジョージアナが静かに言った。「なにか気に障ることでもあったのだとしたら――」

「いいえ、そんなことないわ。ちょっと驚いただけ」居間の入口で、ルシンダはもう一度、階段のほうを振り返らずにはいられなかった。いったいロバートはなんのことをきいたの？　仮にレッスンのことだとしたら、どうして彼が知っているのかしら？

　ジョージアナとルシンダがエヴリンの待つ居間に戻ると、ロバート・キャロウェイは廊下に出て階段の上に立った。ジョージアナがまた言い訳をしている。それはいつものことだが、さっきの言葉はほとんど謝罪に近かった。誰かがロバートのことを尋ねるたびに、トリスタンも、ジョージアナも、ブラッドショーも、アンドルーも、おばたちも、同じ答えを用意しているかのようだ。

だが少なくともトリスタンだけは、今朝も馬市場の〈タッターサルズ〉に誘ってくれた。彼が誘ってくれないときは、ジョージアナが声をかけてくれる。いつも断ってばかりいると、そのうち愛想を尽かされるのではないかと思い、無理に同行したことも何度かあった。

なにがあったのか理解できなくても、家族は誰もきこうとしない。壁が迫ってくる気がするときには、ひとりにしてくれる。しかし、他人となるとそうはいかない。天候の話やら、ファッションの話やら、意味のない退屈な会話をにこやかに交わして、時間を無駄にしなければならないのだ。考えるだけでぞっとする。

本を片手に、ロバートは足を引きずりながら、客用の寝室へと廊下を戻った。自分の部屋のほうが居心地がよかったが、午後の涼しい風が吹くその部屋が好きなのだ。それに階下の居間から、三人の女性たちの賑やかな笑い声が聞こえてくる。ルシンダの笑い声が。彼女がジョージアナを訪ねてきたときは、ロバートが必ず細心の注意を払っていると知ったら、ルシンダはどんな反応を示すだろう。

「それがどうしたというんだ?」彼は声に出して言った。無意識のうちに開け放したままのドアに目がいく。やめろ。ここはイングランドだ。ぼくは家に帰ってきたんだ。ロンドンにいるんだ。誰にも水や食料を取りあげられる心配はないし、口を割るまで殴られたりもしない。この三年間、そんな目にはあっていないじゃないか。自由の身になったんだ。もう安全なんだ。

「やめろ」無理やり本に目を戻した。外はまだ明るい。それがどれほど安心感をもたらしてくれるか、ロバートは気づきたくもなかった。本当はドアに鍵《かぎ》をかけて自室にこもり、誰にも会いたくないと思っていることを認めたくなかった。「やめろ。やめ――」

「わたしがなにを選んだときいたの？」

ロバートはぎょっとして顔を上げ、ふたたびドアのほうに目を向けた。考えるより先に体が動き、よろめきながら立ちあがった。「ミス・バレット」

午後の陽光が降り注ぐ室内に、ルシンダが足を踏み入れた。そのときになってロバートは、彼女の髪が普通の茶色ではなかったことに初めて気づいた。頭の上でひとつにまとめた巻き毛が、赤くつややかな光を放っている。ほつれ毛がひと筋、気品の漂う頬を撫《な》でた。やわらかそうな肌はクリームのようになめらかだ。

「ごめんなさい。驚かせるつもりはなかったの」色白の頬を薔薇《ばら》色に染めて、ルシンダは言った。

ロバートは呆然《ぼうぜん》と彼女を見ていたが、ようやくなにか言わなければならないことに気づいた。「足音が聞こえなかったので驚いただけだ」

はしばみ色の穏やかな瞳に見つめられながら、ロバートはルシンダが天気の話でも始めるに違いないと思った。こんなに長く誰かと言葉を交わすことはめったにないが、たまにあっても、相手の表情からはたいてい気まずさか軽蔑《けいべつ》か恐怖心、ひどいときには哀れみが読みとれるだけだった。だが、ルシンダ・ギネヴィア・バレットは口もとにやさしい笑みを浮かべている。

「父がこのところ、アメリカン・インディアンの戦術について書かれた本を読んでいるの。敵の背後から忍び寄って攻撃するイロコイ族の戦術を、父はたいそう気に入っているわ。だからわたしも、父に近づくときはいつもそうしているの。きっとそのせいで、知らないうちに忍び足が上手になったのね」

オーガスタス・バレット陸軍大将。ロバートが公の場に顔を出さない理由のひとつが彼の存在だった。不意に銃と煙と叫び声の記憶が脳裏によみがえった。ロバートは戸口に立つすらりとした背の高い女性が不運にもバレット大将の娘であることに、無理やり意識を引き戻した。なにか言わなければ。「生徒のことだ」思わず言葉が口をついて出た。彼は歯ぎしりをしたが、発してしまった迂闊《うかつ》な言葉はもとには戻らない。

ルシンダがまばたきをした。「なんですって？」

はっきり言ったらどうなんだ？　ロバートは心の中で自分を奮い立たせた。これではまるで、まともに言葉を話せないみたいじゃないか。「生徒は選んだのか、ときいたんだ」

彼女の顔が青ざめた。「どうして……そのことを知ってるの？」

ルシンダの驚愕《きょうがく》の表情を目にして、ロバートはむしろ気分が落ち着くのを感じた。この三年で、すっかりおなじみになった反応だ。不躾《ぶしつけ》で率直すぎるロバートの発言に対し、人は決まって同じ反応を示すが、それは彼にとっては退散するタイミングを告げる合図でもあった。だが今は戸口にルシンダが立っていて、退路をふさいでいる。彼女がここにいるなら自分もここにいてもいいとロバートはひそかに思った。彼は肩をすくめて質問に答えた。「考えればわかることさ。ジョージアナはトリスタンを選び、エヴリン・ラディックはきみたちの心配をよそにセイント・オーバンを選んだ」

「わたしたち、そんなに見え透いていたわけじゃないわよね？」

計画をあえて否定しないルシンダに、ロバートは好感を持った。「もちろん、そんなことはない」

「あの……」彼女は咳払《せきばら》いをした。「このことを誰かに話した？」

ロバートは口もとにぎこちない笑みを浮かべた。「ぼくは誰ともなんの話もしないよ、ミス・バレット」

ルシンダは安堵《あんど》の表情を浮かべ、またほほえんだ。その優雅な笑顔にロバートは目を奪われた。「ありがとう。リストを作ってレッスンをしていたなんて噂が広まったら、わたしたち……恥ずかしくてどうしたらいいかわからないわ」

リスト？　それは初耳だ。いったいなんのリストだろう。ロバートはそう思ったが、すべて心得ているふりをした。彼女は話し相手が欲しいのかもしれない。少なくとも、まともに話せる相手と会話を楽しみたいのだ。「きみたちの秘密は口外しない」彼は一瞬口を閉ざしてから続けた。「それで、決めたのかい？」

「決めたって、なにを？」ルシンダはきき返し、すぐ思い出したように首を振った。「ああ、生徒を選んだかどうかってことね。ええ、決めたわ」

ロバートはためらった。なんとか普通の会話を続けようと努力しているものの、的はずれだったり、よそよそしかったり、あるいはとびきりぶざまなのではないかと不安になった。以前はこんなふうではなかったのに。「誰を選んだのか、きいてもいいかい？」

礼儀正しく、言葉づかいも間違っていないはずだったが、ルシンダは表情をこわばらせ、あとずさりした。なんということだ。イングランドに戻って三年もたっているというのに、まだ人とどうかかわればいいのかわからない。かかわりたくもない。そう思っていたはずだ。ついさっきまでは。ルシンダ・バレットとの会話に引き込まれるまでは。

「すまない――」

「ジェフリー・ニューカム卿よ」ルシンダがロバートの謝罪をさえぎった。

「ジェフリー・ニューカムと結婚するつもりかい？」彼女の選択を知って、ロバートは驚きをあらわにした。「信じられないね」

ルシンダがふたたび頬を上気させた。その表情には不快感がにじんでいる。「わたしたちの目的は、男性に紳士らしい振る舞いを教えることだったのよ。わたしはリストに従って、紳士の条件どおりに彼を変えられるかどうか見きわめたいの。ほかの目的などないわ」

「だったら、レッスンの究極の目的は結婚ではないと――」

「あたりまえでしょう！　わたしは結婚のためにそんな手口を使ったりしないわ」

「ぼくは――」

「自分の品位をそこまで落とすつもりはないし、そんな邪推は失礼よ」ルシンダは踵《きびす》を返し、ロバートの前から立ち去った。階段を駆けおりる彼女の足音が聞こえてくる。今回は忍び足をするつもりはなさそうだ。

ロバートはしばらくその場に立っていたが、床に落ちた本を拾おうと身をかがめた。ちくしょう。どうやらぼくは三年前となにも変わっていないし、これでは社交界に戻れるはずもない。五分前までは、そんなことはどうでもよかった。たった今無礼な言葉で傷つけてしまった女性のことも、五分前までは白昼夢のような淡い思いを抱いていたにすぎない。

彼は再度本を開いたが、文字は目に入らなかった。ルシンダに笑いかけられて、ようやく人間らしい心を取り戻した気がした。そんな感覚を抱いたのは久しぶりだ。もう一度、その思いを味わいたい。ロバートは椅子にもたれて窓の外に目を向けた。彼女にまた笑いかけてほしいなら、謝罪すべきだ。できるだけ早く。謝罪することで、なにかを変えられるうちに。

2

ルシンダは父親のエスコートでウェルクリスト家の舞踏会に参加した。パーティーに嫌気が差していたバレット大将は一年半ほど前、こうした行事に参加するのをいっさいやめようと考えていた。友人たちと社交クラブに行くほうがよほどいい。それに一年半前は、父親がエスコートしなくても、娘には連れ立ってパーティーに出かける友人がいた。

そのころルシンダとジョージアナとエヴリンは四六時中行動をともにし、三姉妹と呼ばれるほどの仲だった。ジョージアナとエヴリンが結婚した今も、三人の緊密な関係は変わらないが、ルシンダがひとり取り残されたのも事実だった。その状況にいち早く気づいたバレット大将は、百戦練磨の戦略家らしく、すぐさま作戦を変更。娘をエスコートするために、パーティーに顔を出すことにしたのだ。父がどれほど娘の身を案じているかは明らかだった。そしてルシンダは、なによりもそのことで胸を痛めていた。

だからジェフリー・ニューカムを選んだのだ。

レッスンはジェフリーに近づくための口実だった。とはいえ、ジェフリーを選んだのには明確な理由がある。バレット大将は娘の幸せを切に願っているし、ルシンダは父の面倒を見ながら、なおかつ父を安心させられる状況を望んでいた。父が戦地で軍務につくとき以外、彼女は父の世話を怠ったことがなかった。それは五歳のころから彼女が自分に課した役目で、今はさらにその必要性を強く感じていた。

さまざまな問題をじっくり検討したあげく、ルシンダはフェンレイ公爵の四男との結婚が願ってもない解決策だと思ったのだ。ジェフリーには好感を持っているし、父も彼を気に入っている。彼の収入と彼女の持参金を合わせれば、不自由のない生活ができるだろう。ジェフリーの素行にはこれといった問題もなく、賭《か》けごとの借金があるようにも見えない。彼は安全で堅実で愛想がよく、忙しいルシンダの負担にならず、父とのかかわりに口をはさむことも邪魔することもなさそうな完璧な相手だった。

「おや、ハント海軍大将が来ている。キャロウェイの若造と一緒だ」バレット大将のグレーの目に、攻撃的な鋭い光が宿った。「敵艦を撃沈してくるぞ」

ブラッドショー・キャロウェイは予定より早くロンドンに帰還したらしい。いつものように首尾よく任務を終えたのだろう。彼が海軍に所属していなければ、ルシンダはこの魅力的なキャロウェイ大尉をレッスン候補生に選んでいたかもしれない。だが海軍の将校と結婚するなどと言ったら、父は卒倒するだろう。「ハント大将と仲よくしてね、お父様」彼女は冗談まじりに釘《くぎ》を刺した。「けんかをしてはだめよ」

「わかっているさ。せいぜい口げんかで我慢しておくよ」バレット大将は口ごもった。「それとも、おまえがそばにいてほしいなら――」

ルシンダは手を振った。「さあ、もう行って」このままだと父はひと晩中、そばを離れないかもしれない。

バレット大将はルシンダの頰にキスをすると、旧友で最大のライバルでもある海軍大将のほうへ歩み去った。気の毒に、ブラッドショー・キャロウェイ大尉はあのふたりのけんかに巻き込まれるのね。苦笑しながら飲み物のテーブルに目を向けたルシンダの顔に笑みが広がった。エヴリンが来ている。思わず彼女のほうに歩き出したが、セイント・オーバン卿が両手にマディラワインのグラスをふたつ持ち、新妻のかたわらに立っているのを認めて、ルシンダは足を止めた。ため息がもれた。わたしたち、以前はいつも一緒だったのに、今は――。

「ミス・バレット」背後で男性の声がした。

はっとして振り向くと、フランシス・へニングが丸顔ににこやかな笑みを浮かべていた。ルシンダの熱心な求婚者のひとりだ。「まあ、ミスター・へニング」彼女は会釈をしながら、幸せなカップルのあいだに割り込むのと、気に入らない男性の相手をするのと、どちらが悲惨かしらと思った。

「フランシスと呼んでください。ぼくたちふたりのあいだには、堅苦しい礼儀など必要ないじゃありませんか」彼はルシンダの手のダンスカードに目にとめた。隠そうとしたが遅かった。「よかった。ワルツの相手はまだ決まっていないようですね。それならぼくと踊っていただけますか？　実は今日は祖母が一緒に来ているんです――あとで紹介しますよ。祖母はぼくのことを心配して、まるで子供扱いです。あなたのような美しい女性と一緒のところを見たら、きっと安心するでしょう」

強引で横暴だという噂のアグネス・ヘニングと会話をする気にはなれなかったが、ルシンダはとりあえずうなずいた。「ええ、それではあとでご挨拶《あいさつ》にうかがいますわ」彼女は満面の笑みを浮かべてみせると、ワルツの約束をさせられる前にその場をあとにした。

「危ないところでしたね」耳慣れない低い声が肩越しに聞こえた。

突然、つきがまわってきたような気がした。「ジェフリー・ニューカム卿」ルシンダはお辞儀をしながら、心地よい震えが背筋に走るのを感じた。

ジェフリー・ニューカムは魅惑的な薄緑色の瞳で、赤茶色のドレスの深くくれた胸もとを見つめてから、ルシンダの顔に視線を戻した。「今のヘニングに対する戦略は称賛に値しますよ。きみを救出するつもりだったんですが、ぼくの出番もなく、彼がダンスカードに名前を書く前に、きみは自力でまんまと脱出した」

ルシンダは頰を赤らめた。人目を引く場所で声をかけてきたヘニングが気の毒に思えた。彼に恥をかかせるつもりはなかったのだ。「そんな――」

「ということは、まだ誰ともワルツの約束をしていないということですね。それならぼくが誘ってもかまわないでしょう？」ジェフリーは手を差し出し、ルシンダの手からダンスカードと鉛筆をつまみあげて自分の名前を記入した。「ぼくたちの今夜の目的は――」彼は周辺を目顔で示した。若い男性たちが、社交界にデビューしたばかりのエリザベス・フェアチャイルドのまわりに群がっている。「ヘニングがダンスフロアに近づくのを阻止することなんです。あの男のダンスは危険ですから」

「まあ、そんな。たしかにミスター・ヘニングと踊ったら、一度や二度は足を踏まれるかもしれないけれど」眉をひそめたルシンダだが、舞踏室の隅でにこやかにほほえむジョージアナに気づいて笑顔になった。「それは彼だけじゃないでしょう――」

「一度にひとりずつですよ、ルシンダ。あの男が反省してから、別の男です」ジェフリーは彼女の手を取ってお辞儀をした。ブロンドの巻き毛が額にかかり、美しい片目を覆う。「では、またあとで」

ジェフリーが立ち去ると、彼の友人たちがルシンダを取り囲んだ。次々とダンスカードに名前が埋まり、哀れなフランシス・ヘニングの割り込む隙《すき》は一曲しかなくなっていた。もちろんヘニングと踊りたかったわけではないが、パーティーで誰かがのけ者にされるのを見るのは耐えられない。しかも、今夜は彼の祖母がヨークシャーから来ているのだ。

ジェフリーはほかの若い女性に声をかけては、ダンスカードに名前を書いてまわっている。ルシンダは彼の凛々《りり》しいうしろ姿を見つめた。なんて不真面目《ふまじめ》な態度かしら。でも、彼にレッスンをする理由としてはうってつけね。

「ルシンダ」ジョージアナがトリスタンの腕を引いて近づいてきた。「出だしは好調みたいね」ルシンダの頬にキスをしながら、ジョージアナはささやいた。

「しいっ」

「よかったわ」ジョージアナは体を離した。「あなたのお父様がハント海軍大将と話しているのを見かけたけれど、仲裁に行かなくていいかしら?」

「やめておくんだ」トリスタンが口をはさんだ。「ジョーは怖《お》じ気《け》づいているようだが、たまにはあいつも怖い思いをしたほうがいいだろう」

「父に騒ぎを起こさないと約束させたから大丈夫よ」ルシンダは笑って言うと、ジョージアナのピンク色に上気した頬と、目立って丸みを帯びてきた腰まわりをまじまじと眺めた。

「今夜は家にいるはずじゃなかったの? こんな寒い夜に出歩くのは体に毒よ」

「わたしもそう言ったんだが――」トリスタンはジョージアナの手を取り、指にキスをした。

「どうしてもダンスをしたいと言って聞かないんだ」

「かわいそうなトリスタン。わたしはあなたをだましたのよ」ジョージアナは楽しそうに笑い、夫の腕に腕を絡めた。「本当はデザートが目的だったの」

トリスタンが顔をほころばせた。「デザートだって? そういえば……」不意に彼は口を閉ざした。ジョージアナの肩越しに目を向けている。「あいつ、こんなところでなにをしているんだ?」

ルシンダはトリスタンの険しい視線を目で追った。舞踏室の入口あたりに、しゃれたダークグレーの服に身を包んだロバート・キャロウェイが立っていた。引きしまった顔は冷ややかで無表情だ。

「まあ」ジョージアナが小さく声をあげた。「家でなにかあったのかしら」

「きいてくる」

トリスタンが歩き出す前に、ロバートはこちらを見たかと思うと、あっというまに人込みに紛れて見えなくなった。そのすばやさにルシンダは目をみはった。わざわざ舞踏会に現れたというのに、そのまま姿を消すとはいったいどういうつもりだろう。彼女は訝しく思ったが、なんとそのときロバートがすぐそばに来ていた。

「ビット？」トリスタンが低い声で呼びかけた。弟の敏捷《びんしょう》な動きに慣れているのか、ルシンダほど驚いてはいない。「珍しいじゃないか」

ロバートはうなずいた。「招待状を受けとったのでね」

「ああ、知ってるよ。だが――」

「ビット！」ブラッドショーが人込みをかき分けながらやってきた。「これは驚きだ。いったいどういう潮の流れだい？」

「潮の流れとは、船乗りらしい言いまわしだな」トリスタンがからかうような調子で口をはさむ。

「ミス・バレットに話がある」ロバートが唐突に言った。

トリスタンが眉をつりあげ、ブラッドショーとジョージアナは驚きをあらわにした。ルシンダはロバートの深刻そうな表情に気づき、思わず答えた。「なにかしら、ミスター・キャロウェイ？」

「ビット――」

「また、あとで」ロバートは兄たちに告げると、ルシンダを促して歩き出した。

「あなたが怪人と呼ばれるのは当然ね。今の奇襲作戦はみごとだったわ」ルシンダは言った。ロバートはなにも答えず、エスコートをするそぶりも見せない。だが、その気のまわらなさはルシンダにとってむしろ好都合だった。彼のそばにいるだけで、心がかき乱されるのだから、手を差し出されたら皮膚が焼けついてしまうだろう。

人々の好奇の目にさらされていることに気づき、ロバートはおもむろに振り返って、鋭い目つきでうしろをにらみつけた。いつのまにか、ふたりはひとけのない階段の下に来ていた。ロバートはルシンダと向き合い、無言のまま彼女の顔を見つめた。シャンデリアの淡い明かりの下で、濃いブルーの瞳がきらめく。「謝りに来たんだ。昨日のことを」彼がようやく口を開いた。

謝る必要などないわ。気にしていないもの。とっさにそんな言葉が口をついて出そうになったが、ルシンダは思いなおした。ロバートは気に病んでいたに違いない。そうでなければ、わざわざ彼女に会うためにパーティーへ出かけてくるはずがない。「ありがとう」彼女は静かに言った。「あなたは率直なだけよ。それにわたしたちのレッスンについてあれだけご存じなら、あんなふうに思うのは無理もないわ」

「ずいぶん失礼なことを言ってしまった」

ルシンダは思わず口もとがほころぶのを止められなかった。この長身のすてきな男性が、目の前でしきりに反省しているのだ。「不意を突かれて驚いたわ。さすがに優秀な兵士ね」

ロバートの体がわずかに揺れた。「ぼくは優秀な兵士なんかじゃない」無愛想に言うと、彼はふたたび賑やかな舞踏室のほうに視線を向けた。「それじゃあ、これで」

「カドリールの相手が決まっていないの。よかったら踊らない？」ルシンダは彼の背中に声をかけた。

ロバートが立ちどまった。「ヘニングの相手をしてやるといい。みんなにのけ者にされている」肩越しにつぶやく。

「ええ、彼と踊るつもりだったけれど、もしあなたが……」言い終わらないうちに、ロバートの姿は見えなくなった。彼のことだから、ひょっとしたらまた背後に立っているかもしれない。そう思ったルシンダは振り返ってみたが、誰もいなかった。

六年前にロンドン社交界にデビューしたとき、二一歳だったロバート・キャロウェイとカドリールを踊ったことをルシンダは思い出した。彼は覚えているだろうか。当時ケンブリッジ大学の学生だったロバートは、そのときたまたまロンドンに帰省していた。ダンスがうまく、圧倒されるほどの美男子で、才気と将来性に満ちた彼は女性たちの人気の的だった。しかしその後、彼は陸軍に入隊し、ナポレオン戦争に赴いた。

「ルシンダ？」いつのまにか、ジョージアナがかたわらに来ていた。「大丈夫？」

「ええ、もちろんよ」ルシンダは我に返って答えた。「ロバートは昨日わたしと話したときのことを謝りに来たの。わたしを怒らせたと思っていたらしいわ」

「まあ、本当？　そんなにひどいことを言われたの？」

「まさか。意見が食い違っただけよ」

「意見？」ジョージアナが訝しげにきいた。

ルシンダはジョージアナの腕を取ってほほえんだ。「さあ、舞踏室に戻りましょう。マデイラワインを飲みたいわ。一週間のあいだに二度もロバート・キャロウェイと話したけれど、なにを話したかは秘密よ」ルシンダは笑いながら言ったが、舞踏室のざわめきと人込みを前にして、表情をこわばらせた。本当は、静かな場所で心を落ち着かせる時間が必要だった。

「ジェフリー卿も焼きもちを焼いているかもしれないわね」

「噂をすればなんとやらだわ」ジョージアナが顎をしゃくった。

金髪のアドニスが雑踏の中から姿を現し、ルシンダを招き寄せた。「ワルツが始まりましたよ」彼はにこやかに告げた。

「まあ！　ごめんなさい。気づかなかったわ」

「わかります。あの状況ではね」

ジェフリーがルシンダの腰に腕をまわした。思わず笑みが浮かんだが、ルシンダはすぐに表情を引きしめた。彼が焼きもちを焼いているかもしれないとジョージアナに言ったのは冗談のつもりだったが、ロバート・キャロウェイはかつて、たしかに女性たちの熱いまなざしを一身に浴びていたのだ。「あの状況って、どういうことですの？」

「まず、あの寡黙な男が現れたこと。次にあいつが口をきいたこと。しかもきみに」ジェフリーはルシンダの指に指を絡め、ダンスフロアへと滑り出た。「もしかしたらあいつはもう死んでいて、トリスタンが地下室かどこかに死体を隠したんじゃないかと思っていたんですが」

「そんな、ひどいわ」ジェフリーの無神経さは不快だったが、無神経な男性は彼だけではない。ジェフリーにはますますレッスンの必要があるわ、とルシンダは思った。「ロバートは負傷しただけですのよ」

「ぼくもワーテルローで腕に銃弾を受けました」ジェフリーは自慢げに言ってほほえんだ。「地獄の苦しみでしたよ。そのときの武勇伝をお話ししましょうか?」

ジェフリーが銃創を負ったことなら知っていた。誰もが知っている。その武勇伝とやらも聞いたことがあった。だが、顔を輝かせてルシンダを見つめている彼に戦争体験の自慢話をさせれば、レッスンが始めやすくなるかもしれない。そして脳裏にこびりついて離れない、もうひとりの兵士の暗いまなざしを忘れられるかもしれない。「ええ、聞かせて」ルシンダは言った。


帰路についたロバートはまわり道をして、ハイド・パークのはずれに来ていた。もう午前零時を過ぎている。まともな人間の出歩く時間ではない。冷たい夜の闇《やみ》に白い息を吐きながら、彼は手綱を緩めて愛馬の脇腹《わきばら》を蹴《け》った。しなやかな鹿毛《かげ》に覆われた筋肉に力がこもり、トリーは大きく跳ねて駆け出した。

淡い月明かりに照らされた小道を疾走しながら、ロバートは上体を前に倒した。顔に当たる風の強さは目を開けていられないほどだ。馬具のきしみと蹄《ひづめ》の音とトリーの鼻息以外はなにも聞こえず、まるで世界が止まってしまったかのような静寂に包まれていた。

こんな夜、静かな暗い家を抜け出し、深閑とした公園の闇を走るときだけ、ロバートは過去を忘れることができた。ひとり黙々と駿馬《しゅんめ》を御し、顔に風を受けながら目の前に広がる世界に向かって走ればいいのだ。壁も鉄格子もない。すすり泣きも、絶叫も、死も、彼を脅かすものはなにもない。こんな夜にだけ、彼はすべてのことから解き放たれた。

トリーの荒い息づかいが聞こえ、歩幅が狭まったことに気づき、ロバートはようやく速度を緩めて家の方向に向かった。馬丁はもう寝ている時間だが、そのほうがありがたい。彼は無言で鹿毛を撫で、りんごを与えてからトリーを馬小屋に戻した。正面玄関に鍵はかかっていない。トリスタンとジョージアナとブラッドショーのために開けてある。ロバートは音をたてずに家へ入った。

「どこに行ってたの？」

ロバートはぎょっとして立ちすくんだが、聞き慣れた子供の声だと気づいて体の力を抜いた。「こんな時間になにをしてるんだ？」階段の下に目を向けると、細い小さな人影が立ちあがるのが見えた。

「ぼくが先に質問した」エドワードは命令口調で言った。一〇歳の子供らしく、精いっぱい虚勢を張っている。「ビットがどこでなにをしてたのか知らないけど、ぼくは一時間以上もずっとここに座ってたんだ」

ここにいたのがトリスタンか、ブラッドショーか、あるいはアンドルーで、同じことを問いただされたとしたら、ロバートは今ごろ二階の自室に逃げ込んでドアに鍵をかけていただろう。だが兵士のおもちゃを手に握りしめ、凍えながら待っていたパジャマ姿のエドワードに対して、そんな態度がとれるはずはなかった。

「用事があったんだよ、おチビ」ロバートが抱き寄せると、エドワードは細い腕でしっかりと首にしがみついた。

「心配してたんだ。それにこんな真夜中、ほんの子供のぼくしか、家にいなかったんだよ」

ロバートは弟を抱きあげて肩にのせると、階段をのぼった。負傷した膝に痛みが走ったが、眉ひとつ動かしたくはなかった。兄は傷など負っていないと、ただひとり信じている弟を失望させるわけにはいかない。そんなことになったら自分自身に失望するだろうという思いが、いつもロバートの心の奥底にあった。「どうして目が覚めたんだ？」

「ショーの船が沈んだ夢を見た」

「ブラッドショーは今ごろ、ウェルクリストのパーティーでダンスをしているよ。ロンドンに帰ってきたことをおまえに告げずにパーティーに出かけるなんて、けしからんな。明日になったら怒鳴りつけてやるといい」

「うん、そうする」自室の前でエドワードは眠そうに言った。「もう出かけたりしないよね？」

エドワードがベッドにもぐり込むと、ロバートは毛布で弟の小さな体を覆った。「ああ、どこにも行かないよ。ゆっくりおやすみ、おチビ」

「おやすみ、ビット」

ドアを閉めて廊下に出ると、ロバートは自室へ向かった。エドワードがほかの誰よりも自分を慕い、なついているのはなぜだろう。たしかにいつも家にはいるが、頼りがいがあるとはとうてい思えない。だが、家でひとりになることを異常に恐れるエドワードにとって、ロバートの存在は重要なのかもしれない。屋敷には使用人が大勢いるし、おばたちも旅行に出かけない限りは同じ建物で暮らしているというのに、なにをそれほど恐れているのかと、ほかの兄弟たちは不思議がっている。

五年前のロバートなら、兄たちと同じように思っただろう。そのころの彼は、シャトー・パニョンもジャン＝ポール・バレール大将も知らなかったのだから。

自室に入ったロバートは上着を脱ぎ捨て、窓を開けた。消えかかっていた暖炉の火が赤黒い光を放ったかと思うと、風に吹き消された。室内に冷気が流れ込んだが、彼は気にとめなかった。雪が降らない限りは窓を開けて眠ることにしている。新鮮な外の空気に触れていないと不安なのだ。もっとも、ロンドンの空気が新鮮かどうかは疑問だが。

やわらかなベッドに横たわり、ロバートは頭のうしろで手を組んだ。どうやらルシンダ・バレットは、ジェフリー・ニューカムに狙《ねら》いを定めたらしい。ロバートはパーティーでワルツを踊るふたりの楽しげな様子を思い出した。にこやかに友人たちと談笑する彼女は、華やかなパーティーでひときわ美しく輝くダイヤモンドのようだった。

ロバートはため息をついた。ルシンダの選択に口をはさんだことを悔やんでいた。人を判断する資格など今の彼にはないのに。それでも、彼女は快く謝罪を受け入れてくれたばかりか、ダンスに誘ってくれさえした。なによりロバートは、わざわざパーティーに出向き、節度ある態度で彼女と会話ができた自分の変化に驚いていた。

彼は体の向きを変えて窓を見た。昨日までの自分にとって、パーティーは時間の無駄でしかなかった。意味のない雑踏の中にみずから入っていくなど、想像すらできなかったことだ。けっして簡単ではなかったが、なんとか今日はやってのけた。そして、その理由もわかっていた。

ロバートは閉ざされた壁と狂気の日々のことを忘れていた。かわりにルシンダのことを考えていたのだ。今、頭にあるのは、もう一度彼女と話したいという思いのみだ。この三年間、遠くから見つめていただけのルシンダと、ついに言葉を交わした。もちろん彼女は気づいてさえもいないだろう。だがルシンダ・バレットこそが、暗闇にひと筋の光をともしてくれたのだ。そしてそのとたん、自分を取り囲む世界が変わったように感じられた。

夜ごと死の恐怖に襲われ、二度と日の光を目にすることはないのかと不安に苛《さいな》まれたこの三年間、こんなふうに穏やかな思いに満たされて、ほほえみながら眠りについたことはなかった。

3

ルシンダは父の書斎の入口に顔をのぞかせて言った。「いいえ、お父様、ミルバーン卿は無政府主義者《アナーキスト》などではないと思うけど。どうしてそんなことをきくの？」

オーガスタス・バレット大将はいかめしい顔つきでルシンダを振り返った。炎と雷を連想させるそのまなざしは、新兵たちに入隊したことを後悔させるほど恐れられているのだが、今日の彼はグレーの目を愉快そうに輝かせている。「あの男を見てごらん」ルシンダを窓辺に手招きして言った。「赤い上着に白いベスト、緑のズボン。アナーキストでなければスペインの国旗だ」

ルシンダは笑いながら父のかたわらに立ち、窓の下の通りを見おろした。「たしかにそうね。でも、スペインなら同盟国よ」

「イングランド人があんな格好でスペインの国旗を愚弄《ぐろう》したら、同盟を撤回されかねない」バレット大将は眉間に皺を寄せた。「おや、こちらに手を振っている。まさかあの男はおまえの求婚者のひとりではないだろうね？　あんなやつを家に入れるわけにはいかないぞ」

ルシンダは窓から離れると首を横に振った。「いいえ、ご心配なく。わたしはどこの国旗とも結婚しないから安心して。それより次の章の話を聞かせてちょうだい」彼女はマホガニー材の机を指さして言った。書物やノートが散らばり、山積みになった紙にはインクの文字がぎっしりと並んでいる。

「まだできあがっていないよ。スペインのサラマンカの戦いに関する記録が使いものにならないんだ。そんなことより、話題をもとに戻そう」

「なんの話題？」

バレット大将は机の前の椅子の背を叩いた。「求婚者の話だ」

またその話ね。「お父様、以前のように部下の方々を招待するのはやめて。赤と白の制服を着た三〇人もの将校たちに取り囲まれて包囲攻撃を受けるフランス兵になった気分だったわ。わたしは平和的な交渉を望んでいるの。とにかく、次の章を早く読ませて。言い逃れはなしよ」

バレット大将は椅子に身を沈めた。「サラマンカの記録があんなに破損しているとは思わなかった。とんだ番狂わせだ」思案げに言う。「それに、わたしの記憶力も当てにならないときている。耄碌《もうろく》したものだよ」

「近衛騎兵隊《ホースガーズ》と陸軍省の責任者としての仕事ぶりを見る限り、誰もそんな言葉は信じないわ」

「わたしを気づかってくれる気持ちはありがたいがね」

「本当よ、お父様」父の記憶力が衰えたとは思っていない。だが、父がそう言い出したことをレッスンに利用できるかもしれない。ルシンダは自分の思いつきに胸を高鳴らせた。「たしかジェフリー・ニューカム卿がサラマンカの戦闘に加わったんじゃなかったかしら。今夜、彼は〈オールマックス〉に来るはずよ。お父様の手伝いをしに来てもらえないかと頼んでみるわ。彼に破損した記録を解読してもらったらどう？」

「ああ、ジェフリー・ニューカムか。ワーテルローで腕に銃弾を受けた、威勢のいい若造だ。昨夜、おまえとワルツを踊っていたな」

父の鋭い視線を感じたが、ルシンダは気づかないふりをして、散らばっている本を片づけ始めた。「わたしが踊った相手は少なくとも一〇人はいるわ。パーティーではいつもそう。ゆうべ、たまたまジェフリー卿が戦争の話をしていたことを思い出して、彼ならお父様の手助けができるかもしれないと思っただけよ」

「そうか。いいことに気づいてくれたな、ルシンダ」バレット大将はしばらく考え込んだあとで言った。「わたしが彼に直接頼んでみよう」

「それがいいわ」

そのときになってバレット大将は、ルシンダが着古した青いモスリンのドレスに麦わら帽子をかぶっているのに気づいた。「庭いじりは庭師に任せたらどうだ？」

「ええ、そうね。でも薔薇を育てるのが好きなの。棘《とげ》が刺さらないように手袋をはめるから、心配しないで」

「おまえの母親も同じことを言っていた」バレット大将は引き出しをかきまわし、中から取り出した楊枝《ようじ》を唐突に削り始めた。「マリーも薔薇が好きだった」

ルシンダはほほえんだ。「この部屋に飾る花束を作るわ。それじゃあね、お父様」

分厚い手袋と園芸用のはさみを手に取って、彼女は執事が玄関のドアを開けるのを待った。

「庭にいるわ、バロー」

「かしこまりました、お嬢様」

庭師のウォーリーが用意してくれた雑草用のバケツを手に、ルシンダは昨夜のワルツのメロディを口ずさみながら、家の脇を通り抜け、小さな庭園に出た。彼女が生まれてから、母は毎年一本ずつ薔薇の苗木を植えていた。母が肺炎で亡くなってからは、ルシンダがその役割を引き継いだ。先週トルコから届いた二四本目の苗が可憐《かれん》な黄色い花をつけ、シナモンの香りを漂わせている。

「ごきげんいかが？」ルシンダは薔薇の花々に声をかけ、膝をついて土を触った。「お水が欲しいのね。そうでしょう？」

鼻歌を歌いつつ、トルコからの長旅で生き残れなかった数枚の葉を摘みとる。父が編纂《へんさん》中の回顧録を口実にジェフリー卿を家に招くなんて、我ながら天才的な思いつきだわ。

水の入ったバケツがかたわらに置かれた。「ありがとう、ウォーリー。今ちょうどお水を取りに行こうと思っていたところよ。どうしてわかったの？」

バケツに手を伸ばしたルシンダは、ふとその手を止めた。ウォーリーはこんな頑丈そうなブーツを履いていなかったわ。いったいこのへシアンブーツの主は？　彼女は顔を上げた。なめし革のズボンが目に入り、さらに顔を上げると、黒い上着、茶色のベスト、真っ白なクラヴァット、そして細い顎とかたく閉じた唇と青い瞳が、無造作に伸ばした黒髪の下に見えた。

「ミスター・キャロウェイ」ルシンダは驚きの声とともに腰を上げた。あわてて立ちあがろうとしたためにスカートを踏んでよろめき、薔薇の茂みに倒れそうになった。「きゃっ！」

ロバートがとっさに彼女の肘を支えた。ルシンダが体勢を立てなおすと、ロバートはさっと身を引き、彼女に触れたことを悔やんでいるかのように腕をうしろに隠した。

「嚙《か》みついたりしないわよ」ルシンダは不機嫌そうにつぶやいたが、スカートの土を払いながら気持ちを静めた。

「わかっている」

怒ってはだめ。彼女は自分に言い聞かせた。ロバートがわたしに会いに来たのだとしたら、なにか用があるのだろう。ジョージアナからはロバートについてほとんどなにも聞かされていないが、この三年間めったに人前に姿を現さなかった彼が家の外に出るのは、よほどのことに違いない。「ごめんなさい、気にしないで。ちょっと驚いただけよ」

「忍び足の練習をしていたんだ。きみも得意なんじゃなかったかい？」ロバートは低い声で言った。

ルシンダは彼を見据えた。あいかわらず顔にはなんの感情も見られなかったが、青い瞳がきらきらと輝いている。どうやらユーモアのセンスだけは失っていないらしい。「あなたはわたしよりもずっと上手よ。でも、大怪我をする前に協定を結んだほうがいいわね。わたしたちのあいだで、この技を使うのはやめましょう」

「同感だ」ロバートは彼女から目をそらし、背後の屋敷に視線を向けた。「ゆうべ、いろいろ考えたんだが」ゆっくりとした口調にはためらいが感じられる。

「なにを？」ルシンダは促した。

ロバートは大きく息を吸った。「ジェフリー・ニューカムにかかわるのは時間の無駄だ」

彼女は眉をつりあげた。「まあ。いったいどういうこと？」

彼はルシンダの顔をのぞき込んだ。「気を悪くしたようだね」

ロバートがこれほど単刀直入な発言をするなら、わたしもそうするわ。「ええ、そのとおりよ。どういうことなのか説明してちょうだい」

「彼は傲慢《ごうまん》で性根の腐った男だ」

ルシンダは不愉快ではあったが、同時に好奇心をそそられてもいた。「だからレッスンが必要なのよ。完璧な男性を生徒に選んでも意味がないでしょう」

ロバートが彼女の理屈に納得した様子はない。「しかし――」

「それに紳士たるもの、女性の前で人の悪口を言わないものだと思っていたけれど」

彼はうなずいた。「ああ、そのとおりだ。だが、ぼくは紳士じゃない。それにきみはジョージアナの大事な友人だ。ひとつだけ覚えておいてほしい。トリスタンとセイント・オーバンもかつてはたしかに傲慢で身勝手な振る舞いをしていたかもしれないが、彼らの性根は腐っていなかった。きみがジェフリーにどんなレッスンをするつもりかは知らないが、やつは自分の利益にならない限り、誰の言うことにも耳を貸さない。すべてが自分の思いどおりになると思っている男だ」

「人との接触を避けているのに、他人のことはなんでもお見通しというわけね」ルシンダの好奇心はすっかり不快感に変わっていた。「じゃあ、わたしはどんなふうに言われるのかしら？　教えてちょうだい」

ロバートはたじろいだ。「きみのこと？」

「ええ、わたしのことよ。ジェフリー卿やセイント・オーバンやトリスタンの性格をそれほど把握しているなら、わたしの性格も分析しているはずだわ」

ルシンダは身をかがめてはさみを拾いながら、ロバート・キャロウェイの分析を聞きたがっている自分に驚いていた。ずけずけと言いすぎたような気もしたが、わざわざ彼を呼び寄せたわけでもなければ、未来の夫となるかもしれない男性の評価を頼んだ覚えもない。

「きみほどの女性にジェフリーのような男はふさわしくない」ロバートは静かな声で言った。「きみについて言えるのはそれだけだ」

「気にかけてくれてありがとう」ルシンダは立ちあがった。「ご忠告はありがたいけれど――」

そのときになって、ロバートがいないことに気づいた。周囲をぐるりと見まわしたが、彼の姿はどこにもない。まるで彼女の想像が生み出したまぼろしだったかのように、ロバートは来たときと同様、ひっそりと音もなく立ち去っていた。

「まあ、なんてことかしら」ルシンダは雑草をむしりながらつぶやいた。「わたしもあなたの性格について言えることがあるわ。あなたって本当に失礼な人よ」

「ひとり言かね?」背後で突然、声がした。バレット大将が薔薇の咲き乱れる庭園に近づいてくる。

忍び足って最低ね。「違うわ。ただ……新しい苗木に話しかけていただけ」ルシンダは頬が熱くなるのを感じた。

「返事はしてくれたかい?」

「薔薇の花は恥ずかしがりやなの」

「もしも薔薇が返事をしたら、忘れずに報告してくれ」

「もちろんよ。楽しみにしていて」

バレット大将の手に手紙が握られていた。「今、これが届いた」

ルシンダは手紙を受けとって言った。「メイドも従僕も、みんな脚を怪我して歩けなくなったというわけ? それでお父様がわざわざ持ってきてくれたのね。第三章がどうしても終わらなくて、逃げ出してきたんじゃないわよね?」

「終わらないどころか、いっこうに進まないよ」バレット大将は口もとをほころばせた。

「戦争や政治のように、作戦を練って行動するほうがよほど簡単だ。執筆というのは難しいものだな」

ルシンダは笑いながら、先ほどのロバート・キャロウェイとの会話を頭から追い払った。いや、追い払おうとした。それにしても、三年間も人との接触を避けていた彼と、この三日間に三度も言葉を交わすことになったのは、いったいなぜなのかしら？　彼女ははっと我に返り、首を振った。「お父様はどちらもうまくやっているわ。それより、枝の刈り込みを手伝って」

「いや、それはやめておこう。おまえの得意分野に立ち入るよりも、わたしは仕事に戻ることにするよ」

「賢い作戦ね、大将」

父の姿が見えなくなると、ルシンダはもう一度ぐるりと周囲を見まわした。誰も忍び足で近づいてきていないことを確かめてから手紙を開いた。見慣れた文字はエヴリンのものだ。土曜の夜にセイント・オーバン夫妻が晩餐会《ばんさんかい》を催すことは聞いていた。手紙はバレット大将と一緒に出席してほしいとの招待状だった。末尾に書かれた追伸に目をとめて、ルシンダはほほえんだ。ジェフリー・ニューカム卿にもこの招待状を送ったと、エヴリンのこぎれいな筆跡が記している。

ルシンダは上衣《ペリース》のポケットに手紙を押し込んだ。友人たちが協力してくれるのはありがたいが、今まさに実行に移されようとしているこのレッスン計画がまったくの偽装であることに、うしろめたさを感じずにはいられない。少なくとも、ジョージアナとエヴリンは純粋にレッスンをする目的で生徒を選び、たまたま恋に落ちたのだ。だがレッスンを口実に使おうとするルシンダの魂胆は、友人たちのみならず、まったくかかわりのないロバート・キャロウェイにさえ見抜かれている。さらにまずいことに、ジョージアナもエヴリンも、ジェフリーとルシンダの仲を取り持つつもりでお膳《ぜん》立てを整え、それを隠そうともしない。

父や父の仲間たちがよく使う罵《のの》りの言葉が、思わず口からもれそうになった。ロバートが運んできたバケツの水を薔薇のまわりに撒《ま》きながら、ルシンダは眉をひそめた。こんな流れを望んでいたわけではないけれど、今さら違うと言い張ったところで意味はなさそうだ。

準備はすべて整い、あとは実行あるのみ。ロバートがわたしに忠告をしなければならないと思っているのだとしたら、よけいなお世話よ。会話の途中で突然なんの断りもなく逃げ出すような偏屈な人に、わたしの気持ちを説明する必要などないわ。わたしがジェフリーを選んだことをせいぜい感謝すべきね。だって本当にレッスンが必要なのは、ミスター・キャロウェイ、あなただもの。

ロバートはキャロウェイ邸に近づくと、愛馬トリーの速度を落とした。エドワードとブラッドショーが馬小屋の外で鞍《くら》の点検をしている。エドワードが誕生日プレゼントにもらったものだ。ロバートは大きく息を吸い込んで、玄関前の私道に馬を進めた。ミス・バレットとの会話をあんなふうに終わらせてしまったのだ。これ以上悪いことなどありえない。

「ビット!」エドワードが駆け寄り、ブーツを履いたロバートの脚に抱きついた。「ねえ、ショーに聞いた？」

「おチビ、誰にも言うなと――」

「ショーは自分の艦隊を持つことになったんだって」エドワードはブラッドショーが止めるのも聞かずに続けた。「ショーは艦長《キャプテン》なんだよ！」

「まだ先の話さ」ブラッドショーは明るいブルーの目でロバートを見つめた。「ナポレオンがまた脱走しない限り、出航は再来月になるだろうね」

思わず身震いしたが、ロバートは言った。「おめでとう」馬からおりて手綱を馬丁に渡す。本当は以前のように自分でトリーの世話をしたかった。経済的な困窮に見舞われたキャロウェイ家をジョージアナが救済する前は、馬の世話はすべて自分たちでしていたのだ。今は出かけるたびに馬丁をわずらわせることになる。それがいやなら、馬丁の就寝時間まで待つしかない。

「どこに行ってたの？」エドワードがきいた。

「用があったんだ」ロバートはいつもと同じ返事をした。

まったく無意味な用だった。なぜわざわざルシンダに会いに行ったのか、今ではその理由すらわからなくなっていたが、なんのこだわりもなく言葉を交わしてくれた彼女の態度が嬉《うれ》しかった。今のロバートにそんな態度で接してくれる人間はめったにいない。たとえ彼が歩み寄っていったとしても。彼がルシンダの力になりたいなんてお笑い草だ。自分の面倒だって見きれていないのに。

「ショーと馬を走らせに行くんだけど、ビットも一緒においでよ」

「今から手紙を書かなきゃならない」ロバートは答えた。この時間のハイド・パークの混雑に入っていくつもりはない。軽く首を振ってみせてから、彼は玄関に向かった。

「待ってくれ、ビット」ブラッドショーが声をかけ、子馬の手綱をエドワードに手渡した。

「すぐに戻ってくるよ、おチビ」

「早くしてよ。レモンアイスを食べたいんだ」

ブラッドショーがかたわらに追いつくと、ロバートは足を止めた。どちらも口を開かなかったが、その先のやりとりは一字一句想像できた。家族の誰かと久しぶりに顔を合わせたときは、いつも同じ会話が交わされる。「ぼくは元気だよ」ロバートはお決まりのやりとりを省こうとして言った。

「ぼくの船の乗組員を募集している。三等航海士が足りないんだ」玄関のドアを開けた執事に目を向けながら、ブラッドショーが言った。「おまえもそろそろ――」

「やめてくれ」鋭い口調でロバートはさえぎった。頭が勝手に反応している。ブラッドショーに意表を突かれたせいだろう。一年以上もの長い航海のあいだ、大海原の真っただ中で、人いきれで息づまるような船室に閉じ込められている自分の姿が否応《いやおう》なしに脳裏に浮かぶ。

「陸軍を辞めても、国のために貢献できる道はほかにある」

ロバートは立ちどまり、ブラッドショーに向きなおった。「地球の反対側で波に揺られていることがか？」

ブラッドショーが表情を曇らせた。「おまえにはわからないかもしれないが――」

「放っておいてほしいんだ、ショー。自分の生き方をぼくに押しつけないでくれ」

「なぜだ？　おまえは自分らしい生き方などしていないじゃないか」

執事のドーキンズを脇に押しのけ、ロバートは足を引きずって玄関広間を階段へと向かった。「言われなくてもわかっているさ、ブラッドショー」

「そんな生き方をする必要はないはずだ！」兄の声がロバートを追う。

「それがあるんだよ」ロバートはつぶやいた。胸の奥で息が震えている。静まれ。数分でいい。沈黙と孤独の中に逃げ込みたい。落ち着け。忘れるんだ、出口のない狭い空間に閉じ込められたことを。

寝室に入るとドアに鍵をかけて部屋の中を歩きまわった。四方の壁が押し寄せてくる。ロバートは手が震え始めたことに気づいてこぶしを握った。この幻覚が始まったら止められない。真っ暗な闇のようなパニックが襲ってきたら、どうすることもできない。くそっ、ブラッドショーめ。

目を閉じて、窓際の床に膝をついた。無理をしすぎただけだ。二日間に二度も公衆の面前に顔を出し、口さがない人々の好奇の視線にさらされながら人と接触したのだ。それも三年間の沈黙と孤独のあとで。

落ち着け。冷静になれ。ぼくはここにいる。なにも起こりはしない。ここは安全だ。ぼくは無事なんだ。静まれ。落ち着け。何度も何度も呪文《じゅもん》のように繰り返す言葉は、いつしか頭

あがる。体中の筋肉がこわばり、節々が痛んだ。


の奥に澱《おり》のように沈んでいった。

「ビット？　ロバート？」

トリスタンの声がノックの音とともに聞こえた。目を開けると、窓の外の日はすでに翳《かげ》り、ロバートは暗闇の中で床にうずくまっていた。握りしめたままの手を開き、ゆっくりと立ちあがる。体中の筋肉がこわばり、節々が痛んだ。

「ビット、大丈夫か？」

ドアに向かう足もとがふらつき、かすかなめまいに襲われたが、もっともつらい症状が過ぎたあとはいつもこうなるとわかっている。皮膚が骨に張りつき、一〇〇歳の老人になったような気分だ。大きく息を吸い込んで、ロバートはドアを開けた。「なにか用か？」気づかわしげな長兄の顔をのぞき込み、不機嫌そうに言う。

「入ってもいいかい？」

「それは困る」

「顔色が悪いぞ」

「ああ、わかってるよ」

トリスタンは口もとを引きしめて言った。「ブラッドショーから三等航海士の職をすすめられたそうだな」

ロバートの胸の中で恐怖がふくれあがった。もう一度、あの症状に襲われるのか？　しかもこんなにすぐに。「兄さんもそれをすすめに来たのかい？」やっとの思いで答えた。

「そうじゃない。あいつは大ばか者だ。ショーにもそう言ってきたところだ」

「それはよかった」

トリスタンはしばらく無言でその場に立っていたが、ようやく低い声で言った。「おまえと話したいんだ。おまえの……力になりたいと思っている」

ロバートはあとずさりして、ドアの取っ手を握りしめた。「わかっているよ」ささやくように答えた。大きな声を出したら声が震えているのがばれてしまう。

「なにか欲しいものはないか？　あるいは誰か力になれる人間は？　おまえのためなら、わたしはなんでもする」

「欲しいものなんてなにも――」

「考えていたことがあるんだ」トリスタンがロバートの言葉をさえぎった。

「なんだい？」ロバートはしぶしぶ尋ねた。暗闇の中にひとり取り残されるのも、階下の家族と顔を合わせるのもいやなら、そうするしかなかった。

「趣味を持ってはどうだろう？　いや、おまえが読書家なのはわかっているし、トリーを走らせているのも知っている。趣味といっても、刺繍《ししゅう》をしろというわけではないよ。具体的な案はないんだが、なにか手軽にできることを始めてみたら――」

「気が紛れる」ロバートがあとを引き取って言った。

「怒らないでくれ。わたしはただ――」

「怒ってなどいないさ」ロバートは息をついた。「兄さんの言うとおりかもしれない」

「ほ……本当か？　おまえの口からそんな言葉を聞くとは意外だな。ジョージアナに言ったら喜ぶぞ」

驚きと安堵の入りまじったトリスタンの表情を目にして、ロバートは罪の意識に駆られ、引きつった笑みを浮かべてみせた。兄の背後に視線を走らせてから、ドアを開けて廊下に出る。「夕食はもうすんだのか？」

「おまえを呼びに来たんだ。おチビが腹ぺこだと言っている」

ロバートは眉を上げた。「ぼくを待つ必要などなかったのに」

「いや、待っていたかったんだ」

階下におりたロバートは目を伏せたまま、食堂の椅子に座った。家族がいっせいに心配そうな視線をこちらに向ける。なにか元気づける言葉をかけたいと思いながら、なにも言えない彼らのもどかしい思いが伝わってきた。ブラッドショーは怒っているだろうか。無理もない。彼は弟にやりなおしの機会を与えようとしただけなのだ。

「土曜の夜、エヴリンとセイントが晩餐会を開くんですって。わたしたち全員、招待されているのよ」ジョージアナが沈黙を破った。

「全員って、大人は全員ということ？」エドワードが尋ねた。

「わたしたち家族全員よ。それにルシンダとバレット大将とジェフリー・ニューカム卿」

「本当？　ジェフリー卿も来るの？　あの人の話はおもしろくて大好きなんだ。ウェリントン公爵のことも知ってるんだよ」

「ウェリントン公のことなら、セイントもよく知っているよ」ブラッドショーがエドワードに言った。

ロバートは家族の視線がまたもや自分に注がれているのを感じた。晩餐会に出席するのかどうか、彼の意向をうかがうような視線だ。ロバートは顔を上げずに食事を続けた。なにも言う必要はない。すぐに誰かが彼を気づかい、話題を変えてくれて、別の話に夢中になったふりをしてくれる。いつものことだ。その手順は家族の誰もがわきまえている。

「ねえ、ビットはウェリントン公爵を知ってる？」

家族の誰もがといっても、それはエドワード以外という意味だ。ロバートは答えたくなかった。だが、今の質問を無視することはエドワードを無視することになる。エドワードが話しかけてくれなくなったら、ロバートは唯一の心のよりどころを失うはめになるのだ。

「馬に乗っているのを何度か見かけたことがある。一度、ウイスキーを一緒に飲んだこともあった。それだけだよ」

「どうして一緒にウイスキーを飲んだの？」エドワードが椅子の上で身を乗り出した。

「ボトルがあったからさ。雪が降る寒い夜だった。ウェリントン公が、このくそ寒い中で凍え死ぬ前に一杯飲もうと言ったんだよ」

「ウェリントン公が〝くそ寒い〟って言ったの？」

「まあ、エドワード！」ジョージアナが声をあげた。

「ビットが先に言ったんだよ」

ブラッドショーがナプキンで口を押さえて咳払いをし、執事のドーキンズは唐突に窓の外を注目し始めた。トリスタンとジョージアナは笑いをこらえている様子だ。

ロバートは目を閉じて休みたかったが、三時間も続いたパニック症状で全身の筋肉が硬直し、身動きができなかった。まるでニューカッスルとロンドンを往復したみたいにへとへとだ。それでもなお、眠りは彼にとってさらなる恐怖を呼び覚ます。どれほど疲れていても、悪夢に悩まされない夜はなかった。トリスタンの言うとおりかもしれない。気持ちを紛らわせるなにかが必要なのだ。害のない、手軽ななにかが。

「園芸」ロバートはつぶやいた。トリスタンの顔に怪訝な表情が浮かぶのを目にするまで、自分が声に出して言ったことさえ気づかなかった。

「なんだって?」トリスタンがきいた。

花や草木、なんでもいい。植物なら、死ぬときに血を流したり絶叫したりしない。なにをどうすべきかわからないときに、人の顔色をうかがったりもしない。ひょっとすると、これはすごい思いつきかもしれない。「植物を育てたい」ロバートは言った。

「どんな植物だ?」ブラッドショーが恐る恐る尋ねた。

この役立たずを刺激しないように、というわけか。ロバートは自嘲したが、否定的な思考と固唾《かたず》をのんで見守る家族の視線を頭から振り払った。あのときルシンダは庭いじりをしていた。土の上に膝をつき、草木の手入れをしていた彼女の姿を頭に思い描く。ルシンダはまるで正常な人間と話すようにロバートと議論をし、反論した。あの庭に植えられていたのは、どんな植物だっただろう？　「薔薇だ」ロバートはつぶやいた。

「薔薇？」ジョージアナが尋ね、ロバートをしげしげと見つめた。「キャロウェイ家の男性が、ようやく悪い噂の種以外のものを撒いてくれるわけね」

「ぼくは悪い噂の種なんか撒いてないよ」エドワードがスウィートポテトをつつきながら不服そうに言い、ロバートを見た。「どうして薔薇なの？　それより馬に乗ろうよ」

本気か？　ぼくはこれほど愚かで役立たずだったのか？　花だって？　しおれた花束を手に握り、まぬけなたわ言をつぶやく自分の姿が目に浮かぶ。だが今、この一歩を踏み出せないなら、ぼくは鍵のかかった部屋の中で、まぬけなたわ言を自分自身につぶやきながら生きていくことになる。

ロバートは息苦しさを感じて立ちあがった。「お先に」

「白い薔薇を植えてね。わたしの一番好きな花よ」ジョージアナが彼の背中に声をかけた。

4

「まあ、ジョージアナ」ルシンダは階段を駆けおりて親友を出迎えた。「買い物に行くのは明日だと思っていたけど、わたしの勘違いだったかしら？」

「勘違いじゃないわ。買い物は明日よ」ジョージアナはルシンダの差し出した手を握った。

「今日はあなたに話があって来たの」

ジョージアナの表情にはなんのわだかまりも見られないが、ルシンダは昨日ロバートと交わした会話の後味の悪さを思い出さずにいられなかった。ああ、きっとジョージアナは抗議をしに来たんだわ。わたしが負傷兵の義弟を脅かし、傷つけたとでも聞かされたのね。「どんな話？」ルシンダはジョージアナを居間に案内しながら言った。

「あなたにこんな話をするのはおかしいかもしれないけれど、許してね、ルース」

「もちろんよ」

ジョージアナは咳払いをした。「実は、トリスタンがビット――ロバートのことをとても心配して、なにか彼の気晴らしになる趣味を見つけようとしているの。ええ、わかってるわ。変よね、こんな話をあなたにするなんて――」

「いいえ、ちっとも変じゃないわ」ルシンダは口をはさんだ。ロバートの名前を耳にして内心ぎくりとしたが、素知らぬふりをした。「それで？」

「昨夜トリスタンがその話を切り出したら、ビットが薔薇を育ててみたいと言い出したのよ」

ルシンダはまばたきをした。すっかり困惑していた。「薔薇？」

「ええ、どうしてそんなことを思いついたのかわからないけど、ただの気まぐれではなさそうよ。わたしが準備を手伝ってあげたいけれど、そうすると彼は尻込みするに違いないわ」

ジョージアナは眉根を寄せ、指を組んだりほどいたりしている。「ロバートのことを誰かに相談するつもりはなかったのだけど、あなたは家族同然だから……」

「わたしもそう思っているわ」ルシンダは身を乗り出して言い、複雑な状況に巻き込まれることへの懸念を心の隅に押しやった。ジョージアナは助けを求めている。そしておそらくロバートも。なによりルシンダ自身が興味をそそられているのは間違いのない事実だ。「薔薇の挿し木を手伝ってあげるわ。栽培方法の本も貸してあげる。そうだわ、本を持ってミスター・キャロウェイを奇襲攻撃しようかしら」

「奇襲攻撃？」ジョージアナがきき返した。「それはやめたほうがいいんじゃないかしら」

「でも、彼は拒否しづらくなるわ。それに気が変わる暇もなくなるでしょう？」

「そう……かもしれないわね。ロバートを怒らせることになったら、すべてわたしが責任を取るわ。わたしはただ……彼に楽になってもらいたいだけ。彼の笑い声を聞きたいの」

ルシンダは小さな笑みを浮かべて立ちあがり、ソファに歩み寄るとジョージアナを抱きしめた。「ワーテルローの戦いで、彼はたしか五発も銃弾を浴びたんだったわよね。地獄のような体験をしたに違いないわ。まともでいられるはずがないと思うの」

ジョージアナの表情が一瞬揺らいだかに見えたが、すぐもとの顔つきに戻った。「たしかにそのとおりよ」ルシンダから目をそむけて、ジョージアナは言った。「あなたが協力してくれると助かるわ」

ジョージアナの表情の変化をルシンダは見逃さなかった。だが、今はそのわけを考えても仕方がない。ジョージアナがなにか隠しているとしても、それはあとで探ればいいことだ。

「じゃあ、昼食前にあなたの家へ行くわね」

ジョージアナが帰るとすぐに、バレット大将が居間に姿を現した。「おまえのアイデアのおかげで、例のサラマンカの記述が判読できるかもしれない」ポケットから手紙を取り出し、言葉を続けた。「ジェフリー卿から返事が来た。回顧録の編纂を喜んで手伝ってくれると言っている。頼もしいよ」

「よかったわ」

「昼過ぎにここへ来てくれるそうだ。おまえも同席して、メモを取ってくれると助かるんだが」

なにかがうまくいき始めていることが嬉しかった。「もちろんよ」ルシンダは立ちあがり、父の頬にキスをしてドアに向かった。「それまでには戻るわ」

「出かけるのかね?」

「ロバート・キャロウェイに挿し木用の薔薇の枝を届けに行くの。庭いじりに興味があるんですって」

バレット大将がルシンダの肩をしっかりとつかんだ。驚いて振り返った彼女に父は言った。

「ロバート・キャロウェイだと? 彼も求婚者か?」

「いいえ。ただの友人よ」父の真剣なまなざしに、ルシンダはたじろいだ。「なぜそんなことをきくの?」

「彼は軍人としても、男としても、おまえにはふさわしくない」

「お父様――」

「いくら仲のいいジョージアナの義弟とはいえ、できるだけ距離を置きなさい。あまり親しくしないほうがいい。おまえが彼のよからぬ評判の巻き添えを食ったら、わたしもとばっちりを受けることになる」

「よからぬ評判って? ロバートはこの三年間、めったに公の場には現れなかったわ。彼はワーテルローで銃弾を浴びた英雄なのよ」

バレット大将はしばし口をつぐんでいたが、ようやく静かに話し始めた。「たしかにそうかもしれない。だが、ワーテルローで負傷したのは彼だけではない。つらい体験の記憶から目をそむけず、前向きに生きている者もたくさんいる。ジェフリー卿もそのひとりだ。ロバート・キャロウェイは自分で自分をだめにしている。そのことを忘れずに、彼とは距離を置きなさい」

父の言葉にルシンダはとりあえずうなずいた。それほど理不尽な要求とも思えない。「気をつけるわ」

「頼むよ。老人は心配ごとがあると安らかに眠れなくなるんだ」

ルシンダは父の腕に腕を絡めてにっこりした。「老人って誰のこと？　会ってみたいものね」

キャロウェイ家では、家族がそろって朝食のテーブルに着くことはめったにない。会合や外出など、一日の予定はそれぞれ異なり、エドワードの場合は家庭教師のレッスンがある。ロバートにはなんの予定もなく、誰にも邪魔されることのない時間を楽しめばいいだけだ。九時半になると、彼は階下におりた。朝食用のテーブルのまわりに給仕がふたり立っているが、家族の姿は見えない。彼は誰もいない時間を見計らっておりてきたのだった。

ロバートは朝が好きだった。のぼる朝日の輝きは、奇跡が日々繰り返されているかのように思える。テーブルのトリスタンの席には真新しい折り目のついた『ロンドン・タイムズ』紙が置かれていたが、ロバートは目もくれなかった。世間のことに興味はない。たとえロンドンでなにが起ころうと、彼にとってはどうでもよかった。サイドボードに用意されたハムとトーストを皿にのせ、テーブルの端の席に着く。ハムを口に入れたとき、執事がかたわらに歩み寄った。

「ロバート様にお客様がお見えです」ドーキンズが気まずそうに告げた。使用人たちは誰もロバートと話したがらないが、そもそも彼に用があることはめったになかった。

気が滅入《めい》りそうになったものの、ロバートは口の中のハムをのみ込んで言った。「いないと言ってくれ」

執事はうなずいた。「かしこまりました」

ドーキンズが立ち去り、ロバートは朝食に戻った。ロバートを訪ねてくる者など、もういない。きっとなにかの間違いだ。誰かがブラッドショーを訪ねてきたのを、執事が勘違いしたのかもしれない。今ごろ執事はそのことに気づいているだろう。

ドーキンズがふたたび姿を現した。「ミス・バレットが、ロバート様にお渡ししたい箱があるとのことでございます。あとで届けなおしたほうがよければ、そうなさるとおっしゃっていますが」

ミス・バレット？　「なんの箱だ？」

「さあ、わたくしにはわかりかねます。おききしてまいり――」

ロバートは立ちあがった。「ぼくが行く」

ルシンダ・バレットは玄関広間に立っていた。足もとに小さな木の箱が見える。ロバートは視線を上げた。赤茶色の髪の上にのった流行の黄色い帽子が、黄色と緑のドレスによく合っている。はしばみ色の瞳が明るく輝いているのは、ぼくの目の錯覚だろうか。

ロバートは頭を振り、気持ちを奮い立たせた。招待したかどうかは別として、彼女が訪問客であることはたしかなのだ。なにか言わなければ。「いったいどうしたんだい？」ルシンダが分厚い手袋を差し出すと、ロバートはとっさに手に取った。「その箱を持ってついてきて」足もとを指さして、彼女は言った。

箱を持ちあげようと身をかがめてから、ロバートは不意に上体を起こした。「いや、やめておく」

ルシンダは胸の前で腕を組んだ。「あなたの昨日の態度、失礼だったと思わない?」

「なにが言いたいんだい?」

「あなたに仕返しをしに来たの」ルシンダは自信ありげな笑みを浮かべ、足もとの箱を爪先で触った。「だから、ついてきてちょうだい。遠くに行くわけじゃないわ。それに嚙みついたりしないから」彼女は眉根を寄せた。「あなたが態度を改めればの話だけど」

ドーキンズが先ほどの給仕ふたりを従えて、玄関広間に近づいてくる。二階の手すりから、メイドがちらりと顔をのぞかせた。盗み聞きをしているらしい。エドワードが家庭教師とマダガスカルの話をする声が、階上から聞こえてくる。ロバートは肩をすくめ、手袋を蓋《ふた》の上に投げ出すと、身をかがめて箱を持ちあげた。

ルシンダはドーキンズを待たずに玄関のドアを開けた。ロバートを先に行かせようともせずに玄関前の階段を駆けおり、家の正面の私道を進んでいく。

思いがけない展開に呆然としながらも、ロバートは使用人たちの好奇の目から逃れられたことにほっとした。ルシンダは私道から家の裏手にまわり、スカートの裾《すそ》をつまんで湿った芝生に入ると、馬小屋のほうにのんびりと歩き出した。ロバートはあとを追った。

馬小屋のかたわらで彼女は立ちどまり、その場をぐるりとまわった。「ここがいいわ。日当たりもいいし、風雨もしのげるわね」分厚い手袋をはめながら、ロバートに向きなおる。

「ここに箱を置いてくださらない?」

作業用の手袋をはめたルシンダを目にして、ロバートはようやくことのなりゆきに気づいた。ジョージアナの仕業だ。彼女がルシンダを呼び寄せたに違いない。だがジョージアナがなにを言ったにしろ、ルシンダはロバートを訪ねることに同意したのだ。

彼はゆっくり箱を置いて立ちあがり、一歩うしろに下がった。「作業がうまくいくといいね。でも今度荷物を運ぶときは、使用人に頼んだほうがいい。では」

「ミスター・キャロウェイ」ルシンダが呼びとめた。「貴重な薔薇の枝を挿し木用にプレゼントされたら、お礼くらい言うものよ」

ロバートは足を止めた。「ぼくはきみになにも頼んでいない」

「だからわざわざプレゼントと言ったの。栽培方法の本も持ってきたから、手入れの仕方がわからなくて、貴重な薔薇を枯らしてしまうこともないわ。本当は栽培の基本的なことを伝授していくつもりだったのよ」

彼はルシンダに詰め寄った。「ぼくはきみの薔薇などいらないし、きみの指示を仰ぐつもりも、施しを受けるつもりもない」語気を荒らげて言う。

彼女は驚いた顔でまばたきをしている。どうやら怖がらせてしまったようだ。かまうものか。ぼくだってびっくりさせられたのだ。

「あなたが昨日訪ねてきたのは、わたしに用があったからでしょう？」ルシンダが彼の目を見据えて、ゆっくりと言った。「今朝、ジョージアナからあなたが薔薇の栽培に興味を持っていると聞かされて、あなたはきっとわたしの助言を求めに来たんだと思ったの。だからこれは施しとは言えないわ。あなたに言われる前に、勝手に押しかけてきただけですもの」

彼女はなにを考えているのだろう？　まともな会話もできないぼくとかかわって、いったいなんのつもりだ？　だがこの申し出を断れば、これから先、彼女と言葉を交わす理由も、きっかけも、話題すらもなくなる。

ルシンダがプレゼントと呼んだ箱のことも気になった。湿った芝生の上に置いたままだ。彼女にただの役立たずと思われないためには、強気の戦略が必要かもしれない。ふとロバートは、そんなことを考えている自分自身に驚かされた。「だったら取引をしよう」でまかせが口をついて出たあとで、あわてて筋書きを考える。

「取引って、どんな？」訝しげな表情を浮かべ、ルシンダが尋ねた。

ロバートは大きく息を吸い込んだ。昨日言おうと思っていた話をすればいいのだ。あのとき逃げ出したのは、バレット大将が家から出てきたことに気づいたからだったが、それはただの言い訳にすぎないのもわかっていた。ためらっているのは、ロバート自身がその言葉をどこまで守り通せるか定かではないからだ。

今しかない。彼は自分に言い聞かせた。家族の力を借りて社会復帰をすることは不可能なのだ。家族の誰ひとり、彼自身も含めて、それができるとは思っていない。だがルシンダのおかげで、不安から抜け出し、夢中になれるなにかを見つけられそうなのだ。それに彼女は、ロバートがまともな人間であるかのような誤解のもとに接してくれている。

「薔薇の栽培を手伝ってくれるなら」ロバートは声が震えないように気持ちを静めた。「ジェフリー・ニューカムとのことに協力する」

「ジェフリー卿とのことって……なにを協力してくれるというの？」

もう言い逃れはできない。具体案が必要だ。「彼にレッスンをするつもりなら……あるいはそれ以上の関係を望んでいるなら、ぼくを利用してくれ。偶然でくわしたように仕組むこともできる」

「でも――」

「ジョージアナもレディー・セイント・オーバンも、結婚した今となってはもうきみの手助けをしている時間はない。ぼくは独身だし、ジェフリーのことなら多少はわかるつもりだ。きみにとって好都合だと思う」

ルシンダは首をかしげてロバートを見つめた。「あなたが助言してくれて、ジェフリー卿に近づくためにエスコートまでしてくれるというの？」

「そうだ」耐えられる限りは。

彼女はゆっくりと箱の上から手袋を取りあげ、ロバートに手渡した。「じゃあ、さっそく始めましょう」

トリスタンはジョージアナを探しまわっていた。朝早くに用事があると言って出かけ、すでに戻ってきたのは知っているが、寝室にも、階上にも、おばたちの部屋にも、朝食のテーブルにも彼女の姿はない。

いったいどこにいるんだ？　妊娠八カ月になるというのに、こうして遊びまわっているなら、有無を言わさずデボンの領地に引きずっていくしかない。「ジョージアナ！」

「しいっ」書斎で声がした。「ここにいるわよ。お願い、静かにしてちょうだい」

トリスタンは好奇心に駆られ、書斎に足を踏み入れた。ジョージアナが壁にもたれて、細く開いた窓から外の芝生をのぞいている。

「いったいなにを――」

彼女は夫の口を手で押さえてささやいた。「あれを見て」

妻の視線を追って馬小屋のほうに顔を向けたトリスタンは目を丸くした。

伸び放題の芝生の真ん中に、本を片手に持ったルシンダ・バレットの姿が見える。その向かいに立っているのはロバートだ。彼は薔薇の小枝を手に、身ぶりを交えて話していたかと思うと、足を引きずりながら約五メートル四方の正方形をぐるりと一周し、ルシンダの前に戻った。

「どういうことだ？」トリスタンは弟の姿から目を離さずにつぶやいた。

「薔薇よ」ジョージアナがささやき返す。「挿し木用の薔薇の枝を分けてほしいとルシンダに頼んだの」

「ああ、それはいいんだが、ビットは彼女と話をしている」

ジョージアナはトリスタンの腕に手を絡め、肩にもたれかかった。「ええ、そうね」

トリスタンはロバートの一挙一動を見守った。ルシンダとのあいだに距離はあったが、ロバートは彼女と打ち解けた様子で会話をしている。そういえば、ロバートはルシンダを探してウェルクリスト家のパーティーにまで行ったのだ。「なあ、ジョージアナ、ビットは――いや、その――」トリスタンは言いよどみ、息をついた。「ルシンダはビットに好意的なのかい？」

「彼女は誰に対しても好意的よ」ジョージアナは夫の腕にまわした手に力をこめた。「それに誰からも好かれているわ」

「だが――」

「いいえ、考えすぎよ、トリスタン。詳しいことはわからないけれど、ルシンダには好きな男性がいるような気がするの。でもビットじゃないわ」

あたりまえだ。そんなことがあるはずはない。「だったらビットのところに行こう。彼女と会うのをやめさせたほうがいい」

「だめよ」ジョージアナがトリスタンの腕を引いた。「放っておきましょう。あなたがしゃしゃり出ていったら、ビットはかたくなになるだけだわ。あのふたりはただ話をしているだけよ。なんの話か、あなたにはわからないでしょう？　なにもわかっていないのだから、かまわないであげて」

トリスタンはため息をついた。なんとしてでも弟を守りたかった。弟が元気を取り戻すために、なにかせずにはいられない。しかしトリスタンが手助けするまでもなく、ロバートの状態はすでに三年前よりも格段によくなっている。それにジョージアナの言い分は、いつもながらもっともだった。「今のところはきみの言うとおりだ。わたしはなにもわかっていない」彼は振り向いて、妻のやわらかな頰にキスをした。「きみもそうだろう？　だがいざというときには一番に知りたいものだ」

「知らぬが花、ということもあるのよ」

トリスタンはジョージアナを抱き寄せた。「五分前まではまさにそうだった。しかし、今はいやな予感がしているよ」

「あなたの気持ちはわかるわ。でも、ロバートは自分の意思であそこにいるのよ。ということは、いつか彼は自分の意思でわたしたちのところに戻ってくるかもしれない」

「きみの言うとおりだといいんだが」


薔薇の肥料にはどんな魚がいいか、ルシンダが説明しているのを聞きながら、ロバートは二階の書斎の窓を見あげた。ジョージアナもトリスタンも、スパイの素質はまったくなさそうだ。ルシンダが訪ねてきたのもジョージアナの差し金に決まっている。ルシンダとの会話を盗み聞きして、義姉は今後のことまで取り仕切るつもりだろうか。誰もぼくを管理することなどできはしないのに。

こんな状態でなければ、つまり出征する前のロバートなら、ジョージアナにルシンダとの仲を取り持ってもらおうと思ったかもしれない。そのころもロバートはルシンダに思いを寄せていたが、実は彼女の外見に惹《ひ》かれていたにすぎない。今、ルシンダには目当ての男性がいる。それを知りつつもロバートの心は、冬の日に吹く暖かい風のような彼女の静けさと穏やかさに引き寄せられていた。だがルシンダと会うことに喜びを感じながら、ロバートはかたくなに彼女を拒んでいた。かつてのロバートはもういない。今の自分はあのころのロバートの残骸《ビット》でしかないことを、彼はいやというほど自覚していた。

ロバートが今もルシンダの美しさに魅了されているのは否定できない。色の濃い髪と瞳はクリームのようになめらかな肌の白さを際立たせ、中世風のおくゆかしさを醸し出している。ルシンダの髪からかすかに薔薇の芳香が漂い、深紅の薔薇の花びらを浮かべた湯につかる彼女の姿がロバートの脳裏をよぎった。禁欲的な暮らしをして久しい彼が、数年ぶりに女性に対する欲望を感じていた。だが、その相手は義姉の親友なのだ。長いあいだ家族以外の女性には近づこうともしなかったロバートが、初めて言葉を交わした女性でもある。彼は思わず眉をひそめた。自分がまるで僧院にこもる僧侶《そうりょ》のような気がした。ただし、この宗派には女性を見てはいけないという戒律はないらしい。

「ミスター・キャロウェイ」ルシンダの声がして、ロバートははっと我に返った。「肥料用の魚が多すぎると土を台なしにしてしまうわ」

「わかった」

ロバートは白いフェリシテ・パルマンティエの枝を手の中で裏返した。ルシンダの説明によると、運んできた枝の半分が花を咲かせなかったとしても驚くには当たらないそうだ。根のついていないむき出しの小枝は、生きているのか死んでいるのかわからない。呼吸をしているのだろうか？　目覚めているのか、それとも眠っているのか？　死ぬときはなにも感じないのだろうか？　もしもこの枝をへし折ったら、痛みを感じるのか？

「やめておいたほうがいいな」ロバートはそそくさと枝を箱に戻して言った。

ルシンダが彼に目を据えた。「どうして？」

「魚を捕りに行く時間も、買いに行く時間もない」意識を集中して呼吸をしながら、ロバートはうしろに下がった。あてどもない思考にとらわれているうちに、いつのまにかパニックに襲われるのはこりごりだ。

彼女は息を吸い込んでから言った。「わかったわ。バレット大将も庭いじりは嫌いなの」

ルシンダが父親の名を口にしたのを聞き、ロバートは奥歯を嚙みしめた。「ぼくは別に嫌いなわけでは――」

「それじゃあ、この取引はなかったことにしましょう」手に持っていた本を足もとに置き、ルシンダは手袋をはずした。「なにも不都合はないわよね」

家のほうへと歩み去る彼女のうしろ姿に、ロバートは声をかけた。「きみが運んできた枝はどうするつもりだ？」

枝の入った箱を手で示し、ルシンダは答えた。「持って帰っても、うちの庭には挿し木をする場所がもうないわ。捨ててちょうだい」

彼女は待たせてあった馬車に乗り込んだ。ロバートはその場に立ち尽くし、馬車が通りの先に消えていくのを見つめていた。なにかがおかしい。薔薇はルシンダの誇りであり、喜びであるはずだ。貴重な種類の枝もあると言っていたのに、ぼくに預けたまま、本当にどうなってもかまわないのだろうか？　あるいはぼく自身にさえわからない胸の内を、彼女は読もうとしているのか？

ロバートはため息とともに箱を引きずって馬小屋の陰に置き、家へ戻った。庭いじりで汚れてもいいように古着に着替えるためだ。

雑草を抜き、土を掘り起こしてから、朝食をふた口しか食べなかったことを思い出した。昼食の時間もすでに過ぎている。彼はのろのろとシャベルを馬小屋に戻した。

この時間にはもう必要な魚は手に入らないだろう。明日の朝一番でテムズ川の桟橋に行こう。挿し木用の枝は涼しい場所でなら一日か二日はもつと、ルシンダが言っていた。ロバートは木箱に蓋をすると、彼女が置いていった本を取りあげて家に戻った。

土と植物に会話は必要ないという点で、彼の選択は正しかったのかもしれない。土も植物も沈黙のほうがよりふさわしい気がする。だが、家族となるとそうはいかない。

普段は家族の誰かが一日に数回、ロバートの様子をうかがいに来て、散歩か乗馬に出かけないかと誘ってくれる。今日は長い時間を外で過ごしたが、馬丁を見かけただけだった。つまり、家族全員、ロバートが何をしているか知っていて、邪魔《じゃま》をしたくなかったということだ。

なにをしているのか説明しなくてもいいのなら、イングランドに帰ってきたロバートがすっかり変わってしまったことも、暗い底なし沼から這《は》いあがろうともがいていることも見て見ぬふりをしてくれるなら、彼にとっても不都合はない。

薔薇を栽培しようと決めたことをルシンダに報告すべきかどうか、ロバートは迷っていた。彼女に告げれば、例の取引を実行しなければならなくなる。それはロバートにとって、もう一度人間らしさを取り戻せるかどうかのテストのような気がした。どんな問題が出されるのかわかっていれば、そしてルシンダが自分をどう思っているかに無頓着《むとんちゃく》になりさえすれば、たやすく一歩を踏み出せるのに。

5

家に戻ったルシンダは二階に駆けあがり、来客を迎えるためのドレスに着替えた。ジェフリー卿は昼過ぎに来ると父から聞いていたが、キャロウェイ家の庭に長居をしてしまったため、昼食はメイドがキッチンから持ってきてくれた桃を食べただけだった。

ロバートにはできるだけ説明をしたし、ひとり置き去りにしたからといってどうということはないと、ルシンダは自分に言い聞かせた。結局のところ、薔薇を栽培するかどうかは彼自身が決めることなのだ。もちろん、薔薇の栽培が彼にとって単なる庭いじり以上の意味があることに気づかないほど、ルシンダは鈍くない。

ロバートと何度か言葉を交わした今も、あの深いブルーの瞳の奥底に沈む影の正体がなんなのかはわからないが、ルシンダはプレゼントが役に立つといいのだけれど、と思った。ふと化粧台の鏡を見ると、ぼんやり宙を見つめる彼女の姿が映っている。いつになく空想にふけっていた自分を、ルシンダは現実に引き戻した。

メイドのヘレナが背後でネックレスをとめたとき、階下で玄関のドアが開く音がした。執事のバロ—に挨拶を返すジェフリー卿の低く歌うような声が続く。ルシンダの胸が高鳴った。

彼が来たわ。さあ、いよいよレッスンの始まりよ。

ルシンダは階下にはおりず、故意にぐずぐずと髪のカールをもてあそびながら、今日の作戦を練りなおした。本当はもっと時間をかけて筋書きを考えたかったのだが、ロバートとのことに気をとられていたのだ。彼女はそんな自分が不思議だった。めったに口を開かない相手と会話が成立するはずがないと思っていた。だがロバートはルシンダに話しかけたばかりか、彼女と会話をしたのだ。

ドアにノックの音がした。「お嬢様？」ヘレナがドアを開けると、執事が言った。「旦那様《だんな》が書斎でお待ちでございます」

「今、行くわ」落ち着いて、ルシンダ。友人が気軽に訪ねてきたわけじゃないのよ。さっきわたしがロバートに会いに行ったのとはわけが違うわ。これは結婚のための第一歩なのよ。

午前中のできごとを頭から振り払い、ルシンダはバローに続いて階下におりると、静かに父の書斎に入った。「ようこそ、ジェフリー卿。お父様、お待たせしました」膝を曲げてお辞儀をする。

「ミス・バレット」ジェフリーは椅子から立ちあがり、ルシンダの手を握った。「きみが記録係をつとめてくださると、バレット大将からお聞きしましたよ」

「ええ、そのとおりですわ」ルシンダは父のかたわらに歩み寄ると頬にキスをし、男性たちに手で椅子を示して着席を促した。「お邪魔にならないように、わたしは窓際でメモを取ることにします」

「それはいけません」ジェフリーはかたわらの椅子を引いて言った。「ぼくは聴衆がいると調子が出るんですよ。メモを取ってくれる人がそばで真剣に聞いていてくれるなら、なおさらです」

ルシンダが紙と鉛筆を手にして椅子に座ると、バレット大将はサラマンカでの戦いが記された日記帳を開いた。薄汚れた日記帳は黒い焦げ跡と染みでぼろぼろだ。「ナポレオンをエルバ島に追放したあと、イングランドに戻る船の調理場で火事が起きたのだ」ぶっきらぼうなしわがれ声とは裏腹に、彼は日記帳のページを慎重にめくった。「その火事でパンプローナの記録をすべて焼失してしまった。あのまぬけな大佐がトーストを作ろうとしたばかりに」

「大佐は降格されたのでしょうね？」ジェフリーが口を開いた。「でも、パンプローナでのことなら多少は覚えています。もちろん大将のご記憶には及びませんが。ぼくが覚えていることでお役に立てるなら、ぜひともお手伝いをさせてください」

「それはありがたい、ジェフリー卿」

「ジェフリーとお呼びください。ぼくには兄が三人いますから、父の爵位を継ぐ可能性はほとんどありません」

バレット大将は笑顔で言った。「それではジェフリーと呼ばせてもらうよ。ところで、サラマンカはたしかきみが初陣を飾った場所だったね？」

「そのとおりです。恥ずかしながら、戦闘体験のない未熟者でした。戦場に入って二分もたたないうちに、フランス軍の歩兵銃で帽子を吹き飛ばされましたよ」

ルシンダはふたりの話を聞きながら日付と天候、軍隊の動き、彼らの見解などを書きとめていった。戦場の熱気が伝わってくる。土煙を上げて一進一退の攻撃を繰り返す歩兵部隊の様子が目に浮かぶようだ。オーギュスト・マルモン元帥率いるフランス軍のポルトガル遠征を、ウェリントンが制圧したときのことだ。

その戦いの終盤、嵐《あらし》の中でトルメス川を渡ったジェフリーの部隊が激流に押し流されそうになったというくだりで、ルシンダは思わず息をのんだ。ジェフリーと父が同時に振り向き、彼女は頬を染めた。「ごめんなさい。ジェフリー卿の描写が、あまりにも生々しいものですから」

ジェフリーが身を乗り出して言った。「きみのような深窓の令嬢には、刺激が強すぎるかもしれませんね」

さあ、いよいよ彼に印象づける機会だわ。「わたしは父の書いた記録や日記を読むだけで、戦闘をまのあたりにしたことはありません。でも、負傷した兵士たちを収容する病院で慈善活動をしていました。バレット大将の娘が、戦争や武力衝突がどんなものかを知らずに育つはずがありませんわ」

「それに物語の記述の仕方も心得ている」バレット大将はルシンダに目を向けて、にこやかな笑みを浮かべた。「わたしの娘はどんな話を聞いてもたじろがないよ」

「それでは前言を撤回しましょう。でも正直なところ、戦闘に関しては女性に聞かせるべきではない話が少なからずあります。それにはきみのお父上も同意してくれるはずですよ」

「わたしは――」

「結局のところ、兵士たちがなんのために戦うのかというと、究極の目的は家族の安全と平和を守ることではありませんか？」ジェフリーは続けた。

「たしかにそのとおりだ、ジェフリー。今の言葉をルシンダに書きとらせてもかまわないね？」

「もちろんです」ジェフリーはポケットから懐中時計を取り出し、暖炉の上の時計と見比べた。「申し訳ありませんが、今日は四時から会計士と打ち合わせがありまして」

「ご足労をかけたね。おかげで幸先《さいさき》のいい出だしだった」バレット大将は日記帳にしるしをつけ、慎重にページを閉じた。机の上のカレンダーに目を向ける。「次回は火曜日に来てもらえるかね？　昼食をご一緒しよう。わが家の料理人のローストチキンは絶品だよ」

「喜んで」ジェフリーはルシンダに笑いかけた。

「では、正午でよろしいかしら？」彼女は立ちあがった。

「ええ、楽しみにしています」

　ジェフリーがルシンダの手を取った。通常の挨拶にしては熱のこもった長い握手に思えた。どうやら滑り出しは好調のようだ。明後日のセイント・オーバン夫妻の晩餐会では、もっと会話の機会があるだろう。

「なかなか頼もしい青年だな」ジェフリーの乗った馬が通りの先に駆け出していくのを見送

りながら、バレット大将が言った。

「ええ、そうね」

「まだ大尉だが、もしもイングランド軍がワーテルローでナポレオンに敗れて今も戦争が続いていたら、彼はその後も戦地で武功を立て、今ごろは少佐になっていたはずだ。ひょっとしたら中佐になっていたかもしれない。戦闘経験が少ないだけで、その素質は充分にある」

憂いを帯びた紺碧の瞳が、ルシンダの脳裏に一瞬よみがえった。「戦争はもうたくさんだわ。わたしはお父様がホースガーズ所属になったことや、戦地で日記をつけるのではなく、こうして戦争体験を思い出しながら編纂していることが嬉しいの。本当にありがたいわ」

「そうだな」バレット大将は机に戻り、書きかけの原稿を手に取った。父は新たな章の構想を練るのに、これから夜までほとんどの時間を費やすだろう。「それはそうと、ジェフリーに相談してみて正解だったよ。おまえがすすめてくれたおかげだ」

「よかったわ」小さくつぶやき、ルシンダは本棚に向かった。スペインの地図を取り出してサラマンカを探す。ロバートもそこで戦ったのだろうか？　だとしたら、彼の記憶はジェフリー卿や父と同じなのだろうか？　ロバートにきいてみたい、と彼女は思った。

厚手のコートと乗馬用の手袋をはめて階下におりたとき、ロバートはうしろから追ってくるエドワードの足音に気づいた。見つかってしまった。やはり日中を避けて深夜まで待つべきだったのだ。

「どこに行くの？」エドワードが声をかけてきた。

「用事があるんだ」ロバートはドーキンズから帽子を受けとった。彼の長髪をとがめるような執事の視線を無視して、頭に帽子をのせる。

「いつも用事があるって言うんだね」エドワードが不服そうに言った。「ぼくも連れてって」

「退屈な用事だよ」ロバートはドーキンズが玄関のドアを開けるのを、もどかしい思いで待った。

「それでもいいよ。ショーは女の人とピクニックに行くって言ってるし、トリスタンは議会、ジョージアナは買い物に行っちゃうんだもの」

買い物。ルシンダ・バレットと一緒だろうか。「ミスター・トロストがいるだろう？」今日は家庭教師が休みの日だったことを思い出しながらも、ロバートは言った。

「ミスター・トロストはお母さんに会いに行ったよ。言っておくけど、家庭教師が休みなのに、ぼくは勉強なんかしないからね」

もうひとりの弟、アンドルーが休暇でケンブリッジから帰省するのは一週間も先のことだ。ロバートはため息をついた。「だったら上着を着てこいよ」

「やったあ！」エドワードは階段を駆けあがったが、踊り場で不意に立ちどまった。「ぼくを待たないで出かけちゃだめだよ、ビット」

まさにそうしようと思っていたところだった。「大丈夫だよ。トリーとストームクラウドに鞍をつけさせて待っているから」

ろう。

「すぐに行くよ！」

外に出たロバートは、馬丁が馬の準備をするあいだ、庭の片隅に目を走らせた。家族はロバートが芝生の一角の土を掘り起こしていることを知りながら、見て見ぬふりをしている。ゆうべの夕食と今朝のあわただしい朝食のテーブルで、誰ひとりとしてその話題を持ち出す者はなかった。しかし遅かれ早かれ、エドワードがなにか言い出すのを誰も止められないだろう。

昨夜ロバートは疲れきってベッドに入り、夜明けとともに目覚めた。肩の筋肉が痛かったが、夢も見ずに朝まで熟睡できたのが嬉しかった。その事実ひとつをとってみても、薔薇園作りを続けようという気になった。

エドワードが戻ってくると、ロバートはトリーにまたがった。「どこに行くの？」エドワードが尋ねる。馬丁のジョンがエドワードを抱きあげて、ストームクラウドの鞍に乗せた。

「テムズ川だ」

ロバートは弟を従えて、ゆっくりと南東へ向かった。ペルメル通りに差しかかると、ロバートは全速力で走り抜けたい衝動と闘った。まだ早朝だというのに、メイフェアは人でごった返している。牛乳売りに野菜や果物の露天商、朝の買い出しをする貴族の使用人たち、石炭や薪《まき》の行商人、オレンジ売りの少女たち、廃品業者、そして早起きの貴族たちが大声をあげ、押し合いへし合いしながら通りを埋め尽くしていた。

「どうして川に行くの？」エドワードがきいた。

「魚を手に入れるためだ」

「魚釣りをするの？」

エドワードの喜び勇んだ声に気づき、ロバートは眉をひそめそうになった。「いや。花壇に新鮮な魚が必要なんだよ」

「花壇に魚を植えるの？　ぼくはもう赤ん坊じゃないんだから、そんなばかなことを言ってからかうのはやめてよ」

「魚は薔薇を栽培するための肥料になる。ぼくもよくわからないが、そうらしい」

エドワードが口を開き、また閉じた。「あっ」

「なんだ？」

「薔薇の栽培のことは言っちゃいけないことになっているんだ。薔薇っていう言葉を口にするのもだめだって」

「誰がそう言ったんだ？」

「みんなだよ。まずジョージアナに言われて、次にトリスタン。ショーなんか居間から飛び出してきて、薔薇のことは絶対ビットに言うなって、ぼくを脅したんだよ。ぼく、薔薇なんか大嫌い」

「運がよければ、昼までに魚も大嫌いになっているかもしれないぞ」

「ということは、薔薇園作りを手伝わせてくれるの？　それも頼んじゃだめって、ジョージアナに言われたんだけど」

メイフェアを通り抜けたが、混雑は続いている。ロバートは息苦しさを感じ、呼吸が乱れそうになるのを必死でこらえた。ここでパニック症状に襲われたら、エドワードはどうなるのだ？　まだ抑制のきくうちに、気持ちをほかのことに向けなくては。「薔薇の栽培を手伝いたいのか？　ショーやトリスタンと馬に乗るほうが楽しいだろう？」

「ビットと馬に乗るのも好きだよ。だって、ビットはトリーに乗るときに手綱をほとんど使わないでしょう？　ぼくもストームクラウドに同じことをやってみたいんだ」エドワードは真顔で言った。「薔薇園のことはきっとみんな知らんぷりするから、ぼくが手伝ってあげるよ。ひとりでやるのは大変だからね」

「ありがとう、おチビ」

エドワードは陽気に笑った。屈託のない満ち足りた笑顔だ。ロバートは弟が羨《うらや》ましかった。かつては自分もこんなふうに笑っていた。だが、過去の自分と今の自分との落差に気づいたとしても、事態はいっこうによくならない。深い闇の底に迷い込んでしまったことも、二度と明るい光の中に戻れないことも、ロバートは誰にも打ち明けていなかった。

「あの人、魚売りだよ」

ロバートは目を上げた。「ああ、そうだな」馬からおりた彼は、壊れかけた手押し車を引くみすぼらしい老人に近づいた。「魚を売ってくれ」

「毎度どうも、旦那。今日はなにをお探しで？　どれも生きのいい魚ばかりだよ。鱈《たら》、鯖《さば》、鱚《きす》――」

「二五匹ばかり欲しい」ロバートは老人の言葉をさえぎって言った。魚が老人ほどくさくないことを祈るばかりだ。

「二五匹？　そ、そんなに……で、どんな魚を——」

「これくらいの大きさの魚だ」ロバートは手を上げて、三〇センチほど広げてみせた。

「貴族の旦那の口に合う高級な魚はたくさんあるが、うまい魚はそりゃあ値段も張りますぜ」

「肥料にするんだよ」エドワードが馬にまたがったまま口をはさんだ。

「肥料——」

「このくらいの大きさだ」ロバートは繰り返した。

「わしの魚を土に埋めるというのかね？」老人が声を荒らげた。「そんな話が人に知れて、わしの魚が土の肥やしにしかならんと思われたら、もう商売にならない——」

「人間はみな、土の肥やしにしかならないんだ」ロバートは吐き捨てるように言った。家に帰りたかった。できるだけ早く。「いくらだ？」

　老人は唾《つば》をのみ込んだ。「一〇シリング」

「八シリング」ロバートはポケットから硬貨を取り出した。

「仕方がない、旦那。そのかわり、生きのよさは保証しませんぜ」

　ロバートは家から持ってきた布袋に魚を入れると、ふたたびトリーにまたがった。「行くぞ、おチビ」低くつぶやき、布袋を鞍頭にくくりつけた。

馬にまたがってから数分もしないうちに、ロバートはエドワードがいつになく無口なことに気づいた。振り向いて弟の表情をうかがう。エドワードは正面を見据え、口をかたく引き結んでいた。「どうかしたのか、エドワード？」

「あんな言い方をしちゃだめだよ」エドワードは兄の視線を避けてつぶやいた。「あのおじいさん、怖がっていたよ」

ロバートは反論しようとして言葉をのみ込んだ。自分が反論しようとしたことに驚いてもいた。エドワードが自分をただの半人前として扱ってくれたら、どんなに楽だろう。ほかのみんなと同じように……ひとりだけ例外がいる。ルシンダ・バレットの笑顔がロバートの脳裏をよぎった。

「悪かった。少し気分がすぐれなくて、早く家に帰りたかったんだ」

「ビットが帰ってきたときのこと、覚えてるよ」エドワードが唐突に言った。「ナポレオンとの戦争から帰ってきたときのことだよ。ショーはビットが死ぬんじゃないかと心配していたけど、ぼくは絶対に大丈夫だと思ってた」

「どうしてそう思ったんだい？」

「手紙をくれたじゃないか。もう少し大きくなったら、塀を飛び越える障害走を教えてくれるって。去年ビットがスコットランドに行ってるあいだに、アンドルーが教えてくれるって言ったんだけど、ぼくはビットから習いたかったんだ」

ロバートは息をのんだ。手紙のことなどすっかり忘れていたのだ。それは最後に書いた手紙だった。あの夜……すべてが変わったあの夜に投函《とうかん》したものだ。地獄に突き落とされた夜に。

ようやくキャロウェイ邸が見えてきた。「アンドルーに教えてもらえばよかっただろう」

ロバートは無愛想に言い、トリーの速度を上げた。

馬小屋でトリーからおりたロバートは魚の袋を鞍頭から取りはずし、薔薇の枝の入った木箱の横に置いてから、正面玄関に向かった。ドーキンズが手を伸ばすより早く、ロバートはドアを押し開けた。

「どこに行っていたんだ？」トリスタンが書斎から姿を現した。

「外だ」ロバートは兄の腹立たしげな表情には目もくれず、二階に向かった。

「エドワードと一緒だったのか？」

「ああ」

トリスタンが舌打ちした。「行き先も告げずにエドワードを連れ出すのはやめろ」

「わかっている」

「ロバート！　話はまだ終わっていない！」

話などどうでもよかった。パニックがまた襲いかかろうとしている。音もなく忍び寄る恐怖が胸を重苦しく締めつけ、ロバートは空気を求めてあえいだ。

「くそっ」彼は自室に駆け込み、力任せにドアを閉めた。「やめろ、やめろ、やめろ」

そうだったのか。エドワードがぼくを慕ってくれているのはすべて、なにも知らなかったあのころに書いたのんきな手紙のせいだったのだ。ロバートはその手紙の内容を思い出した。極寒の中でスペインからフランスの国境越えをした話を書き、ナポレオンの退位を無邪気に喜んでいた。戦争は終結したと、あのときは誰もが思い込んでいた。平和執行部隊として現地にとどまるのが自分の所属する部隊ではないことを願い、家に帰る日を心待ちにした。はたしてロバートの部隊は新たな任務を課せられたが、ロバートが彼らと運命をともにすることはなかった。

「ロバート！」

トリスタンが部屋のドアをノックする。ロバートは無視した。というよりも、背後に忍び寄る真っ黒なパニックから逃れるために部屋の中を歩きまわっていた彼の耳には、ノックの音さえ聞こえなかった。

あのときロバートは除隊を申請し、書類は受理された。そのため部隊の仲間たちは彼がイングランドに帰ったのだと思い、家族は家族でロバートがまだスペインにいるのだと思っていた。

「ロバート、ドアを開けてくれ！　いいかげんにしろ！」

怒りと不安をあらわにしたトリスタンの声で、ロバートは現実に引き戻された。大股で戸口に近づき、ドアを開けてまくしたてた。「ぼくがエドワードを危ない目にあわせるはずがないだろう？」

なにを言うつもりだったにせよ、トリスタンはその言葉をのみ込んだ。「ビット、大丈夫か？　顔色が――」

　ロバートは叩きつけるようにドアを閉めた。「ひとりにしてくれ」うめくように言うと、重く冷たい木のドアに額を押しつけた。「気持ちを静めたいんだ」

「わかった」まもなく、廊下を遠ざかるトリスタンのブーツの音が聞こえた。

　ロバートは苦しげな息をつき、ドアから離れた。振り向きざまに、椅子の背にかけておいた庭仕事用の作業着が目にとまった。メイフェア中の野良猫がにおいを嗅《か》ぎつけてやってくる前に、魚を土に埋めなければならない。それに今日中に枝の挿し木をしないなら、ルシンダが言うように薔薇の栽培などあきらめたほうがいいのかもしれない。

　彼は震える手でコートを脱ぐと、ベッドの支柱に放り、続いて上着とベストを脱いだ。どうやら一枚ずつクローゼットのハンガーにかけるだけの集中力が戻ってきているようだ。

　身のまわりの世話を従者にさせるようにと、トリスタンには再三すすめられていた。ロバートが自分の周囲に他人が近づくことをいかに恐れているかは、誰にも理解してもらえないようだ。他人が自室に出入りすることも、自分の持ち物に触ることも、彼には耐えがたかった。着替えや身支度を自分でするのは、人間として機能していると自分自身で確認する数少ない方法のひとつなのだ。

　ロバートは履き古したブーツと、ルシンダが置いていった作業用の手袋を身につけた。驚いたことに、叩きつけるような動悸《どうき》がおさまり、呼吸も落ち着いてきている。

　部屋のドアを開けた彼はあたりを見まわしてから廊下に出た。パニックは完全に消え去ったわけではなく、疲労感と震えが残っていたが、今回は自力で症状を抑えられた。パニックに打ち勝ったのは初めてのことだった。薔薇とルシンダ・バレットのおかげだ。

6

父のエスコートでハールボロー邸の正面玄関に近づくと、ルシンダの足がすくんだ。エヴリンとセイント・オーバンが結婚する以前に、一度だけこの家に来たことがあったが、そのときは玄関広間に足を踏み入れただけだった。少し前まではこの家の中に入ることなど、つつしみ深い淑女にとって恐怖以外のなにものでもなかったはずなのに、今こうして仲間内の晩餐会が開かれようとしている。招待されているのは親しい友人とその家族、そしてルシンダにとっては将来の伴侶となるかもしれない男性だ。

「ようこそ、バレット大将。ようこそ、ミス・バレット」執事がふたりを出迎えた。「セイント・オーバン夫妻が居間でお待ちでございます」

「ありがとう、ジャンセン」

居間のドアは細く開いていた。エヴリンとセイントがほんの数カ月前に結婚したことをもう一度思い出し、ルシンダは大きく咳払いをした。「ねえ、お父様」居間の中にまで響くような大声で話しかける。「ウェルクリスト家のパーティーのとき、ミセス・ハルにマディラワインを二度も運んであげていたでしょう？　わたし、ちゃんと見ていたのよ」

「舞踏室が人いきれで息が詰まりそうで、しかもミセス・ハルは扇を持ってくるのを忘れたんだ」バレット大将が答えた。

「もしも――」

そのとき、ドアが内側から開かれた。「いらっしゃい」エヴリンがほほえみ、ルシンダの頬にキスをしてから、父娘《おやこ》を居間に招き入れた。「まだ誰も来ていないの」

セイント・オーバンがエヴリンのうしろに立ち、彼女の背に手を這わせた。「きみにとっては願ってもないタイミングだったろう。これで議論に負けずにすんだのだから」

エヴリンは頬を上気させた。「そんなことないわ」

「続きはあとにしよう」セイントは新妻を見つめて言い、ルシンダとその父親に向きなおった。「バレット大将、ビリヤードはいかがです？　女性たちのおしゃべりにはついていけませんから」

バレット大将は眉を上げて言った。「エヴリンとルシンダは幼なじみで、我々は家族同然だ。オーガスタスと呼んでくれたまえ」

セイントはうなずいた。「どうやらわたしはとてつもない大家族の一員になったようですね。それでは、オーガスタスと呼ばせていただきます。もしもビリヤードでわたしが勝ったら、セイントと呼んでいただきますよ。まずありえないことですが、わたしが負けたら、〝慈愛に満ちたわが閣下、セイント・オーバン侯爵〟と呼んでいただくことにしましょう」

バレット大将は愉快そうに笑った。「わたしを動揺させようという気だな」

廊下に出ていくふたりのうしろ姿を見つめながら、ルシンダは言った。「わたしにはいまだにわからないわ」

「わからないって、なにが？」エヴリンがソファに腰をおろして尋ねた。

「慈愛に満ちた閣下のこと」ルシンダは笑顔で答えた。「つまり、マイケル・ハールボローはさまざまな困難を乗り越えてあなたの心を射止めたわけだけれど、それにしても……あなたがセイント・オーバン侯爵と結婚したなんて、いまだに信じられないのよ」

「ええ、母は今もその事実を認めようとしないの」エヴリンはわずかに眉をひそめた。「兄もわたしたちとは、ほとんど口をきいてくれないのよ」

「知っているわ。だからあなたが気の毒で」

「あら、わたしは平気よ。セイントはそれを気にしているけど、わたしはなんとも思っていないの。わたしが勇気を持って自分の人生を歩み始めたことと、わたしと彼が心から愛し合っていることを受け入れるかどうかは、母と兄しだいですもの。今さらこの幸せを手放すつもりもないわ。だって、ここまで来るのにさんざん苦労したのよ」

苦労。「わたしのしようとしていることはずるいのかしら？」ルシンダはつぶやいた。「ねえ、お願い、本当のことを言って」

エヴリンはルシンダの手を握り、ソファに座らせた。「もちろん本当のことを言うわ」親友の目を見据えて言葉を続ける。「自分の意思でなにかを決めて、そこから目標を定めることがずるいなんてけっして思わないわ」

「レッスンの話よ」

「ルシンダ、あなたはずるくなどない。レッスンのことを約束したあの日、わたしたちは男性への不満をいろいろ話し合ったけれど、あれはすべて自分たちの人生に対する不満の表れだったような気がするの」

「不満を解消するために結婚相手を見つけようなんて思ってないわ」ルシンダは言い返した。

「そんな意味ではないのよ」エヴリンはため息をついた。「わたし、以前よりもずっと幸せよ。それはもちろんセイントのおかげだけれど、家族の呪縛から逃れられたことも大きな理由なの」

「わたしの問題はそこね」ルシンダは声をひそめて言った。「わたしは父のことばかり気にしているの。父と揉《も》めごとを起こすのだけは避けようとしてきたわ」

エヴリンが笑った。「じゃあ、トリスタンと恋に落ちなくてよかったわね」

トリスタンの弟の悲しげな表情がふと脳裏をよぎり、ルシンダは思わず眉をひそめそうになったが、エヴリンに気づかれる前にその面影を頭から振り払った。揉めごとを避けているわりには、あの紺碧の瞳のことばかり考えているのはいったいなぜだろう。「それを言うなら、あなたのセイントとも恋に落ちなくてよかったわ」

エヴリンはソファの背にもたれた。「あなたのとるべき方法がジョージアナやわたしの方法と違うからといって、あなたがずるいということにはならないのよ」

ルシンダは座ったまま、しばらくエヴリンを見つめていたが、ようやく口を開いた。「あなたに謝らなくてはいけないわ、エヴィ」

「なにを謝るの？」

「いつもあなたを思いやりのあるすばらしい親友だと思ってきたけれど」ルシンダは言葉を続けた。「こんなに聡明だったことを見過ごしていたわ」

「いったいなんの話？」戸口からジョージアナの声が聞こえた。「遅くなったのはトリスタンのせいよ。彼ったら――」

「やめてくれ、ジョージアナ」トリスタンがさえぎった。ジョージアナの背後から顔をのぞかせている。「わたしは女性たちのおしゃべりに加わるつもりはないよ。男性陣はどこにいるのかきいてくれないか？」

「トリスタン！」ジョージアナが怒気もあらわに叫んだ。

エヴリンは苦笑しながら告げた。「男性たちはビリヤード室よ」

「急げ！」廊下でエドワードの声がした。「セイントにトリックを教えてもらうんだ！」

「あら、まあ」ジョージアナがつぶやき、ふたたび姿を消した。廊下からはブーツの足音がやかましく聞こえてくる。「エドワード、ちょっと待って――」

「ときどき、ジョージアナが羨ましいとは思えなくなるわ」エヴリンはまだ笑っている。

「アンドルーがロンドンに戻ってきたら、彼女は五人のキャロウェイ兄弟に囲まれて暮らすようになるのよ」ルシンダはほほえんだ。そのうちのひとりは今夜ここに来るのだろうかと思ったが、その思いを頭から振り払った。今夜はほかに集中しなければならないことがある。

ここに招待された理由をジェフリー卿が勘ぐったりしないように、知恵を絞らなければならないのだ。

ジェフリー卿が晩餐会に現れればの話だが。「エヴィ、ほかにどなたか見える予定なの？」ルシンダは尋ねた。

エヴリンはグレーの瞳を輝かせた。「ええ、もうすぐ着くはずよ」

そのとき、まさに完璧なタイミングで、長身の黒い人影が居間の戸口に立った。ルシンダは顔を上げた。ジェフリー卿が来たと思ったのだが、彼女を見つめる紺碧の瞳はほかの誰のものでもなく、たったひとりの男性のものだ。「ミスター・キャロウェイ」ルシンダは声をあげた。息が止まりそうになったことに驚いていた。彼が来るとは思っていなかったからよ、と心の中で言い訳をする。

「レディー・セイント・オーバン」ロバートは低い声で言った。「ミス・バレット、こんばんは」

エヴリンは目を丸くしていた。「ようこそ、ミスター・キャロウェイ。来てくださって嬉しいわ。どうぞお入りになって」

ロバートはエヴリンに向けた視線をルシンダに戻した。「その前にミス・バレットと少し話したいんだが」

「ええ、どうぞ」

ルシンダはエヴリンの好奇の目を避けながら立ちあがり、廊下の静かな場所へと向かうロバートのあとに続いた。簡単に結んだ白いクラヴァット以外、彼はグレー一色に身を包んでいる。服の色と薄暗い廊下の明かりが、ロバートの瞳を黄昏《たそがれ》色に染めた。またしてもルシンダは、彼に心を見透かされているような奇妙な感覚にとらわれた。

「薔薇を植えたよ」ロバートがぽつりと言った。「魚も」

「まあ、そうなの。よかった」

「それで取引のことだが」

「ミスター・キャロウェイ、そんなことはいいの――」

「ロバートと呼んでくれ」

「ロバート、あなたの申し出は嬉しいけれど、本当に必要ない――」

ロバートがゆっくりと手を伸ばし、ルシンダの頬に触れた。まるで彼女が消えてしまうとでも思っているかのように、そっと指を這わせ、静かにささやいた。「ぼくはきみに協力すると言った。口にしたことは守る」

ルシンダの背筋に震えが走った。薔薇を植えたという話はともかく、取引のことをロバートが口にするとは思ってもみなかった。そして彼に触れられて、こんなに胸がときめくなんて……。ルシンダは真剣な表情でたたずむ彼の青い目を見つめた。「ロバート――」

「こんばんは、ルシンダ」ジェフリーのなめらかな声が聞こえた。「やあ、キャロウェイ。ここできみに会うとは意外だな」

ロバートはルシンダの頬から手をおろした。彼女は同時にふたつのことに気づいた。ジェフリー卿に見られていたのだ。そしてロバートはそれを知っていた。ロバートはルシンダからジェフリーに視線を移すと向きを変え、ビリヤード室のほうへと立ち去った。

「驚きましたよ」ジェフリーはルシンダの手を取ってお辞儀をした。

「ええ」彼女は咳払いをこらえた。「彼は……友人なんです」

「そうらしいですね。それより、セイント・オーバン夫妻のところに連れていってもらえますか？」

「ええ、こちらです」

ルシンダが歩き出すと、ジェフリーは腕を差し出した。上着の袖《そで》に手をのせて、ルシンダは居間へと彼を案内した。なんておかしな夜かしら。ほんの五分前まで、ロバート・キャロウェイは晩餐会には現れないだろうと思っていた。それにロバートが協力してくれるといったって役に立つはずもないと思っていた。どちらもはずれだった。

ルシンダはそっと手を上げ、ロバートの指の感触が残る頬に触れてみた。熱を持ったように上気している。本当におかしな夜だわ。

ロバートはゆっくり息を整えると、ビリヤード室のドアを開けて中に入った。男たちの賑やかな声が耳に飛び込んできた。室内にいる全員が同時に声を発しているような騒がしさだ。男たちの声にまじって、女性の高くやわらかい声が聞こえる。ジョージアナがいつものように騒ぎを静めようとしているらしい。ロバートは彼女に視線を向けた。部屋の奥にいる人物と対面する瞬間を引き延ばすためだ。ミス・バレットに約束したことを実行するのは、彼が自分に課した役目だった。そしてその役目を果たすためには、キャロウェイ邸の壁に守られた自室にこもっているわけにはいかない。たとえ誰と相対することになろうと。

「本当なのね、セイント？」ジョージアナの声がした。

「ああ、保証するよ。人前でやってはいけないトリックなんて教えないさ」

「ジョージアナ、邪魔しないでよ」エドワードが口をとがらせて抗議した。

「あなたが妙なことを覚えるんじゃないかと心配しているのよ」ジョージアナはそう言い残し、トリスタンの頬にすばやくキスをすると、戸口のほうに向かった。

ロバートは脇によけ、彼女のためにドアを開けた。

ジョージアナはロバートの肩にそっと手を置き、廊下に姿を消した。彼女はロバートの身に起きたことの一部を知っている。彼が話したのだ。トリスタンはそのことをジョージアナから聞かされたが、身近な家族以外ほかに知る者はない。勇敢だったはずの兵士がワーテルローの戦いで負傷したわけでもないのに、ぼろぼろに傷ついて帰ってきたのだ。誰が身内のそんなぶざまな話を他人にもらすだろう。七カ月間も捕虜として監獄に入れられていたことや、ナポレオンを降伏に追い込んだ二度の戦いでなんの功績もあげていないことに、どんな言い訳ができるというのだ？

ロバートは息を吸い込んだ。あの七カ月のあいだに起こったことのすべてを知ったら、血を分けた家族たちはどんな反応を示すだろう。彼は身震いし、意を決したように顔を上げると、部屋の奥にいる人物に視線を据えた。かつて殺意を抱くほど憎んだ男だ。

「心配いらんよ、坊や」オーガスタス・バレット陸軍大将がエドワードに話しかけている。「約束はできないが、ここでじっくり見ていればいろいろ覚えるさ」

ジェフリー・ニューカムが部屋に入ってきたのはそのときだった。ロバートはみなから離れ、部屋の隅に移動した。バレット大将が真っ先にジェフリーに歩み寄ったが、ロバートは驚かなかった。

「やあ、ジェフリー。みんなに紹介しよう」バレット大将はジェフリーの手を握り、周囲を見まわした。「彼がこの家の主人、セイント・オーバン侯爵――」

「セイントです。ようこそ」侯爵が冷ややかな笑みを浮かべて言った。

「お招き、ありがとうございます。予期せぬ招待状だったので驚きましたよ」

「不意打ちが好きなものでね」セイントが答えた。

バレット大将がふたたび口を開いた。「あとは全員、キャロウェイ家の兄弟たちだ。デア子爵トリスタン、弟のブラッドショー大尉は、残念なことに海軍だ。エドワード。それから――」

「おチビって呼んでいいよ。ぼくはキャロウェイ兄弟の最年少」エドワードが胸を張って言った。

「それじゃあ、おチビと呼ばせてもらうよ」エドワードが差し出した手を、ジェフリーはおもむろに握った。

「あとのひとりがロバートだ」バレット大将はロバートには目もくれずに言った。

ジェフリーがロバートのほうを見た。「やあ。先ほどはどうも」

ロバートは会釈したが、視線はバレット大将に向けたままだ。なるほど、やつにとってぼくは〝あとのひとり〟というわけか。だが少なくとも、互いに蔑《さげす》み合っているという共通項があることだけはたしからしい。

「ありがとう」低い静かな声がすぐそばで聞こえた。セイントがビリヤードの突き棒《キュー》を床に突き、進行中のゲームに視線を据えたまま立っている。

「なんのことだ？」ロバートはささやき返した。

「ここに来てくれたことだよ。きみがこうした集まりに顔を出さないのは、わたしが原因かと思っていた」セイントは声をひそめて続けた。「でも、どうやらそうではないらしい。バレットのせいだな」

「なにを言ってるのかわからないね」

「まあ、いいさ。だがいずれ、その理由がわかるだろう。わたしは第一印象を信じることにしているが、選《え》り好みの激しいわたしから見て、きみもバレットも好人物のようだ。間違っているかな？」

「ああ」ロバートは答えた。「どちらも好人物とは言いがたい」

「おもしろい意見だ。それなら、じっくり観察させてもらっていいかい？」

放っておいてくれと言いたかったが、ロバートもセイントの噂は聞いている。敵にまわすと面倒な相手だ。「好きにすればいい」彼はしぶしぶ答えた。

「いつもそうしているよ」セイントはビリヤード室付きの従僕を呼びつけた。「今のうちにディナーの席順を変更しておこう。エヴリンはきみの席をバレットの隣にしたはずだ」

冗談じゃない。なんとかここまでやってきたのはルシンダに協力するためだ。ディナーの席順のことなど考えもしなかった。たまにどこかの集まりに顔を出しても、ディナーまでとどまっていたことは一度もなかったのだから。「それはありがたい」

「では、〈ドレッドノート〉に乗っていたのですか？」ジェフリー・ニューカムとブラッドショーの会話が聞こえてきた。

「ええ」ブラッドショーが答える。「十数回も交戦しましたよ」

「ほう」エドワードの相手をしていたバレット大将が顔を上げた。「十数回？　そのうちフランス船を撃沈したのは何回かね？」

ブラッドショーはにやりとした。「ほんの数回です」

「何度もだよ。それでショーは艦長になったんだから」エドワードが自慢げに言った。

「それはおめでとうございます」ジェフリーが口をはさんだ。「ぼくも海軍に入っていれば、今ごろもっと昇格していたかもしれませんね」

「そんなことはないよ、ジェフリー。陸軍にいるほうが出世の機会はある」

「ビットはウェリントン公に会ったことがあるんだって」エドワードがビリヤード台で次のショットの狙いを定めながら言った。

バレット大将はグレーの目でロバートのほうをちらりと見やった。「そうだろうね。ウェリントン総司令官は、負傷兵には必ず声をかけていた」

「ビットが怪我をする前の話だよ。一緒にウイスキーを飲んだんだって」

ジェフリーが眉をつりあげた。「聞かせてください、キャロウェイ。おもしろそうな話ですね」

ロバートは無表情な目でジェフリーを見返した。「断る」

トリスタンとブラッドショーが同時に前へ歩み出た。「おチビ、おまえの番だぞ」トリスタンはエドワードに言い、ロバートとジェフリーのあいだにさりげなく割り込んだ。

「客に勝たせるのも楽じゃない」セイントがロバートのかたわらに寄った。偶然か意図的かはさておき、ロバートの視界がさえぎられ、バレット大将が見えなくなった。「だが、そのおかげでわたしは太っ腹な主人と客から思ってもらえる。違うかい？」

ハールボロー家の執事が部屋に入ってきて、セイント・オーバンに小さくうなずいてみせてからドアを大きく開いた。「お食事のご用意が整っております」

一同が居間に移動し、女性たちと合流すると、エドワードがロバートにささやいた。「ねえ、ぼくは誰をエスコートすればいいの？」

ロバートはすばやく人数を数えた。女性は三人いるが、三人目、つまりルシンダ・バレットをエスコートするのはジェフリーだろう。「ぼくをエスコートしてくれればいいよ」ロバートは低い声で言った。

「うん。ビットが来てくれてよかった。でなきゃ、ぼくはひとりぼっちだ」

ぼくが来たことを喜んでいる人間が、とりあえずひとりはいるということか。だがブラッドショーのあとに続いて食堂に入ったとき、ロバートはその考えを改めた。ジョージアナがにこやかにほほえみ、トリスタンとブラッドショーは無表情を装いながらも温かい目でロバートを見つめている。

家族たちはみな、ロバートがディナーまでとどまったことに満足しているらしい。ここまで持ちこたえられたのは彼らのおかげかもしれない、とロバートは思った。ちらりとルシンダに視線を向けると、彼女はジェフリーの横顔を見つめていた。ロバートがジェフリーの立場だったら、ビリヤード室で無駄な時間を過ごしたりせず、ルシンダのそばから離れなかっただろう。ジェフリーへの非難めいた思いが頭の中で交錯したが、セイント・オーバンが変更したディナーの席順に気づいたとき、すべての思いが霧消した。

「ミス・バレット」ロバートは声をかけながら、彼女の隣の椅子を引いた。

ルシンダは気品に満ちあふれ、同時にこのうえなく穏やかな表情をたたえている。ロバートは過去にも同じ胸の疼《うず》きを感じたことがあるが、それはできれば避けて通りたい痛みだ。彼女は愛想よくロバートと言葉を交わしているものの、あの日の午後、客用の寝室で彼とでくわしたことを本当は呪《のろ》っているのではないだろうか？　だが、頰に触れたときルシンダが息を止めたことも、ロバートは知っていた。あのとき、彼は自分の心臓が止まったかのような錯覚に陥ったのだった。これはまだ人間らしい心を完全に失ってはいないというサインなのか？　心が腐りきっているわけではないということか？　それとも、ぼくはただルシンダ・バレットのとりこになっているだけなのだろうか？

彼女を手助けしようとしていたはずなのに、ロバートは自分が助けられているだけのような気がした。どちらにしても、影のごとく身をひそめているのをやめて、自分自身を向上させなければならない。すでに行動を起こしてはいるが、ルシンダのやわらかな頬に触れ、息が止まるような思いを味わったからといって、なにも変わってはいないのだ。

「思いついたことがあるんだが」周囲で賑やかな会話が始まるのを待ってから、ロバートは静かに口を開いた。「きみのリストの内容がわかれば、もっと協力しやすくなる」

「わたしのリスト……だめよ！」ルシンダは声を殺してささやいた。

彼女のためだ、とロバートは自分に言い聞かせ、笑顔を作った。「話したくないなら、勝手に想像させてもらうよ」

ルシンダはマディラワインのグラスを手に取ると、一気にあおった。「ミスター・キャロウェイ……いえ、ロバート。あなたの申し出はありがたいけれど、本当に助けは必要ないの。薔薇の枝はあなたへのプレゼントで、それ以上のなにものでもないわ」

必死な思いが声に表れてしまったに違いない。「ジェフリーは自分が英雄だと思っているらしい。しかも、自分の意見には誰もが従うはずだと思い込んでいる」

ルシンダはちらりと横目でロバートを見てから、ジェフリーに視線を向けた。彼は隣の席のバレット大将となにやら話し込んでいる。ああ、そういうことだったのか、とロバートは思った。エヴリンが腹立たしげにセイントをにらみつけた理由がわかったのだ。エヴリンはジェフリーをルシンダの隣に座らせるつもりで席順を決めたのに、セイントがルシンダの隣をロバートに変更したらしい。ロバートはセイントにひそかに感謝した。

「ジェフリー卿は父の戦争回顧録の編纂を手伝ってくれているの。だからせっかくだけれど、あなたの協力がなくても、すべて順調にいくはずよ」

「それはよかった。ともかく、きみがリストに書いたことをひとつでいいから教えてくれないか？　そうすればもうなにも言わない」

「わたし――」言いかけてルシンダは口を閉ざした。やわらかそうな唇にロバートは見とれた。「ひとつだけよ」

「ああ、ひとつでいい」

「わかったわ」彼女はナプキンを膝に置いた。「わたしがひとつ教えるから、あなたにもひとつ答えてもらいたいことがあるの」

ロバートの胸が冷たくこわばった。返答に窮することをきかれるのではないだろうか？　そしてふたたび沈黙の世界に戻っていくのか？　長い月日をかけて、ようやくあの暗い穴から這い出たのだ。もう二度と戻りたくない。なにがあっても。誰のためでも。

「それでいいかしら？」ルシンダが尋ねた。

落ち着け。ロバートはいつもの呪文を唱えた。同意するかしないか、ただそれだけのことだ。ルシンダはぼくの単純な決断を待っている。まるで正常な人間を相手にしているかのように。「いいだろう」彼の低い声がかすれた。

「ほ……本当に？」

その一瞬、ロバートの表情がやわらぎ、かすかな笑みが口もとに浮かんだ。ルシンダは彼の瞳の奥をのぞき込み、思わず息をのんだ。まあ、なんて美しいの。ロバートがこれほど深い傷を負っていなければ、今ごろわたしは彼に夢中になっていたかもしれないわ。

「ぼくが同意するとは思っていなかったんだろう？」

ルシンダはジェフリー卿の視線を感じた。わたしったら、なにをしているのかしら？ ロバートとおしゃべりなどしている場合じゃないのに。こんなことをしていたら、ジェフリー卿との話がちっとも先に進まないわ。それなのに、ロバート・キャロウェイに心が引き寄せられていくのはなぜ？ 「そんなことないわ」彼女は息をつき、レッスンのリストを頭に思い浮かべた。「それじゃあ、リストを教えるわね。ひとつ目の項目はこんな感じよ。〝女性と話をするときには、真摯な態度で会話に集中すること。もっと興味深い女性がいるのではないかと言わんばかりに部屋の中を見まわすのはつつしむべき〟」

ロバートはルシンダを見据えた。「それだけかい？」

彼女の頬が熱くなった。「これはひとつ目のレッスンよ。とても大事なことだと思うわ。わたしだけではなくて、女性なら誰もがそう思っているはず。さあ、今度はあなたがわたしの質問に答える番よ」

「なにを答えればいいんだい？」

ロバートの声の奥に緊張感が漂ったのを察知し、ルシンダは質問の内容を急遽《きゅうきょ》変更した。彼の身に起こったことを知りたい気持ちはやまやまだが、今でなくてもいい。彼を傷つけたくはなかった。「あなたも薔薇の栽培を始めたわけだからききたいのだけれど、この言葉をご存じかしら？　〝今は春、雑草の根もまだ浅い。でも今放っておけば、やがて庭中にはびこり、手入れ不足のゆえにいい草までも枯らしてしまう〟」

ロバートはまばたきをした。「なんだって？」

「聞こえたはずよ」

彼は長いことルシンダを見つめていた。よく知られた一節というわけではないから、ロバートは知らないかもしれない、とルシンダは思った。やがて彼は口もとにゆっくりと笑みを浮かべた。「シェークスピアの『ヘンリー六世』第二部だね。だが、ここで言わんとしていることは植物の話ではないよ」

「ええ、わかっているわ。でも、いい言葉でしょう？」意表を突く質問をしたことと、お気に入りの一節をロバートが知っていたことに不思議なほど満足感を覚え、ルシンダは笑顔で言った。「『フランケンシュタイン』以外の本も読むのね」

「本ならなんでも――」

「ルシンダ？　ねえ、聞いてちょうだい」エヴリンの声がした。「ジェフリー卿がスペインのトルメス川を渡ったときの話をしてくださるそうよ」

「自慢話を聞いてやるといい」ロバートはつぶやき、前を向いて食事に取りかかった。

「意地悪ね」ルシンダはささやき返した。「英雄であることはいけないことじゃないわ」

「真の英雄は自慢話などしないものさ」彼はため息をついた。「でも、やつはきみに聞かせたいんだろう」

ジェフリー卿の話はルシンダの耳にほとんど入ってこなかった。彼をレッスンの対象に選んだのは、無難で面倒が少ないと思ったからだ。その気持ちは今も変わらないが、ロバート・キャロウェイの出現によって、事態は思わぬ方向に転じようとしている。細く引きしまったロバートの上体から熱気が発散されるのをかたわらで感じ、ルシンダはマディラワインのグラスをふたたび口に運んだ。ひとつだけ明らかなのは、このレッスン計画が彼女にとってますます興味深いものになりつつあることだった。

7

階下におりたロバートは朝食室の外で足を止めた。普段はもっと早い時間に起きるのだが、明け方近く、いつもの悪夢に襲われて寝過ごし、目覚めてからは心をなごませてくれる静かな雨音に耳を傾けていたのだ。

「わたしがいつもなにか企《たくら》んでいるなんて、よくもそんなひどいことが言えるわね」ジョージアナの声が聞こえてきた。

「だってそのとおりじゃないか」トリスタンが答える。「わたしの目は節穴ではないよ。きみたち三人組はまたしても策略をめぐらして、新たなレッスンの犠牲者を出すつもりだろう」

「いったいなんの話――」

「やっとわかったよ。エヴリンがセイント・オーバンを標的にしているとは、長いあいだ気づかなかったがね。残るはルシンダひとりだ――」

「やめて、トリスタン」ジョージアナは夫の言葉をさえぎった。怒っているというよりも、おもしろがっているような口調だ。「あなたはレッスンについて知らないことになっているのよ」

「きみたちの戦略には常に共通点がある。その気になりさえすれば、きみたちの陰謀くらいすぐに見破れるさ。しかも突然、ジェフリー・ニューカムをディナーに招待するだって？ジェフリーがきみたちの魂胆に気づかないことを、ルシンダのために祈っているよ」

ジョージアナは笑い声をあげた。「あらまあ、あなたもようやく慈愛に目覚めたようね。ルシンダに同情するなんて」

「誰にも同情などするものか。とにかくわたしを巻き込むのはやめてくれ」しばらく沈黙が続いたあとで、ふたたびトリスタンの声がした。「だがこのこととビットと、どんな関係があるんだ？」

ロバートは廊下の壁にもたれた。盗み聞きがいいか悪いかは別として、彼は長いあいだ、その行為に助けられてきたのだ。

「ビットには関係ないわ。彼をこんなことにかかわらせたりするものですか。ルシンダも同じ気持ちよ。ビットに趣味を持つようにすすめたのはあなたなのよ。ルシンダはたまたま薔薇の栽培に詳しくて、それに……彼女はビットを怖がっていないの」

ぼくを怖がっていない、か。だから穏やかで、洞察力があって、思いやりにあふれた態度をとれるという意味なら、ジョージアナの言うことは当たっている。この三年間、たとえ遠くからでも、ルシンダに会えるのをいつも心待ちにしていた。こうしてルシンダとかかわりを持った今、彼女はとてつもなく長く暗い夜のあとに訪れた朝日のごとき存在となった。そのぬくもりに心がなごんでいくのを感じながらも、ロバートはまばゆいばかりの陽光に焼き尽くされるのを恐れて、暗がりに身をひそめていた。それなのに、まるで蠟燭《ろうそく》の炎に引き寄せられる虫のごとく、ルシンダに取引を持ちかけたのだ。

ロバートは壁から離れ、朝食室に入っていった。「おはよう」

隣り合わせに座っていたトリスタンとジョージアナが、テーブルの向こうで同時に顔を上げた。「おはよう。気分はいかが？」彼女が言った。

「腹が減った」ロバートは料理が並べられたサイドボードの前に立った。以前は簡単に言えたことが、こんなに難しく感じるなんて。彼は深呼吸し、思いきって言った。「トリスタン、社交クラブに行くと言っていなかったかい？」

トリスタンとジョージアナが目を見交わした。「ああ、今日はクラブで昼食をとる予定だが」

「ぼくも一緒に行っていいかな？」

しばしの沈黙が流れた。「もちろん」

「ありがとう」

ロバートは自分の言葉に驚き、食欲が萎《な》えるのを感じたが、とりあえずトーストを数切れと果物を皿にのせた。空腹感は症状を悪化させるだけだ。今は目の前にあることに意識を集中させるしかない。

ロバートが席に着いたとき、ブラッドショーが朝食室に入ってきた。エドワードを肩にのせている。「ほら、ぼくは布袋よりずっと重いだろ?」エドワードが不満げに言った。

「布袋よりも運びづらいな」ブラッドショーは弟を床におろした。「それだけはたしかだよ」

「ちえっ」

ブラッドショーは愉快そうに笑った。「やあ、みんな、おはよう。トリスタン、今日の昼食にパーキンズを連れていってもかまわないかい? 彼はずいぶん前から社交クラブに行きたがっていたんだ」

トリスタンが動揺を隠すように咳払いをした。ロバートはなにも気づかないふりをしていた。外で食事をするだけで神経をすり減らすほどの緊張を強いられるというのに、そこに他人が加わったなら、自分が持ちこたえられるとは思えない。

「今日は家族だけにしよう。おまえとビットとわたしの三人だ」トリスタンがようやく言った。

「ビッ……ああ、だったらそうしよう。キャロウェイ兄弟の結束を誰にも邪魔されたくないからな」

「まあ、楽しそうね」ジョージアナが笑顔で言った。

「ぼくも行きたい」エドワードがロバートの皿からオレンジをひと切れつまみ、隣の席に腰をおろした。「ぼくだってキャロウェイ兄弟のひとりだよ」

「体重が布袋より重くならないと社交クラブには出入りできないのさ、おチビ」

「ぼくの体重は――」

「わたしと昼食に行きましょうよ。ルシンダやエヴリンも一緒よ」ジョージアナが言った。

「女の人ばっかりじゃないか」

「博物館に行くのよ」

「じゃあ、ミイラを見られる？」

「もちろん。それにエヴリンが子供たちを何人か連れてくることになっているわ」

「孤児院の子たちが来るの？」エドワードがきいた。トーストにのせた大量のジャムが皿にこぼれ落ちた。

「ええ、年少の子供たちが何人も来るわよ」

「だったら、ぼくが最年長ってこと？」

ジョージアナはほほえんだ。「そうよ。あなたが最年長」

「わかった。じゃあ、一緒に行くよ」

「ありがとう、エドワード」

おばたちが留守にしているあいだは、午後になるとキャロウェイ邸にロバートがひとり取り残される。あいかわらず繰り返される日常に、彼は内心飽き飽きしていた。とはいえ、社交クラブでの昼食のあとも同じ気持ちでいられるかどうか定かではない。それ以前に、昼食を無事すませられるかどうかもわからないのだ。

自分自身のことさえままならない世捨て人のままでは、ルシンダの手助けなどできない。それはわかっていた。だが社交界の狭い虚飾の世界に戻れば、人は彼のひそかな目的を詮索《せんさく》するに違いない。当然ジェフリー・ニューカムにも、ロバートの追い求める女性が誰なのか、すぐに気づかれるだろう。

ロバートは口の中にトーストを押し込んだ。あれこれ考えるのはやめよう。今日、無事に帰ってくることができたなら、それは闇から脱却するための大きな一歩となるだろう。そしてまばゆい陽光に焼き尽くされずに生き延びさえすれば、そこに未知の世界が広がっていないとも限らないのだ。


「少し休みたいわ」ジョージアナは大英博物館のエジプト展示室の前に石のベンチを見つけると、大儀そうにため息をついて腰をおろした。

ルシンダもその隣に座った。エヴリンはエドワードの手を借りて子供たちを誘導し、ミイラについて説明している。子供たちは幼い顔に皺を寄せて、薄気味悪そうにうなり声をあげながら、博物館見学を堪能《たんのう》しているようだ。

「家に帰ったら、トリスタンに脚のマッサージをしてもらうわ」ジョージアナはこっそりと片方の靴を脱いだ。

「出歩かないほうがよかったんじゃない？」

「あなたまでそんなこと言わないで。わたしが自由の身でいられるのはあとわずかよ。三週間後にはデボンの領地――デア・パークに連れていかれるんですもの。出産のためとはいえ、まるで監禁される気分よ」

「もう三週間後に迫っているのね」ルシンダは言った。

「そうよ。それにしてもタイミングが悪いわ。あなたはやっとレッスンに取りかかったところだし、ブラッドショーは艦長としてもうじき出航することになっているの。それにロバートはようやく快復しつつあるみたいで、今日は社交クラブの昼食に出かけたわ。ただわたしとトリスタンがロバートのそばにいたほうがよさそうだったら、ロンドンで出産しようと思っているのよ」

ルシンダはまばたきをした。ロバートが自分の意思で社交クラブに出かけたというの？　きっと例の取引と関係があるに違いないわ。どうしましょう。彼になにかあったら、わたしの責任よ。あんな取引なんて、すぐにもやめさせなければ。そう思いつつも、彼女はロバートの関心を得ていることにかすかな快感を覚え、世界が広がったような気がしていた。不意にルシンダは眉をひそめた。世界が広がったのではない。あまりに整然としていた彼女の世界がロバートの出現によって混乱に陥ったのだ。それでもなおロバートを拒みもせず、彼のことばかり考えている自分が、理解できなかった。

「ルシンダ？」

「えっ？　ごめんなさい。ぼんやりしてたわ」

「考えていたんでしょう？」

ルシンダは親友の顔をのぞき込んだ。ジョージアナの表情は驚くほど真剣だ。「なにを？」

「ロバートのこと」

今ここでルシンダがなんと答えたとしても、ロバートにとっては迷惑に違いない。でもジョージアナは大切な友人で、義弟の身を心から案じている。そして今ではルシンダも彼のことが気になり始めていた。ただ単に友人として、と彼女は思った。新しい友人。ようやく将来の計画を立てた今になって、思いがけず出会った友人。「これから話すことは誰にも言わないで」

「やっぱりね」

「お願いよ、ジョージアナ。わたしたちだけの秘密にしてほしいの」

ジョージアナは考え込むように下を向いていたが、ようやくうなずいた。「わかったわ。わたしたちだけの秘密ね」

「わたし、薔薇の栽培を手伝ってあげるとロバートに言ったの」ルシンダはゆっくりと話し始めた。「だけど拒絶されたわ。たぶん、わたしに同情されていると思ったんじゃないかしら。でも、取引をしようと持ちかけられたの」

「取引？」

「挿し木用の薔薇の枝とアドバイスのかわりに、彼はジェフリー卿がわたしのリストを実行できるように協力してくれるというのよ」

ジョージアナが立ちあがった。臨月間近の女性とは思えないすばやさだ。「わたしたちのレッスンのこと、ロバートに話したの？」青ざめた顔で叫ぶ。

「まさか！　もちろん話してないわ。彼のほうから言い出したのよ。ロバートはレッスンのことを知っていたの。トリスタンとセイント・オーバンが生徒だったことも」

ジョージアナはのろのろとベンチに座りなおした。「迂闊だったわ。もっと早く気づくべきだったのに。ロバートはいつも、まわりで起きていることをすべて知ってるのよ」

「彼はひっそりと目立たないから、そばにいても気づかないのね」

「そんなこと、あるわけない――ああ、ごめんなさい。あなたにやつあたりしても仕方がないのに。悪いのはあなたじゃなくて、こそこそ盗み聞きをしたロバートよ」

「彼に悪意はないわ。好奇心をそそられただけだと思うの」ルシンダはジョージアナの腕に腕を絡ませた。「薔薇はプレゼントだからと言ったのに、彼はジェフリー卿とのことに協力すると言って聞かないのよ」

「ロバートが外に出るようになったのはそのためだったのね。それで、あなたがジェフリー卿に興味があることをロバートは知っているわけね？」

質問というより断定するようなジョージアナの口調に、ルシンダは当惑しながらうなずいた。「ええ、知っているわ。それにロバートは、わたしたちがそれぞれ結婚を意識して生徒を選んだと思っているみたいなの」

ジョージアナは険しい顔つきで言った。「誰とも口をきかない彼がいきなりあなたの目の前に現れて、そう言ったのね」

「ええ――」

ジョージアナがふたたびベンチから立ちあがったとき、子供たちがエジプト展示室から出てくるのが見えた「今夜、ビットと話をするわ」

「だめよ、やめて。わたしが言ったことは黙っていて。彼がどんな協力をしてくれるつもりかわからないけれど、わたしには……」ルシンダは慎重に言葉を選んだ。「彼をこれ以上傷つけるつもりはないわ」

エドワードが孤児たちのうしろから姿を見せた。彼ははるかに年の離れた四人の兄を持ち、その兄たちに育てられたと言っても過言ではない。そんな境遇にもかかわらず、エドワードは自信に満ちているように見える。

だがロバートは違った。彼の身に起きたこと、彼がまのあたりにしたことが、人生を狂わせたのは明らかだ。そしてそのロバートが、ルシンダとのあいだに提供し合えるなにかがあると思っている。彼女はため息をついた。これ以上、なにを自分に言って聞かせても無駄だ。この気持ちを正当化できるとは思えない。かつて見たことがないほど深く美しい紺碧の瞳に魅せられている事実は、博愛精神や慈善行為という言葉ではけっして説明がつかなかった。

「ミス・ルシンダ？」

ルシンダははっと我に返った。「なに、エドワード？」

「忘れるところだったよ。これを預かってきたんだ」エドワードはコートのポケットから小さく折りたたんだ紙を取り出し、彼女に手渡した。

「ありがとう」広げてみるとロバートからの手紙だった。ペンを持つ前に熟考したのか、手書きの文字は意外なほど整然としている。明日の朝、乗馬に行かないか、という内容の手紙には、彼のイニシャルだけが記されていた。

明日は正午にジェフリー卿が来る予定になっている。乗馬の誘いは断るしかないかしら。でもジェフリー卿の来訪を理由に、早めに乗馬を終えて帰ってくることもできる。ロバートはジェフリー卿をまともな紳士にするための共謀者のようなものよ。ロバートに協力してもらうことが慈善行為なのかどうかなんて、今すぐ考えなくてもいいわ。

ルシンダはバッグの中から鉛筆を取り出し、手紙の下の余白に返事を書くと、またその紙を折りたたんでエドワードに差し出した。「これをロバートに渡してちょうだい」

ジョージアナの好奇の視線を感じながら、ルシンダは気づかないふりをした。ロバートが家族に知らせるつもりなら、自分でそうするだろう。

ともかく、これで明日はふたりの男性と会うことになった。ひとり目の男性はふたり目の男性を獲得するための協力者であり、ふたり目の男性はこの状況をまるで認識していない。ものごとが複雑化するのを嫌っていたはずなのに、とルシンダは我ながらあきれてしまった。

ロバートは階下におりた。トリスタンとブラッドショーがすでに玄関広間で待っていた。兄たちは不安な思いを必死で隠している様子だ。ロバートがロンドンの社交クラブに足を踏み入れるのは、スペイン出征でイングランドを離れて以来、五年ぶりのことだった。

「馬車の準備ができている」トリスタンがロバートに声をかけた。「自分の馬で行きたいなら、それでもかまわないが」

簡単な選択ではなかった。狭苦しい馬車に閉じ込められて一五分間揺られていくか、あるいはいつでも逃げ出せるようにトリーに乗っていくか、選ばなければならない。「馬車で行くよ」

「では、行こうか？」

だめだ！　ロバートはうなずいたが、全身の筋肉が前に進むことを拒絶するかのように硬直している。息づかいはすでに荒い。彼は必死で気持ちを静めた。持ちこたえなければ。わずか数時間の辛抱だ。それさえ乗り越えれば、あとは翌朝のルシンダとの乗馬を心待ちにできる。もっとも、彼女がなんらかの理由で誘いを断る可能性もあるが。

玄関のドアを開けた執事さえも心配そうな表情だ。ロバートは馬車に乗り込むトリスタンとブラッドショーのあとに続いた。今ここで踵を返して逃げ出したところで、兄たちはなにも言わないだろう。おまえにはもう人生などないと、いつかブラッドショーに言われたことを思い出す。

ロバートは大きく息を吸い込み、馬車に乗り込んだ。彼が緊張しているのは兄たちの目にも明らかだが、どれほどの恐怖に苛まれているかまではわからないだろう。ロバートが恐れているのは馬車やクラブではなかった。人込みに出るたびに襲ってくる黒い塊から身をかわせないのではないかと、それが怖かったのだ。

「いいことを思いついた」沈黙を破ったのはブラッドショーだった。

「おまえがいいことを思いつくとは驚きだ」トリスタンが淡々とした口調で言う。

「そうなんだよ。今やセイント・オーバンとも親しくなったわけだし、彼とワイクリフ公爵を誘って、〈ホワイツ〉の再入場許可を申し込んでみてはどうだろう?」

トリスタンは眉をつりあげた。「〈ホワイツ〉から出入り禁止になっているのは、たしかわたしだけのはずだぞ。それもおまえのせいで」

「だから、出入り禁止を解除してもらおうと思っているのさ」

「やめておけ、ショー。わたしは別にかまわないんだ。あのときのことを思い出せば、ジョージアナはわたしの愛情を再認識するだろう」

兄たちの会話を聞いていると気が紛れ、ロバートはほっとして暗い笑みを浮かべた。「どれほど兄さんのことで腹を立てていたかも思い出すはめになる」

「ぼくが言いたかったのもそれさ。言いたいことはほかにもたくさんあるけどね」

「いや、おまえに言われたくないな。とにかく、そんなことはもうどうでもいいんだ。わたしはあと数週間で父親になる。おまえたちには理解できないかもしれないが、これほど重大なことなどほかにないんだよ」

ロバートは兄の満ち足りた穏やかな表情を見つめた。トリスタンは間近に迫った子供の誕生を、胸を躍らせて待ちこがれている。なにかを期待して心待ちにするなど、ロバートには奇異に思えた。長いあいだ不安と恐怖の夜を過ごしてきた彼には、夜が明けることさえ信じられなかったのだ。

まもなく馬車が止まると、社交クラブの制服に身を包んだ従業員が馬車の扉を開けて踏み台をおろした。ロバートは今度も兄たちのうしろで、片足を引きずりながら地面におり立った。大丈夫だ。自分が言い出したことじゃないか。

「ようこそ、デア卿。ようこそ、ミスター・キャロウェイ」支配人はちらりとロバートに視線を向けてから、広い食堂へと三人を案内した。

「窓際の席がいい」ロバートはつぶやいた。込み合った食堂はテーブルの間隔が狭く、板張りの壁は重苦しい。彼は深呼吸をした。

「ワトソン、できれば窓際の席にしてもらえるとありがたいんだが」トリスタンが顔見知りの客たちに会釈をしながら、支配人に言った。

支配人は丸い頬を引きつらせて方向転換すると、空いたばかりの席を手で示した。給仕がふたり、テーブルの準備をしている。「ほかのお席はあいにくいっぱいですが、こちらでよろしければ」

「ビット、どうだ？」トリスタンがささやいた。

ロバートがかたい表情でうなずくと、三人は席に着いた。ここまではなんとか持ちこたえた。ぼくは今、社交クラブの中にいる。あとは食事をして立ち去るだけだ。

「キャロウェイじゃないか」男性の太い声がロバートの背後で響いた。「噂を聞いたよ。おめでとう」でっぷりとした手がブラッドショーの前に差し出された。「艦長だそうだな？」

ブラッドショーは男の手を握り返した。「まだ正式に任命されてはいないが、じきに通達があるはずだ。ところで、兄と弟を紹介するよ。デアとロバートだ。こちらはヘッジリー卿」

「デアには会ったことがある。ということは、こっちがロバートだな？」ヘッジリーは隣のテーブルから椅子を引きずってくると、大きな体をどかりと沈めた。「たしかきみはワーテルローで脚をなくしたんじゃなかったかい？　それとも頭をおかしくしたんだったかな？」

ロバートは顔を上げて、ヘッジリーに視線を据えた。ヘッジリーは丸くふやけた顔の奥の茶色の目をロバートに向けたが、弾《はじ》かれたように視線をそらした。この程度の男が相手ならなにも恐れる必要はないし、取り越し苦労をしていたことになる。

「数年前、デボンシャーの舞踏会でお会いしましたね」ロバートは低いしっかりとした声で言った。「あなたはレディー・ウェッジャートンとご一緒でしたが、おふたりの関係は彼女のご主人に気づかれませんでしたか？」

ヘッジリーはその場に座ったまま呆《ほう》けたように口を開け、顔を真っ赤に染めた。食堂のざわめきを聞きながら、ロバートは身じろぎもせずに相手の答えを待った。失うものはなにもない。彼は不思議な力がみなぎるのを感じていた。崖《がけ》をよじのぼりながらしっかりと足場をかためているような、けっして揺らぐことのない安心感だ。

「なにを言っているのかわからないね」ヘッジリーがようやく荒々しい口調で言った。

「ぼくもあなたの言っていることがわかりません。どうやら我々には共通点があるようですね」

「ずいぶん失礼な口をきくじゃないか。障害者だからと同情してやっているのに――」

「ぼくもあなたには同情していますよ」ロバートはヘッジリーの言葉をさえぎった。思わず立ちあがろうとしたブラッドショーを、トリスタンが押しとどめる。「賭けごとの借金は少しは減りましたか？」

ヘッジリーは立ちあがり、うなるように言った。「そんな話をしに来たんじゃない。おい、デア。弟を教育できないなら、また閉じ込めておいたほうがいいぞ」

トリスタンは上着のポケットから葉巻を取り出した。「愉快な会話だと思って聞いていたんだが、もしなにか気に障ることがあったなら失敬。それではまた」

仲間たちの哀れむような視線にさらされて、ヘッジリーは自分のテーブルに戻っていった。ブラッドショーはワイングラスで笑顔を隠し、ささやいた。「おもしろかったな」

「質問をしただけだったんだが」ロバートはつとめてさりげない口調を装った。握りしめていたこぶしを広げると、指先に血が駆けめぐった。兄たちがかばってくれた。そうしてくれるとわかってはいたが、彼はわずかに残された人間らしい心がほんのりと温まるのを感じていた。「すまない」

「クラブの立ち入り禁止を命じられない限り、たいしたことではないさ。だが今の一件を見ていて思ったんだが、なぜ昼食へ来る気になったんだ？　おまえを見かければ、誰でも好奇心をそそられるのはわかっているだろう？」

ああ、わかっているさ。「人が好奇の目でぼくを見るのはかまわないが、近寄らないでくれるとありがたい」ロバートは声が震えそうになるのをこらえた。「今日ここに来たのは、そうしたかったからだ。それでは理由になっていないというなら――」

「いや、充分だ。もう誰もヘッジリーのようにそばへ寄ってきて、おまえを侮辱したりはしないよ。気休めかもしれないが」

「ありがとう」

ブラッドショーが咳払いをした。「ぼくを殴っていいとは言わないが、このあいだのことを許してくれないか？　あんな発言をするつもりはなかったんだ」

トリスタンが注いだワインのグラスに手を伸ばし、ロバートは肩をすくめた。「ぼくも正気ではなかった……」彼は言いよどんだ。まずい。例のパニック症状のことを話しそうになった。あのことが家族に知れたら、あっというまに病院へ送られるだろう。「気にするなよ」

ロバートはゆっくりとグラスを押しやった。

「ワインでも飲めば、少しくつろいだ気分になれると思ったんだが」トリスタンはグラスの縁を指で弾き、音を響かせた。

指が震え始めたことに気づいて、ロバートはしっかりと手を組んだ。「くつろいだ気分になれたとしても、ごまかしだよ」

「本当にいいのか？」

「ああ、ぼくは飲まない」ロバートは息をついた。「飲み出したら止まらなくなりそうなんだ」

トリスタンが給仕を手招きする。「羊肉のローストを三人分頼むよ、スティーヴン。それからレモネードも」ブラッドショーがしかめっ面をしたが、トリスタンはほほえんだ。

「かしこまりました」

給仕が調理場のほうに立ち去ると、トリスタンは葉巻に火をつけて椅子の背にもたれた。

「昨日アンドルーから手紙が来た。ケンブリッジから郵便馬車に乗って帰ってくるそうだ。ロンドンに着くのは明日の夜らしい」

「それはよかった」アンドルーは大学生活を大いに楽しんでいるに違いない。ロバートは家族がどこでどうしているのかを、いつも知っておきたかった。筋が通らないのはわかっているが、いつも家族全員が無事でいることを確認し、なにかあったときには守ってやれる距離にいたいのだ。まったく、なんてばかげたことを。まるでぼくが誰かを守ってやれるみたいじゃないか。

「ジョージアナとわたしがデア・パークに行くときは、おまえも来るんだろう?」

ロバートは我に返った。「エドワードは連れていくのかい?」

トリスタンはうなずいた。「エドウィナとミリーも行くらしい。ふたりとも、ジョージアナの手伝いをすると言って聞かないんだ」

ロバートは肩をすくめた。「ぼくはまだわからない」不意に、細面のやさしい顔が脳裏をよぎった。はしばみ色の瞳と、日に当たってブロンズ色に輝く赤茶色の長い髪に、彼はしばし思いをはせた。ジョージアナとトリスタンがデア・パークに行くころ、ルシンダはロンドンにいる。そしてジェフリー・ニューカムを追いかけまわしているのだろう。ぼくには関係ないことだ。だが、ぼくがこうして社交クラブにやってきた理由は彼女なのだ。「ゆっくり考えればいいさ」

「ぼくの船はそのころ出航しているな」ブラッドショーが口をはさんだ。「赤ん坊にぼくの名前をつけてくれたら、ぼくは海の上で満足しているよ」

「おまえのまぬけなところが子供に移ったら困るが、とりあえずジョージアナにおまえの提案を伝えておくよ」

料理が運ばれてきた。ロバートは冷静さを保っているばかりか、食欲さえあった。そのこと自体が彼にとっては勝利だった。あまりに微小で虫眼鏡で見なければわからないほどの勝利ではあったが、それでも勝利には違いない。

だがロバートの自信が揺るぎないものであるのを知ったのは、そのあとだった。トリスタンが舌打ちしたのに気づき、ロバートは兄の険しい表情を見あげて、食堂の入口へ視線を向けた。

人垣の隙間から、ロバートは兄の懸念の理由を知った。ウェリントン公爵がホースガーズ本部の将校たちをともない、食堂に足を踏み入れたところだった。ロバートのいる場所から、わずか数メートルしか離れていないテーブルに向かって歩いてくる。オーガスタス・バレット陸軍大将がさっと振り向き、トリスタンに会釈をしてウェリントン公爵の右隣に座った。

ロバートは一瞬、その場を逃げ出したい衝動に駆られた。一刻も早く。いくつもの勲章で飾り立てた制服姿の誇らしげな将校たちが、戦争の武勇談を始める前に。彼は兄たちを見やった。ふたりとも無言でフォークを口に運んでいる。ロバートの反応を待っているのだろう。

今ここで自分が立ち去ったら、兄たちはあとを追ってくれるに違いない。だが、ウェリントンが到着した直後に席を立つのはいかにも問題だ。気にかけるな。ロバートは自分に言い聞かせると、羊肉のローストを口いっぱいに頬張った。どのみち、ぼくのことなどやつらの目には入らないのだから。

「ビット」ブラッドショーが声をひそめた。

「ぼくは大丈夫――」

「ロバート・キャロウェイ大尉」真うしろでウェリントン公爵の声がした。気づくと同時に彼は肩に公爵の手の重みを感じた。

「閣下」ロバートは自分の声の力強さに驚いていた。悲惨な過去の体験に比べたらこんなことはなんでもないと、初めて思い至ったのだ。

「きみには借りがある。ウイスキーをごちそうになった」ウェリントンが言った。

「そんなことは――」

「それから国家への功績だ」ウェリントンは親しみのこもった声で言葉を続けた。「ワーテルローの戦いでのきみの活躍は称賛に値する」

彼は知らない。ウェリントンはなにもわかっていないのだ。「ありがとうございます、閣下」

食堂に拍手が広がった。礼儀正しい静かな喝采は、賛辞を受けとったロバートではなくウエリントンに対するものなのがありがたかった。もしも立ちあがって握手でも求められたなら、気分が悪くなったに違いない。ウェリントンはもう一度ロバートの肩に手を置き、自分のテーブルに戻っていった。

「ロバート？」トリスタンがささやいた。

真っ黒なパニックが足もとに迫ってきていた。今にもロバートに襲いかかろうとしている。ここでパニックの波にのみ込まれたとしても、誰も気づかないだろう。兄たちさえも。正気でいるためには自力で踏みとどまらなくてはならない。彼は空気を求めてあえぎ、首を振った。「食事に戻ろう」

一五分の辛抱だ。あと一五分たってからここを出るぶんには、誰の感情を損ねることもないだろう。もちろんそれはトリスタンとブラッドショーにとって、という意味だが。

ロバートは刻々と時を数えた。一秒一秒、数が増えていくことに意識を集中すれば、持ちこたえられそうだ。一二秒が経過し、三分二八秒が経過し、九分が経過した。こうやって七カ月を過ごしたのだ。苦しかったが、こうして生き延びた。数えていればパニックにのみ込まれずにすむ。それに明日はルシンダ・バレットと乗馬に出かけるのだ。彼女は一秒一秒の積み重ねを時間の流れに変えてくれるだろう。

とうとう一五分がたった。「ぼくは帰るよ」ロバートは椅子をうしろに引いた。

「わたしたちも出る」トリスタンが請求書を持ってこさせ、すばやくサインをすると、三人は立ちあがった。

「ウェリントンに声をかけてもらえてよかったじゃないか」馬車が目の前に止まり、ブラッドショーが座席に乗り込みながら言った。「ワーテルローで活躍した兵士全員に賛辞を送っているとも思えない」

ロバートは座席に座ると扉を閉めた。人込みから逃れて戻ってきた狭い空間が、今度ばかりはありがたかった。「ウェリントンはなにも知らないのさ」震える手を隠すために、胸の前で腕を組む。

「なあ、ピット、自分を過小評価するのはやめろよ。ウェリントンに称賛されたんだから、おまえはそれに見合う功績を――」

「ショー、別にいいじゃないか」トリスタンが口をはさんだ。

「ぼくはワーテルローに行っていない」ロバートはそう告げると、ブラッドショーの驚きの表情を避けるように目を閉じた。ぼくのまがいもののような人生に、トリスタンも失望していることだろう。

8

「昨日のこと、父から聞いたわ。ウェリントン公があなたを称賛したんですってね」

ルシンダは家の玄関を出ると、乗馬用の手袋をはめながら横目でロバートを見た。トリーは彼の歩調に合わせて少しうしろをついてくるが、手綱は鞍に結んだままで、主人と馬をつなぐものはなにもない。

「あなたのワーテルローでの功績が認められたのね」ロバートが答えないので、彼女は言葉を続けた。「よかったわ」

「なにがよかったんだ?」ロバートは不服そうに言った。バレット家の馬丁がルシンダの愛馬アイシスを馬小屋から引いてくるのが見えた。

彼女は今朝も薔薇園の手入れをしていたのだろうか、とロバートはふと思った。「誰かに努力や功績を認めてもらうのはいいことだと思うわ」

ロバートは馬丁を見やると、足を引きずってアイシスのかたわらに寄り、ルシンダに手を差し出した。「ウェリントンは自分がワーテルローの総司令官だったことや、自分が国家のためになしとげたことを今一度、強調したかっただけさ」彼は低い声で言った。「おそらく首相になるための根まわしだろう。ぼくがどこでなにをしていたかなど、まるで関係ない」

彼女はロバートの手に体重を預け、横乗りで鞍に乗った。「それは本当の話？　それともただの推測？」

ロバートはルシンダから離れ、流れるような動作でトリーの鞍に飛び乗った。今の質問に答えるつもりはなさそうだ、と彼女は思った。もっとも、ロバートがなにを言おうと重要ではない。父が初めて顔をしかめずに彼の話をしたのだ。ロバートが昨日社交クラブに出かけたことで、これほどの変化がもたらされている。

「演繹《えんえき》的な推論だよ」彼はようやく口を開き、ルシンダの横に並んだ。「遠乗りをするか、それともハイド・パークに行くか、きみのお望みは？」

ルシンダも同じことを考えていた。朝のこの時間、ハイド・パークを快適に通り抜けられたとしたら奇跡に近い。遠乗りをするならロンドン郊外を北へ向かうことになるだろう。ロバートと過ごす時間は長くなるが、ジェフリー卿が訪ねてくる時間までに帰るのは難しい。

紺碧の瞳がルシンダを見つめている。すべてを見透かすロバートのことだ、ジェフリー卿と父の約束も知っているのかもしれない。知っていて、わたしに決断を促しているのかも。ロバートが求婚者であればそれもうなずける話だが、彼はジェフリーのレッスンを手伝ってくれるはずだ。それなのになぜ……。

「遠乗りがいいわ」ルシンダは答えた。

ロバートの深い瞳の奥にかすかな光が差した。「昼食までには帰れるようにするよ」彼はうなずくとトリーの腹を軽く蹴り、走る体勢に入った。

「ねえ、ロバート？」

彼が上体を起こして振り向いた。「気が変わったのかい？」

「付き添いは連れてこなかったの？」

ロバートは呆気《あっけ》にとられたようにルシンダを見つめてから、顔をほころばせた。瞳が輝き、目尻には皺が寄って、口もとには屈託のない笑みが浮かんでいる。思いもよらない表情の変化に、ルシンダはため息をもらしそうになり、頬がゆるむのを感じた。なんてすてきな表情かしら。

「いや、連れてこなかった――」ロバートは言いかけてから口をつぐみ、咳払いをした。「すまない。気がまわらなかったよ」

ルシンダは家のほうを振り返った。「ベンジャミン、馬の準備をして、ついてきてちょうだい」

「はい、お嬢様」馬丁は家の裏手へと駆けていった。

「ぼくは紳士失格だね」ロバートは目を輝かせたまま愉快そうに言った。

ルシンダはほほえんだ。「考えようによっては嬉しいわ」

「どういう意味だい？」

「付き添いが監視していれば、か弱い女性は強い男性の脅威にさらされることもないでしょうけれど、あなたはわたしを同等に扱ってくれているから、付き添いを連れてこなかったような気がするの」

「端的に言えば、ぼくが意気地なしだということかな」

言葉とは裏腹に、ロバートは気を悪くした様子を見せなかった。ジェフリー卿にどこかへ誘われていたら、事態はまったく違うはずだ。彼なら、付き添いがいなければ、女性は男性の欲望から身を守れないとでも言い出すかもしれない。

「そうじゃないの。あなたは意気地なしではないわ。道義心があるだけよ」

ロバートはしばしルシンダを見つめた。明るく輝いていた目に冷ややかな影が差した。

「それは違う。でも、そう言ってくれてありがとう」

ベンジャミンが家の裏手から姿を現すと、ロバートとルシンダは玄関前の私道を北に向かって出発した。数メートルうしろに馬丁が続く。

「あなたの乗馬の腕前については、いつもジョージアナから聞かされているわ」しばらく無言で走ったあと、ルシンダは口を開いた。「彼女の言ったことは本当だったのね」それどころかロバートは手綱を必要としないほど、馬と一体化しているように見えた。

「馬に乗るのが好きなんだ。スペインから帰国したとき、トリーがぼくを覚えているかどうか不安だった。でも、ちゃんと覚えていてくれたよ」ロバートは馬の首を撫でた。声にも動作にも愛情がこもっている。「こいつはぼく自身よりも、ぼくをわかってくれている」彼はつぶやくように言った。

ルシンダは息をのんだ。人を寄せつけない孤独なロバートが初めて、心の扉を開いてくれたような気がした。不意に、自分が彼のそばにいる価値のある人間かどうか、ルシンダにはわからなくなった。ロバートの心の内側に触れたことで、まわりのすべてのものが違って見える。わたしが彼に何かしてあげているんじゃないわ。孤高の世界に生きていた彼が、わたしにだけ心の内側をのぞかせてくれたのよ。

ロバートが気さくな口調で言った。「きみのリストのひとつ目はすでに実行に移すつもりだから、ふたつ目も聞かせてくれないか？」

ルシンダははっとした。そう、取引よ。それを肝に銘じていないと心がかき乱されてしまう。「ちょっと待って。それよりもまず、どうやってジェフリー卿の関心をひとりの女性に向けさせるつもり？」

「ひとりの女性にではなくて、きみに、だろう？」彼はルシンダの言葉を訂正した。

ジェフリー卿との結婚を考えていることはロバートに打ち明けていなかったが、今ここで否定するのも無意味に思えた。「わかったわ。そういうことにしましょう」彼女はしぶしぶ認めた。「それで、どうやってわたしに関心を向けさせるつもりなの？」

ロバートは言いよどんだ。「少し複雑だ」

「わたし、そんなにばかじゃないわ」ルシンダは冷ややかな口調で言った。「教えて」

ロバートは咳払いをした。「悪かった。ぼくは……もっと言葉を選んでつかうべきだな。この少ない語彙《ごい》の中から」

ルシンダの唇から思わず笑い声がもれた。ロバートのユーモアのセンスに不意を突かれたのだ。彼のそんな一面は以前に目にしたことがあったし、ジョージアナから聞いたこともあった。でもそれはきっと、家族以外には見せない素顔なのだろう。ルシンダはふたたび誇らしい喜びを感じた。そしてなにより、ロバートとのおしゃべりをこれほど楽しんでいる自分に内心驚いていた。「謝らないで」彼女は笑顔で言った。「あなたの言動が気に障ったら、そう言うわ。それより話題を変えないで。ひとつ目のレッスンはどんな作戦なの？」

「右を見てごらん」ロバートはトリーをルシンダの馬に近づけてささやいた。

彼女は右手に視線を向けた。ふたりは〈ジェントルマン・ジャクソンズ〉の前を通り過ぎようとしていた。クランフェルド伯爵とウィリアム・ピアスが正面の階段で立ちどまり、会話を中断して振り向いた。

「クランフェルド伯爵とミスター・ピアスがどうかしたの？」

「あのふたりはジェフリーの遊び仲間で、今から〈ホワイツ〉で彼に会うことになっている」

「どうして知ってるの？」

ロバートは肩をすくめた。「気をつけていればわかるのさ」

驚くべき能力だわ。彼は誰の予定も知っているんじゃないかしら。ひっそりしていて人目につかないからといって、他人の話を立ち聞きばかりしているわけでもないだろう。彼には人の心を読む力があると言われるのもうなずける話だ。

「まあ、いいわ。これから〈ホワイツ〉で彼らが会うことになっているのはわかったけれど、それがどうかしたの？」

「ジェフリーが今日、きみたち父娘と昼食をともにするのをあのふたりは知っている。だから〈ホワイツ〉できみの話題が出るだろう。当然、きみが今朝、ほかの男と会っていることもだ。ぼくはきみを家に送り届けるが、ジェフリーより数分遅れて家に着くようにする。そうすれば、ジェフリーはきみがぼくに送られて帰ってくるのを目撃することになる」

「つまり、彼に焼きもちを焼かせるわけ？　戦略としては時期尚早じゃない？」

「焼きもちを焼かせるのが目的ではないよ。きみがただの父親の助手ではないと、彼にわからせたいんだ。そのためには、きみに崇拝者がいることを見せつける必要がある」

崇拝者？　ロバートがわたしの崇拝者だというの？　それとも、薔薇をプレゼントしたことへの返礼のつもり？　ルシンダはアイシスの耳に視線を落とした。この際、彼の言葉の真意を探っても意味がないわ。わたしたちは取引をした。それだけのことよ。

「わたしの気が変わって、ハイド・パークに行きたいと言ったら？」ルシンダは尋ねた。

「きみはそんなことは言わないさ」

彼女は眉をつりあげた。「勝手に決めつけないで。どうしてそう思えるの？」

「きみは親切で思いやりのある人だし、ぼくが朝のハイド・パークの雑踏が苦手なことを知っている」かすかな笑みがロバートの口もとに戻った。「だけど万が一きみがハイド・パークを選んだときに備えて、調べてあるんだ。ジェフリーの義姉のイーストン侯爵夫人は、毎週火曜と木曜に召使たちを引き連れてハイド・パークに行っている。ただし、これはあくまで予備の作戦だった。なぜなら侯爵夫人がジェフリーやほかのニューカム家の家族に会うのは明後日の夜だから、ぼくたちのことが今日中に彼女の口から伝わることはまずありえないから」

「まあ、本当に抜け目がないのね！」ルシンダは思わず大きな声をあげた。「でもとりあえず言っておくけれど、わたしもハイド・パークは嫌いよ」

「覚えておこう」

忘れるはずがない。ルシンダは頭を振ってロバートから顔をそむけた。胸をくすぐるような彼のひそやかな声のせいで口の中がからからに乾き、鼓動が激しくなったことを悟られたくなかった。「わたしたちが楽しそうに一緒にいるところを見せつける相手は、ほかに誰かいないの？」彼女は軽い口調で尋ねた。

「いや、もういないよ。だから、どんなにけんかをしてもかまわない」

「それは安心ね。だとしても、楽しいほうがいいわ」

街中を通り抜け、林や草地が見えてくると、ロバートは馬の速度を落としてルシンダに視線を向けた。「だったら話をしてくれないか？」彼はゆっくりと言った。「しばらく誰とも話さなかったから、今はなにを話そうかと考えすぎて、いつも会話の機会を逃してしまう」

「わたしと話をしているじゃない」

「きみとなら話せるんだ」

ルシンダの頰が熱くなった。褒め言葉を期待していたわけではなかった。なにか言わなければと思っているあいだに、ロバートは膝でトリーの腹を蹴ったかと思うと、一目散に草原を駆けていった。なにも言わずにすんだことに安堵しながら、ルシンダは彼のあとを追った。

ルシンダの乗馬の腕前はなかなかと言っていいだろう。駆け足よりもゆっくり歩くことのほうが多いが、自分の限度を見極めるだけの技術は持っている。ロバートはしばらく観察していたが、彼女の腕前なら落馬や転倒などの事故が起きることはないと判断した。

ロバートとトリーにとっては久々の遠乗りだった。太陽の光の下で、世間から断絶しているという意識が薄れ、そのかわりに新鮮な暖かい空気と日差しを満喫した。

ふたりは草原を駆けめぐり、ほとんど無言のまま二時間を過ごした。この三年間、ロバートはこれほどの解放感を味わったことがなかった。にこやかな笑みを浮かべ、懐中時計を取り出す彼の気分は、穏やかで気負いがなかった。

ロバートは時間を確認すると懐中時計をポケットに戻し、アイシスにまたがるルシンダのそばをぐるりとまわった。「そろそろ帰ろう」

乗馬用の帽子の下でルシンダの乱れた髪が赤と金にきらめき、ひと筋の長いほつれ毛が頬を撫でた。彼女はロバートを見つめて笑った。「今日の計画の第二部が始まるのね」

ロバートはうなずき、もと来た道へとトリーを進めた。そんなふうにルシンダを見つめるのはやめろ。彼は自分を戒めた。彼女は友人ではないか。今のぼくにとっては貴重な存在だ。だが、ルシンダには意気地なしと思われているだろう。それになにより、彼女はすでに別の男を選んだのだ。

バレット邸が見えてきても、ルシンダはロバートに話しかけようとはしなかった。彼の推測が正しければ、玄関前の私道に到着するふたりをジェフリー・ニューカムが見ているはずだ。ロバートは呼吸を整えると、ルシンダのかたわらに近づいた。彼女と郊外で丸一日過ごせたら、どんなに楽しいだろう。

「リストのふたつ目を教えてくれないか？」

「いやよ」ルシンダは笑いながら答えた。「だって、ひとつ目のレッスンはまだ始まってもいないし、成功するかどうかもわからないのよ」

「だが、次の段階に移る準備をしておいたほうがいい。筋書きを考え、計画を立てて作戦を練るのが簡単じゃないことくらい、きみにもわかるだろう？」

彼女は頬を染めた。「でもリストのふたつ目は、今考えるとばかげているような気がするの。それにわたしのためというよりも、女性全般のために考えたことだから」

「聞かせてくれ」バレット邸が近づいてくるのを横目で見ながら、ロバートは促した。

ルシンダは大きなため息をもらした。「わかったわ。リストのふたつ目は、舞踏会に参加した男性は女性をダンスに誘うこと、というものよ。舞踏会ではたいてい男性より女性の参加者のほうが多いでしょう。パートナーのいない女性がたくさんいるのに、男性たちがただおしゃべりしているのはよくないわ」

「ジェフリーはきみを誘ったじゃないか」

「ええ。でも……彼は気まぐれよ。女性はダンスに誘われるのを待っているの。ハンサムで人気者と言われる男性に限って、ひとりぼっちで立っている女性には目もくれず、飲み物のテーブルで忙しそうなふりをしているのよ」

「きみにはお見通しというわけか」かつてはロバートもそうだったと、ルシンダは気づいているに違いない。紳士の振る舞いとして、ジェフリーが学ぶべきレッスンであることはたしかだ。その手助けをする約束をしたのだから、方法を考えなければならない。「作戦を練っておくよ」バレット邸の私道の手前で、ロバートはルシンダを促して先に行かせた。不意に、彼女を誰にも渡したくないという思いがロバートの胸にわきおこった。

大きな木立にさえぎられて屋敷が見えなくなったとき、ルシンダが急に止まった。「このレッスンはあなたを巻き込むつもりで考えたことではないのよ」彼女は真剣な表情で言った。

自分の愚かな衝動を止める間もなく、付き添いがどこにいるかを考える余裕もなく、ロバートは上体を傾けてルシンダの唇に唇を重ねた。一瞬、鼓動が止まり、時間が止まった。彼女が体を離す前に、ロバートは顔を上げて上体を起こした。「わかっている。きみがリストを作ったときには、ぼくはきみの前にいなかったのだから」彼は息を静めてからゆっくりと言った。

ルシンダは呆然とした表情だ。ロバートも自分の行動に驚きながら、アイシスの脇腹を蹴った。牝馬《ひんば》はジャンプをして前に進んだ。あとに続いて私道に入ったロバートは、二階の窓のカーテンが揺れているのを目にとめた。予想どおり、観客がいたらしい。

ロバートはトリーから飛びおりると、ルシンダの手を取った。「すまなかった」笑顔を作り、馬からおりる彼女を支えた。「レッスンの経過を知らせてくれ」

ルシンダに答えるいとまを与えず、ロバートはトリーの背に飛び乗った。私道を駆けていく彼のうしろ姿を見つめながら、ルシンダはつぶやいた。「あなたの言動が気に障ったら、そう言うわ」彼女は指先でそっと唇をなぞった。

ロバートはまわり道をして家に帰った。キスなどするつもりはなかった。キスどころか、誤解を招く振る舞いはしたくなかった。ルシンダはただの友人で、それ以外になんの下心もないはずだったのに、彼女に触れたいという衝動を抑えられなかった。長いあいだ女性と関係を持っていないのは事実だが、だからといってそれは言い訳にならない。

「ばかやろう」ロバートがつぶやくと、トリーが耳をぴくりと動かした。

ルシンダとのことはもうおしまいだ。あんなことをしたあとで、彼女に会えるとは思えない。それを許してくれるほど、ルシンダ・バレットは愚かではないはずだ。だとしたら、社交界に戻る機会を棒に振ってまで、彼女とのキスを求めていたというのか？　甘くやわらかな唇に一瞬だけ地獄を忘れるのは、それほど価値のあることだったのか？

答えはイエスだ。

トリーからおりると、馬丁頭のジョンが馬小屋から飛び出してきた。ロバートはポケットから最後のにんじんを取り出してトリーに与えた。全体的に見れば、快適な朝を過ごしたことになる。

　家族たちはこの時間、会議や昼食会や約束ごとなどで出かけているはずだ。エドワードも家庭教師のミスター・トロストと、ロンドン動物園で午後を過ごすことがよくあった。

「おかえりなさいませ、ロバート様」玄関のドアを開けたドーキンズが言った。「ミセス・ハラーに昼食の用意をさせましょうか？」

「サンドイッチを頼むよ。書斎にいる」

「かしこまりました」

　玄関広間と図書室のあいだにトリスタンの書斎があった。ロバートは戸口でためらったが、中に入った。パーティーの招待状はすべてトリスタンの机の隅にまとめて置いてある。たとえルシンダとの関係が壊れてしまったとしても、彼女に会いたいという思いは否定しようがない。頬に平手打ちを食らうくらいはなんでもない。それに彼女のふたつ目のリストはダンスにかかわることだ。ダンスをするためには、舞踏会に出席しなければならない。

　ダンスか。膝の痛みもさることながら、簡単なジグのステップさえ覚えているかどうか自信がなかった。慈悲深いミス・バレットに手を取られてダンスフロアに立ったロバート・キャロウェイが、足をもつれさせて転ぶ場面はさぞかし見ものだろう。彼は苦笑した。少なくともそれでほかの男性客たちは勇気づけられ、女性をダンスに誘いやすくなるはずだ。ふたつ目のレッスンの趣旨もそこにある。

　ロバートは気をとりなおし、招待状の束に目を通した。どんな舞踏会が開かれるのかを知ってておくのもいいだろう。トリスタンとジョージアナが出席する舞踏会なら、ルシンダも来るに違いない。格式張らない小規模な舞踏会もいくつかあることがわかったが、出席するかどうかを決める前に、ロバートはルシンダがどれほど自分に失望しているのか知りたかった。

正面玄関のドアが開く音がした。ロバートは招待状をすばやく机に戻して戸口へ向かったが、玄関広間の床にどすんと大きな音がしたのに気づいて立ちどまった。

「アンドルー様！」ドーキンズの大きな声が聞こえた。「到着は夜になるとうかがっておりましたのに」

「友達の馬車に乗せてきてもらったんだ。兄さんたちはいるかい？」

「ロバート様が書斎にいらっしゃいますが、ほかのみな様はお出かけです」

「ありがとう、ドーキンズ。ところで、ミセス・ハラーに昼食の用意を頼んでもらえるかな？　家具を食べてしまいそうなくらい腹ぺこなんだ」

執事は愉快そうに答えた。「かしこまりました、アンドルー様」

廊下を近づいてくる足音を聞きながら、ロバートは顔をしかめた。アンドルーに見とがめられずに部屋を出るのは不可能だ。トリスタンの書斎でこそこそとなにをしていたのかと不審がられるだろう。だが身に覚えがあろうとなかろうと、人に疑われても仕方のない行為であるのはたしかだ。ロバートは穏やかな表情を取り繕って廊下に出た。

「ピット！」一八歳のアンドルーが飛びあがらんばかりの形相で足を止めた。両腕を上げて兄に駆け寄ったが、次の瞬間、目の前にいるのがどの兄かを思い出したように腕をおろした。

「背が伸びたな」ロバートは手を差し出した。

アンドルーは目を輝かせ、兄の手を握った。「ああ、五センチばかりね。たぶんショーを超えたと思うよ」彼はロバートの肩越しにトリスタンの書斎を見てから視線を戻した。

なにも隠すことはない。ロバートは自分に言い聞かせた。「舞踏会の招待状を探していたんだ。それより図書室に行こう。大学の話を聞かせてくれ」

「聞いてくれるのかい？」アンドルーは満面の笑みを浮かべ、ふたたび廊下を歩き出した。

「馬小屋の横を誰かが耕しているようだね？」

「ぼくが薔薇を植えたんだ」ロバートはそう答えてから思い出した。水をやらなければ。最初の一カ月は毎日水をやるようにとルシンダに言われていた。

「薔薇を？」アンドルーは足を止め、ロバートに向きあうと、乗馬用の上着を指さして言った。「馬に乗っていたのかい？」

ロバートはうなずいた。「ああ、友達と乗馬に出かけたんだ」ルシンダが今も友達かどうかは定かではないが。

「いい人ができたのかな？」アンドルーは歩み寄ると、兄の体をきつく抱きしめた。

ロバートは一瞬たじろぎ、弟の手を振り払いそうになった。落ち着け。自分に言い聞かせて深呼吸をする。アンドルーを怖がってどうするんだ。ロバートは弟の背を叩いてみせた。

「すまない」アンドルーが体を離した。「大丈夫？」

ロバートはかたい表情でうなずいた。「驚いただけだ」

「ぼくも驚いたよ」ロバートの顔をのぞき込むアンドルーの目が気づかわしげに曇った。「でも、今度驚かせるときは先に知らせるよ」

ふたりは図書室に入った。アンドルーはケンブリッジ大学での二期目の学生生活について、一時間近くも兄に話して聞かせた。ルシンダと朝の数時間を過ごし、そのあげくに愚かな行為に及んだことを気に病んでいたロバートには、ほんの数分間ひとりになれる時間が必要だったが、アンドルーはロバートの状態が快復しているとトリスタンから聞いていたのだろう。そのことを心から喜んでいる様子の弟を失望させたくはなかった。

とはいえ、波乱に富んだ陽気な大学生活の話は、今のロバートの生活とあまりにもかけ離れている。人とかかわることに慣れていない彼にとっては、人の話を聞き続けることさえも大きな苦痛だった。ロバートは手が震え始めたことに気づき、書棚の本を開いて膝に置くと、その下に手を隠した。まもなく部屋の壁が押し寄せてくる感覚に襲われ、筋肉の表面で皮膚が縮みあがった。ちくしょう。これ以上この場にとどまれば、真っ黒いパニックにのみ込まれてしまう。

ロバートはよろよろと立ちあがった。アンドルーが驚いて口をつぐんだ。「部屋に行く」うめくように言いながら、戸口へ向かった。

「なにか必要なものは?」アンドルーが背後で言った。

「なにもない。夕食のときにまた会おう」

ロバートは自室にたどり着くとドアを閉ざした。「息をしろ」声を出して自分に言う。「深呼吸をするんだ」

数分間、ロバートは深呼吸を繰り返した。もつれる足でゆっくりと窓までの距離を往復し、静かに呼吸を整える。やがて息づかいがおさまり、彼はようやく立ちどまって窓の外を見おろした。

午後の日差しに輝く裏庭の小さな庭園に目を向けて、まだ薔薇に水をやっていないことを思い出した。だが、部屋の外に出れば家族や使用人と顔を合わせてしまう。そしてまた声をかけられ、話を聞かされて……。

「やめろ」

ばかげている。薔薇に水をやりに行くだけだというのに。ロバートは意を決してドアに向かった。簡単なことじゃないか。自分に言い聞かせてドアを開ける。階段をおりて廊下を進み、新たな目標に視線を移した。次は玄関だ。外に出たら裏手にまわればいい。ドーキンズが無言でドアを開けた。ロバートの気分を察したのか、なにも尋ねようとはしない。

次の目標はバケツだ。バケツを手にしたら、今度は井戸から水を汲《く》みあげる。外に出たとたん、体が軽くなったような気がした。ロバートは思考を先へ先へと進めた。馬小屋の裏手の井戸で汲んだ水を、薔薇の挿し木に丁寧にかけた。この三日間で伸びた雑草を抜きとり、あとはブーツの足跡のついた地面をならしてかためるだけだ。

「ビット？」

ロバートは飛びあがるほど驚いて振り向いた。庭園の数メートル手前にトリスタンが立っている。「なにか用か？」

「食事の時間だと知らせに来たんだ」

ロバートは目をしばたたいて空を見あげた。西の空にはひと筋の陽光さえ残されていない。満月の明かりに照らされていなければ、真っ暗闇の中で作業をしていたことになる。

だが、その程度の闇など怖くはなかった。ぼくはやってのけたのだ。二度も続けて黒いパニックに打ち勝った。「アンドルーが帰ってきている」ロバートは鍬《くわ》を馬小屋の脇に立てかけながら言った。

「もう会ったよ。兄弟の中でショーより背が低いのはエドワードだけになったと言って、喜んでいた」

ロバートは笑った。「ショーが怒っているんじゃないのかい？」

「ああ、むくれている。でも、みんな楽しそうにしているから、それでいいのさ」トリスタンはためらいがちに続けた。「わたしの書斎にいたんだって？」

「ああ、そうだ」ロバートは玄関に向かって歩き出した。トリスタンが近づいてきた。

「アンドルーのことを悪く思わないでやってくれ。家に着いたときのことを尋ねたら、たまたまおまえの話が出ただけなんだ」

「舞踏会の招待状を見ていたんだよ」

「そうらしいな。それで思いついたんだが、明日の夜、モントローズ家の舞踏会に招待されている。一緒に行く気はあるか？」

「エドワードを置いていくんだろう？」自分を誰よりも慕ってくれる弟を残して出かける気にはならない。

「数時間くらい大丈夫さ。ミスター・トロストに遅くまでいてもらうことにしよう。どのみち、おチビには算数の特訓が必要なんだ」

「ミスター・トロストがいてくれるなら安心だ。あいつは寂しがりやだから」

「じゃあ、おまえも来るんだな？」

「ほかのみんなは？」

トリスタンはロバートの顔をのぞき込んだ。「わが家は全員、それにエヴリンとセイント、ルシンダとバレット大将、ワイクリフとエマも出席する」

ワイクリフ公爵夫妻が出席するということは、盛大な舞踏会に違いない。ロバートは気が進まなかった。だがルシンダがどれほど腹を立てているか、その事実を知るのは早いほうがいい。「行くよ」

9

ルシンダはようやくペンを脇に置き、書き終えたばかりのページに息を吹きかけてインクを乾かした。そろそろ手が疲れてきたころだった。ジェフリーとバレット大将はブランデーを片手に談笑している。会話は陸軍将校たちの長所や短所に関する話題で盛りあがっていた。

「スコッギンズ少佐ですか？」ジェフリーが笑って言った。「毎朝、鞍に体をくくりつけなければならなかった士官ですね？」

「そのとおり。そうしなければ落馬ばかりしていたんだ。乗馬の腕前がひどかったからなのか、それともいつも酔っ払っていたからなのかはわからないがね」バレット大将は机の上の時計に視線を向けた。「おや、もうこんな時間か。夕食を一緒にどうだね、ジェフリー？」

「そうさせていただきたいのはやまやまですが、あいにく先約がありまして。せっかくですが、これで失礼しなければなりません」

バレット大将は立ちあがり、ジェフリーの手を握った。「きみのおかげで助かっているよ。本当にありがとう」

「とんでもないです、オーガスタス。ぼくの功績を自慢できる機会なら、いつでも大歓迎です」ジェフリーは横目でルシンダをちらりと見た。「そして熱心な聞き役には心から感謝しますよ」

「光栄ですわ。玄関までお送りいたします、ジェフリー卿」

「ジェフリーと呼んでください」

彼はルシンダを先に歩かせ、ふたりは廊下を玄関広間へと向かった。バレット大将との作業のあいだ、ジェフリーが何度もルシンダの肩越しにメモをのぞきこんだことも二度ばかりあった。彼女も気づいていた。立ちあがって彼女の肩越しにメモをのぞきこんだことも二度ばかりあった。

「父に協力してくださって、本当にありがとうございます」ルシンダは玄関のドアの前で執事の横に立った。「おかげさまで、父はようやく熱心に執筆に取りかかるようになりましたわ」

「お役に立てて嬉しいですよ」ジェフリーはルシンダの手を取り、指の関節にそっと唇を這わせた。「いつかあなたが紙とペンを持っていないときにお会いしたいものです」美しい薄緑色の瞳が彼女の視線をとらえた。「乗馬がお好きなようですね？」

やはりロバートの言うとおりだった。ジェフリーは見ていたのだろう。それとも今朝の彼女の行動を、友人たちから聞いたのだろうか。あるいは両方かもしれない。「ええ、乗馬は好きですわ」

「それなら一緒にハイド・パークへ行きませんか？　明日の午前中はいかがです？」

まあ、どうしましょう。「明日は昼食の予定が――」

「一〇時では？」

「その時間なら」

ジェフリーはほほえみ、ルシンダの指をそっと握りしめてから手を離した。「迎えに来ますよ。では、また明日」

「ごきげんよう、ジェフリー卿——いえ、ジェフリー」

「さようなら、ルシンダ」

彼が馬に乗って立ち去るのを見届けてから、ルシンダは父の書斎に戻った。バレット大将はさっそく彼女のメモに目を通している最中だった。余白に書き込みを加えている。

「おまえの意見を聞かせてくれないか」バレット大将は顔を上げずに言った。「これまでに書いたものをすべてジェフリーに読んでもらおうと思っているんだが、迷惑だろうか？ 彼に助言してもらえると、ひとつひとつのできごとや会話を鮮明に思い出すことができるのでね」

ルシンダは父の正面の椅子に腰をおろした。「明日の朝、乗馬に行こうと彼に誘われたわ」

バレット大将はメモを机の上に置いた。「それで、行くのかね？」

「ええ。だからお父様がわたしのためにジェフリー卿に協力を仰いでいるのなら、もうその必要はないのよ」

バレット大将はグレーの目にいかめしい光をたたえて、にらみつけるように彼女を見た。

「わたしがジェフリーと親しくなったのは、彼をけしかけておまえに言い寄らせるためだというのか？」

ルシンダはひるむ様子も見せずに父の目を見返した。「お父様は策略の達人ですもの」

バレット大将は声をあげて笑った。「ジェフリーに手伝いを頼んではどうかと言い出したのはおまえだよ」

「そうだったかしら」父の罠《わな》にはめられないように、彼女は言葉を選んだ。

「まあ、いいさ。いずれにしろ、ジェフリーの存在は貴重だ。わたしのあやふやな記憶をたしかなものにしてくれる」

「だったら必要なだけ、彼に協力してもらうといいわ」

「ああ、そうしよう」バレット大将は表情を引きしめ、書類の束に両肘をついて身を乗り出した。「ロバート・キャロウェイと出かけていたようだな」

ルシンダはうなずいた。羽根のように軽く、それでいて胸をつくようなキスの余韻を頭から無理やり追い払う。「ロバートの戦争の記憶を聞き出す必要はなさそうね。彼をけしかけて、わたしに近づかせるつもりもないでしょう？」

「もちろんだ」父の手がルシンダの手をそっと包んだ。「おまえは軍人の家に生まれ、幼いころから武勇伝を聞かされて育ってきたが、だからといってあのロバート・キャロウェイのような男とかかわりを持つことはない。おまえには、ほかにいくらでも選択肢があるではないか」

ルシンダは手を引っ込めた。「乗馬に行っただけよ、お父様。ロバートはわたしの親友の義弟で……人と話すのが苦手なの。彼はただの友人よ。それに戦争の話を自慢げにして、わたしの気を引こうとしたりする人ではないわ。わたしも彼と交際する気はないから安心して」

バレット大将はため息をついて立ちあがった。「だったら誤解を招く態度はとらないことだ。彼のためにも、ただの親切心で相手をしていることをわからせてやったほうがいい」

「そうしてきたつもりよ」

父が書斎から出ていったあとも、ルシンダはしばらく客用の椅子に座ったまま、物思いにふけっていた。ジェフリー卿が指にキスをしたのは、ほんの挨拶がわりの戯れにすぎなかったのだろう。真剣に受けとめる気にはなれない。でも、ロバート・キャロウェイの戯れにはまったく違う意味合いがあった。というよりも、あのキスは戯れなどではなかったのかもしれない。

ルシンダは唇に指を押しあて、その手をあわてて膝におろした。いったいどうしたというの？　ほんのかすかに唇が触れただけのキスだったのに。彼女は眉をひそめた。かすかに触れ合っただけのキスであろうとなかろうと、これ以上面倒なことになる前に、ロバートとの取引の約束は解消しなければならない。彼に会いたいと思うのは親切心や施しとはなんの関係もないと、ルシンダもすでに気づいていた。とはいえ、身も心も傷ついたままの帰還兵を恋愛の対象として見ることはできない。結婚相手となるとなおさらだ。父はけっしてロバートを受け入れないだろう。彼に深入りすれば、人生が一〇〇倍にも一〇〇〇倍にも複雑になるのは必至だ。

年老いていく父を気にかけてくれて、なおかつ父の面倒を見なければならないわたしに協力的な、善良で思いやりのある男性とすんなり結婚できればそれでいい。求めているのは心の平穏。それはそんなに贅沢《ぜいたく》な望みかしら?

「まったくもう」心の平穏を求めるのなら、ロバートのことも、あのキスのことも考えるべきではない。


家中を探しまわって、ロバートはようやくオルゴールを三つ見つけた。ふたつは屋根裏に、ひとつはおばたちの居間にあったものだ。腕に抱えて朝食室へと向かう。

「おはよう」朝食をとっていたジョージアナが顔を上げた。

「やあ」

ロバートは部屋の中を見まわして顔をしかめた。ジョージアナには用があるから、彼女がいたのはありがたかったが、テーブルにはトリスタンもいる。誰かに協力してもらうに越したことはないが、兄にはかかわってほしくない。

「なにを持ってきたんだ?」トリスタンが尋ねた。

「別になんでもないよ」ロバートは重そうにオルゴールを持ちかえた。「朝食はすんだのかい?」

トリスタンは皿を押しやって身を乗り出した。「今、終わったところだ。なにか用でもあるのか？」

「席をはずしてほしい」ロバートは答えた。

「席をはずす？」

「そうだ」

ジョージアナが笑いながら言った。「いいわよ。これから手紙を書こうと思っていたところだから」

「いや、違うんだ」ロバートはぎこちない笑みを浮かべて言いなおした。「席をはずしてほしいのは兄さんだけなんだ」

「わたしだけ？」

ジョージアナが夫の腕に手をのせた。「そうよ、トリスタン。あなただけ。さあ、わたしにキスをしたら、さっさと向こうへ行ってちょうだい」

「なるほど、そういうことか」トリスタンは穏やかな声で言うと立ちあがった。「この家の主《あるじ》を追い出すわけだな」

「そうよ。早く行って」ジョージアナは満足そうに笑った。

「どうやらわたしはよほど嫌われているらしい」トリスタンは窓際に目を向けた。従僕がふたり控えている。「わたしが追い出されるのだから、おまえたちも出ていったほうがいい。さあ、行きなさい」彼はジョージアナの頬にキスをすると、サイドボードの上のオレンジをひと切れつまみ、従僕たちに続いてドアの外に姿を消した。

「それで、わたしになんのご用かしら？」ジョージアナが口を開いた。

なんと切り出せばいいのだろう。ロバートはゆっくりと息を吐きながら、オルゴールをテーブルの上に置いた。「ぼくも……見苦しい姿をさらさずにダンスができるかどうか、知りたいんだ」ジョージアナが叫び出したり笑い転げたりしないのを確かめてから、彼はオルゴールの蓋をひとつひとつ開けていった。「ひとつはワルツで、あとのふたつはカントリーダンス――」

「オルゴールを持って居間に行きましょう」ジョージアナがさえぎった。「みんな、朝食がまだなの。ここにいたら邪魔されるわ」オルゴールをひとつ手に取り、あとのふたつをロバートに持たせると、彼女はドアへ向かった。

廊下をうろついていたトリスタンが、アイリスで飾られた花瓶を点検するふりをしている。ジョージアナとロバートはその横を通り過ぎた。やはりやめておけばよかったとロバートは後悔し始めていたが、頭が氷のように冷たくなっていく感覚を無視した。悲惨としか言いようのない昨日の乗馬の悪夢にひと晩中悩まされたのだから、精神に異常をきたしたとしても不思議ではない。

ただ知りたいだけだ。彼は自分に言い聞かせた。今もダンスができることがわかったとしても、人前で踊るかどうかは別問題だ。

「なにしてるの？」西棟の廊下からエドワードの声がした。

「お掃除よ」ジョージアナが答える。「早く朝食を食べていらっしゃい」

エドワード以外は誰にも遭遇することなく、ピンクのカーテンの下がったおばの居間に入ると、ロバートは窓枠にオルゴールを置いて義姉に向き合った。

「断っておくが」彼は奥歯を嚙みしめた。「もしかしたら、まったく踊れないかも――」

「言い訳はなしよ」ジョージアナは有無を言わさぬ口調で言った。「ワルツから始めましょうか？」ロバートが答える前に、彼女はオルゴールの蓋を開けた。両腕を上げて彼を待っている。

ジョージアナは無害だ。ロバートは自分に言い聞かせて前に進んだ。これほど義姉に近づいたのは初めてだった。彼女はロバートのパニック症状のことを少しは知っている。信頼しているからこそ、彼はそれを明かしたのだ。ジョージアナとのダンスを恐れる必要はない。

ロバートは唾をのみ込むと片手でジョージアナの手を取り、もう一方の手をウエストにまわした。彼女はにっこり笑い、ロバートの肩に片手を置いた。

ジョージアナは温かく、生き生きとした女性らしさに満ちている。不意に、ロバートの胸に嫌悪感がこみあげた。それは彼女に対するものではなく、自分自身に対する嫌悪感だった。苦しげなうめき声とともに、彼はジョージアナから体を離し、関節が白くなるまでこぶしをきつく握りしめた。

「ビット？」

「すまない」ロバートはやっとの思いで言い、ドアのほうにあとずさりした。「やはりやめておくんだった」

「気にしないで。ダンスの練習をしたいときは、いつでも言ってちょうだい」ジョージアナはきっぱりと告げた。

ロバートはいつもより激しいパニックに襲われ、倒れそうになりながら自室にたどり着いた。もつれる足でようやく安全な場所に逃げ込むと、叩きつけるようにドアを閉めた。

いったいなにを考えていたのだ？　かつての自分に戻れるとでも思っていたのか？　なにごともなかったような顔をして、魅力的な女性たちと笑いながらダンスをするつもりだったのか？　そんな場所には二度と戻れない。ぼくは死んだも同然の男だ。死んで闇に葬られていたはずの男なのだ。

彼は部屋の隅にうずくまり、上体を前後に揺すった。「やめろ、やめろ、やめろ」

「いったいビットになにをした？」トリスタンがロバートの部屋の前を行ったり来たりしながら怒鳴った。

「なにもしていないわ」夫の剣幕に引きずり込まれないように、ジョージアナは静かな口調を保った。「彼はあることを試そうとしたのだけど、時期尚早だった。それだけのことよ」

「しかし――」

「大きな声を出さないで、トリスタン。わたしたちが口論しているのを彼に聞かせるわけにはいかないわ」

「ビットは快復していたはずだ」トリスタンは声の調子を落として言った。

「ええ、よくなっていると思う」ジョージアナはため息をついた。「ここまでひどい症状は二週間ぶりだもの」

「それがどうしたというんだ」トリスタンは口を閉ざして歩きまわってから言葉を続けた。

「女のヒステリーをおさえる方法なら知っているぞ」

「トリスタン！　ロバートは女ではないし、ヒステリーを起こしているわけでもないのよ」

ロバートは力を振りしぼって立ちあがり、戸口に歩み寄ると聞き耳を立てた。手の震えをどうにか抑えなければ、ドアの取っ手さえ握れない。吐き気が止まらなかったが、床に突っ伏しているところを誰にも見られたくなかった。

なにか別のことを考えるんだ。ロバートは自分を叱咤《しった》した。前回は気持ちをほかに向けることでパニックを克服したではないか。忌まわしい七カ月間の苦しみと恐怖。五つの銃創。あきらめと崩壊。そのすべてを忘れさせてくれるなにかを考えろ。

誰にも話せない心の秘密だ。ただでさえ、人はぼくを蔑んだ目で見ている。ぼくの身に起きたことを知ったら……。

ロバートはドアを勢いよく開けた。「ひとりにし――」

バケツ一杯の冷水が顔に浴びせられた。

その衝撃に一瞬息をのんだあとで、彼は反射的に襲撃者に飛びかかった。バケツを振り払い、相手の体を壁に押しつける。

「ビット！　ロバート！　わたしだ！」トリスタンが叫び、首を絞めつけるロバートの手を振りほどこうともがいた。

まつげから水を滴らせ、ロバートはつぶやいた。「わかってる」不快感もあらわに手を離す。「二度とこんな真似はするな。ただではすまないぞ」髪から水を振り払い、彼は一歩うしろに下がった。ズボンはずぶ濡れで、ブーツの中まで水浸しだ。「ちくしょう」

「止めようとしたのよ」濡れたショールの端を絞りながら、ジョージアナが言った。「とにかく濡れた服を脱がなきゃ」

彼女を避けるようにロバートは言った。「着替えてくる」

そのときになって彼は気づいた。動悸はいまだ激しく、息も荒かったが、先ほどの症状はおさまっていた。全身びしょ濡れになったというのに、それが思わぬ効果をもたらしたようだ。黒いパニックは完全に消え去ったわけではないが、意識の片隅に埋もれてなりをひそめている。

目を上げると、トリスタンも息をあえがせて立っていた。ロバートに首を絞められたせいで、濡れたクラヴァットがだらしなくほどけている。だが腹を立てている様子はなく、心配そうな、それでいておもしろがっているような表情がうかがえた。

「訂正するよ」ロバートはゆっくりと言った。

「なにを訂正するんだ？」

「二度とするなと言ったが、気が変わった」

「そうか。わたしもひょっとしたら効果があるかと思って――」

「着替えてくる」ロバートは自室に戻ると、ふたたびドアを閉ざした。

のろのろと上着から腕を抜き、ベストのボタンをはずすと、床に脱ぎ捨てた。衣装戸棚からシャツを取り出す。今朝はふたつの事実が明らかになった。ひとつは、今夜ルシンダとダンスをするのは簡単ではないということ。もうひとつは、パニックから逃れるための別の方法を見つけたこと。ルシンダや薔薇園に意識をそらす方法なら服を汚さずにすむが、どうやら応急処置にはバケツの水が効果的らしい。

「名案だ」ロバートはつぶやき、濡れたクラヴァットをはずして、脱ぎ散らかした服の上に放った。「問題は、どうやっていつもバケツを持ち歩くか、だな」

「……それでぼくは撤退するのが賢明ではないかと思ったんです」

ルシンダは笑いながら相槌《あいづち》を打った。「たしかに賢明ですわ」

ジェフリーは目を丸くした。「本当にそう思いますか？」

「だって、フランス軍の陣営からわずか五メートルの場所で昼食をとるなんて無茶ですもの。断じて撤退すべきでしょう」

ルシンダとジェフリーは混雑したハイド・パークを一周し、ようやく東の出口に戻ったところだった。どうやらロバートの推測どおりだったようだ。ジェフリーは彼女に目を奪われ、道が込み合っていることなど気にかける余裕もないらしい。

ルシンダは彼のために、深紅の軍服風の乗馬用上着とスカートで華やかに装っていた。ジェフリーの前で愛想よく振る舞い、細やかな気配りをするのは難しいことではないし、礼儀正しいだけの女性が彼の好みというわけでもなさそうだ。

朝からずっとジェフリーの相手をしながら、ルシンダは少しばかり不服だった。認めたくはなかったが、混雑したハイド・パークをのろのろと走るより、髪をなびかせて郊外の野原を思いきり駆けまわりたかったのだ。それに、もともと人に好印象を与える彼女があえて愛想よく振る舞おうとすると、少しわざとらしい気もした。ロバートと一緒にいるときは、話したくなければなにも話さなくていいのに。

ルシンダは目をしばたたいた。ばかげている。ジェフリー卿に受け入れてもらうためには、野原を駆けたり、なにも話さずに沈黙したりしている場合ではない。もっと気持ちを彼に集中させなければ。ルシンダは恵まれた家庭に生まれ育ち、不自由のない暮らしをしているが、ジェフリーは貴族の中でももっとも由緒正しい一族の出だ。そんな家に嫁ぐのはこのうえない名誉に思える。しかも彼はハンサムで魅力的なのだから、若い女性が放っておくはずがない。

「今夜のモントローズ家の舞踏会には出席なさいますか？」ジェフリーがきいた。

「そのつもりです」

「それならワルツはぼくと踊ってください、ルシンダ」

彼女はほほえんだ。「ええ、ワルツのお相手をさせていただきますわ」

「カドリールも一緒に」

ひとつの舞踏会で二度同じ男性と踊るのは特に珍しいわけではないが、ジェフリーがルシンダに好意を寄せていると公表することになる。「ええ、カドリールも」彼女は答えた。

「カントリーダンスはいかがです？」

「これ以上、ほかの女性の機会を奪うわけにはまいりません」ルシンダは眉をひそめそうになったが、笑顔を取り繕った。三度も同じ男性と踊れば、あらぬ噂を立てられるだろう。

「調子に乗りすぎました。申し訳ない」

「とんでもありませんわ、ジェフリー。あなたはわたしを喜ばせようと、断られるのを承知のうえで誘ってくださったのでしょう？」

彼は声をあげて笑った。「喜んでいただけましたか？」

「ええ……昼食の約束に遅れなければ、もっと喜ばしいのですけれど」

ジェフリーは懐中時計に目を走らせ、しぶい顔で付き添いの馬丁を手招きした。「アイザックを先に行かせて、少し遅れると伝えさせるのはいかがです？」

「いいえ、やっぱり急いで帰らなくては」

「そうですか。では、家までお送りするほかなさそうですね」

ルシンダは笑った。「ええ、そうしていただくしかありませんわ」

バレット邸に着くと、ジェフリーはルシンダをアイシスから抱きおろそうと手を差しのべた。社交界にデビューしたての一八歳のころなら、彼の態度に卒倒しそうなほど有頂天になっていたかもしれない。もっとも、ルシンダは卒倒するような女性ではないが。社交界にデビューして六年が過ぎた今、ジェフリーの関心を引いていることで自尊心をくすぐられるものの、軽率にうぬぼれるつもりはなかった。

計画どおりにことが運んでいる。バレット大将はジェフリーを気に入っているし、ルシンダも彼に好意を抱いていた。そしてジェフリーは間違いなく彼女に魅了されている。彼となら、裏切られたり傷つけられたりすることもなければ、必要以上に胸をときめかせることもなさそうだ。あの紺碧の瞳に気をそらされさえしなければ、なにもかも完璧だった。

「すばらしい時間をありがとう、ジェフリー」

彼は手袋をはめたルシンダの手を取り、唇を寄せた。「こちらこそありがとう、ルシンダ。きみと一緒にこれから何度もこんな時間を過ごせるといいですね」

ルシンダは笑顔を返しただけだった。饒舌《じょうぜつ》な甘言を真に受けるつもりはない。ジェフリーの努力は称賛に値するし、褒め言葉を言われて悪い気はしないが、そのために彼を選んだのではなかった。「今夜の舞踏会で、またお会いしましょう」

「それではこれで」

昼食の約束をした友人たちはすでに到着し、ルシンダの帰りを待っていた。「お待たせしてごめんなさい」執事のあとに続いて居間に入ると、彼女は言った。

エヴリンが目を輝かせて駆け寄ってきた。「早く着いたのよ」

「これから何度もこんな時間を過ごせるといいですね」ジョージアナが真面目くさった顔で言った。

「まあ」ルシンダは頬を赤く染めた。「バローにここの窓を閉めておいてもらうんだったわ」

「うまくいっているみたいね」エヴリンがルシンダの頬にキスをした。「出かけましょう。馬車を待たせてあるのよ」

「着替えてきてもいいかしら？　時間はかからないから」ルシンダはきいた。

「もちろんよ。ここであなたの噂話をして待っているわ」

ルシンダは二階に駆けあがり、ヘレナを呼んだ。部屋に入ると乗馬用の帽子と上着を脱ぎ捨てる。昼食のために選んだドレスはベッドの上に用意されてあった。

ノックの音が聞こえてドアが開いた。ヘレナではない。戸口に立っているのはジョージアナだった。彼女は気まずそうな表情でおもむろに言った。「着替えを手伝うわ」

「ヘレナが来てくれるから――」

「いいえ、彼女は来ないわ。わたしがかわりに来たの」

「どうして？」

「あなたに話があるのよ。誰もいないところで話したくて。エヴリンにも聞かれたくないことなの」

ロバートの話だとルシンダはすぐに察した。ヘアブラシを脇に置いて、静かに言う。「わたしはロバートが好きよ。でも、それはあくまで友人として。わたしは父の面倒を見なければならないし……ただでさえ問題がいろいろとあるわ。身勝手かもしれないけれど、わたしに必要なのは、今の生活を楽にしてくれる結婚相手なの。これ以上、複雑になるのはごめんだわ」

ジョージアナはため息をついた。「少しも身勝手ではないわ、ルシンダ。とても現実的よ。あなたは現実的な人なのよ。あなたとロバートの仲を取り持つつもりではないから、誤解しないで。ただ、長いこと誰にも会おうとしなかった彼が、あなたとなら話ができるらしいの」

「ロバートとは口論になるわ。というより、わたしは彼と口論になることを恐れていないのよ」

ジョージアナが納得したようにうなずいた。「なるほど、秘密はそこにあったのね。わたしたちはみんな、まずいことを言って彼を刺激しないようにとびくびくしているの」

「ジョージアナ、彼がけんかをしたがっているなら、わたしはいつでも喜んで相手になるわよ」

「ありがとう」ジョージアナはかすかな笑みを浮かべた。「わかったわ。こんな面倒なことにはあなたを巻き込まないようにするべきね」

ああ、なんという罪悪感かしら。ただ話題を変えればすむことなのに。ロバートにキスをされていなければ、そしてそのキスと彼の存在に胸をときめかせたりしていなければ、なにも言わずに話題を変えられるのに。ルシンダはため息をついた。「不思議に思っていたのだけれど、この三年のあいだに彼を見かけた回数より、この一〇日間で彼に会った回数のほうが多いのはなぜかしら？」

「ロバートはたぶん社会復帰をしようとしているんだと思うの」青いモスリンのドレスに着替えるルシンダを手伝いながら、ジョージアナが言った。「彼の身に起こったことについて、詳しくは知らないけれど……」彼女は言いよどんだ。「悲惨なできごとだったに違いないわ。だからルシンダ、どんなことでもいいのよ、彼の力になってもらえない？」

ロバートの身に起きた悲惨なできごととはいったいなんなのか、ルシンダは知りたくてたまらなかった。でもそれを聞き出したら、すべてが変わってしまうような気がする。彼女のまわりですでに多くのことが変化しつつあるのだ。彼への興味は最小限に抑えるべきだった。

「わたしでお役に立てるなら」ルシンダは同意した。

書斎の前を通り過ぎようとしたアンドルーはいきなりロバートに腕をつかまれ、部屋の中に引きずり込まれた。「いったいなにを――」

「手を貸してくれ」ロバートは声をひそめた。気が変わらないうちに言ってしまわなければ。

「だが、このことを誰かに話したら――」

「誰にも言わないよ」アンドルーはバランスを崩してよろめいた。

「両腕を伸ばせ」

当惑した表情で、アンドルーは兄の言葉に従った。この企てがうまくいくのか失敗するのか、あるいはなにが問題だったのか考える隙をみずからに与えずに、ロバートはアンドルーの片手をつかみ、もう一方の手を自分の肩にのせた。それから弟のウエストに手をまわし、ワルツを踊り始めた。

「足を踏むなよ」アンドルーがよろけながらつぶやいた。

ロバートは目を閉じて頭の中でワルツのリズムを唱え、ステップを思い出した。「リードはぼくがする」

「わかった」

相手がアンドルーでは、女性と踊っているような錯覚を起こす心配もない。それが彼に協力を求めた理由ではあったが、アンドルーは練習相手として申し分なかった。数分もするとロバートは気分が落ち着き、ステップも軽くなめらかになってきているのに気づいた。膝に痛みはあるものの、いつもより激しいわけではなく、足取りは安定している。先ほどのパニックで今も不安と動揺は続いていたが、平静を装うことができた。

アンドルーの鼻歌が聞こえ、ロバートは目を開けた。ワルツのリズムは正確だが、恐ろしいほど調子のはずれた鼻歌だ。「こんなの……ばかげていると思うだろう？」ロバートは不意に動きを止め、アンドルーから手を離した。

「ぼくはステップを間違えそうになったけど、それ以外にまずいことはなにもないよ」アンドルーはキャロウェイ家の兄弟たちに特有のカリスマ的な笑顔で答えた。「なかなかダンスがうまいじゃないか」

「ありがとう」

アンドルーは口もとに笑みを浮かべた。「まさかぼくにドレスを着せて、今夜一緒に踊ろうっていうんじゃないだろうな。兄さんは本当にダンスがうまいから、きっと女の子たちは誰もが兄さんと踊りたがる――」

「いや、ドレスなんて着なくていい」弟の褒め言葉に、ロバートは思わずほほえんだ。「ステップを思い出したかっただけなんだ」

「それなら完璧だよ。実は――」アンドルーは肩越しにドアのほうを見た。「友達と昼食の約束をしているんだ」

「練習はもう終わった」

「わかった。それじゃあ」

アンドルーが立ち去ると、ロバートはふたたびドアを閉めて、カドリールのステップを踏みながら窓辺に戻った。アンドルーは褒めてくれたが、動きはやはり鈍っている。それでも今朝のできごとを考えると、ロバートは満足感を覚えずにはいられなかった。

だが、その満足感は三〇秒ほどで不安に変わった。今夜ルシンダに歩み寄り、ワルツを踊ってそのまま立ち去るわけにはいかないと気づいたのだ。ロバートは彼女のふたつ目のレッスンを手伝うことになっている。彼女とのかかわりを保つための唯一の方法だ。そしてその約束を果たすためには、彼自身が模範的な振る舞いを示さなければならない。つまり、それぞれの曲をほかの女性たちと踊らなければならないのだ。

ロバートは窓辺に腰をおろした。そんなことができるものか。自分自身に毒づき、こぶしを窓枠に叩きつける。その場に座ったまま、彼は自分を憎み、自分の抱える問題を呪った。

ふと、ルシンダの言葉を思い出したのはそのときだった。ふたつ目のレッスンは、飲み物のテーブルのそばや舞踏室の片隅でたたずむ女性たちに救いをもたらすもののはずだ。資産家の令嬢でもなければ、美貌《びぼう》や魅力や教養や品格もない気の毒な女性たちが対象なのだ。

誰からも誘われずにただダンスを見ている女性なら、少なくともロバートの誘いを言下に拒絶したりはしないだろう。そしてそんな女性たちの絶望感を理解できるのは、彼を置いてほかにいない。そういう女性たちは、パートナーのダンスの腕前など問題にもしないはずだ。衆目にさらされずにレッスンを実行することができるかもしれない。もちろんルシンダは気づくはずだが、ジェフリー・ニューカムが気づかないとしたら、思いもよらない恋敵を見逃すことになる。

恋敵か、とロバートは思った。ぼくがジェフリーの恋敵だなんて、ぼく自身以外のいったい誰が想像できるだろう。ルシンダ・バレット。彼女と一緒にいる時間は楽しい。だが、ぼくの思いはそれ以上だ。ぼくはルシンダを渇望している。彼女の穏やかさを。彼女の強さを。人間としての品格を。そのすべてを長いあいだ忘れていた自分にとって、彼女は希望そのものに思える。

だからこそ、ルシンダに近づくべきではないのだ。たとえそれが彼女のためだけだとしても。天上の世界をかいま見たいという思いはどうすることもできないが、天使をぼくの世界に引きずりおろすわけにもいかない。どちらか一方に火がついたら、両方とも灰になるまで燃え尽きてしまう。

いや、ルシンダにとってぼくはただの友人でしかない。だとしたら、友人同士でいるしかない。たとえそれが死ぬほどつらいことだとしても、ぼくにとっては簡単なはずだ。なぜなら、ぼくは長いあいだ死んだも同然だったのだから。

10

「メイフェアの住民が今夜は全員、ここに集まっているような気がしているのはわたしだけかね?」バレット大将が言った。

「いいえ、お父様だけじゃないわ」ルシンダは父の腕にもたれて答えた。「ほら、見て。手品師よ」

ルシンダにとっては珍しくもない光景だ。レディー・モントローズはこの四年間、自分の主催する舞踏会をシーズン最高の催しにしようとさまざまな趣向を凝らしていたが、いまだかつて成功したためしはない。

「ジェフリーは時間どおりに到着したようだな」

「時間どおりに到着したのは彼だけではないわ、お父様」彼女は言い返した。「ほかの人たちだって、みんな——」

「そんなことを問題にしているのではないよ、ルシンダ。今夜はジェフリーを独占するつもりはないから、彼の相手をするのはおまえの役目だ」

「わたしは誰のことも独占しないわ」舞踏室の中を見まわしたルシンダは、知り合いの顔を見つけてほほえんだ。「あら、ミセス・ミラーが来ているわ。絵を描《か》くためにヴェニスへ行っていたはずだけど、帰っていらしたのね」

「リリアンが？　どこだ？」

ルシンダは窓のほうを示し、父の腕をつかんでいた手を離した。「ワルツを踊ってくれると言ったこと、忘れないでね」

「それはおまえを誘ってくれる相手がいない場合だよ。必要とあらば、わたしはいつでも辞退する」

父がルシンダのそばを離れたがっているという事実は、彼がいかに娘とジェフリーとのことに期待しているかを物語っていた。ルシンダは社交界のアドニスが近づいてくるのに気づき、にっこりとほほえんだ。

「こんばんは、ジェフリー」

ジェフリーは彼女の手にキスをすると、全身を眺めまわした。「ルシンダ、今夜はいちだんとお美しい」

「ありがとう」濃紺に銀の縁取りが施されたドレスは、ルシンダの一番のお気に入りだ。ジェフリーに褒められたのが嬉しかった。

「ダンスカードにぼくの名前を書く場所はまだありますか？」

「父以外はまだ、どなたからも誘われておりませんわ」

ジェフリーはルシンダのダンスカードを手に取り、ワルツとカドリールの横の余白に名前を書き込んだ。「今夜は男性客の数が少ないので、フランシス・ヘニングをダンスフロアから締め出すわけにいかないのが残念ですよ。きみとは本当に二曲しか踊らせてもらえないのですか?」

ジェフリーが仲間たちとまたもやフランシスをつまはじきにしようとしていることに、ルシンダは不快感を覚えたが、きっと彼はからかっているだけなのだろうと思うことにした。それにジェフリーの言ったことはひとつ当たっている。たしかに今夜は女性客のほうが男性客より圧倒的に多く、おそらく多くの女性がダンスフロアの壁際に取り残されるはめになるだろう。

「ええ、二曲です」ルシンダはそう言いながらも、にこやかにほほえんだ。「でも、心配ありませんわ。パートナーに不自由なさることはないはずですもの」

「きみに比べたら、どんな女性も見劣りしますよ」

ジェフリーがバレット大将に挨拶するために立ち去ると、ほんの短いあいだにダンスの申し込みが殺到し、ルシンダのダンスカードには余白がなくなった。ほどなく雑踏の向こうにセイント・オーバンとトリスタンの長身が見え、ルシンダは人込みをかき分けて彼らに近づいた。

「ルシンダ、すごい人ね」エヴリンが抱きついてきた。「やっぱりあなたにはそのブルーが似合うわ」

「ええ、あなたの言うとおりだったわ。わたしも気に入ってるの」ルシンダはエヴリンに答えると、ジョージアナのほうを振り向いた。

エヴリンがルシンダの腕を引き、耳もとでささやく。「待って。トリスタンが家に帰るようにとジョージアナを説得しているの。この混雑では彼女が窒息してしまうんじゃないかと心配しているのよ」

「たしかにそうね」

ルシンダが目を向けると、ジョージアナはトリスタンの唇に指を当てて言葉をさえぎり、キスで口をふさいだ。「ほんの少しでも気分が悪くなったら、すぐに帰ると約束するわ」

「本当だね？」

そのときセイント・オーバンが身をかがめ、エヴリンの耳になにかをささやいた。彼女の頬が真っ赤に染まったが、セイントは返事を待たずに飲み物を運ぶ給仕のほうへ歩み去った。

「セイントになにを言われたの？」ルシンダは小声で尋ねた。

「彼ったら……なんでもないわ」エヴリンは咳払いをした。「ほら、ジョージアナとトリスタンの話が終わったみたいよ。彼女たちが誰を連れてきたか知ってる？」

ルシンダはすでに気づいていた。舞踏室の中に彼の姿があることに。「ロバート・キャロウェイね」

彼はルシンダを見つめていた。無造作に伸びた黒い髪が襟もとに垂れ、前髪が濃いブルーの目を片方覆い隠している。黒い上着とズボン、そして鮮やかな血を思わせる深紅のベストを身にまとったしなやかな長身に、ルシンダは目を奪われた。ロバートはまさに獲物を狙う飢えた狼のようだ。

ロバートが近づいてくるのを心待ちにしていたルシンダの期待を裏切り、彼は顔をそむけて人込みの中に姿を消した。まあ、いいわ。ジョージアナの話では、ロバートはわたしを救済者かなにかのように思っているらしい。どうせ彼が近づいてきても、短い挨拶を交わすだけ。あの青い瞳をじっと見つめたりしたら、彼がまたわたしにキスをするつもりがあるのかどうか知りたくなってしまう。

「最初のダンスは誰と踊るの？」ジョージアナがルシンダとエヴリンのあいだに加わった。

「ジェフリー卿よ」

「そう」

「最初の曲と最後のワルツを彼と踊るの」ジョージアナの思わせぶりな口調に気づかないふりをして、ルシンダは言葉を続けた。「なかなかいい戦略だと思わない？」

「ええ、本当に」ジョージアナは答えた。「ジェフリー卿はあなたのリストのひとつ目を、みごとに修得したというわけね」

「ねえ、質問があるの」エヴリンが口をはさんだ。ジェフリーが近づいてくるのに気づいて声をひそめる。「四つのレッスンをすべて終了する前に彼があなたに求婚したら、わたしたちはあなたが承諾するのを止めるべきかしら？」

「ふざけないで」ルシンダは笑った。「あなたがセイント・オーバンにレッスンを始めたときはどうだったかしらね？」

「わたしのことはいいのよ。やっとあなたの番がまわってきたんですもの、ルシンダ」

楽団が演奏を始める合図をすると同時に、ジェフリーがルシンダのかたわらに立った。

「レディー・セイント・オーバン、レディー・デア、ルシンダをお借りしますよ」

「ええ、もちろん」ジョージアナがうなずいた。

「楽しんできて」エヴリンは屈託のない表情で、ルシンダに投げキスをした。

「きみは彼女たちと本当に仲がいいんですね」ジェフリーはルシンダをダンスフロアへと導きながら言った。「きみとバレット大将に加え、彼女たちとその家族にも気に入ってもらわなければならないな」

ルシンダが口を開きかけたとき、音楽が始まった。ジェフリーの言葉の意味はすぐにのみ込めた。彼もルシンダ同様、相手の心を射止めようとしているのではない。どちらも損得ずくなのだ。そのほうが手間が省けて簡単なのはわかっている。とはいうものの、彼女は意に介さないふりをしながら、心の底でかすかな失望感を覚えた。

ルシンダは我に返り、ダンスに意識を戻した。踊りは一巡して、もとのパートナー同士が再会したところだった。「父はあなたに頼りきっていますわ。あなたの記憶に、と言うべきかしら」

ジェフリーは笑った。「お役に立てて光栄です。おや……これは驚いたな」

彼の視線を追ったルシンダは言葉を失った。ミス・マーガレット・ヘイウォーターがダンスに加わっている。持参金はないに等しく、やぶにらみでいつも薄笑いを浮かべている彼女が、古着のドレスの裾をひるがえしながら頬を輝かせ、今は魅力的に見えた。この奇跡をもたらしたのは、ミス・マーガレットの右側でにこやかに彼女の手を握る男性であることは疑いようもない。動きにぎこちなさはあるものの、ステップを踏む優雅な物腰を目にして、ルシンダはふと泣きたくなった。

周囲の人々がふたりに注目し始めている。背筋を伸ばして顎を上げたミス・マーガレットはさらに魅力的に見えた。かたやロバートは、招待客の大半に注目されていることなど、まったく気づいていない様子だ。

ルシンダはチャールズ・デイモア卿に危うくぶつかりそうになって、思わず目をしばたたいた。とっさにデイモア卿の手につかまらなければ、ダンスフロアは大混乱に陥っていたかもしれない。ステップを踏む男女の列は向き合って手を握り、うしろに下がって次のパートナーへと移動していく。

ロバートが近づいてきたとき、ルシンダは自分が息を止めていることに気づいた。「こんばんは」彼と手を合わせ、ルシンダは言った。

ロバートがうなずき、青い瞳が彼女の視線をとらえた。「ふたつ目のレッスンだ」彼はそうつぶやいて、ルシンダの前を通り過ぎていった。

ふたたびパートナーが一巡する。ルシンダはジェフリーが肩越しにロバートとミス・マーガレットを見つめていることに目をとめた。「ロバート・キャロウェイが悲惨な身の上になって以来ダンスをしているところを初めて見ましたよ。それにしても、マーガレット・ヘイウォーターを誘うとは。あの男が彼女とどんな関係なのか、わかったものではありませんね」

「彼のことをそんなふうに言うのはおやめになって。ただダンスに誘っただけだと思いますわ」

「彼女を誘う男などいませんよ。となれば、その理由はすぐにわかるはずです」

ルシンダは笑みを浮かべそうになったが、すぐに表情を引きしめた。ロバートはもうひとつ、奇跡を生み出すつもりだ。もしジェフリーがマーガレットをダンスに誘えば、男性客はひとり残らず、なにごとが起きたのかと思うだろう。

ルシンダの手を握るジェフリーの手に、不意に力がこもった。「ぼくがほかの女性に興味を引かれているというわけではありませんよ」

「わかっていますわ」ルシンダは答えたが、ジェフリーの言葉の意味が理解できずにいた。彼はわたしに焼きもちを焼かせたいのかしら？　ここで嫉妬するべきなの？

「あの男がなぜマーガレット・ヘイウォーターと踊っているのか、きみは本当に知らないのですね？」

「ええ」彼女は嘘をついた。「まったくわかりません」

「でも、きみたちは友達でしょう？」

「わたしがなぜあなたと踊っているのか彼が尋ねようとしないのと同じで、わたしも彼にそんなことは尋ねません」しだいに不快感を募らせながら、ルシンダは言葉を続けた。「そんなに知りたければ、あなたがご自分で彼女をダンスに誘うしかありませんわね」

ジェフリーは手をつないだままルシンダを見つめてほほえんだ。「気を悪くしたなら謝ります、ルシンダ。ぼくのパートナーはきみです。それにぼくの頭の中は、依然としてきみのことでいっぱいなんですよ」

ルシンダはなにげない表情でほほえみ返した。「わたしがあなたのお相手をするのは二曲だけですのよ。それ以外は、どうぞご自由に」

カドリールの一曲目が終わると、ルシンダの予想どおり、男性客たちが次々とマーガレットに近づいていった。ジェフリーもそのひとりだ。ロバートの姿はすでに見えなくなっている。彼はやってのけたのだ。誰からも声をかけられず、壁際にたたずんでいるはずだった女性に、今やダンスの申し込みが殺到している。競馬や賭けごとの話に興じている男性客たちも、誰かを誘ってみようという気になるかもしれない。

「マディラワインはいかがかな?」セイントがルシンダの肩越しにグラスを差し出した。

「ええ、ありがとう」彼女はグラスを受けとって、ひと口すすった。「エヴリンはどこ?」

「ブラッドショーと一緒になって、わたしの忍耐力を試すつもりらしい」セイントはダンスフロアを指さした。エヴリンとブラッドショーが、カドリールの音楽が始まるのを待っている。

ルシンダは次のパートナーのチャールズ・ウェルドンを探したが、彼はほかの男性客たちとミス・マーガレットのまわりをうろついていた。「あなたは踊らないの、セイント?」

「エヴリン以外の女性とは踊らないつもりだったが、きみにパートナーが必要なら、喜んでお相手をするよ」

「せっかくだけど、その必要はないわ。ありがとう」

ルシンダだけでなく、ロンドンの社交界中がセイント・オーバンの変化に気づいていた。悪魔のようだとさえ言われたセイントの過去の評判は変えようもないが、エヴリンと出会ってからというもの、彼はめざましい変貌をとげている。とはいえ、セイントの冷ややかさと機知は今も変わらず、その言動は常人の予想を超えていた。そんな彼との会話はルシンダにとって刺激的で楽しかった。

「気になっていることがあるんだが」ブラッドショーとエヴリンに視線を向けたまま、セイントが言った。

「どんなこと？」

「きみたち父娘とキャロウェイ一家が親しいのはわかっているが、バレット大将とロバートのあいだにかつてなにがあったのだろう？」

ルシンダはセイントに向き合った。得体の知れない不安が胸にこみあげてくる。たしかに父はロバートを快く思っておらず、親しい間柄の友人や家族にさえ、その理由を話したことはなかった。「なんのことを言っているの？」

セイントは肩をすくめた。「わたしの勘がはずれたのかもしれないな。どうやらわたしには、厄介ごとを探し出そうとする癖があるらしい」彼は苦笑した。

ルシンダの知る限り、セイントの勘がはずれることなどありえない。父がロバートを嫌っているのはわかっているが、ロバートのほうはどうなのだろう。彼女は思わず顔をしかめた。

「あなたはなにか知っているんでしょう、セイント？」

彼は口もとに大きな笑みを浮かべた。「ダンスのお相手がきみを迎えに来たよ」セイントはルシンダの腕を取り、顔を近づけてささやいた。「わたしは自分の知りたいことは探るけれど、それを人には教えない」

「まあ、ご親切ですわね」背後にチャールズ・ウェルドンが近づいてきたのに気づき、ルシンダは振り向いてパートナーの腕を取った。「さあ、ダンスフロアに行きましょう」

ダンスが始まるとすぐに、ヒヤシンス・スタイルズと踊るロバートの姿がルシンダの目に飛び込んできた。美しいが、痛々しいほど恥ずかしがりやの女性だ。彼女がダンスをするのは、ロバートがダンスをするのと同じくらい珍しい。ふたりがダンスフロアの反対側で踊っていることがルシンダを苛立たせた。彼と話したくてたまらない気持ちに、否応なしに気づかされたせいかもしれない。

エヴリンたちも同じ方向に目を向けているのが見てとれた。特にブラッドショーの視線はロバートに釘づけになっている。ロバートに気をとられている場合じゃないわ。ブラッドショーはエヴリンの夫に注意すべきよ、とルシンダは思った。セイントのほうを振り向くと、トリスタンとジョージアナが彼のそばに立っていた。ロバートと父のあいだになにかあったと確信していなければ、セイントはあんなことを口にしたりしないはずだ。

だったら、それはなに？　なぜわたしは気づかなかったの？　もっとも、ルシンダとキャロウェイ家はなんのかかわりもなく、ジョージアナが長いあいだトリスタンと揉めていたのを聞かされていただけにすぎないが、この一年は家族ぐるみの親しいつき合いをしている。それなのに、父がロバートの名前を口にすることは最近までなかった。少なくともルシンダは聞いた覚えがない。

「土曜日はヴォクスホール・ガーデンの花火大会にいらっしゃいますか？」踊り手たちが円を描いたところで、チャールズが尋ねた。場違いなほど明るいその声で、ルシンダはようやく我に返り、彼の存在を忘れていたことに気づいた。顔を上げてチャールズを見ると、彼はにっこりとほほえんだ。「ジョージ皇太子もお見えになるという噂ですよ」

「ええ、友人たちと行く予定です。ボックス席を予約してありますの」

チャールズは媚《こ》びるように顔を輝かせた。「本当ですか？」

「本当ですわ」彼を誘うつもりはないとわからせるための口実を考えながら、ルシンダは答えた。「残念ながら、予約したのは少人数用のボックス席ですのよ。皇太子がお見えになると知っていたら、広いボックス席を借りて、みなさんをご招待しましたのに」

「そうですか」

チャールズに言われて、ルシンダはロバートがヴォクスホール・ガーデンに来るのだろうかと、そればかり気になった。思わずため息がもれる。本来なら、ジェフリーが来るかどうかを気にするべきなのに。きっとトリスタンがロバートを誘うに違いない。ジョージアナにきいてみなければ。

ダンスが終わり、ルシンダはチャールズにともなわれてデア夫妻のところに戻った。チャールズが立ち去るやいなや、ジョージアナがルシンダの肩に腕をまわしてささやいた。「あなたのリストのことを、ロバートはどこまで知っているの？」

「ダンスをしていない男性がいるのに、女性たちが壁際に取り残されているのは納得できないと彼に言ったことがあるけれど」ルシンダは言葉を濁した。

「わかったわ」

ルシンダは顔をしかめた。ジョージアナは怒っているのかもしれない。わたしがロバートを巻き込んだと腹を立てているのかも。でも、間違ったことをしているつもりはない。それにロバートは、わたしがジェフリーに興味を持っているのを承知している。「リストのことはロバートに尋ねられたのよ」ルシンダはささやき返した。「それに彼は、わたしがジェフリーを選んだことを知っているの――」

ジョージアナがルシンダの頬にキスをして言った。「ロバートが舞踏会に参加して、しかもダンスをしているのよ。動機がなんだとしても、わたしは満足だわ」

誰かがルシンダの肩に手を置いた。驚いて振り向くと、トリスタンが身をかがめて彼女の頬にキスを浴びせた。「いったいなにがどうなっているのかわからないが、ジョージアナはきみのおかげだと言っている」

ルシンダは咳払いをした。「ロバートはこうしたかったんだと思うわ。わたしはそのきっかけを作っただけ。ロバートはあなたたちに支えられて、自分で立ちあがったのよ。わたしはなにもしていないわ」

華やかな衣装に身を包んだ紳士淑女たちの時間は優雅に流れていった。ロバートは一曲も休まずに踊り続けていたが、けっしてルシンダを誘おうとはしなかった。夜もふけてきたころ、彼女はロバートの肩が硬直し、表情が険しくなってきているのに気づいたが、それでも彼は舞踏室にとどまっていた。そのかいあってか、誰からも誘われたことのない女性たちのダンスカードに名前が埋まり、彼女たちは数日後のピクニックの誘いまで受けている。

ジェフリーの姿もロバート同様、ほとんど見かけなかった。ダンスの合間の休憩時間にさえ、ジェフリーは言葉を交わしたこともない相手のダンスカードに名前を書き込むために駆けずりまわっていた。それもロバートの仕組んだことだろうかとルシンダは思ったが、いくら彼に人の本質を見抜く鋭い力が備わっているとしても、そこまで期待するのは無理だろう。

その夜の最後のワルツが始まると、ジェフリーがようやく姿を現し、ルシンダに手を差し出した。「踊りましょう」

彼女はジェフリーの手を取り、ダンスフロアへと向かった。「お忙しそうでしたわね」彼が気まずそうな表情を見せたが、ルシンダは笑い出したいのをこらえて口もとを引きしめた。

「もっと忙しそうなやつがいますよ。ほら、またあの男の登場だ」ジェフリーは舞踏室の反対側を指さした。ロバートがミス・ジェーン・メルロイをダンスフロアにエスコートしているところだった。「どうやらあの男は、ロンドン中の醜い女たちに声をかけてまわることにしたらしい。それ以外にすることがないんでしょう」

ルシンダは手を引っ込めた。彼女がリストに〝紳士らしい態度〟という言葉をあえてつかっていないのは、それが大前提だと思ったからだ。ロバートが彼女の友人だということをジェフリーはよく知っている。それは何度も彼に伝えてあった。「失礼します、ジェフリー」ルシンダはうしろに下がった。「父が疲れたと言っておりますの。もう帰らなければなりませんわ」

ジェフリーの顔から笑みが消えた。「気に障ったのですね。謝ります」

「ロバートを中傷するのはやめてくださいとお願いしたはずです。あなたが謝るべき相手はわたしではありません」

彼は手を伸ばし、ルシンダの腕をつかんだ。「ヴォクスホールにはいらっしゃるでしょう？」

「ええ」ルシンダはため息をついた。こんなふうに舞踏会場を立ち去るのはつらかったが、友人を侮辱されて黙っているつもりはなかった。「ごきげんよう」

「ルシンダ」ジェフリーが彼女の腕をつかんだまま追いすがる。

彼女はジェフリーの手を振り払った。「たぶんあなたにとっては冗談のおつもりだったのでしょうけれど、わたしは人を貶《おとし》めるような冗談を楽しむことはできません。それでは、おやすみなさい」

バレット大将は気まずい雰囲気を敏感に察知したらしい。顔なじみの仲間の輪を抜け出し、ルシンダに近づいてきた。「なにがあったんだね？」

「ジェフリーに言うべきことを言っただけよ。さあ、帰りましょう」

「言うべきことに、わたしがつけ加えることはないか？」

彼女は父の腕を取った。「ありがとう、お父様」

「もうジェフリーには会わないと言い出したりしないだろうね？」人込みをかき分けて舞踏室の戸口に向かいながら、バレット大将はつぶやいた。

「そんなことは言わないけれど、彼は他人に対してもっと思いやりを持つべきだわ。彼ほど恵まれている人は少ないんですもの」

「ジェフリーは不服そうだが」

「それはなによりね」

舞踏室の両開きのドアのところで、ルシンダはもう一度振り向かずにいられなかった。ジェフリーが肩を怒らせ、背筋を伸ばして反対側のドアに向かうのが見えた。ロバートはパートナーの頭越しにルシンダを見つめていたが、やがて口もとにかすかな笑みを浮かべた。

ルシンダは眉をひそめ、父とともに馬車に乗り込んだ。ひょっとしたら、ロバートは本当に人の心が読めるのかもしれない。だとしたら、わたしにとってはかなりまずい事態になる。

11

翌朝ロバートが目を覚ましたのは、すでに昼に近い時刻だった。あれほど多くの人々の中で長く過ごし、眠れないほど神経が高ぶっているのではないかと思ったが、心地よい疲労感に緊張がほぐれ、心は満たされていた。すべてを首尾よく終えたのだ。最後まで逃げ出さずに、一曲残らず踊ることができた。難を言えば、会話が少なすぎたかもしれないが、それは今後の課題としよう。

上体を起こし、足をベッドの横におろして立ちあがろうとしたロバートは、不意に床にくずおれた。

「ちくしょう！」

ベッドの支柱につかまって再度立とうとしたが、膝が激しく震えて体を支えられない。無理もなかった。舞踏室の真ん中でパニック症状に襲われるのを避けるため、よけいなことに気をとられないようにとダンスに集中したのだ。四時間も踊り続けたら不自由な脚がどうなるか、考える余裕もなかった。

ロバートは足を引きずって衣装戸棚の前に行き、ズボンをつかみ出すと、化粧台の椅子に腰をおろした。ズボンをはきながら、こんなときには身のまわりの世話をしてくれる召使が必要かもしれないと思った。

だが、それは無理な注文だ。ロバートは顔を上げて鏡の中の自分と向き合った。むさくるしい髪も、夜のうちに伸びたひげも気にならない。見慣れたいつもの自分だ。しかし、シャツを着ていない姿は見慣れていなかった。

今、裸の胸を鏡にさらし、ロバートの視線はあのときの傷跡に吸い寄せられた。左肩の丸い傷は貫通銃創で、同じ傷が肩の裏側にもある。腹部にも傷がふたつ。その裏側の皮膚は白く引きつっている。撃ち込まれた銃弾を摘出するために、スペイン軍の外科医が切開した場所だ。地獄の苦しみと闘った二〇分だったが、結局ロバートは今も体のどこかに銃弾を抱えたまま生きている。

右腕の白い傷は弾丸がかすめた跡だ。左膝に受けた最後の銃弾で、彼は倒れたのだった。

ロバートは前かがみになると、チェストの引き出しから洗いたてのシャツをつまみあげた。鏡に背を向けて、白いシャツを頭からかぶる。さあ、これでいい。もう見えない。だが、忘れたわけではない。忘れることなどできるはずがなかった。

ひげを剃《そ》り、顔を洗って着替えをすませた彼は、ブーツを履こうとしてまたもやベッドの横に尻もちをついた。二年前に杖《つえ》を捨てたことを悔やみ始めていた。

どうやって階下の朝食室におりていこうかと思ったとき、ドアにノックの音がした。

「どうぞ」

エドワードがドアを開けるなり、窓際に目を向けた。ロバートがいつも座って本を読んでいる場所だ。エドワードはかすかに顔を曇らせたが、すぐに兄の姿を見つけた。ブーツを片方だけ履いて、床に転がっている。

「なにしてるの？」

「靴を履いているところだ。なにか用か？」

「ビットを探しに来たんだよ。床に座ってなにをしてるんだい？」

ロバートはもう片方のブーツを履きながら言った。「ベッドから落ちたらしいね。階下《した》には誰がいる？」

「みんないるよ。それに――」

「じゃあ、ショーかアンドルーを呼んできてくれないか？」あのふたりなら、トリスタンほどうるさく質問を浴びせてきたりはしないだろう。

エドワードは不服そうに大きく息を吐き出した。「まず、ぼくの用件を先に言ってもいい？」

ベッドにもたれて腕を組み、ロバートは答えた。「ああ、もちろん」

「ビットに会いたいという人が来てるよ。ぼくはそれを伝えに来たんだ」

一瞬、ロバートの鼓動が止まった。「誰だ？」

「ルシンダだよ。ジョージアナと話をしているから、急がなくていいって言ってるけど――」

ロバートは這うようにしてベッドの支柱につかまり、ふたたび立ちあがった。いったい誰と顔を合わせて言葉を交わさなければならないのかという不安は消え去ったものの、かわりに電流のような疼きが全身を駆けめぐっている。「知らせに来てくれてありがとう」彼は口を開けたまま呆然と自分を見つめているエドワードに言った。「ショーかアンドルーを呼んできてくれ」

「また脚を怪我したの？」

「違うよ。少し疲れただけだ。ルシンダを待たせるのは失礼だから、急いでどちらかを呼んできてくれないか？」

エドワードは部屋から出ていこうとせず、ロバートに歩み寄った。「ぼくが手伝う」

頼もしいことだ。「押しつぶされるよ。そしたらぼくたちふたりとも、手助けが必要になってしまう」

弟は横目でロバートをにらみつけた。「そうだね、きっと押しつぶされる。わかったよ。じゃあ、ここにいて。すぐ戻ってくるから」エドワードはようやくドアの外へと駆け出した。

「それから、このことは誰にも――」

「ショー！　アンドルー！　ビットが脚を痛めているよ！　早く助けに来て！」

「――言わないでくれ」ロバートは言い終えてからため息をついた。困ったことになったと思いながらも、内心ではおもしろがっていた。

数秒もたたないうちに階段を駆けあがる足音が聞こえてきた。ロバートは眉をひそめた。

家族に心配をかけることだけは避けたかったのに。それでなくてもイングランドに帰ってきて以来、家族には迷惑をかけっぱなしだ。

「ビット、どうした――」ブラッドショーが戸口で息を切らして立ちどまった。ベッドの支柱にもたれ、片膝を軽く曲げて立っているロバートを目にして、心配そうな表情が当惑の表情に変わった。

「なんでもない」

「なにがあったんだ？」トリスタンとアンドルーがブラッドショーを押しのけ、同時に叫んだ。廊下には、彼らのあとを追ってきた執事と三人の従僕が控えている。

ロバートはいやな予感がした。「まさかジョージアナまで上がってきたわけじゃないだろうな」

「いや、ルシンダと階下で待っているように言ってある。いったいなにがあった？」

「なにもないよ」ロバートは怪訝そうな表情の家族たちを見まわした。「本当だ。膝を痛めただけさ。階下へおりるために、おチビにショーかアンドルーを呼んできてくれと頼んだら、あいつが大騒ぎしただけだ」

ブラッドショーがしぶい顔で言った。「おチビによく言って聞かせるよ。これではみんなが脳卒中を起こしかねない」彼はトリスタンのほうを向いてつぶやいた。「あとは頼む」

「わかっている」

「よし。みんな、階下におりよう」ブラッドショーは使用人たちのあいだを通り抜けて、階段に向かった。

「聞こえただろう」トリスタンが言う。「ドーキンズ、ヘンリー、ほかのみんなも階下へ行ってくれ」

「かしこまりました、ご主人様」執事は従僕や召使たちを追い立てた。

「そんなに痛むのか？」トリスタンはアンドルーを従えて部屋の中に入った。

「いや」ロバートは嘘をついた。膝の痛みが消えたことはない。普段の痛みになら、慣れているはずだった。

トリスタンはしばらくロバートを見つめていたが、ようやく口を開いた。「わたしとアンドルーが手を貸すから、階下におりよう。医者に膝を診てもらったほうがいい。無理をしたんだろう――」

「だめだ」ロバートは首を振って、兄の言葉をさえぎった。「医者は呼ばなくていい」

「ビット――」

「頼む」医者を相手に時間を浪費するのはもうたくさんだ。同情的な無駄口を聞かされ、不器用な手でいじくりまわされるだけなのだから。押しつけがましく診察や治療をされたあげく、結局痛めつけられるなら、そんなまわりくどい方法は面倒なだけだ。

トリスタンは大きなため息をついた。「わかった。医者は呼ばない。ただし、これ以上悪くならなければの話だぞ」

ロバートは答えなかった。言い合いになっても結局は彼が勝つ。トリスタンはなによりもロバートの機嫌を損ねるのを恐れているのだ。とりあえず、彼は階下におりたかった。「手を貸してくれ」

アンドルーに右肩を、トリスタンに左肩をわきの下から抱えられて階段をおり、ロバートは足を引きずりながら朝食室に入った。ブラッドショーはロバートが危険な状態でないことをみなに報告し、エドワードには大げさに騒ぎ立てては逆に危険だと話して聞かせたらしい。エドワードの神妙な顔つきから、それは明らかだった。

ロバートが肩をすくめて空いている椅子に寄りかかると、トリスタンとアンドルーは手を離した。過剰な心配が自分に向けられていないことを確かめてから、ロバートはようやくルシンダと目を合わせた。朝食室に入った瞬間からルシンダに視線が吸い寄せられそうになったが、胸の内を見透かされそうで、彼女への思いを隠しおおせる自信がなかった。彼女にとってロバートは、ただの友人なのだ。

ルシンダはしばしばみ色の瞳でロバートの曲がった膝を見つめ、ふたたび視線を上に戻した。そう、ロバート・キャロウェイは不具の身なのだ。なにを血迷ったかダンスなどをして、歩けなくなってしまうとはお笑いじゃないか。彼は心の中でつぶやいた。ルシンダも同じことを考えているはずだ。今にも立ちあがり、言い訳をして去っていくに違いない。

「あなたを散歩に誘うつもりだったのよ」彼女が笑顔で言った。「あなたの薔薇がどうなったか見せてもらおうと思って。でも、その脚では散歩は無理ね。かわりに薔薇園のことを話して聞かせてちょうだい」

ロバートは息をのんだ。黄色いモスリンのドレスを着たルシンダは、まるで太陽のようだ。

「ミリーおばさんの部屋に杖が置いてあるはずだ。おチビ、取ってきてくれないか？」

エドワードはようやくこの場から逃れられると思ったのか、ほっとした表情で答えた。

「すぐに取ってくるよ」

「ロバート」トリスタンが彼の耳もとで声を荒らげた。「体を休めたほうが――」

「挿し木のことで質問してもいいかい、ミス・バレット？」

「ええ、もちろん」ルシンダは口もとをさらにほころばせた。「わたしは知ったかぶりをして、人にあれこれ教えるのが好きなの」

エドワードが杖を持って戻ってきた。ロバートは受けとった杖を床に突き、体重をかけてみた。杖は短すぎたし、膝に激痛が走ったが、これで我慢するしかないだろう。この程度の我慢なら、なんということもない。

「行こう」彼はルシンダを促した。

玄関を出ると、ゆるやかな階段をやっとの思いでおりた。平静を装っているつもりだったが、苦痛の色が顔に表れていたのかもしれない。彼女がロバートの腕を取った。

「大丈夫だ」彼はルシンダの手を振り払おうとした。「手助けはいらない」

はしばみ色の瞳がロバートの目をのぞき込む。彼は口の中がからからに乾くのを感じた。

「手助けなどするつもりはないわ」ルシンダがきっぱりと言った。「紳士らしく、わたしをエスコートしてもらいたいだけよ」

それだけ言うと、彼女はロバートの腕に左手を巻きつけた。ドレスの短い袖からむき出しの腕が伸び、実用性のほとんどなさそうな薄いレースの手袋が手を覆っている。ルシンダの体温が袖を通して彼の肌に伝わってきた。「これもきみのレッスンの一部かい？」無理やり口を開いたが、普段どおりの声が出たことがありがたかった。

「いいえ、これは常識よ」

ルシンダが手助けをするつもりはないと言ったのは見せかけだけだった。おかげでロバートは、馬車道を通って馬小屋の横の小さな庭園に着くまで転ばずにすんだ。

「すくすく育っているわね」ルシンダは満足げに言った。

「肥料に鮃《ひらめ》を使ってみたんだ」

「まあ、そうなの。薔薇の肥料には最適よ。新しい葉も育っているのが見えるでしょう？ほら、たくさんあるわ」

ロバートは彼女の顔を見つめた。書斎のカーテンの向こうで誰かが心臓発作を起こしていない限りは、家族全員が薔薇園のふたりを観察しているはずだ。「薔薇の様子を見るためにここへ来たわけじゃないだろう？」

「ええ」ルシンダはためらいもせずに答えた。「ゆうべのお礼を言いに来たの。あのレッスンに関してはわたしもこれまで何度か試してみたけれど、あんなにうまくいくなんてすごいわ。あなたってすばらしいのね」

彼は肩をすくめた。「きみのおかげさ。ジェフリーはきみがぼくに興味を持っているんじゃないかと勘ぐっていたからね。そうでもなければ、ぼくがなにをしようと誰も気にとめないはずだ」

ロバートに興味……。まるで女学生のような、たわいもないあこがれだわ。ルシンダは薔薇に視線を向けたまま、昨夜の彼の姿を思い出した。自分がどれほど多くの人々を魅了したか、ロバートは気づいていないのだろう。彼に注目していたのはルシンダとジェフリーだけではない。無造作に伸ばした黒髪と紺碧の瞳は詩人を思わせ、謎《なぞ》めいた静けさに包まれた姿は心を揺さぶるほど魅力的だった。そう感じたのはルシンダだけではなさそうだ。ロバートを称賛する女性たちのため息まじりの声を、昨夜は何度耳にしただろう。

「理由がなんであれ、すばらしいわ。彼女たち、本当に嬉しそうだったんですもの。でも、あなたにとっては大変だったはず――」

「ぼくのことなら大丈夫だ」ロバートはさえぎった。

健康状態を気づかわれると、反射的に大げさな口調で返答するのが癖になっているのかもしれない。ルシンダは顔をしかめた。「いいえ、大丈夫じゃないわ。あなたはわたしのレッスンのせいで脚を痛めたのよ」

ロバートはじっと立っていたが、ルシンダは彼がうしろに身を引いたような気がした。

「膝を痛めただけさ。少し無理をするといつもこうなるんだ。それより、ジェフリーと揉めたようだね」

彼女は目をしばたたいた。そうよね、ロバートはなんでもお見通しだもの。「ジェフリーがダンスをしている女性のことをけなしたものだから……許せなかったの」彼がいきなり話題を変えるなら、わたしもそうさせていただくわ。「あなたは膝に銃弾を受けたのね？」

ロバートは頬を引きつらせた。「そうだよ。それで、ジェフリーがけなしたのは女性だけではないだろう？　ぼくのこともなにか言っていたんじゃないか？」

「そう……だったかもしれないわ」ルシンダは言葉に詰まった。「どちらにしても、わたしは許せなかったの」

「ぼくが模範的な態度を示したから、ジェフリーの反感を買ったんだろう」ロバートは庭園の前を通り、馬小屋のほうへとゆっくりと歩き始めた。「やつがぼくを侮辱するのはレッスンが功を奏したというサインだよ。いい兆候だ」

「人を侮辱するのはけっしていい兆候ではないわ」ルシンダは反論した。「あなたも彼も同じ戦火をかいくぐって、同じ体験をしたのよ。戦友に対して思いやりを持っているなら――」

「同じ体験をしたわけじゃない」ロバートはさえぎった。「だが、ジェフリーは同じだと思っている。ほかの誰もがそう思っているんだ。だから……」彼は口ごもり、咳払いをした。

「薔薇につくあぶら虫はどんな格好をしている？」

「花が咲くまであぶら虫の心配をする必要はないわ」ルシンダはロバートの腕を引いた。脚を痛めていなければ、彼を立ちどまらせることはできなかったかもしれない、とルシンダは思った。「なにを言おうとしたの？」

「なんでもないよ」

「なんでもないはずがないわ。最後までちゃんと話してちょうだい」

ロバートは首を振った。視線をルシンダの背後の馬小屋に向け、今にも逃げ出しそうな様子だ。逃げたいなら逃げればいいわ。追いかけるから。ロバートはジョージアナに対しても、自分の身に起きたできごとについての説明を拒んでいるらしい。彼女もロバートがなぜこれほど傷ついているのかを知りたがっていた。

「だからぼくはみんなに軽蔑されている、と言おうとしたんだ」彼は低くつぶやいた。

「それは間違っているわ、ロバート。あなたを軽蔑する権利は誰にもないはずよ」ルシンダは語気鋭く言い返した。彼を問いつめたばかりに、こんな言葉を聞かされるはめになったのだ。ルシンダは自分に腹を立てていた。「あなたは何度も負傷したのでしょう？　ウェリントン公さえ、あなたのワーテルローでの功績を認めていたわ」

ロバートは彼女の手を振り払い、馬小屋へと足を引きずっていった。「ぼくはワーテルローでなんの功績も残していない」吐き捨てるように言い、馬小屋の中に入る。

ルシンダもあとを追った。馬小屋に入ってすばやく目配せすると、三人の馬丁たちは彼女とロバートと馬を残して外に姿を消した。「いいえ、そんなはずないわ。ウェリントン公の政治的な目的がなんであろうと――」

「ぼくはワーテルローになど行っていない」ロバートは足を引きずってトリーのそばに寄った。トリーは頭を突き出し、彼の腕に鼻をこすりつけた。「もう帰ってくれ」

ルシンダはロバートの背を見つめた。誰もが彼はワーテルローで負傷したと思っている。彼女はロバートがロンドンに帰ってきたときのことを思い出した。もっとも早く帰還した兵士のひとりだったはずだ。ワーテルローの戦いが終結したわずか三日後だった。ルシンダは眉をひそめた。ウェリントン公の使者でさえ、ジョージ皇太子に勝利の知らせをもたらすのに二日もかかっている。しかも、ウェリントン公の使者は専用の輸送機関を使ったはずだ。

「ぼくが帰ってきたときのことを思い出しているんだろう？」ロバートは静かに言った。「きみはバレット大将の娘だから、情報と兵士が同じルートをたどるわけではないと知っているはずだ。ぼくが帰る前に勝利のニュースがもたらされたことを、ずいぶん感謝したものだよ。おかげで誰からも尋ねられなかった」

どういうこと？　ルシンダは考え続けた。まさかそんな。「なにがあったの、ロバート？」ルシンダはゆっくりと彼に近づき、肩に手を置いた。指の下で筋肉がこわばるのを感じた。「どこで負傷したの？」

ロバートはよろめきながら振り向き、彼女に向き合った。なにかに怯《おび》えたようなまなざしの奥で炎が燃えている。「聞きたくないと思う」

「いいえ、聞かせて」

「バレット大将に話すつもりだろう？」

ロバートが背を向けた。ルシンダは動きの鈍い彼を壁に押しつけ、杖を奪いとって背後に隠した。「父には話さないわ」

「なぜそう言える?」

「あなたがいやだと言うことはしないから」

彼は目を閉じて荒い息をついた。ふたたび目を開けてルシンダを見つめる表情からは、なにも読みとれない。「どうしてそんなに知りたがるんだ?」

「だって……わたしたち、友達でしょう? 友達なら、お互いに相手を気にして当然だわ」

ルシンダは手を伸ばし、ロバートの胸に手を当てた。触れるべきではないのかもしれない。でもそれ以外に、彼の反応を知る方法はない気がした。不思議なことに、ジェフリーに触れてもこんなふうに全身に震えが走ったりはしない。「それに友達は秘密を守るものよ。だから、あなたが話す気になったら聞くわ。そうならなかったとしても、わたしたちはいい友達よ」

ロバートはしばらく彼女の目を見つめていた。「シャトー・パニョンという城の名前を聞いたことはあるかい?」

ルシンダは眉間に皺を寄せた。「どこかで聞いた名前ね。南フランスのどこかじゃない?」

「そうだ。ぼくは七カ月間そこにいた」

休暇で遊びに行ったとでもいうような軽い口調とは裏腹に、そこでなにか恐ろしいことがあったのは明らかだった。「なぜ?」

ロバートは口を開き、低いうめき声をもらした。「これ以上は……話したくない」彼は身をかがめ、開いたままの唇をルシンダの唇に重ねた。

彼女は無意識のうちに顔を上げ、ロバートのシャツの襟に指を絡めてたくましい胸を引き寄せた。彼が激しく唇を押しあてる。まるでルシンダから空気を吸いとっているかのように。まるで彼女の体を吸いとっているかのように。彼の手が体を這い、熱い疼きがルシンダの背筋を駆け抜けた。

初めてのときはキスの方法を忘れてしまったかのようなためらいが感じられたが、二度目はそうではなかった。ロバートがなにを求めているかは明らかだ。彼はルシンダを求めている。

体の反応に意識が追いつき始めたとき、ルシンダは息をあえがせてキスに応じている自分に気づいた。「やめて!」ロバートの胸を押しやる。「お願い」

彼は唐突に体を離した。「悪かった」片手で濡れた唇を拭《ぬぐ》う。「こんなつもりでは――」

「キスをするつもりではなかったというのね」ルシンダはあとずさりした。彼の杖につまずきそうになって立ちどまる。「わかったわ」

「そうじゃない。きみを怒らせるつもりはなかったと言いたかったんだ」ロバートは足を引きずりながら身を乗り出し、彼女のスカートのうしろに手を伸ばして杖を取り戻した。「きみにキスをするつもりだった」

「なぜ?」動悸が静まらない。薄いモスリンのドレスの下で、肌が今も熱く火照っている。

「それを話したら、きみとはもう友達でいられなくなる」彼はルシンダの唇を見つめたまま言った。「まだぼくの友達でいてくれるのかい?」

友達なら、あんなふうにキスをして、心臓が飛び出しそうになったりしないはずだとルシンダは言いたかった。でも友人の境界線を越えたことを指摘すれば、ロバートはまた心を閉ざし、わたしに触れようとはしなくなるだろう。ふたりがキスすることも二度とない。その覚悟は彼女にはまだなかった。

「ええ、わたしはあなたの友達よ」ルシンダはドレスの裾を直しながら答えた。彼はわたしを欲しいと言いたいのかしら？　だとしたら、お互いに同じ気持ちだわ。でもわたしを怒らせるつもりはなかったということは、真剣ではなかったという意味？　遊び半分のキスがあんなに熱く激しいのなら、真剣にキスをされたら彼の腕の中で失神してしまうだろう。「わたしたちは本当に友達だわ」

馬小屋にいることをすっかり忘れていたかのように、ロバートがあたりを見まわした。「ジョージアナのところに戻ったほうがいい」杖を突いて歩き出し、ルシンダに腕を差し出す。

「ええ、そうね。薔薇園でなにをしているのかと、みんな心配しているかもしれないもの」

馬小屋の出口でロバートは立ちどまった。「ヴォクスホールの花火大会には行くんだろう？」

「ええ。あなたは？」

彼はうなずいた。「行くつもりだ。そろそろ三つ目のレッスンについて聞いておかなければならないな」

居間のジョージアナのもとにルシンダを送り届けると、ロバートはどこへともなく姿を消した。親友と過ごす時間は楽しいが、今朝は早めに切りあげ、家に飛んで帰りたいとルシンダは思った。

ロバートに二度もキスをされたというのに、ジェフリーにはまだ一度もされていない。だが、そんなことを考えている場合ではなかった。父の日記の中には、ルシンダがまだじっくり読み込んでいない部分もある。記憶違いでなければ、その中のどこかにシャトー・パニョンという言葉があったはず。調べてみよう。彼女ははやる心を抑えた。

12

「おかえりなさいませ、お嬢様」バローが玄関のドアを開けた。「昼食までお戻りにならないはずだったのでは？」

「お父様はどこ？」ルシンダは明るい声で尋ねた。意識的であろうとなかろうと、巧みに質問をはぐらかすロバートの手際が彼女には羨ましかった。

「ホースガーズの会議にお出かけでございます。アルバートにお茶を運ばせましょうか？」

「いいえ、けっこうよ。ちょっと調べ物があるから……お父様の部屋にいるわ」帽子とショールを執事に手渡しながら、ルシンダは言った。

「かしこまりました、お嬢様」

彼女は執事の前を通り過ぎ、ゆっくりと父の書斎へ向かった。たっぷり砂糖の入ったコーヒーを何杯も飲んだかのような興奮がいまだ冷めず、体は熱く火照ったままだが、だからといって騒ぎ立てることはない。ただのキスよ。キスをすべきではなかった人とのキス。爪先まで燃えあがりそうなほど熱いキス。でも、ただのキスだわ。それだけのことよ。

まだ編集のすんでいない父の日記帳が、日付の順にサイドテーブルの上に積まれてあった。

戦局や情勢が目まぐるしい時期だったかどうかにもよるが、父の描写はかなり大雑把なこともあれば、微細にわたることもある。詳細がおぼつかないときには、ジェフリーの記憶が役に立った。陰惨なできごとを思わせる箇所もいくつかあったが、父はあからさまな記述を避けていた。紳士的ではない、というのがその理由だ。

一番上の日記帳をめくり、地名を探す。戦闘や包囲攻撃が行われた町の名前やイングランド軍の士官の名前が、次々と目に飛び込んできた。カディス、ブルゴス、タラゴナ。そしてローランド・ヒル中将、カルブレース・コール少将。

探していたものは〝一八一四年春〟と記された日記帳の中に見つかった。ピレネー山脈のふもとの町、バイヨンヌで起きた戦闘の簡単な記載の中で、父はフランス国境側の山腹に立つ城について触れていた。シャトー・パニョンは主要道路や山道からは見えず、接近するには陸軍の総力を結集しなければならない、と父は書いている。

ルシンダは次の数ページをめくってから、また同じ箇所を読み返した。それ以外の記載は見あたらない。バイヨンヌの戦いに関する記述の短さから察するに、詳細を書き記す時間がないほど父は忙しかったのだろう。

ルシンダは椅子の背にもたれた。わかったのは、シャトー・パニョンがバイヨンヌの北に位置する堅固な城塞《じょうさい》らしいということだけだ。ロバートは七カ月間そこにいたという。怪我の治療をするために収容されていたのだろうか？　父の語り口からは、この城がイングランドやスペインの統制下にあるようには思えない。それに帰還したときのロバートの傷の状態は、僧院のような静かな場所で療養したとはけっして思えないほど痛々しいものだった。

「ずいぶん散らかしてくれたね」

ルシンダは飛びあがった。父が戸口に立ち、厚い胸の前で腕を組んでいる。

「ちょっと……探し物をしていたの」机の上に何冊も開いたままの日記帳を、彼女はあわてて片づけ始めた。

「軍事機密かね？」バレット大将は部屋の中に入ってドアを閉めた。

ルシンダは笑顔を取り繕った。「軍事機密をお父様が日記に書くかしら？」机の前の椅子から立ちあがり、咳払いをする。「ところで、シャトー・パニョンという場所は軍の病院かなにかなの？」

机に近づいてくるバレット大将は関心のなさそうな顔で言った。「なぜそんなことをきく？」

彼女はドアのほうへと移動した。「ただきいてみただけよ。バイヨンヌでの戦闘記録はとても漠然としているんですもの」

「ああ。あれは実に複雑な作戦だったからね」バレット大将は苦々しい表情で椅子に腰をおろした。「イングランド軍にとっても、わたしにとっても、戦果をあげた場所とは言いがたい」

ルシンダはドアの取っ手に手をかけたまま立ちどまり、静かに言った。「お父様がそんな言い方をするなんて珍しいわ」

バレット大将は大きく息を吐くと、バイヨンヌのことが書かれた日記をもう一度開いた。

「シャトー・パニョンか。歩兵たちが噂していたのを聞いた覚えがある。彼らの説によると、メアリー・シェリーはこの城を題材にして例の怪奇小説を書いたという話だ」

「『フランケンシュタイン』のこと?」ルシンダの手が震えた。

「そうだ。単なる噂だろう」バレット大将は日記のページに目を落とした。「わたしはすべてのできごとを軍事的な視点から書いているだけだが、それにしても、この城を攻めていたらと思うとぞっとするよ。ルシンダ、いったい誰からこの城のことを聞いたんだね?」

父はなにかを知っている。ルシンダは問いただしたかったが、ロバートとの約束を破ることはできなかった。父に質問を浴びせたら最後、今度は父がこちらを質問攻めにするに違いない。「友達が話していたのを小耳にはさんだだけよ。それじゃあ、行くわ。ありがとう」

バレット大将がつぶやくように答えた。「どういたしまして」

ふと、父の声の調子が気にかかった。ルシンダはドアから手を離すと、部屋の中へ引き返した。「なにかあったの、お父様?」

「うむ? いや、別に……。ホースガーズでちょっと問題があっただけだ」

「わたしには話せないこと?」

バレット大将はほほえんだ。「重要なことではないんだ。それよりおまえのほうはどうなんだね? わたしに話せることはないのかい? たとえば、なぜ突然シャトー・パニョンに興味を持ったのか、とか。いったいどの友達から聞いたんだ?」

「覚えていないわ」ルシンダは気まずい思いで答えた。父とは気軽になんでも話しあえる仲だが、この件に関してだけはロバートから口止めされている。「なんとなく注意を引かれただけよ。それにどこかで聞いたことのある名前のような気がしたの」

「わかった」その友達とは誰なのか、すでに察しがついているらしいことは表情から明らかだったが、父はなにも言わなかった。「興味深い会話だな。さあ、用がすんだならもう行きなさい。わたしも仕事に取りかかる」

ルシンダは答えよりも新たな疑問を抱えて書斎をあとにした。考えごとをするには薔薇の手入れをしているときが一番集中できる。彼女は二階に上がり、作業用の服に着替えた。化粧台の前に座って髪をうしろにまとめながら、鏡に映る自分の姿を見つめる。

こそこそと父の日記を探すなんて、いったいなんの真似？　レッスンはロバートのためではないのよ。彼がレッスンにかかわっているのは、予想外のできごとにすぎないわ。それでも昨夜は舞踏会でロバートの態度に胸を打たれ、今朝目覚めたときには真っ先に彼に会って感謝の気持ちを伝えたいと思った。午前中はシャトー・パニョンのことを知ろうと夢中になり、それ以外は彼とのキスで頭がいっぱいだった。ルシンダはため息をついた。もう一度、自分の行動を見なおす必要がある。なんといってもゆうべは、将来の伴侶になるかもしれない相手と言い争いをしたうえに、それを悔やんでさえもいないのだ。

それなのにロバートの言葉を、いえ、正確には彼が言いかけた言葉を無視できないのはどうして？　忘れられないのはなぜ？　彼の身になにが起きたのかを、どうすれば考えずにすむの？

「だめよ」ルシンダは鏡に映る自分の姿を見つめ、きっぱりと言った。「自分が決めたことをやりとおしなさい」

ロバートのキスがどれほど熱く官能的だったとしても、彼は疫病神のような存在だ。彼とかかわってもいいことはない。まして気さくな会話を父と交わすことなど、ロバートには望むべくもない。セイント・オーバンの勘が正しければ、そしてわたしの中でふくれあがる不安が間違っていないなら、ロバートは父を嫌っている。安定した暮らしをわたしに提供してくれるパートナーになりうるとは思えない。

ノックの音が聞こえ、ルシンダは急いで髪を結いあげた。「どうぞ」

バローがドアを細く開けた。「お客様がお見えです」執事が差し出した銀色のトレーに、浮き出し模様のついたカードがのっていた。

ルシンダはカードを手に取った。〝ジェフリー・ニューカム卿〟と書かれてある。作業用ののドレスに着替えたばかりだというのに。「困ったわ」

「外出中だとお伝えしましょうか？」

「いいえ。すぐに行きますとお伝えして。それからヘレナを呼んでちょうだい」

「かしこまりました、お嬢様」執事はうなずき、ドアを閉めて立ち去った。

ルシンダはあわてて別のドレスを選んだ。ヘレナが青いモスリンのドレスに着替えるルシンダを手伝い、髪を結いなおした。五分もしないうちに準備を整え、彼女は階下におりた。

居間に向かうルシンダをバローが呼びとめた。「ジェフリー様は旦那様の書斎におられます」

そうよね。ジェフリーがわたしよりも父の関心を得ようとしているのは明らかだわ。だとしたらおあいこよ。わたしはわたしで、彼と仲なおりする方法を考えるのではなく、ロバートに会いに行っていたんですもの。

「こんにちは」ルシンダは書斎のドアを開けて言った。

会話がぴたりとやみ、ジェフリーが立ちあがった。「ルシンダ、ご在宅でよかった」

「外出していましたけれど、早めに帰ってまいりましたの」

ジェフリーはバレット大将にちらりと視線を向け、ふたたびルシンダのほうを見た。「昼食につき合っていただきたいのですが、いかがです？」

わたしが家にいることを期待していきなり訪ねてくるなんて、あつかましい。運のいい人ね。たまたま午後はなんの予定もない。「ご一緒いたしますわ」彼女はにこやかに答えた。

ルシンダはヘレナをともなって二頭立ての馬車に乗り込むと、外出用の帽子をかぶった。馬車が出発してからしばらくのあいだ、彼女はロバート・キャロウェイが横に座っているような錯覚にとらわれていた。ジェフリーは口を閉ざしたまま、なにも話そうとしない。

こちらから話しかけなければいけないのかしら？　天候の話。エドマンド・キーンが出演しているドルーリーレイン劇場の最新作の話。なんでもいい。だが霧に包まれた石造りの城と、とらわれの身となったロバートの姿に、ルシンダは心を奪われていた。彼がなぜそこにいたのか、どうしても知りたい。でもいくら考えたところで、答えが見つからないことはわかっている。ロバートだけが、その答えを知っているのだ。

「まだ怒っているのですね？」不意にジェフリーが口を開き、ルシンダを見つめると、視線を前方に戻した。

「わたし――」

「もう一度、心から謝罪します。どうすれば許していただけるのか、どうか教えてください」

そこまで卑屈な態度をとる必要はないと言おうとしたが、父親譲りの機転がルシンダを制した。もしかしたら、ジェフリーから本音を聞き出すいい機会かもしれない。彼女以外、誰も彼に問いただしたりはしないのだから。「おききしたいことがありますの」

「なんなりと」

「なぜわたしたちはここにいるんです？」

ジェフリーの顔にいつもの笑みが浮かんだ。「なぜぼくたちが今、馬車に乗っているかという意味ですか？　それはぼくがきみを怒らせたから――」

「わたしの質問の意味はおわかりのはずです」

「淑女はそんな質問を口にすべきではありませんよ、ルシンダ」

たぶん彼の言うとおりなのだろう。「わかっていますわ、ジェフリー。でも、これは大切なことなんです。正直に答えてください」

ジェフリーは端整な顔をかすかに曇らせてうなずいた。「わかりました。ぼくたちがここにいる理由はふたつあります。ひとつ目の理由は、あなたが美しく魅力的で堅実なうえに、軍人の暮らしがどういうものかを充分承知していることです。ぼくはあなたが欲しい」

「ふたつ目の理由は?」その答えは薄々わかっていたが、彼女はあえて尋ねた。

「ふたつ目の理由ですか?」ジェフリーは誰かが馬車のそばで聞き耳を立てているのではないかとでもいうように、あたりを見まわした。「ふたつ目の理由は……少々情けない話です。あなたが寛大な気持ちで聞いてくださるとありがたいのですが」

「ええ、もちろんですわ」

彼はルシンダを見つめてほほえんだ。「あなたはバレット大将の娘であり、ぼくはフェンレイ公爵の息子、正確に言うと四男です」咳払いをする。「ぼくがまだ陸軍に籍を置いているのはご存じですね?」

「父から聞きました」

「現在の立場は長期休暇中、給与は半額ということになっています。指揮官にすすめられて、自主的に申し出たのです。イベリア半島の戦争でイングランド軍が兵と士官不足に苦しんでいたのは周知の事実ですが、戦争が終わった今、ぼくは……苦境に立たされています」

ルシンダはうなずいた。「収入と立場のことで?」

「そのとおりです。家の資産のうち、ぼくの取り分は微々たるものです。ぼくはどうにかして仕事で成功しなければなりません。しかしいくら将来性を見込まれても、ぼくが昇格する前に戦争が終わってしまったのではいたしかたない。ワーテルローで名誉の銃弾を受けたことさえ役に立ちません。ご存じでしょうが、軍隊では平和時に昇格するなどありえないのですよ。だが、きみの父上はホースガーズの高官です。もしもきみとぼくが……つながりを持てば、指揮官の地位を得てインドに行く機会は一〇〇倍にも広がります」

やっぱりそうだったのね。ジェフリーは戦争か有力な支援者のどちらかを必要としている。彼はわたしよりも父の歓心を買おうとしていたのよ。インドに赴任したいという話は、今考える問題ではないわ。立身出世のためにロンドンを離れ、インドに単身赴任する男性は多いけれど、それについてはあとで話し合えばいい。

「ますますきみを怒らせてしまったようですね」ジェフリーがため息をついた。「正直に答えたまでです」

「わかっていますわ。それに――」

「わかってください、ぼくはきみの心を射止めたいのです」

「ジェフリー、あなたの意図には最初から気づいていました」彼の主張はどれも、ルシンダが予想していたものだった。「堅実であることを非難するつもりはありません。あなたもわたしの堅実さを褒めてくださったのだし」

彼はルシンダの顔をのぞき込んだ。「では、機嫌を直してくれるのですか？」

「怒ってなどいませんもの」

「これからも会っていただけるのですね？」

「もちろんですわ」

馬車はペルメル通りに入ると、屋外のカフェの前で止まった。ルシンダのお気に入りの店だ。先ほどまでの神妙な態度とは打って変わり、ジェフリーは勢いよく馬車から飛びおりた。急ぎ足で反対側へとまわり、彼女に手を差しのべる。だが、馬車の上で立ちあがったルシンダがその手を取る前に、ジェフリーは両手を彼女の腰にまわして抱きあげた。

「自分でおりられ――」

彼が身をかがめ、ルシンダの唇に唇を重ねた。

「ジェフリー！」彼女は息をのんで身を引いた。

「これについては謝りませんよ」ジェフリーはルシンダの手を取り、自分の腕に巻きつけた。「きみの魅力を思う存分味わいたい。ぼくはきみの美しさにすっかり心を奪われているんです」

給仕がふたりをテーブルに案内した。ルシンダは近くのテーブルに座る顔見知りの客たちに会釈をしながら席に着いた。正直な答えを求められて、ジェフリーが本音を白状したのは間違いない。彼女の容貌を褒めたのも本音だろう。ルシンダが美しくなければ、彼はこれほど頻繁に彼女を誘いはしないはずだ。でもたとえ容貌がどうであろうと、ジェフリーは彼女に求愛するのだろう。

わたしも同じかしら？　それとも、もっと打算的？　ジェフリーを選んだのは、彼が穏やかな性格で、父のお眼鏡にかなったから？　それともハンサムで、軍人としての評判が高いから？　どちらにせよジェフリーの人柄とも、彼女の人柄ともかかわりのない選択だったようだ。少なくとも、彼のキスを楽しめなかったのは、ルシンダがそれほど堅実ではないという証拠かもしれない。けっして無骨なキスではなく、経験の豊富さがうかがえた。タイミングも絶妙だったので誰の目にもとまらず、ふたりの会話に適度な間をもたらしもした。

給仕がグラスにマディラワインを注ぐと、ルシンダは待ちかねたようにグラスを口に運んだ。とりあえずはこれまでの成功に祝杯をあげてもいいはずだ。無難な話題を探し、愛敬《あいきょう》を振りまきながら、時間を無駄にしているわけではない。彼女はそう自分に言い聞かせた。

そうよ。すべては順調に進んでいるわ。だからロバート・キャロウェイのことなんて、考えてもいない。土曜の夜に会えることも。ジェフリーとの理解を深めたから、レッスンやリストはもう必要ないと伝えなければならないことも。そして溶けるどころか焼けこげてしまいそうなくらい熱いキスのことも。焼けこげるのはいやよ。わたしが求めているのは平和と安定だもの。だからロバートのことなど、これっぽっちも考えていないわ。

ロバートは書斎のソファで本を読んでいた。両脚をクッションの上に伸ばし、疲れた膝を休めながら。家族はようやく、具合はどうかとしつこく尋ねるのをやめたようだ。最後までうるさくつきまとっていたアンドルーも、午後の約束があるとかで一時間ほど前に出かけていた。

具合はどうかときかれても、答えは簡単ではなくなってきている。膝のだるさは今も続いていたが、ずきずきと疼くような激しい痛みは消えていた。長いあいだ感じたことのないぬくもりが、躍動感……のようなものをともなって、骨と筋肉と血管の隅々にまで染み渡っている。

そう、躍動感だ。生きているという実感さえわいていた。ルシンダとのキスは、忘れかけていたなにかを思い出させてくれたのだ。女性の温かくやわらかな肌に触れる感覚と、汗と官能の甘いにおいを。

「ロバート、いいかげんにしろ」自分自身につぶやき、本のページをめくる。

ルシンダとでくわしたあの日、ロバートは彼女のレッスンの内容に好奇心を覚えていた。ルシンダがジェフリー・ニューカムを選んだことに驚きと失望感を抱いたのは事実だが、すでに誰かひとりの男性に執心しているのなら、彼女は安全だ。ロバートが傷つく恐れはない。ルシンダを傷つけてしまう恐れもない。

ルシンダとは友達でいよう。彼女に協力するという約束は、社交界に復帰するための口実になる。復帰できようができまいが、結果はどちらでもかまわなかった。これは彼女のためなのだから。その目的があればこそ、ロバートは行動を起こし、なにかをなしとげようという気持ちになったのだ。

しかし今となっては、ルシンダが安全とは言いきれない。これまで安全だったかどうかも、ロバートにはわからなくなっていた。いや、わかっていながらパニックを恐れて、自分を偽っていたのかもしれない。

つまり、この落ちぶれた不具の身でルシンダに恋をしているというわけだ。あのとき彼女がキスに熱く応じ、背中を弓なりにしたことに気づいていなければ、ぼくは滑稽《こっけい》なたわけ者にすぎない。だが、彼女の反応がすべてを明らかにした。心地よい嘘はもう通用しないのだ。

玄関のドアが開く音に続いて、男たちの声が聞こえてきた。出迎えたドーキンズの声とトリスタンの低い声。そして意外にも、ワイクリフ公爵グレイドン・ブラケンリッジの声だ。議会が早く終わったのだろう。

廊下の足音がトリスタンの書斎のほうへと向かっている。グレイドンはトリスタンの親友だ。ジョージアナとの一件で、トリスタンがグレイドンに撃ち殺されずにすんだのはそのおかげだろう。ロバートはなつかしい記憶に思わず口もとをほころばせた。男性は血縁関係にある女性を保護したがるものとはいえ、ジョージアナにとってグレイドンは本当の兄以上に仲のいい従兄弟だ。

「ビット？」

ロバートは本から目を上げて、ドアのほうを見た。「ぼくなら元気だよ」

「そんなことをきくつもりはないよ。ずっとここにいたのか？」トリスタンが言った。

ロバートはうなずいた。「なにか用か？」

「ひとりで階段をのぼらないようにと言おうと思ってね。ところで、おチビの古い鞍をグレイが貸してほしいと言っている。どこにあるか知って――」

「麻袋にくるんで馬具室にしまってある」ロバートはトリスタンが言い終わる前に答え、グレイドンに会釈をした。「エリザベスが使うのかい？」

「乗馬のレッスンを始めるのに一歳二カ月は早すぎないということを、エマに証明したいんだ」公爵はしゃがれ声で言った。

「それは無理だと思うが、よその家庭の揉めごとを見物するのはおもしろいものさ。だから道具立てを提供するんだ」トリスタンが笑いながら口をはさんだ。

「エドワードが小さいころに遊んだ木馬が屋根裏にある。それを先に試してみたらどうだい？」ロバートは本に視線を戻した。「それなら揉めずにすむよ」

「わたしはいつも言っていたんだが、トリスタンはきみを見習って頭を使うべきだね」グレイドンが言った。

「その意見に関してはわたしも賛成だ」トリスタンはドアに向かったが、ふと立ちどまった。「なにを読んでいるんだ？」

「『薔薇の育て方』」ロバートは答えた。「ミス・バレットに借りた本だ」

「貴重な意見をありがとう、ロバート」グレイドンが言った。「ヴォクスホールには来るだろう？」

誰も彼もが花火大会に行く話をしている。「そのつもりだ」

「それはよかった」

ふたりは部屋を出て、トリスタンの書斎へと向かったらしい。ここにやってきたのは鞍や木馬の話をするためではないはずだ、とロバートは思った。ふたりとも、妙に落ち着きがなくそわそわしていた。トリスタンはぼくがどこでなにをしているのか気になったのだろう。それにしても珍しい。家族が様子をうかがいに来るのはいつものことだが、友人を連れてきたことは一度もなかった。ロバートは肩をすくめた。トリスタンはぼくが快復していると確信しているのだ。ぼく自身もそんな気がしている。

書斎からは、ふたりの会話を聞くことはできなかった。トリスタンの書斎の真上は、食堂用の予備の椅子や古いチェストが置かれているだけの空き部屋だ。今日は痛む膝で階段を上がることはできなかった。

ロバートは座りなおして本に意識を戻した。ふたりが重大な話をしているなら、そのうち誰かから伝わるだろう。

〝そのうち〟は夕食時、そして〝誰か〟はアンドルーだった。「聞いたかい?」口いっぱいにローストハムを頬張りながら、アンドルーが言った。

「フォークとナイフを使わないならドーキンズに下げてもらって、手づかみで食べたら?」ジョージアナが皮肉を言った。

「これは失礼」アンドルーは口の中のものをのみ込んだ。「兄さんはもう知っているだろう?」

トリスタンがため息をついた。「たぶんな。おまえはどこで聞いたんだ?」

「〈タッターサルズ〉では、今日の午後はその話でもちきりさ。馬市場の連中が知っていて、議会の議員が知らないなんて言わせないぞ」

ジョージアナが眉間に皺を寄せた。「ねえ、いったいなんの話?」

「たいしたことじゃない。ただの噂だ」アンドルーは笑いながら答えた。「ただの噂でなければ大変だよ」

「アンドルー! 教えてよ!」エドワードが業を煮やして言った。

賑やかなテーブルで、ロバートは黙々と食べ続けた。この数週間は食欲も出てきていた。だがふと顔を上げたとき、急に食欲が萎えた。トリスタンが異様なほど真剣な表情でロバートを凝視している。

「たしかな話ではないが」トリスタンがゆっくりと話し始めた。「昨日、ホースガーズから書類が盗まれたらしい」

「なんの書類?」エドワードが尋ねる。

「セントヘレナ島の地図とナポレオンの支持者のリストだ」アンドルーが答えた。

ブラッドショーがフォークを置いた音に、ロバートは身をすくめた。「ナポレオンを逃がそうとしているやつがいるのか!」ブラッドショーが言った。

「決めてかかるなよ、ショー」トリスタンがたしなめる。「誰かが悪い噂を広めているだけかもしれないんだ。ホースガーズからはまだ確認がとれていない」

ロバートは目を閉じた。家族の熱を帯びた話し声が、地鳴りのような低いとどろきとなって耳を圧していた。前回ナポレオンはエルバ島を脱出したあと、イングランドとプロイセンの連合軍によるワーテルローの戦いに敗れ、セントヘレナ島に幽閉されたのだ。ロバートがあの場所に行くことは二度とないだろう。だがナポレオンがふたたび脱出して戦争が始まれば、ほかの兵士たちが同じ運命をたどるはめになるのだ。フランス軍はふたたびシャトー・パニョンで同じ営みを繰り返すのだろうか？

「ビット、座れ」

トリスタンに腕をつかまれ、ロバートは目をしばたたいた。椅子をうしろに倒して立ちあがっていたのだ。兄の手を払いのけ、ロバートは杖を手に取ってドアに向かった。深呼吸をする。「大丈夫だ。少し息苦しくなっただけだよ」

膝のせいで思うように歩けなかったが、ロバートは足を引きずりながら玄関に向かった。ドアを勢いよく開け、よろよろと階段をおりて庭園の前で立ちどまる。彼の薔薇園だ。挿し木のかたわらの地面に座り込んだ。

「ロバート、すまなかった」トリスタンが玄関前の私道の端に姿を現した。「先に言っておけば――」

「なぜそうしてくれなかった？」ロバートは土の塊を手に取って、うめくように言った。その土を投げつけたかった。思いきりぶつけてなにかを破壊したい。だが、実際はこぶしを力いっぱい握りしめただけだった。指のあいだから土がこぼれ落ちる。「グレイドンとふたりでその話をしていたんだろう？　ぼくを探しに来たのは、ぼくが家にいることを……まだその話を聞いていないことを確かめるためだったんだろう？」

「ビット、おまえは――」

「もういい、トリスタン。行ってくれ」

「しかし――」

「ひとりになりたいんだ！」ロバートは息をついた。「すぐに戻る」

トリスタンの足音が遠ざかり、ロバートはようやく顔を上げた。もう薄暗くなっているが、月が出るまでにはまだ間があるし、それでなくともロンドンの空は雲に覆われている。今夜は雨になるだろう。

ロバートは雨が好きだった。ピレネー山脈にいたころは、雨が降るたびにほかの兵士と窓のそばに群がり、外に差し出したぼろきれを雨のしずくで湿らせたものだ。水分さえあれば、数日間は生き延びられる。

ホースガーズの書類が盗まれた話で、ロバートは意外なほど衝撃を受けていた。もっとも彼は、ナポレオンがエルバ島を脱出したことや、その後に起こった一〇〇日間の戦いがワーテルローで幕を閉じたことはおろか、ナポレオンがエルバ島に追放されたことすら、ずいぶんあとになるまで知らなかったのだ。ロバートにわかっていたのは、戦争によってもたらされた深い傷が今も自分を、そして幸運に見放された人々を苦しめ続けているということだけだった。

彼は薔薇の葉をむしった。ナポレオンは快適な島の暮らしではなく、シャトー・パニョンでの暮らしを体験するべきだったのだ。そうすれば、戦争への意欲と情熱が薄れたに違いない。鉄のような血の甘いにおいから逃れて、新鮮な空気を吸うことさえできればいいと思っただろう。

　不覚にも、ルシンダにシャトー・パニョンの名前をもらしてしまった。彼女がもう忘れているように祈るしかない。どのみち、あの城塞のことを知る者はいない。その多くは生きていないのだから。

　雨が降り始めても、ロバートはまだ庭園の隅にうずくまっていた。頭を上げると冷たい雨のしずくが顔を濡らした。ただの雨だ。彼は自分につぶやいた。アンドルーの話もただの噂だ。たとえ本当だとしても、書類がなくなっただけの話ではないか。ぼくが戦場に戻ることはない。帰還したぼくがまだベッドから起き上がれずにいたときに、トリスタンが任命辞令を突き返している。

　噂が事実であろうとなかろうと、ぼくが恐れる必要はないのだ。なにも心配することはない。今のところは。

13

昨夜の雨が上がったことを、ルシンダは心の隅で恨めしく思った。本来ならば、ヴォクスホール・ガーデンの花火大会はメイフェアの住民にもっとも人気のあるシーズン最大の催しだ。ジョージ皇太子も来場するという。彼女はこの夜のために屋外用のドレスを新調した。紫のレースとビーズで飾られた薄紫色の美しいドレスだ。

ルシンダは大勢の人で賑わう盛大な行事が好きだった。だが、こうした催しを嫌っているはずのロバートがヴォクスホールに来るつもりだと言っていることが、この数日間頭から離れなかった。ロバートの努力に報いるかわりに、彼に伝えなければならないことがあるのだ。ジェフリーの必要としているものが妻と出世の機会であること。互いに結婚の意思があるのを確認したこと。そしてレッスンを終了させるつもりだから協力はもう必要ないと、ロバートにはっきり言わなければならない。これまでいろいろありがとう、さようなら、もうキスもしないで、と。

「おはよう、ルシンダ」書斎にいたバレット大将が朝食室に入ってきた。

「おはよう、お父様。何時から起きて仕事をしていたの？」ルシンダは父の顔をのぞき込んだ。「睡眠不足なんじゃない?」

バレット大将は朝食の並ぶサイドボードの前で、彼女に皿を手渡した。「今朝は早くに起きたんだ。片づけなければならない仕事があるのでね」

「作業ははかどっているのかと思っていたわ」ルシンダは桃とトーストを皿にのせながら言った。

「執筆作業は順調だよ。別の問題が持ちあがったんだ。それはそうと、さっきまでジェフリーが来ていた。手紙とチョコレートを置いていったよ。プレゼントだそうだ」

「わたしに?　それともお父様に?」彼女は思わず尋ねた。

「わたしとは仕事の件で話があったんだよ。プレゼントはもちろんおまえのために持ってきたのだろう。仕立屋が来るとかで、会わずに帰ることを謝っていたぞ」

ルシンダは振り返り、もう一度父を見た。皿の上には果物が少しのっているだけだ。深刻な問題を抱えていると、父は決まって食欲がなくなる。「わたしに手伝えることはない?」

テーブルのいつもの席にバレット大将が座り、ルシンダはその左側に座った。給仕が紅茶を注ごうとするのを拒んで、父はコーヒーを頼んだ。彼女はいよいよ、なにか問題が発生したのを確信した。

「お父様?」

バレット大将が顔を上げてルシンダを見た。「ああ、いや。なんでもないよ。本当だ」

「今夜の花火大会には行ける?」

「まだなんとも言えないな。行くつもりではいるが」グレーのまなざしを手もとの皿に据えたまま、バレット大将は言った。「もしかしたら、おまえの協力が必要かもしれない」

「なんでも言って、お父様」

「シャトー・パニョンのことを誰から聞いた？」

ルシンダの顔から血の気が引いた。隠すつもりはなかったが、ロバートには会話の内容を父に話すなと言われている。その理由は今夜問いただすつもりだ。「覚えていないと言ったでしょう」彼女は陽気に答えた。「ジャムを取ってくださる？」

バレット大将はルシンダの前にジャムの容器を滑らせ、ゆっくりと話し始めた。「ルシンダ、重要なことなんだ。おまえの友達に迷惑はかけない。大事な手がかりになるかもしれないんだよ」

「今、お父様が抱えている問題のことね？」

「ああ、そうだ。友達とは誰なのか、もちろん察しはついているが、おまえの口からちゃんと聞きたい」

彼女は大きく息をついた。「口外しないと約束したの。でも、仕方がないわね。お父様を信頼して言うけれど、お願い……わたしは誰も傷つけたくないのよ」

「わかっている」バレット大将はきっぱりと言った。「今はわたしの心の平安のために答えてほしい。おまえの友達とはロバート・キャロウェイかね？」

「ええ」答えながらルシンダは自分の卑劣さを恥じていた。昨日の朝、約束したばかりだというのに、もうロバートを裏切っている。「彼はワーテルローでは戦っていないそうよ。そのかわり、七カ月間シャトー・パニョンにいたんですって。彼は怪我をしていたから、わたしはそこが病院かなにかだと思ったの」

バレット大将はしばらく無言のままだった。「どうやってそこから出たか聞いたかい?」

ようやく口を開いた父の表情からは、なんの感情も読みとれない。

「いいえ」ルシンダは朝食の皿を見つめて顔をしかめた。「お父様はその場所のことを知っているのね? そうでしょう?」

「シャトー・パニョンについてわたしが知っているのは、女性の耳には入れられない話だよ、ルシンダ」

「お父様、わたしは知りたいの――」

「これから会議がある」バレット大将は立ちあがり、歩きかけてからふと立ちどまった。身をかがめて彼女の額にキスをする。「今のわたしとの話を誰にも言うんじゃないぞ」一瞬、父の顔に険しい表情が浮かんだが、すぐに消えた。「特にキャロウェイ家の人間には絶対に秘密だ」

「お父様! なにがあったのか教えて」

バレット大将は朝食室から出ていった。ほどなく玄関のドアが閉まる音が聞こえてきた。父の朝食の皿が、ルシンダの横に手つかずのまま残されていた。

なにかがおかしい。なにもかもが不可解だ。ロバートにとって、とてつもなく恐ろしいことをしてしまったような気がする。それに、父が彼に対して抱いていた疑惑を裏づけることになってしまったのでは……。

ルシンダはのろのろとナプキンをテーブルに置いた。答えを見つける方法はひとつしかない。もっとも、ロバートが打ち明けてくれれば、そして彼女にその質問をする勇気があればの話だが。

昨日に続いて今朝もまたロバートに会いに行ったりしたら、人目を引くに違いない。彼と交わした約束を知っているジョージアナでさえ、ルシンダがジェフリーに狙いを定めたことに疑いを抱くかもしれない。そして、その疑いは当たっているのだ。

ルシンダは自室に戻ると外出用のドレスに着替えた。寡黙で孤独を好むロバートの性格が、こんなときはありがたかった。彼は家にいるだろう。ジョージアナを訪ねるふりをすればいい。彼女が前ワイクリフ公爵未亡人との朝食に出かけていることを、ルシンダは知っていた。期待に胸が高鳴る。ロバートに尋ねなければならない質問のことは忘れていた。ただ彼に会えることだけがルシンダをときめかせた。

キャロウェイ邸に着くと、ドーキンズが馬車の扉を開けた。「おはようございます、ミス・バレット」馬車からおりる彼女に、執事は手を差しのべた。

屋敷の脇の庭園にロバートの姿があった。上着を脱いでシャツの袖をまくりあげ、花壇の前に膝をついて雑草をむしっている。腕は土にまみれ、黒い髪が片方の目を覆った彼の姿に、ルシンダの目は釘づけになった。口の中がからからに乾いてくる。

「ミス・バレット？」執事が不思議そうな顔で彼女を見つめていた。

気をとられてはだめよ。「レディー・デアはご在宅かしら？」ルシンダは視線と注意を庭園から無理やりそむけ、執事に尋ねた。レディー・デアは外出中だと執事が答えたら、薔薇を見に行こう。庭園に誰がいるかは知らないけれど。

「もちろんです、ミス・バレット」

「えっ？　まあ、あら――」どうしよう。「お客様がお見えではないかしら？　もしそうなら、お邪魔はしたくないの」

ドーキンズはルシンダを玄関横の居間に案内した。「ただいま、うかがってまいります」

ジョージアナったら、家でなにをしているのよ？　前公爵未亡人と彼女が朝食の約束をしたのは一週間も前のことだ。ルシンダは窓から外を見つめ、眉間に皺を寄せた。こうなったら、ジョージアナを訪ねてきた口実を見つけなくてはならない。

「レディー・デアは二階の音楽室にいらっしゃいます」執事が戻ってきて告げた。

「ひとりで行けるわ」目顔で執事に礼を言い、ルシンダは二階へ上がった。

ジョージアナはピアノに向かい、丸く突き出た腹部の上で手を伸ばして鍵盤《けんばん》を叩いていた。

ルシンダが部屋に入ると、彼女は目を上げて顔をほころばせた。「来てくれて嬉しいわ、ルース」ハイドンの曲を中断して言う。「散歩に行きたくてたまらなかったところなの。過保護な大男たちをともなわずにね」

ルシンダは苛立ちながらも思わず笑った。「わたしは大男ではないけれど、過保護じゃないとは約束できないわよ」彼女は立ちあがろうとするジョージアナに手を貸した。「ここに来る途中で思い出したんだけれど、たしかあなたはおば様と朝食の約束をしていたはずよね？」ルシンダは嘘をついた。「あなたが家にいたから、本当はびっくりしたの」

「フレデリカおば様から行けなくなったという知らせを受けとったのよ。きっとゆうベカードゲームで遅くなって、今朝は起きられなかったんじゃないかしら」

「勝ってやめられなくなったわけね」

「おば様はいつも勝つわ」

ふたりは階下におりた。ジョージアナは片手で階段の手すりをつかみ、もう一方の手でルシンダの腕につかまった。ルシンダはジョージアナが臨月を迎えていることに改めて気づいた。こうしてほとんど毎日のように顔を合わせていると、変化にはなかなか気づかないものだ。「本当に散歩をするつもり？」

「みんなが競艇に出かけたというのに、わたしだけ一日中、家に閉じこもっているなんて冗談じゃないわ」ジョージアナはため息をついた。「ロバートはいつもひとりで家にいて、それが静かで落ち着けるんですって。信じられない」

「ロバートなら外にいるわよ。薔薇園で作業をしているのを、さっき見かけたわ」

「あら、そう？　今朝は膝の調子が悪くないということね。散歩に誘うのもいいかもしれないわ」

散歩につき合わせるつもりで、ロバートが外にいると告げたのではなかった。彼と話したいのは事実だが、それはジョージアナを交えずに、という意味だ。ロバートもジョージアナの前でシャトー・パニョンについて口にするとは思えない。でも彼に関しては、ジョージアナはルシンダの知らない事情まで知っている。そのことに思いあたり、ルシンダは不意に苛立たしさを覚えた。

愚かだわ。愚かなうえに理不尽よ。ジョージアナはロバートの義姉だけれど、わたしはただの友人。すぐにもジェフリー・ニューカムと結婚するつもりでいる友人。ほかの男性、とりわけロバート・キャロウェイにかかわってはいけない友人。

屋敷の脇にジョージアナとルシンダが姿を現し、ロバートは草むしりの手を止めて顔を上げた。無意識のうちに背筋を伸ばしているのが不思議だった。体が紳士の作法を覚えていたのだろうか。いや、ルシンダの前でだけ思い出すのかもしれない。

小枝模様があしらわれた白と緑のモスリンに身を包み、赤茶色の髪をドレスとおそろいの帽子で覆ったルシンダは、まるでさわやかな春のようだ。その姿にロバートは目を奪われた。やめろ。彼は自分に言い聞かせた。ルシンダはぼくのものではないし、ぼくは彼女にふさわしい男ではない。ぼくは彼女にとって邪魔なだけの存在だ。

「ビット、散歩に行くわたしたちをエスコートしてくださらない？」ジョージアナが声をかけた。

すでに立ちあがっていたロバートには、断る口実を見つけられそうもなかった。肩をすくめてシャツの袖をおろし、馬車の車輪にかけてあった上着を着る。足取りはいつも以上におぼつかないが、おばの部屋から持ってきた杖はもう必要ない。

三人は瀟洒《しょうしゃ》な屋敷が立ち並ぶ通りを下っていった。家々には美しい前庭があり、ガラス窓がきらめくような光を放っている。ルシンダはジョージアナの腕を取り、ロバートはとっさの場合に備えて反対側からジョージアナに寄り添った。

「わたしたち三人なら安心ね」ジョージアナが言う。「ルース、あなたがビットとわたしを背中にかついで帰ることになるかもしれないわよ」

ルシンダは笑った。「ひとりずつにしてもらいたいわ」

「バレット大将も競艇にいらしたの？」

「いいえ、会議があるんですって」

会議。なにについての会議か、ロバートには察しがついた。漠然とした不安が全身に広がり、体が震える。ホースガーズの長老たちが土曜の朝にテムズ川の競艇に行くのを取りやめてまで会議を開くのは、よほど深刻な事態が持ちあがった証拠だ。

四ブロックほど行ったところで、三人は来た道を戻った。キャロウェイ邸に着いたときは、ロバートもジョージアナと同じくらい疲れていた。膝の痛みをこらえて、彼は玄関前の階段をのぼる義姉の肘を支えた。

「ドーキンズ、レモネードを持ってきてくれるとありがたいわ」ジョージアナは居間のソファに倒れ込むように腰をおろした。

ルシンダの動きを絶えず目で追っていたロバートは、彼女が近づいてきて腕に触れる前に体をこわばらせて身構えた。上着の布地を通して、彼女の体温が伝わってくる。

「ジョージアナ、庭に行ってもいいかしら？」ルシンダが声をかけた。「さっき散歩に出たとき、薔薇に害虫がついているのを見つけたの。今のうちになんとかしないと——」

「行ってらっしゃい。わたしはしばらく動けないから」

ロバートはルシンダを追って外に出た。彼女のそばに近づかなければいい。よそよそしいふりをするのはお手のものだ。だがその思いとは裏腹に、ふたたび彼女にキスをしている光景が頭の中に広がった。唇を奪い、春色のドレスを引きはがして、なめらかな肌に指を這わせる光景が。

「嘘をついたわ」不意にルシンダが言った。足を止めて振り返り、ロバートと向き合う。

「そうだね」

「知っていたの？」

彼はかすかな笑みを浮かべた。「害虫などついていないのはわかっているよ」

ルシンダは頬を染めた。「それなのに一緒に来てくれたのね」

「なにか話したいことがあるんじゃないかと思ったんだ」

彼女は肩をそびやかして大きく息を吸い込むと、屋敷の前を行ったり来たりし始めた。ロバートは膝の痛みを呪いながらうしろに下がり、ルシンダの姿を目で追った。

「そのとおりよ。昨日あなたと話したあと、父の日記を調べてみたわ。シャトー・パニョンという名前が出てきたのを目にしたことがあったから。でも、どんなことが書かれていたかは思い出せなくて――」

「忘れてくれ。たいしたことじゃないんだ」ロバートは心の動揺を隠し、彼女の言葉をさえぎった。あれから三年もたったというのに、その名前を耳にするのさえいまだに耐えられない。

「ロバート、あなたがそこにいたのはなぜ？　父の日記には、要塞のように防備の厳重な場所だが戦略上の拠点にはならない、というようなことが書いてあったわ。でも、なにか重要な意味のある場所なのね？　そうでなければ、あなたがわたしにその名前を言うはずがないもの」

こうなることはわかっていた。ほかの誰かが相手なら、黙って立ち去ればすむ。だが、ルシンダには話してもいいかもしれない。ぼくと現実世界のあいだの距離を縮めてくれたのは彼女なのだから。

「ぼくは捕虜だった」ロバートは重い口を開いた。

「捕虜――」

「これはぼくたちの取引とは関係ないんだろう？」彼は言葉をはさみ、両手をポケットに入れた。手が震えているのを見られたくなかった。「きみの三つ目のレッスンを教えてくれないか？　準備するのに時間がかかるかもしれない」

ルシンダがふたたび歩き始めた。今回はロバートがあとを追い、玄関前の私道の端で彼女に追いつくと腕をつかんだ。ルシンダが彼の手を振り払う。「話題を変えないで。わたしはシャトー・パニョンについて知りたいの」彼女は真剣な表情で言った。

ロバートはルシンダの顔をじっと見つめた。「いや。三つ目のレッスンを教えてくれ」

彼女が唇をとがらせる。「誰かに頑固な人だと言われたことはある？」

「あるよ」

「ロバート、わたし……」ルシンダは眉をひそめて口ごもり、彼に背を向けた。「あなたのことがもっと知りたくてここに来たの」

帽子の陰に隠れてルシンダの表情は見えない。「なぜぼくのことを知りたがる？」ロバートは彼女の肩をつかんで振り向かせた。

「どうしても知りたいからよ」

彼は目を丸くした。「ぼくはまともに会話もできない男で――」

「いいから話して」ルシンダは詰め寄った。

ロバートはルシンダの表情を読みとろうとしたが、疑惑は深まるばかりだ。話すことを拒むのにはもちろん理由があるが、彼女が知りたがっていることに理由はあるのだろうか？なにか不測の事態が生じたのかもしれない。「きみがぼくに慈善を施しているのを、ジェフリーに反対されたんじゃないのかい？」

「慈善ですって？　なにを言っているの？　ジェフリーのことなんて、今はどうでもいいのよ」

間違いない。彼女はなにか問題を抱えている。「ルシンダ、ぼくにはなんでも打ち明けてくれ」

玄関前の階段の下で、ルシンダは不意に立ちどまった。ロバートにファーストネームで呼ばれたのは初めてだ。彼の唇から発せられた自分の名前が耳に心地いい。彼女は振り返り、もう一度ロバートに向きなおった。「わたしたち、友達ですものね」奇妙な友達だわ。キスまでしたなんて。そしてこれはわたしだけの問題だけれど、そのキスのことが頭から離れないなんて。「でもあなたが話してくれないのに、わたしだけ話すのは不公平よ」

紺碧の瞳がルシンダを見据えたが、ロバートはすぐに視線をそらした。どうやらルシンダの主張に分があったらしい。彼の平等精神につけ込んだのだ。公正さを逆手に取れば、言いたくない話をしなくてもすむかもしれない。それにしても、ロバートになんと伝えればいいのだろう。もう彼を必要としていないことを。けれども、そのままそこにいてほしいと思っていることを。

「なにを知りたい？」ロバートが静かに言った。

苦痛と逡巡《しゅんじゅん》に満ちたその声がルシンダをためらわせた。〝重要なこと〟と言った父の声が今も耳にこだましていなければ、そして父に話してはいけないとロバートに言われていなければ、詳しく聞くのをあきらめていたかもしれない。いずれにしても、屋敷の前で彼が叫び出すような事態だけは避けなければならなかった。「中に入りましょうか？」彼女は言った。

ロバートが首を振る。「どこまで話せるかはわからないが……外のほうがいい」

「じゃあ、腕を貸して。もう一度散歩に行きましょう。ほんの短い距離よ」

断られるかと思ったが、彼は低くつぶやいた。「付き添いは？」

「必要ないわ。すぐそこの角まで行くだけですもの。それに外は人目があるし」

ロバートが差し出した腕にルシンダは手を絡めた。ロバートの脚の具合は悪くはなさそうだが、彼に触れ、肩にもたれるための口実が必要だった。彼は大地と革のにおいがした。シェービングクリームのかすかな香りが鼻をかすめる。官能的な唇にいつしか見とれていたのに気づき、彼女ははっとして顔をそむけた。友達なのよ。そう、わたしたちは友達。

ふたりは無言のまま歩いた。会話を始めるのはルシンダの役目だ。簡単な役目ではない。ロバートをこれ以上傷つけるのだけは避けたかったが、ルシンダは彼のことを知りたかった。知る必要がある。父の言葉でかき立てられた好奇心を満足させるためだけではなく。

「父の日記にはシャトー・パニョンの詳細が書かれていなかったわ」ルシンダは話し始めてから、心の中ですばやく祈りの言葉を唱えた。「その理由は三つあると気づいたの。ひとつ目は、戦況が困難だったか、あるいは目まぐるしくて、詳細を書く時間がないほど忙しかったということ。ふたつ目は、そこで起きたできごとがあまりにも陰惨で、詳細を書くのがはばかられた。三つ目は、日記帳を紛失したり盗まれたりした場合の軍の安全と機密保持を考慮して、父が意図的に詳しい記述を避けたということ」

「詳細が書かれていないということは、それほど重要視していなかったという単純な理由も考えられる」ロバートが口をはさんだ。

「たしかにそうかもしれないけれど、父は重要でないことをわざわざ取りあげたりしない人よ」

横目でルシンダを見つめるロバートの満足げなまなざしが、彼女には意外だった。「きみがそれほどまでに絶対的な信頼を置いているのを、バレット大将は知っているのかい?」

「ええ、たぶん知っているはずよ。わからないことはなんでも父に尋ねるから」ルシンダはほほえんだ。

「それは気づいていたよ」ふたりは道路沿いの家々を通り過ぎ、角を曲がった。「バレット大将を心から愛しているんだね?」

「そうよ。父は女のわたしをいつも対等に扱ってくれたし、最高の教育を与えてくれたわ」

「〝わたしは善意をもって生活を始め、それを実践して同胞のために役に立つことができる瞬間を渇望していた〟」ロバートはかすかな笑みを浮かべた。

「『フランケンシュタイン』の一節ね。そうでしょう?」ルシンダはすり切れた本のことを思い出した。すべてが始まったあの日、ロバートが読んでいた本だ。

「知っているのかい? それともただの推測?」

「演繹的推理法を使ったのよ。わたしはこれが得意なの。たとえば、バイヨンヌとシャトー・パニョンに関する父の記述が簡潔すぎることも、この方法を用いて三つの理由、つまり時間と内容と安全性という答えを導き出したというわけ」

ルシンダの手の下でロバートの腕の筋肉がこわばったが、表情にはなんの変化も見られなかった。「バレット大将がなにを考えているのか、ぼくにはまるで推理できないが、おそらくきみの論理は当たっているんだろう」彼は低い声で淡々と言った。

ルシンダは息苦しさを覚えた。ロバートがなぜ父を嫌っているのか、尋ねてみたい衝動に駆られる。そして父が重要と言ったのはなんのことなのか、彼の意見を聞きたかった。ロバートと父のあいだには、なんらかのつながりがあった気がしてならない。険しい表情の浮かぶ彼の顔をもう一度見あげ、ルシンダは意を決して言った。「シャトー・パニョンは監獄だったのね？」

「そんなところだ」

「どんなところ？」

荒い息をつき、ロバートは抑揚のない声で冷ややかに話し始めた。「どんなところか説明できるほど見ていない。だがぼくの知る限り、そこにはイングランド軍の将校たちが捕虜として収容されていた。やつらが……フランス軍が……情報を得るための場所だった」

つまり、捕虜となったイングランド軍の将校が拷問を受けた場所、ロバートが拷問を受けた場所という意味だ。「ごめんなさい」ルシンダはつぶやいた。

「きみが謝る必要はない」

「あなたはこの話を今まで誰にもしていないんでしょう？」彼女はロバートの腕をつかんだ手に力をこめた。

「いや。ジョージアナには少しだけ話したことがある。そこでは言葉を発するのが禁じられていたとね。それだけだ。彼女はそれ以上、知ろうとしなかった。彼女自身は気づいていないかもしれないが、それ以上知りたくなかったのだと思う」

「話すことを禁じられていたの？」

「捕虜同士は、という意味だよ。ひと言でも話しているのを看守に見つかったり、ささやき声がもれたりしただけで、叩きのめされるんだ」

「でも会話が禁止されているところで、どうやって情報を入手するの？」

「ぼくたちはひとりの男とだけ話すのを許されていた」ロバートが身を震わせた。

「ロバート？」

彼は目を閉じた。「三年間、このことを忘れようとしてきた。もう思い出したくない」

「それなら、もう思い出さなくていいわ」嘘ではなかった。父の抱いている疑惑も、ルシンダ自身の好奇心も、あとまわしにしたからといってどうということはない。

ふたりはしばらく無言だったが、ロバートがようやく口を開いた。「いや。やっぱり思い出すべきなのかもしれないな。思い出して、それでもなおかつ死なずにすんだら、きっとなにかの役に立つかもしれない」

ああ、どうしよう。ロバートが話してくれるかどうかよりも、彼の話に耐えられるかどうかが問題だということにルシンダはふと気づいた。父やその仲間からさまざまな逸話や秘話のたぐいを聞かされて育った彼女だったが、これほど生々しく陰惨そうな話には慣れていない。「だったら、話しても差し支えないことだけ聞かせて」かすれた声で言う。

ルシンダを見つめるロバートの目に、さまざまな表情がよぎった。「すまない」

「なにが?」

「ぼくの悪夢をきみまで見る必要はないよ、ルシンダ。きみはぼくを人間扱いしてくれる。それだけで充分だ」

丈の高いつつじの生垣と、通り沿いに止まっている無人の馬車とのあいだを通り抜けたとき、不意にルシンダの胸に苛立たしさがこみあげた。今ここでロバートに触れ、いたわり、彼のためになにかをしたかった。そうしないと狂おしい痛みに苛まれそうな気がする。彼女はロバートの腕を握りしめて振り向かせた。手を伸ばし、髪に指を差し入れて顔を引き寄せると、彼の唇にキスをした。熱いものが全身を駆け抜ける。ロバートは喉の奥でかすかなうめき声をもらし、彼女の背中を馬車に押しつけた。

もっとロバートに近づきたいという渇望だけがルシンダを突き動かした。彼のさまざまな思いが、猛烈な勢いでルシンダの中になだれ込んでくる。痛み、苛立ち、怒り、傷ついた誇り。そのすべてを受けとめ、彼の中から取り去ることができたら、とルシンダは思った。

ロバートの手が彼女の肩へ滑りおり、ドレスの上から胸に触れた。温かく力強いその手がウエストを抱く。彼の唇はルシンダの唇を離れ、顎の線をなぞって首筋へと下がっていった。彼女の膝が震えた。背中を馬車に押しつけられていなかったら、地面に座り込んでいたかもしれない。

彼が体を離してささやいた。「ルシンダ――」

「しいっ。キスして」

ふたたびロバートを引き寄せようとしたが、なぜか彼は石像のように動かない。さっきはすぐさまルシンダの求めに応じたというのに。

「馬車が来る」ロバートがつぶやき、彼女の体を押し戻した。

ほどなく、通りを近づいてくる馬車の音がルシンダにも聞こえてきた。ロバートの耳のよさには驚かされるばかりだ。彼女はすばやくロバートの腕を取り、帽子で顔を隠したい衝動と闘いながら、彼の横に並んだ。

「次にジェフリーにどんなレッスンをするつもりか、まだ聞いていなかった」ロバートが力強い声で言った。つい先ほどまで拷問の話をしていたとは思えない。ましてや彼女とキスをしていたとは――。

キス。ジェフリーの話を持ち出したのはそのためだろう。ルシンダがレッスンの対象として、あるいはほかの目的の対象として選んだのがロバート・キャロウェイではないと再確認するためだ。少なくとも彼のほうは、ルシンダとの関係がどうあるべきかをわきまえている。

「今夜話すわ」彼女は言った。

「悪い話のようだね」

あなたにとってはたしかに悪い話よ。もしかしたら、わたしにとっても。「そんなことはない――」

「この売国奴！」

突然の罵声《ばせい》にロバートは声のしたほうを見あげ、ルシンダの前に立ちはだかった。彼女はロバートの背後から通りをのぞき見た。

道路の反対側を馬車が勢いよく通り過ぎた。「誰だったの？」

「ウォルター・フェングローヴ卿とレディー・ダルトリーだ」走り去る馬車を見つめながら、ロバートは呆然と答えた。

「今のはわたしたちに言った言葉だったのかしら？　もしそうなら、どうして？」

彼は肩をすくめ、ようやくルシンダのほうに向きなおった。「わからない」その言葉とは裏腹に、顔には血の気がなかった。

「ロバート、どうしたの？」

「ぼくなら大丈夫だ。そろそろジョージアナのところに戻ったほうがいい」

大丈夫でないのは明らかだったが、今朝はこれ以上、彼の心をかき乱したくない。「ええ、そうね。ジョージアナのところに帰りましょう」ルシンダは答えた。

14

シャトー・パニョンの話をしたあとも死なずにいる。ルシンダにも言ったとおり、それだけでロバートは大きな進歩をとげたような気がしていた。ウォルター・フェングローヴにでくわすまでは。

なにかただならぬ事態が発生したに違いない。ロバートは本能的にそう感じたが、驚きはしなかった。柄にもなく気分が高揚し、将来に希望を抱き始めていたことが、今さらながら大それたことに思えた。おこがましくも、ルシンダのそばにいるときだけは力強い躍動感を体の一部に感じ、生き返ったつもりでいたのだ。

キャロウェイ邸に戻ってまもなく、ルシンダはジョージアナに別れを告げ、馬車に乗り込んだ。彼女の馬車を見送ったあと、ロバートは迷ったあげくに居間へ戻った。ジョージアナは疲れた表情のまま、ソファに座っている。「散歩に行ったのがまずかったようだね」ロバートは戸口にもたれ、彼女の様子を観察したあとで言った。

「いいえ、散歩に行ってよかったのよ。家でごろごろしてると、河馬になったみたいな気分になるわ」

「じゃあ、気分は悪くないんだね？」

ジョージアナは顔をしかめてみせた。「少なくとも害虫はついていないわ」

その言葉を聞き流し、ロバートは戸口から背中を離した。「枕《まくら》を持ってくるよ」

彼女が背筋を伸ばして言った。「ルシンダがふさぎ込んだ様子で帰っていったけれど、なにかあったの？」

ジョージアナによけいな心配をかけたくはない。「さっき通りすがりに、おかしな男に怒鳴られたんだ。病院から逃げ出してきたやつだろう」

「怖い人がいるものね」ジョージアナはやさしくほほえみ、温かいまなざしをロバートに向けた。「このところなんとなく嬉しそうね、と言ったら気を悪くするかしら？」

ロバートは弱々しくほほえみ返した。ウォルター卿はひと晩中酒を飲んで酔っ払っていたのかもしれない。すれ違う人間を誰彼となく売国奴呼ばわりしていたのかもしれない。ありえない話ではない。ウォルター・フェングローヴは大酒飲みだ。「枕を取ってくるよ。本でも読むかい？」

「朝食のテーブルの上に置き忘れてきた本があるわ。ありがとう、ビット」

ロバートはうなずいた。「役に立てて嬉しいよ」

ジョージアナは愉快そうに笑い、彼を追い払うように手を振った。「ほらね。嬉しそうだって言ったでしょう？」

たぶん本当に嬉しそうにしているのだろう。喜べることがある限りは、それを甘受すべきだと悟ったのかもしれない。ロバートはジョージアナの枕と本を取りに居間を出た。この不吉な胸騒ぎにはなんの根拠もないのではないだろうか。長いあいだ慣れ親しんだ絶望感が、希望的観測を抱くことに警鐘を鳴らしているだけなのでは？　ルシンダのあの熱いキスは、思いもよらなかった事態が起こりうることを物語っているではないか。

ジョージアナに枕と本を届けると、ロバートは廊下に戻った。書斎で本を読むつもりだった。ジョージアナは疲れただけで心配はいらないと言い張ったが、彼は万が一に備えて彼女の声の届く範囲にいたかった。ロバート同様、そばで監視されるのを嫌う彼女のためには書斎にいるのが最善策に思えた。

一時間後に居間をのぞきに行くと、ジョージアナはソファの上で眠っていた。廊下に戻ったとき、玄関のドアが開いた。

「そんなの嘘だよ」兄たちの先頭に立ったエドワードが、大声を張りあげて家に入ってくる。

「一〇ポンド賭けたっていい――」

「静かに」ロバートはエドワードに歩み寄り、弟の口を手でふさいだ。「ジョージアナが眠っている」

「トリスタン、レモンアイスを買ってきてくれた？」ジョージアナの声が聞こえた。

トリスタンは弟たちを追い越して居間へ向かった。「ああ、買ってきたよ」すれちがいざまにロバートの腕に手を置く。「わたしの書斎で待っていてくれ」

暗い静かな場所を見つけて隠れていたい。そうすればトリスタンの話を聞かずにすむ。ロバートは真っ先にそう思ったが、暗い静かな場所が安全とは限らないことはフランスで学んだとおりだ。

エドワードはドーキンズに競艇の話をしている。兄弟の中でただひとり、エドワードだけが不穏な事態に気づいていないらしかった。玄関広間に立っているブラッドショーとアンドルーの表情は険しく、怒っているようにさえ見える。どちらもロバートと視線を合わせようとしない。

みぞおちに重苦しい不安の塊が沈み込むのを感じながら、ロバートはトリスタンの書斎に向かった。膝が疲れていたが、椅子にじっと座っている気にはなれない。彼は窓のそばをのろのろと歩きまわった。

数分してからトリスタンが部屋に入ってきたが、ロバートは振り向かなかった。ドアの閉まる音が最後の審判のように耳に鳴り響いた。

「ビット、座ってくれ」

「立っていたいんだ」

トリスタンがため息をつく。「まあ、いいだろう。さっそくだが、今夜は家にいてもらいたい」

「理由は？」

「話をするときくらい、わたしの顔を見てくれないか？」

ロバートは大きく息をついて振り向き、窓枠に腰かけた。「この三年間というもの、ぼくをなんとか外に引っぱり出そうとしていたくせに、今夜ヴォクスホールに行くなというのはいったいどういうわけだい？」

「複雑な話だ」トリスタンは客用の椅子に腰をおろし、窓際のロバートと向き合った。「それにおまえにショックを与えたくない。だから、なにもきかずに今夜は家にいてくれないか？　わたしのために」

兄の庇護《ひご》がときとして、ロバート自身の首を絞めることにもなりかねない。「なにを聞いてもショックを受けたりしないよ、トリスタン。なにが起きたのか話してくれ。実は一時間ほど前に、ウォルター・フェングローヴ卿に売国奴呼ばわりされたんだが、そのことと関係があるんだろう？」

トリスタンの顔が蒼白《そうはく》になった。「な……なんだって？」

これではいつまでたっても埒《らち》が明かない。「どうしても話してくれないなら、勝手に想像させてもらうよ。ぼくがホースガーズで起きた盗難騒ぎの犯人だと疑われているんじゃないのか？」

「そう思っている者が数人いる。誤解しているだけだ」

ロバートの顔が苦しげにゆがんだ。「もちろん誤解さ。だが、なぜぼくが疑われているんだ？」

トリスタンは立ちあがり、ドアの前を歩き始めた。「おまえがシャトー・パニョンにとらわれていたという噂が流れている。謀反を起こす者がいるとしたら、そこから生きて帰ってきた兵士だけだ」

　ロバートはトリスタンを見つめた。頭の中が真っ白で、なにも考えられない。沈黙が巨大な波のように押し寄せ、ロバートを取り囲んだ。押し流されないように窓枠を握りしめる。なんてざまだ。ぼくが間違っていた。なんと愚かな間違いを犯してしまったのか。シャトー・パニョンの話をしたことが、今ぼくを死に至らしめようとしている。

「ばかげた話だ」怒気をはらんだ声で、トリスタンは吐き捨てるように言った。「誰がなんのためにそんな噂を流したのか、突きとめようとしたんだが——」

「ぼくはシャトー・パニョンにいた」ロバートはかすれた声でささやいた。

　トリスタンの体が凍りつく。「まさか。そんなはずはない」

「ぼく自身がそう言っているんだ」自分の言葉が鋭い刃物のように胸に突き刺さる。「本当だ」

「しかし——」

「ぼくはホースガーズからなにも盗んでいない」

「もちろんだ」トリスタンは苦痛と恐怖に翳るロバートの瞳を見据えた。「だが、それにしてもわからない。おまえが捕虜だったことを、誰がどこから聞きつけたのだろう？」

　暗い胸の奥底で、ロバートはその答えを知っていた。ルシンダに裏切られたのだ。ようやく誰かを信じてみようと思い始めた矢先に。ようやく夜明けの光がふたたび心を照らし始めた矢先に。彼女は無邪気な態度でぼくを気づかうふりをし、罵声を浴びせられたときには恐怖におののいた顔さえした。「用事を思い出した」ロバートはつぶやき、立ちあがった。「すまない。ちょっと出かけてくる」

「ビット、待て」トリスタンはドアの前に立ちふさがった。「説明を聞くまではどこにも行かせないぞ。家族が誰ひとり知らないことを、どうしてほかの人間が知っているんだ？」

煮えたぎる怒りに全身を熱くさせながら、ロバートは兄を押しのけた。「あとで話す」

「ロバート――」

力任せにドアを開け、玄関広間に向かう。ブラッドショーとアンドルーはまだ同じ場所に立っていた。ブラッドショーはロバートの剣幕に気圧《けお》されたように、アンドルーの袖を引いて玄関の前からよけさせると、外に飛び出していく弟のうしろ姿を見守った。

私道におりたとき、脚に激痛が走ったが、ロバートはかまわなかった。痛みには慣れている。だが、胸を引き裂くような怒りと失望感はなじみのないものだ。そのうえ痛み以上に厄介だった。


家に着いたルシンダを玄関で迎え入れたのはバレット大将だった。「まあ、お父様」彼女は叫び声をあげた。父の鋭い目の光と厳粛な表情に気づき、警戒心を募らせる。「なにかあったの？」

「書斎に来なさい」バレット大将はくるりと背を向けると、廊下を歩き出した。

ただごとではなさそうね。ルシンダは父親に説教をされたことがほとんどなかった。このままどこかに逃げ出して、静かにロバートのことを考えたいという思いが頭をかすめたが、ルシンダは帽子を脱いで父のあとに従った。ロバート。口数の少ない人なのに、彼の唇があんなに官能的で、あんなにわたしを燃えあがらせたなんて不思議だわ。

「ドアを閉めてくれ」バレット大将は早口で言い、椅子に腰をおろした。背筋を伸ばし、銅像のように正面をにらみつけている。

ルシンダはうしろ手で閉めたドアにもたれ、同じ質問を繰り返した。「なにかあったの？」

「今朝は家にいるようにと言ったはずだ」

「いいえ。そんなこと言われていないわ。お父様との会話の内容を口外するなと言われただけよ。その言いつけは守ったわ」

「それなら、なぜわたしは昼食からの帰りに三度も呼びとめられて、ロバート・キャロウェイがホースガーズから書類を盗んだのは本当かと尋ねられたのだ？」

父にいきなり殴られたとしても、ルシンダはこれほど驚かなかっただろう。「なにを言っているの？　ロバートが盗みを働くわけがないでしょう？　しかもホースガーズからだなんて。そもそも、なにかなくなったものでもあるの？」

バレット大将は彼女を見つめ、厚い胸に深々と息を吸い込んだ。「今朝はどこへ行っていた？」

「ジョージアナに会いに行ったの」ロバートとの約束と父との信頼関係の重さをはかりにかけながら、ルシンダは答えた。ロバートに関する話は、どんなささいなこともすべて重要な情報となりうるのだろう。彼のキスと、それによってもたらされた熱い疼きに関する話以外は。「それからロバートに会って、シャトー・パニョンのことを尋ねたかったのよ」

「やはりよけいなことをしゃべったのだな」バレット大将は吐き捨てるように言った。「ルシンダ、わたしは――」

「わたしはなにもしゃべっていないわ」ルシンダはきっぱりと言った。「ロバートがわたしにだけ話してくれたことを、わたしはお父様にだけ話したのよ。しかもロバートの意にそむいてしまった。本当に噂はわたしから出たのではないのよ、お父様」

「つまりおまえは、わたしのせいだと言いたいのかね？　わたしにはわかっている――」

ルシンダは手を上げて父を制した。「怒鳴り散らすのはやめて、なにが起きたのかを話してちょうだい。そうすれば一緒に対応策を考えられるかもしれないわ」

バレット大将は立ちあがり、窓際に歩いていくと外の通りに視線を向けた。「おまえが冷静すぎると、ますます腹立たしくなってくるよ」

心の奥で不安がふくれあがっているというのに、頬に思わず笑みがこぼれそうになった。

「ええ、そうでしょうね」

バレット大将は肩越しに彼女を見つめた。「よし、いいだろう。わたしがあらぬ疑いをかけたのだから、おまえも本当のことを知る権利がある」

「ありがとう」

「まず、ホースガーズから書類がなくなったのはたしかだ。ナポレオンを逃がして、もう一度ヨーロッパで戦争を企てようとしている者以外にはなんの使い道もない書類だよ」

「まあ……なんてこと」ルシンダは口ごもり、ドアから離れて大きな椅子に腰をおろした。もう一度父の言葉を嚙みしめたとき、心が深い穴の中に沈んでいくような感覚にとらわれた。

「ロバートがそんなことをするはずがない。できるはずがないわ。どうして彼が疑われているの？」

「友達への忠誠心は称賛に値するがね、ルシンダ、今はどうか自分のことだけを考えてほしいんだ」

「お父様はもしかして……ああ、どうしてそんなことが考えられるの……？」

「ロバートはシャトー・パニョンについてなんと言っていた？」

ルシンダはためらった。でも現状ではロバートの秘密を守ることよりも、疑いを晴らすことのほうが先決だ。彼には今夜説明すればいい。どちらにしても、今夜ロバートに告げなければならないことは山のようにある。とはいえ、こんな事態になってはレッスンの件など取るに足りないように思えた。

「お父様、ロバートは間違ったことはなにもしていないわ。彼は捕虜としてシャトー・パニョンに閉じ込められていただけよ。そこでは捕虜同士がひと言でも言葉を交わしているのが見つかったら叩きのめされるんですって。でも、あるひとりの男性とだけ話すのを許されていたそうよ。それが誰なのかは聞かされていないけれど」

「ジャン＝ポール・バレール大将だろう。ナポレオンの情報担当士官で、すこぶる執念深い男だ」

ルシンダはしばらく黙っていた。「恐ろしかったに違いないわ」ひとり言のようにつぶやき、座りなおす。「でも、わからない。そこにとらわれていたというだけで、なぜロバートが売国奴と呼ばれるの？」売国奴。ウォルター・フェングローヴ卿はまさに彼をそう呼んだのだ。

「たしかなことはまだなにもわからない。彼が逮捕されるのかどうかもだ。しかし——」

「逮捕ですって？」ルシンダは弾かれたように立ちあがった。「お父様、ふざけるのはやめて」父に話したのが原因でこんな事態になったのだとしたら、すべてはわたしのせいだ。ロバートには口止めされていたのだから。でも、どうして？

「実は、シャトー・パニョンから生きて帰ってきた者は三人しかいない。ひとりはその後、上官の殺人容疑で逮捕され、もうひとりはエルバ島に送られた。ナポレオンが脱出する前のことだ。そして残るひとりがロバート・キャロウェイなのだよ。ホースガーズは不覚にも、ロバートがバレールの捕虜だった事実を昨日まで知らなかった」

「わたしが話すまで、ということね」ルシンダはつぶやき、ふたたび椅子に座り込んだ。めまいがして立っていられない。

「自分を責める必要はない。おまえの話を聞かなくても、わたしにはわかっていたよ。元軍人の新しい友達ができたと聞かされた直後に、シャトー・パニョンについて尋ねられたのだからね。おまえの行為がイングランド国民を救うことになるかもしれない」

彼女は目を閉じた。なにもかも消えてなくなればいい。「ロバートが犯人と決まったわけではないわ」

「たしかにそのとおりだ」バレット大将はルシンダの前に立ち、椅子の肘掛けに手をのせた。「この問題が解決するまでロバートには近づくんじゃない。あの家族にも、あの家にも。わかったね？」

「でも、ジョージアナはわたしの――」

「彼女はおまえの親友だ。わかっている。だが、今回ばかりは言うとおりにしてくれ。この件でとがめられた者は……国賊として市民権を剝奪《はくだつ》される。あの家族とかかわるのはやめるんだ」バレット大将は姿勢を正して言葉を続けた。「今夜のヴォクスホールの催しもほかの行事も、キャロウェイ家との約束は当分のあいだ、すべてとりやめにするしかない」

ルシンダは思考力を失っていた。わたしの友人が売国奴のはずがない。声を限りに叫びたかった。キャロウェイ兄弟のうちのふたりは命がけでフランス軍と戦ったのよ。ああ、それなのに、ブラッドショーは海軍での地位を失ってしまうかもしれない。そしてロバートは……。

さまざまな思いが脳裏をよぎる。ドアにノックの音が聞こえ、執事が姿を現したのはそのときだった。「お話し中、失礼いたします。お嬢様にお会いになりたいという方がお見えでございます」

「誰だね？」

「ロバート・キャロウェイ様です」

彼は気づいたんだわ。わたしが約束を破ったことに。彼の秘密をもらしたことに。そのせいで彼が罵倒され、非難を浴びていることに。

バレット大将が戸口に向かった。「わたしが会おう」

ルシンダは立ちあがり、父の腕をつかんだ。「お父様、たしかなことはまだなにもわからないと言ったでしょう？」

「彼が書類を盗んだ犯人なら、おまえに危害を加えることなどなんとも思っていないだろう。ここにいなさい」

彼女は震えながら父の言葉に従ったが、書斎のドアを細く開けて玄関広間をのぞき見ずにはいられなかった。どうかすべてが誤解でありますように。すべてが間違いでありますように。

バレット大将の姿を目にしても、ロバートの青白い顔は無表情のままだった。「娘は誰にも会わないと言っている。お引き取り願いたい」バレット大将は早口で言った。

一瞬、ルシンダはロバートが父に殴りかかるのではないかと思ったが、彼は両のこぶしを握りしめたまま立っていた。「あなたたちのせいです」ようやく口を開いたロバートの暗く冷たい声に、彼女は身を震わせた。「ようやくあなたを許せそうな気がしていたのに」

「許す？」バレット大将がきき返す。「いったいなんの話だね？」

「バイヨンヌの話ですよ」ロバートは玄関のドアを開けた。「せいぜい娘さんをぼくに近づけないようにすることです。あなたもぼくに近づかないほうがいい」

ドアが閉まる大きな音が聞こえ、ルシンダは身をすくめた。笑っているロバートも、苛立たしげなロバートも、不機嫌なロバートも知っているが、これほど怒り狂っている彼を見たのは初めてだ。ルシンダは怖かった。彼女のせいでロバートがこれほどまでに怒っている。そしてその怒りはすべて彼女に向けられている。

なにより始末が悪いことに、そうなっても仕方のないことをルシンダはしていた。


シャトー・パニョンの噂はあっというまに広まっていた。あの場所のことを誰にも話していないからといって、あるいはあの場所を知っている者とけっしてかかわらずに生きてきたからといって、シャトー・パニョンの存在がなくなるはずはないのに、愚かだった。甘かった。意志の力だけで、あの場所と記憶を砂塵《さじん》のように吹き消したつもりでいたのだ。

バレット邸を出てボンド・ストリートを行くロバートに、通行人の冷たい視線と非難のささやきが降り注いだ。人目を避けてひっそりと孤独に生きていた彼がたった一日、悪夢のような一日を境に売国奴の汚名を着せられ、世間の注目を浴びている。

家に帰っても質問と追及にさらされるだけだ。さらに厳しい事態が待ち受けているかもしれない。家は、そういったわずらわしいものから自分を守ってくれる唯一の安全な場所だった。家族たちの質問は、具合はどうか、必要なものはないかといったたわいないことに限られていた。そんな家も家族も、今のロバートにはない。

彼は身をかがめてトリーの首を撫でた。「さあ、走るぞ」

ロンドンの中心部をあとにして、ロバートは馬を北へ向かわせた。いつかルシンダと静かな朝を過ごした草原を通り抜け、走り続ける。安全な場所がもうひとつあることを思い出したのだ。スコットランドのグロウデン領地にあるキャロウェイ家の古い屋敷を、ロバートは昨年トリスタンから譲り受けていた。料理人がひとりと従僕がふたりいるだけのひっそりとした屋敷だ。ロバートはそこでふた冬を過ごし、屋敷の掃除や修繕に明け暮れた。

グロウデン領地までは五日かかる。トリーに無理をさせれば四日で着くかもしれない。ロンドンでの騒ぎが静まるまで、そこに身をひそめていよう。書類を盗んだ真犯人が見つかるまで。人間らしさを取り戻そうとしたぼくの存在を人々が忘れ去るまで。

夕刻、食事とトリーの休憩のために、ロバートは〈デビルズ・ボウ〉で馬を止めた。誰ひとりとして、不信の目を向けてくる者はいない。居酒屋に立ち寄った身なりのいい旅行者にしか見られていないことに、彼はようやく人心地がつくのを覚え、ゆっくりと状況を考えなおした。

しばらく家に帰らなくても、家族には、少なくともトリスタンにはぼくの居場所がすぐにわかるだろう。エドワードは腹を立てるかもしれないが、ほかの家族たちはぼくの罪を確信するに違いない。ぼくがシャトー・パニョンにとらわれていたと知ればなおさらだ。そうなれば安全な場所などありはしない。

パニックの黒い影が忍び寄るのを感じ、ロバートは口の中のローストチキンをビールで喉に流し込んでから、もう一杯同じものを注文した。今はやめてくれ。今はパニックになっている場合ではない。

普段はほかに気をそらすこともできるが、今日は状況が違っていた。スペインの解放軍兵士に発見されて以来初めて、悪夢よりも強烈な現実の脅威にさらされていることに気づいたのだ。それなのに、ぼくはなにをしている？　逃避。あきらめ。絶望。また同じことをしようというのか？

ルシンダから秘密がもれたのは明らかだ。裏切られたとロバートは思った。いや、思っていた。バレット邸を出たときは怒り心頭に発して冷静さをなくしていたが、今になってようやく矛盾に気づいたのだ。彼女が当然のことをしたと思っているなら、本人を差しおいて父親が玄関に出てくるはずがない。ルシンダがやむをえず秘密を口外したのなら、なにか理由があったはずだ。

この期に及んでもなお、ルシンダが光の存在を思い出させてくれたことを考えずにはいられない。氷と石に閉ざされたぼくの心を溶かし始めてくれたことを。ぼくはルシンダの美しさに魅了されている。しかし光の中によろよろと一歩を踏み出す勇気を与えてくれたのは彼女の容貌の美しさではなく、心の美しさだった。

それだけは間違いない。間違えるはずがない。そうでなければ、この世から希望というものが失われてしまう。そして今、ぼくに残されたのは希望だけだ。ルシンダがぼくの秘密を父親に話したのは理由があってのことだろう。それを見つけなくてはならない。

ロバートは立ちあがると、テーブルに硬貨を数枚置いて中庭に出た。今朝キャロウェイ邸に自警団の兵士たちが押しかけてこなかったところを見ると、バレット大将はまだなにひとつ確証を得ていないのだ。

トリーのそばに戻り、ポケットからにんじんを取り出す。「おまえはどう思う？」ロバートはつぶやいた。トリーが彼のほうに耳をぴくりと傾けた。

三年間、ロバートは他人が自分をどう思おうと気にしなかったが、実際、気にする必要もなかった。影のように存在感のなかった彼を、人は歯牙《しが》にもかけなかったのだから。しかし今、彼は世間の注目を一身に浴びている。こんな状況を望んでいたわけではないが、天から与えられた機会かもしれない。

ロバートは鞍に飛び乗ると、顔をしかめてつぶやいた。「予定変更だ、トリー。ロンドンに戻るぞ」

15

深夜になって遠くで聞こえていた花火の音がやんでも、ルシンダは眠れなかった。あのときのロバートの表情が脳裏に焼きついて離れない。眠りについたら夢の中でも苦しめられるとわかっていた。

キャロウェイ家の人々はヴォクスホールに行ったのかしら？ それにセイントとエヴィは？ 一緒に花火を楽しんだのならいいのだけれど。ジョージアナとトリスタンがふたりきりで花火を見ていたのかもしれないと思うと、ルシンダの胸は痛んだ。ロバートは行くつもりだと言っていたが、きっと考えなおしたに違いない。そういえばトリスタンがルシンダのためにジェフリーを花火に招待していたことを、彼女はそのときになって思い出した。そんな場所に顔を出していたら、まさに悲劇だっただろう。

ルシンダは冷めた紅茶をひと口飲み、ゆっくりと寝室の中を歩きまわった。父がシャトー・パニョンになんらかのかかわりを持っていたことは間違いないが、父は彼女の好奇心をますます刺激するばかりで、なにも話そうとはしない。なにか話せばルシンダの口からロバートの耳に伝わるとでも思っているかのようだ。あるいは、彼女から情報を聞き出しさえすればいいと思っているのかもしれない。

窓でかたりと音がして、ルシンダは振り返った。とっさに近くの花瓶をつかむ。細く開いた窓から黒い人影が窓枠を越えて室内に滑り込んだのを目にして、ルシンダは息を止め、花瓶を頭上に振りかざした。

黒い人影が手首をつかむ。ルシンダはうしろ向きにされ、強い力ではがいじめにされた。声をあげようと息を吸い込んだ彼女の口を、もうひとつの手がふさいだ。花瓶が絨毯《じゅうたん》の上に転がり、からからと音をたててベッドの下に転がった。

「騒がないでくれ」聞き覚えのある低い声が耳もとでささやいた。

ロバートの声だ。ああ、ロバート。彼の耳に鼓動が聞こえるのではないかと思うほど、心臓が激しい音をたて始める。彼女はうなずいた。

「ルシンダ、静かに」

ロバートが唐突に手を離したので、ルシンダは前によろけそうになった。「明かりを――」声がかすれて言葉にならない。彼女は荒い息をつき、気持ちを静めた。ロバートが盗難事件の犯人だとは思っていないが、彼は現にこの寝室に忍び込んでいる。シャトー・パニョンの話を口止めされた事実に加えて、父の言葉が薄暗がりの中で脳裏によみがえった。おまえに危害を加えることなどなんとも思っていない、という言葉が。「明かりをつけてもいい？」

カーテンを引く音が聞こえた。「少しだけにしてくれ」

ルシンダは震える手でようやくランプをつかみ、火をともした。ロバートに会って話をしたいと思っていた。こうなったいきさつを説明したいと。だが、ランプの黄色い炎が照らし出す彼の憔悴した顔つきとぎらつくまなざしに、ルシンダはたじろいだ。

「ロバート、こんな事態になるとは思っていなかったの。ごめんなさい」

「ぼくの言ったことを口外しないと約束しておきながら、バレット大将に話したわけを聞かせてくれ」ロバートは部屋の中を歩きまわりながら言った。けっして室内のものには手を触れないように気を配りつつ、なにかを探ろうとしているかに見える。ルシンダはまるで心の奥を探られているみたいな気がした。

「シャトー・パニョンとはなんだったのかと父に尋ねただけよ」ルシンダは気をとりなおして答えた。「その名前を誰に聞いたのか父にきかれて、覚えていないと嘘をついたのだけど、とても重要なことだと父に問いつめられて……」頬に涙がこぼれた。「父は本当に大事なときにしか、そんな言い方をしないの」

「なぜそんなに重要なのか、理由は聞いたのか？」

ルシンダは首を横に振った。「問題を抱えているとしか聞いていないわ。父は本当に心を痛めている様子だったの。そのときはなにも知らなかったけれど、ホースガーズから書類が盗まれたことと、シャトー・パニョンが監獄だったことをそのあと知ったわ」

「ほかには誰かに話した？」

「いいえ、誰にも」

ロバートは化粧台の前の椅子に腰をおろした。「だとしたら、噂を流したのはバレット大将ということになる」

少なくともロバートはルシンダの話を信じてくれたらしい。だが父の名前を口にしたロバートの暗く冷たい声に、彼女は身をすくめた。「あの話が内密だったことくらい、父は承知していたはずよ」

「きみだって同じだろう？」

「ええ、そうね。でも、どうして？　なぜあなたはわたしの父に知られたくなかったの？」

ロバートはこぶしを膝に押しあてた。「理由は言えないが、ホースガーズから書類を盗むようなことでは断じてないんだ」

「ロバート、わたしは――」

「誰かがこのことを知ったに違いない。きみに身に覚えがないとしたら、バレット大将が誰に話したのかを知りたい」

父が清廉潔白かどうかについては、いつまで議論しても結論は出ないだろう。それよりも今のロバートの言葉が、ルシンダにはなにより気にかかった。「わたしが父から聞き出してみるわ」

「いや、ぼくが知りたいのは誰が噂を広めたかということだ。おそらく一般的な道徳観念を持ち合わせていない人間の仕業だろう」

その日の朝にバレット邸を立ち去ったときの激しい怒りは、もうロバートの口調からは感じられなかった。もちろん彼はまだ憤慨しているはずだが、それがルシンダに向けられたものではなくなっているのがありがたかった。

　ロバートは化粧台の上から取りあげたヘアブラシを、優雅な美しい指でもてあそんでいる。ルシンダは背筋に電流のような疼きが走るのを感じ、大きく息を吐いた。彼にそのヘアブラシで髪を撫でつけられたら、と思わず想像する。彼が髪にやさしくブラシを這わせて……。彼女は妄想を振り払った。「噂はもう広まっているし、書類を盗んだ犯人もどこかにいるに違いないけれど、今さら噂の出所を突きとめても無意味ではないかしら?」

　ロバートはしばらく答えなかった。「ぼくの気持ちが楽になる」ようやくぽつりとつぶやいた。「それより、きみの三つ目のレッスンの内容を教えてほしい」

「まだそんなことを言ってるの? あなたは今、世間の非難を浴びて――」

「反逆罪の汚名を着せられそうになっている」

「そうよ。そんなときによく落ち着いていられるわね」

　ロバートはルシンダを見据えた。薄明かりの中で、紺碧の瞳が黒く翳った。「わかっているよ。落ち着いてなどいないさ。きみはこうなっても、まだぼくの友達でいてくれるのかい? ぼくたちはまだ友達なのか?」

　ルシンダの頬をふたたび涙が伝った。「わたしも同じ質問をしたいわ、ロバート。あなたがわたしの友達でいてくれるなら、わたしたちは友達よ」

「だったら、友達として頼みがある。気持ちを紛らす手助けをしてほしいんだ。さあ、きみのレッスンのことを話してくれ」

まあ、子供みたい。「レッスンは終わったの」

「終わった？　もうぼくは必要ないというわけか？」ロバートは顔を曇らせた。「どちらにしろ、ぼくとかかわっていてもいいことはないからな」

「違うわ！」ルシンダは声を荒らげた。「そうじゃないの。ジェフリーの気持ちがわかったのよ。彼の目標は立身出世なの。とりあえずインドで指揮官の地位につきたいんですって」

ロバートが怪訝そうな目つきをしたが、ルシンダには彼がなにを考えているかわからなかった。「つまりジェフリー・ニューカムは少佐の地位を得るために、きみと結婚するというのか」

「そうよ」

「きみはそれで平気なのか？　ジェフリーのためにレッスンまでしたというのに――」

「そんなことはいいの」ルシンダはベッドの端に腰をおろし、またすぐに立ちあがって部屋の中を歩き始めた。ロバートは誤解している。わたしがジェフリーを愛していると思い込んでいる。でもわたしの体に電流のような衝撃をもたらすのは、ロバート、あなたをおいてほかにはいない。気持ちを紛らす手助けをしてほしいと言われたけれど、わたしのほうこそまともな思考力をなくしているわ。しっかりしなさい。わたしは二四歳なのよ。これではまるで、うぶな女学生じゃないの。ハンサムで危険な男性が寝室の窓から忍び込んできたからといって、なにも考えられなくなってしまうなんて。「父はジェフリーを気に入っているわ。父の認めた人と結婚して、わたしが不自由なく暮らせるなら、それで父は満足するんですもの。これが一番簡単で手っとり早い方法よ」

「まるで政略結婚だな」ロバートは蔑むような口調で言った。

そんなふうに考えたことはなかったが、言われてみればそうかもしれない。たしかにロバートの言うとおりかもしれないけれど、そうだとしても彼に批判される筋合いはない。「なにがいけないの？」反論しながら、ルシンダはふと恥ずかしくなった。「みんなが望みどおりのものを手に入れて、幸せになれるのよ」

ロバートは立ちあがった。「きみにそんな結婚はできないよ」

「なにを言ってるの？　これでみんなの問題を解決できるのよ。こんなに簡単で都合のいい解決策が見つかって、わたしは幸運だと思っているわ」

彼はルシンダに歩み寄り、肩をつかんで壁に背中を押しつけた。「簡単で都合のいい解決策？　これほど激しい情熱と感性を秘めたきみが、簡単に都合よく生きたいのかい？」

ロバートの顔が目の前にある。鼓動が胸を圧迫して息ができない。「ほかのことがあまりにも複雑すぎるから」彼女はつぶやいた。

「複雑であることを感謝すべきだ」ロバートがうめくように言う。「ぼくには人生などないに等しいが、きみには簡単で都合のいい人生を送ってほしくない……」彼は目を閉じた。ふたたび開かれたその目に宿る熱と怒りと形容しがたいなにかが、ルシンダの体を震わせた。

「ロバート？」

「きみに教えたいことがある」恐ろしいほど静かな声でロバートが言った。「あるひとりの陸軍大尉の話だ。彼の分隊はあるとき、偵察中に待ち伏せ攻撃にあった。部下の兵士たちが次々と目の前で殺され、彼ひとりが生き残った」彼はひと息ついてから言葉を続けた。「フランス部隊はなぜ自分を殺さないのかと訝しく思いながら、大尉は必死で反撃を試みたが、なにしろ多勢に無勢、激しい殴打を浴びて意識を失った。彼は鉄格子のついた窓のある小さな監房で意識を取り戻した。そこにはほかに六人のイングランド人将校がいた。隣の房にも六、七人の男がいたと思うが、房を隔てる石の壁を静かにゆっくりと叩く以外、通信方法はなかったのだから、たしかなことはわからない」

「気の毒に」ルシンダはつぶやいた。

「話はまだ終わっていない」ロバートが嚙みつくように言った。「七カ月間、仲間の将校たちが拷問に屈して軍の機密情報を提供し、そのあげくに殺されていくのを彼はまのあたりにした」怒りと悲しみを吐き出すように、冷たい笑いをもらす。「選択肢はあった。情報を渡して死ぬか、あるいは責め殺されるまで沈黙を守るかのどちらかだ。愉快なのは、この陸軍大尉は軍の機密情報などなにも知らなかったということだ」

「ロバート――」

「その陸軍大尉とはぼくだよ。あのとき情報を握っていれば話していただろう。だがバレールは、なにも知らないというぼくの言葉を信じなかった。だからぼくは責め苦にあって死ぬのではなく、みずから命を投げ出すことにしたんだ」

ルシンダは両手で耳をふさごうとしたが、ロバートに手首をつかまれ、頭上の壁に押しつけられた。「やめて、お願い」彼女はささやいた。「あなたがそんなに苦しんだ話なんて聞きたくない。それに自分の命を投げ出そうとしたなんて……」

「ああ、ぼくは自殺を試みた。限界だったんだ。ある日ぼくは看守のひとりをつかまえてナイフを奪い、上官に襲いかかった。そうすればやつらはぼくを銃殺するだろうと思ったからだ。予想どおり、ぼくは撃たれた。ふたたび目を覚ましたときは城塞の外だった。やつらはぼくが死んだと思い、塀の外に放り捨てたんだろう。ぼくは這って森の中に逃げ、身をひそめて死ぬのを待った」

ルシンダの頬を生温かい涙が濡らし続けた。目の前のロバートのやつれた顔は、忌まわしい記憶に生気を失ったかのようだ。力強い手の下で、ルシンダは彼の指を握りしめ、爪先立ちになってキスをした。

「書類を盗んだのがあなただなんて、わたしは一度も思わなかったわ」彼女はロバートの腕を引き寄せ、何度も熱いキスを浴びせた。

不意にロバートが体を離し、うしろに下がった。「そんなことは問題じゃないんだ、ルシンダ。この三年間、ぼくは死んだも同然だった。でもきみを手助けすることで、自分も助けられているような気がした。こんな状態のぼくを見ている家族たちは、さぞつらいだろうと思う。やはりぼくはあのとき死ぬべきだったのかもしれない」

彼の最後の言葉が、ほかのなによりもルシンダをおののかせた。「でも、あなたは生きているわ」

「ああ、ぼくは生きている。毎朝目覚めることさえ奇跡に思えるよ。だからきみが簡単で都合のいいという理由でジェフリー・ニューカムに身売りするなど、もってのほかだ。わかるかい？」

「心の平安と堅実さを求めることが間違っているとは思えないわ」

「きみが心の平安と思っているものはただの空洞だ。簡単で都合のいい生活はきみをわずらわせることがないかわりに、燃えあがらせることも、感動させることもない」

ルシンダは顔をしかめてロバートを見た。「でも――」言葉が続かない。彼の言うとおりだ。とはいえ、荒波を避けて通るのが罪悪とも思えない。「平穏無事に生きられれば、わたしはそれで幸せなの」

ロバートは首をかしげ、ルシンダの薄い綿の部屋着に目を落とすと、もう一度彼女の顔に視線を戻した。「きみは嘘をついている」

「いいえ――」

彼の唇がルシンダの唇をふさいだ。熱いメッセージがこのときは彼女にもはっきりと伝わった。ロバートを止めることはできないと思ったが、なぜ彼のキスを止める必要があるだろう。死の影は今もロバートにつきまとい、彼を脅かしている。ロバートがのみ込まれてしまわないように、ルシンダは彼をしっかりとつかまえていたかった。生きている喜びを彼に感じてほしい。そして彼女自身がロバートによって生きている喜びに目覚めたことを知ってほしかった。

ふたりの唇が溶け合い、激しい鼓動がルシンダの胸を震わせた。熱い舌で歯をなぞられ、彼女はうめき声をあげながらロバートの舌を招き入れた。いつのまにか彼はルシンダの髪のリボンをほどき、肩で波打つ髪にそっと指を這わせた。電流が体中を駆けめぐり、彼女はしびれた指先でロバートの上着を肩からはずした。彼の腕がルシンダの背にまわされ、腰を引き寄せられたとき、しびれは背筋にまで広がった。

「ロバート」喉からもれるあえぎ声が、まるで他人のもののように耳に響く。みだらな女の声だ。だが部屋着が肩から滑り落ち、喉から胸もとへとロバートが唇を這わせたとき、ルシンダは自分がまさにみだらな女になったのを感じた。みだらで奔放な女が、燃え盛る炎に息をあえがせている。心の平安も堅実さも今日はいらない。

ルシンダはロバートのズボンからシャツの裾を引き抜き、内側に手を差し入れて、引きしまった腹部から胸へと指を走らせた。彼の上半身の筋肉が手の下でこわばる。ロバートは肌をまさぐるルシンダの手を体から引き離し、ふたたび彼女の頭上に上げた。

唇と首筋に熱いキスを浴びせながら、ロバートはルシンダの部屋着の裾をつかみ、ゆっくりと持ちあげた。膝と腿とヒップがあらわになる。薄い綿の衣《きぬ》ずれの音が耳をくすぐり、カーテンの隙間から入り込む冷たい風が指先のように肌をやさしく撫でた。彼は握りしめた布地を徐々に引きあげ、ウエストと胸と肩を通り過ぎ、頭と腕から抜きとって脇に放った。

ロバートはルシンダに触れようとはしなかった。彼女のすべてを記憶に焼きつけ、頭の中で像を彫ろうとするかのように肌に手をかざす。やわらかな体の線に沿って背筋をおりていくてのひらの温度が、ルシンダの肌に伝わった。体の奥が熱く疼き、彼女は身をよじった。

「なにか言って」ルシンダはささやいた。

紺碧の瞳が彼女の視線をとらえる。「きれいだよ。温かくて、やわらかくて……きみは心の平安とはあまりにかけ離れている。生き生きと輝いて――」

ルシンダは彼の唇に指を当ててさえぎった。「あなたも生きているのよ、ロバート。あなたも生きる喜びを味わっていいの。わたしに触れて。わたしの体に」

ロバートは視線を下げ、ルシンダの肩から胸のふくらみへと羽根のように軽く指を這わせた。今にも彼女が消えてしまうのではないかと恐れているように、そっと乳首をつまむ。

ルシンダは息をのみ、背中をのけぞらせた。ロバートはふたたび激しいキスを浴びせ、胸を愛撫《あいぶ》しながら、彼女を壁に押しつけた。

「長いあいだ女性とのかかわりがなかった」乳首に爪を立てながら、彼がかすれた声で言う。

ルシンダはあえいだ。

そうだったわ。ロバートもかつては放蕩《ほうとう》者と呼ばれていたことを彼女は知っていた。地獄のような場所から戻って以来、今まで彼は人に触れることさえなかったはずだ。ルシンダ以外には。彼女はロバートに唇を寄せ、彼の息を吸い込んだ。「わたしは男性とかかわった経験がないの」

気づかわしげな表情がロバートの顔をよぎった。「きみがいやなら――」

「あなたはしゃべりすぎよ」

屈託のない彼の笑顔に、ルシンダの膝から力が抜けた。ロバートは腰をかがめて彼女を抱きあげた。シーツの上に横たえられても、ルシンダは彼の首に巻きつけた手をほどこうとはしなかった。キスだけでは足りない。彼が欲しい。彼を体で感じたい。

ロバートはルシンダのかたわらに腰をおろし、喉から胸もとへと唇を移動させた。左の乳房を口に含み、舌で乳首をくすぐる。彼女は激しく身もだえした。ふたたびロバートのシャツに手を伸ばす。彼の温かい肌に触れたかった。ロバートがまた彼女の手をつかみ、今度はズボンのベルトの上に置いた。

彼は身をかがめて乳房に舌で愛撫を加えた。ルシンダはベルトを緩め、ズボンのボタンをはずした。指が震えて、思考は完全に停止しているが、ロバートのすべてを見たい、彼のすべてを感じたいという思いだけが意識を埋め尽くしている。生きているというのはこういうことなのね。激しい鼓動に呼吸が乱れ、浅い息をつきながら、彼女は実感した。ロバートも同じ思いを抱いているのかしら。電流のような衝撃と、狂おしいまでの歓《よろこ》びを感じているの？　この情熱を彼と分かち合いたい。そのためならなんでもするわ。

ルシンダはロバートのズボンをおろした。張りつめた下腹部があらわになる。彼女同様、ロバートも欲望に身を焦がしているのが明らかだった。激しく脈打つ高まりに、ルシンダは目を奪われた。「あなたのここに触れたい……」

「ブーツを脱いでからだ」彼は息をつき、ベッドに座ってブーツを足から抜きとった。ズボンも床に放り、ルシンダのかたわらにひざまずいて上体をかがめる。ふたりはまた激しいキスを交わした。「きみのそばにいるだけで、ぼくはいつもきみに触れられているような気がしていた」ロバートは彼女の手を取って、脚のあいだへと導いた。

ルシンダは熱い高まりをそっと手で包んだ。ロバートが身を震わせ、歯を嚙みしめたのがわかった。「痛いの？」

彼は首を振った。「いや、刺激が強すぎるだけだ。ルシンダ、きみが欲しい。きみもぼくが欲しいかい？」

あなたが欲しくて息もできないほどよ。「ええ」彼女は息をあえがせ、もう一度ロバートのシャツに手を伸ばした。

またしても彼はルシンダの手をとらえた。「やめてくれ」

「ロバート、あなたが銃弾を浴びたことは知っているわ。でも今、あなたはこうしてここにいる。わたしはあなたのすべてを見たいの。すべてを知りたいのよ」

ロバートは身をこわばらせて体を離した。一瞬、ルシンダは彼が出ていってしまうのではないかと不安になった。しかし彼はシャツの裾をつかみ、荒々しく脱ぎ捨てた。

白く引きつった傷跡が、すぐさまルシンダの目に飛び込んできた。肩にひとつ、腹部にふたつある。彼はこの傷を恥じているのかしら？　この傷のせいで自分が蔑まれるとでも思っているの？　ルシンダは彼の温かい胸に指を走らせ、傷の上で指を止めないように気をつけながら、ゆっくりと肌をなぞった。ロバートは身じろぎもせずに目を閉じた。彼女の顔にどんな表情が浮かんでいるのか見たくないとでもいうように。

ルシンダは身を起こし、ふたたび濃厚なキスをした。「わたしにも傷があるわ」ロバートの首を引き寄せる。「右膝の裏側よ。ドレスの裾が馬車のステップに絡まって転んだの」彼の背に腕をまわし、引きしまったヒップをてのひらで包んだ。ああ、ロバート。欲しいわ。今すぐあなたが欲しい。

ロバートが目を開けて、ルシンダのかたわらに横たわった。彼女の体に顔をうずめ、唇と舌と歯を移動させていく。「傷は今もあるのかい？」

「ええ」彼の舌が体の隅々までゆっくりと味わいながら下腹部におりていくと、ルシンダは息をのんだ。「あのときは本当に怖かった。馬車がわたしを引きずったまま走り出したの。家庭教師が大声で止めてくれなかったら、大変なことになっていたわ」

ロバートの唇は腿からさらに下へと移動し、足首と爪先にまでおりていった。それからふたたび上に戻って、もう片方の脚を唇でなぞる。膝まで来ると、彼は脚を持ちあげて軽く曲げた。「こちらの脚だね？」

「ええ、そこよ。傷跡が残っているでしょう？」

ロバートは舌の先で膝の傷に触れてから、腿の内側へと唇を這わせた。ああ、溶けてしまいそう。いいえ、その前に焼けこげてしまうかも。きっとその両方だわ。彼の舌はさらにその奥の秘めやかな場所へと進んでいく。

「ロバート！」ルシンダはかすれた声で叫び、彼の髪に指を差し入れた。「だめ……」

彼は顔を上げ、ルシンダの全身を眺めまわした。口もとに謎めいた笑みを浮かべてささやく。「きみはこんなにぼくを欲しがっている」

「ええ、あなたが欲しいわ」荒々しい激情と狂おしい期待が体の芯《しん》を焦がし、肌が焼けるように熱い。「今すぐに」

ロバートは答えなかった。ふたたび彼女の下腹部に顔をうずめ、唇と舌と歯で愛撫を繰り返す。甘美な責めに巧みな指の動きが加わり、秘密の蕾《つぼみ》がそっと開かれたとき、彼女はあられもなく声をあげた。

「ロバート、お願い……もう待てないの。体に火がつきそう」

「きみは炎そのものだよ」

ルシンダは待てなかった。歓喜の渦にのみ込まれそうになっている。ロバートの髪をつかみ、顔を引き寄せた。彼の唇が胸のふくらみに戻り、やがてふたりはもう一度熱いキスを交わした。

ロバートがルシンダの上に覆いかぶさって膝を開いた。すでに熱くはちきれんばかりに高まった欲望のあかしに腿のあいだを圧迫され、彼女はヒップを持ちあげた。彼がゆっくりとルシンダの中に身をうずめる。筆舌に尽くしがたいその感覚は、彼女の想像を超えていた。体がばらばらになりそうな衝撃に身をこわばらせたとき、ロバートが動きを止めた。

「ルシンダ」震える腕で体を支えながら、彼が言った。「逃げるなら今のうちだよ」

燃え盛る炎をそのままにして、わたしを置き去りにするというの？　ルシンダは答えるかわりに腰を押しつけた。ロバートが一気に貫き、彼女は息をのんで目を閉じた。男女の営みに関してはジョージアナとエヴリンが話しているのを聞いたことがあるだけで、ルシンダにはまったく知識がなかった。激痛が走ったが、耐えられない痛みではない。目を開けると、ロバートがじっと彼女を見つめていた。

「痛いならやめるよ」

「痛みを忘れさせて」ルシンダは息をはずませて言い、ロバートにキスをした。

彼がゆっくりと動き始めた。ルシンダはロバートの腿に脚を巻きつけ、背中にしがみつき、彼が動くたびに低くうめいた。ロバートはたしかなリズムを執拗《しつよう》に刻み続ける。ルシンダはかろうじて呼吸をしながら、彼の背中に指を食い込ませた。

「ロバート、ああ、ロバート」ルシンダはかすれた声で繰り返し、彼の動きに合わせて腰を浮かせた。体の奥がロバートをきつく締めつける。官能の波が轟音《ごうおん》をともなって押し寄せ、やがて彼女の中で炸裂《さくれつ》した。

ロバートが顔を近づけ、ルシンダの唇に舌を這わせた。体の動きはさらに激しさと荒々しさを増し、彼は喉の奥から絞り出すような声をあげて果てた。

彼女は苦しげな息をつきながら、ロバートの腰に絡めた脚をおろして彼を抱き寄せた。彼の鼓動が胸に伝わり、ふたりの鼓動がひとつになる。ロバートの体の重みに、ルシンダは安らぎを覚えた。

「以前と同じように楽しめた？」彼女はつぶやいた。

「以前より、ずっとよかったよ」

そのまましばらく横たわっているうちに、ルシンダは心地よい眠りに吸い込まれそうになった。ロバートと過ごす時間を無駄にしたくない。不意に彼がベッドに手をつき、ルシンダから離れて体を起こした。「帰らなければ」

引きとめようとしたとき、身をかがめてズボンを手に取ったロバートの背中がランプの明かりに照らし出された。みみず腫《ば》れのような細い線が、背中から腰にかけて何本も走っている。

「鞭《むち》で打たれたのね」ルシンダは彼の背中に手を当て、傷跡を指でなぞった。

これほど誰かと親密な時間を過ごしたことがなかったので、ロバートは集中力をなくしていた。彼には人との距離が必要だった。でも、今はルシンダと一緒にいたい。いつもとは逆だ。今夜はなにもかもが正反対だ。

ロバートは傷跡に触れられて身をこわばらせたが、それを悟られまいと肩をすくめてズボンをはき、ブーツを手に取った。「鞭でも打たれた」彼はつぶやいた。

ルシンダは叫んだり逃げ出したりはしていないが、ロバートは自分の姿がいかに醜悪かを知っていた。トリスタンがロバートのために雇い入れた召使は、着替えを手伝っている最中にまだ快復していない生々しい傷跡を目にして嘔吐《おうと》した。それが最後だ。それ以来、誰にも傷跡は見せていない。今夜まで。

「きっと大丈夫よ、ロバート。あの話はただの噂ですもの」ルシンダは起きあがって座りなおすと、うしろから彼の肩に手を置いた。「ホースガーズが真犯人を見つけたら噂も消えるわ」

それはホースガーズが真犯人を見つけようとすればの話だ。「きみの考えどおりなら、この世は実に理想的だと思うが、現実的にはぼくの側から行動を起こす必要があると思っている」

「わたしたち、わ、わたしたちの側からよ」ルシンダが訂正した。

彼の中に今も残っていた人間らしい心が締めつけられた。

「今夜ここへ来たのは、きみの手を借りるためではないよ」ロバートはシャツを着ながら言った。「ぼくが自殺しようとしたという噂が広まって、家族を破滅に追いやるわけにはいかない。今度こそは父親に黙っていてくれ、ルシンダ。約束だ」彼女に告白した内容は、ロバートをさらに危険な状況に陥れる可能性がある。彼はこの部屋に忍び込む以前よりも弱い立場に立たされていた。彼の家族も。

「誰にも言わないわ」

「絶対に頼むよ」

「ええ、誓うわ」ルシンダは立ちあがった。ゆるやかにウェーブのかかった赤茶色の髪が胸をなかば覆っている姿は、均整が取れていて美しい。ランプの明かりに照らし出され、まるでボッティチェリの《ヴィーナスの誕生》のような輝きを放っている。

もう一度、ルシンダを抱きたい。今すぐに。だがこれ以上そばにいたら、あらぬことを口走ってしまいそうだ。きみは心のともし火だ、きみは希望だ、ぼくはきみのとりこだ、きみのために生きている、と。だから今すぐ彼女から離れなければ。だがルシンダのおかげで人間らしさを取り戻せたのだから、彼女を失望させたくはない。「ルシンダ」ロバートは彼女の頬を手の甲でなぞった。「もうひとつきみに伝えたいことは実に単純だ。今度ジェフリーに会ったら、彼がいかに申し分のない相手か念頭に置いたうえで、このキスを思い出してほしい」彼は身をかがめ、ルシンダの唇にゆっくりと深く焼けつくようなキスをした。ロバートの体の奥にふたたび激しい疼きが走る。

「おやすみ、ルシンダ」

「ロバート……おやすみなさい」

16

キャロウェイ邸に戻ったロバートは、玄関広間に人の気配がするのを感じた。黒い人影に肩をつかまれ、彼は腕を振りあげて叫んだ。「放せ」トリスタンの使っている石鹸《せっけん》のにおいが鼻をかすめる。

「アンドルーとブラッドショーをスコットランドに向かわせようと思っていたところだ」トリスタンがサイドテーブルの蠟燭に火をつけながら言った。

穏やかな口調とは裏腹に、兄の表情は険しい。ロバートはため息をついた。ルシンダの家を出たときはかすかな希望のきざしを感じたが、現実はなにひとつ好転していない。「疲れているんだ。もう休みたい」

「その前にジョージアナに顔を見せて、安心させてやってくれ」トリスタンはロバートの前に立ちはだかった。「彼女が心配している。みんな心配していたんだ」

「明日の朝でいいだろう？」

「いや、今すぐ会ってきてくれないか。ジョージアナは起きているし、誰ひとり眠れずにいる。メイドが二階で彼女をなだめているところだ」

快楽の余韻が一瞬にして消し飛んだ。ルシンダに会いに行ったからといって、問題は解決していない。そしていつもどおり、苦痛から逃れるために家族を傷つけている。「ジョージアナは大丈夫なのか？」

「今のところはな。だが、二度とこんな真似を……」怒りと心配に、トリスタンは声を震わせ、言葉を詰まらせた。「行き先も告げずに出ていったりしないでくれ」

ロバートは階段をのぼりながら言った。「用事があると言ったはずだ」

「それから一五時間もたっている。おまえが行方をくらましたら、人は当然あの噂のせいだと思うだろう。それだけでおまえは破滅に追い込まれるんだぞ」

「そして家族全員がとばっちりを受ける。帰還して以来、ぼくが精神に異常をきたしていたということにすればいい。それが最良の方法だ」

トリスタンはロバートの肩をわしづかみにすると、無理やり振り向かせた。ロバートが階段から落ちそうになるほどの剣幕だ。「おまえはわたしの弟だ」トリスタンは深刻な表情で言った。「わたしたちは誰ひとり、おまえを見放したりしない。おまえが逃げたら、家族全員が破滅する。それを忘れずに行動してくれ」

ロバートはしばらくのあいだ、兄を見つめていた。「ぼくは間違ったことはなにもしていない」ようやく低い声でつぶやき、ふたたび階段をのぼる。

「わかっている。家族はみんな知っているさ」

「だが、ロンドン中の人々は誰もそう思っていない。ぼくのことで犠牲になるのはやめてほしいんだ。この先、事態が悪化した場合、みんなのために、特にブラッドショーのために、ぼくとは家族の縁を切ってくれ。頼むよ」

「その件についてはあとで話そう。今話しても意味がない」トリスタンは細く開いた寝室のドアの前で立ちどまった。「入ってくれ」

ロバートはドアを大きく押し開き、声をかけた。「ジョージアナ？」

背中に枕をいくつもあてがい、彼女はベッドで本を読んでいた。メイドは窓辺で靴下を繕っている。ジョージアナはロバートの声で目を上げ、疲労感の漂う青ざめた顔に笑みを浮かべた。「ビット、よかった。無事だったのね」

「ああ、もちろん。心配をかけてすまなかった」

「こっちに来て」彼女は手を差しのべた。

ロバートは思わず身をこわばらせたが、言われるまま義姉に近づいた。ジョージアナは彼の背に両腕をまわし、音をたてて頬にキスをした。抱き寄せられても平静でいられるのを不思議に思いながら、ロバートも彼女の頬にキスを返した。

「どこにいたの？」

背後には兄弟たちが勢ぞろいしている。ブラッドショーとアンドルーは遠出用のいでたちだ。ロバートを追って、スコットランドに出発するところだったのだろう。それが喜ぶべきことなのかどうか、ロバートにはわからなかった。

「馬に乗っていたんだ」彼は身を起こして答えた。ついさっきまでジョージアナの親友のべッドの中にいたなどと、どうして言えるだろう。求めていたものを……渇望していたものを手に入れて、あとはルシンダが簡単で都合のいいジェフリーと結婚するのを指をくわえて見ているだけだなどと。

「馬に乗ってどこに行ったの？」エドワードが眠そうに目をこすり、部屋に入ってくる。

ブラッドショーがエドワードの肩に手をまわした。「ベッドに戻ろう。なにもかも、もう大丈夫だ」

「大丈夫じゃないよ」エドワードは兄の手を振り払った。「ビット、どうして行き先も告げずに出ていったのさ？　みんな心配したんだよ」ロバートに指を突きつける。

やれやれ。一〇歳の子供に説教されるとは。「わかっているよ。本当に悪かった」

「どこに行ってたの？」

誰もエドワードを黙らせるつもりはないようだ。それどころか、誰もがこの質問の答えを知りたがっていた。トリスタンが眉をつりあげ、ロバートの答えを待っている。

「北に向かったんだ。グロウデン領地なら落ち着けるだろうと思って」

「でも、戻ってきたんだね」

ロバートは肩をすくめた。「走り疲れたのさ。悪いことなどなにもしていないのだから、噂くらい我慢しようと思ったんだ」自分が不名誉な中傷に耐えられるかどうかは問題ではない。「兄さんたちが我慢できればの話だが」

彼はブラッドショーに視線を向けた。この件でロバートとともにもっとも大きな被害をこうむるのは彼なのだ。ブラッドショーは笑顔を見せたが、その目の表情は暗い。「おまえが我慢できるなら、ぼくもするよ」

兄の気持ちはありがたかったが、それは同時に警告でもあった。今度逃げ出すときはキャロウェイ家から追放される覚悟をしなければならない。ロバートはうなずいた。「わかった」

トリスタンが戸口で言った。「さあ、みんな、自分の部屋に戻るんだ。さっさと引きあげてくれ。もちろんきみは別だよ、ジョージアナ」

「でも――」

「明日にしよう、アンドルー」トリスタンはロバートに目を向けたまま言った。「今夜はもう休もう。方策を練るのは明日の朝でいい」

賛成だ、とロバートは思った。兄弟たちは自室に戻っていく。明日になれば真犯人がつかまり、キャロウェイ家の役立たずの噂など人々の口にのぼることもなくなっているかもしれない。そうなればありがたいが、問題がまだひとつ残っている。ルシンダだ。彼女がジェフリー・ニューカムと結婚するという、簡単で都合のいい計画が今も進行中なのだ。

どれほど望んだとしても、ルシンダがロバートと一夜のあやまち以上の罪を犯すはずがない。この先、彼にできることといったら、ジェフリー・ニューカムがルシンダのレッスンを修得したかどうか、すべてのリストについて確かめることくらいだ。三人の女性たちの目標は、まさにそれではなかったのか？　ひとりひとりが生徒を選び、立派な紳士に育てあげることだったのでは？

ロバートは苦笑した。反逆罪でとがめられようとしているときに、ルシンダが友人たちと交わした約束のほうが気になるなんて正気ではない。

彼は服を脱ぎ捨て、ベッドにもぐり込んだ。肌に残ったルシンダの香りが鼻をくすぐる。あと数日間生き延びるとしたら、いずれ新たな問題が持ちあがるだろう。ルシンダがロバートにとってなくてはならない存在になった事実を、どうすれば人に、特に彼女の未来の夫に悟られずにすむかという問題が。


珍しくルシンダはバレット大将よりも早く階下におりて、手早く朝食をすませた。父が姿を現す前に外へ出て、薔薇の手入れに取りかかる。早く起きたというよりも、単に昨夜は一睡もしていないだけだが、そのこととその理由を父やほかの誰かに告げるつもりはなかった。

ルシンダは黄色くなった葉としおれた花を摘みとった。結婚の申し込みを受けたことや体を求められたことは以前にもあったが、彼女はそのたびにきっぱり断っていた。いずれの場合も、相手の男性にまったく惹かれなかったからだ。でも、ロバートは違う。これほどまでに男性に魅了され、興味をそそられ、夢中になった経験はかつてなかった。

痛々しい鞭打ちの跡と銃創がありながら、それでもなおベッドに横たわるロバートの体は美しかった。ルシンダを貫いた彼のたくましさを思い出し、彼女はふたたび肌を火照らせた。そのせいで、想像もつかないほど複雑な状況の中に、つまりロバートと父とのあいだに足を踏み入れようとしているのだ。

ホースガーズから書類を盗んだ者は、国賊として市民権を剝奪されると父は言っていた。今、ロバート・キャロウェイは世間からそう見られている。だが、ルシンダの見解はまったく違っていた。ロバートが許してくれようとくれまいと、ルシンダが彼との約束を破って噂の材料を提供したのは事実だ。ホースガーズでの盗難事件と前後して彼が捕虜だったことが明るみに出たのは不運な偶然ではあったが、だからといってなんの証明にもなりはしない。

シャトー・パニョンから生還したいきさつを公表すれば、ロバートは疑いを晴らせるかもしれない。でも彼の懸念どおり、真相を告白することが無害とは言いきれない。ロバートがシャトー・パニョンでいかに過酷な目にあったかを世間は理解するどころか、気にもかけないだろう。名家出身の兵士がナポレオンと戦いもせず、自殺を企てたあげくにおめおめ帰ってきたという話が、おもしろおかしく伝わるだけだ。

ロバートの秘密をバレット大将に話したのはルシンダだった。娘の信頼を裏切るような父ではないが、国家の安全にかかわる一大事となれば話は別だ。今回の事件はそれほど重大な危険をはらんでいる。ということは、父がホースガーズの上層部に話したのだろう。それは父の義務でもある。ルシンダは父を信頼しているが、その同僚まで信頼できるかどうかはわからない。「ああ、どうしよう」彼女はつぶやいた。

「棘でも刺さったのかね？」

ルシンダは飛びあがりそうになった。いつのまにか父がかたわらに来ていたのに気づき、顔を赤らめる。「いいえ。風のせいで花びらが乾いてしまうの。それだけよ」

「そうか」バレット大将は彼女が剪定《せんてい》するのをしばらく見つめていた。「ゆうべは眠っていないんじゃないか?」

「な……なんですって?」いけない。ロバートとわたしの声が聞こえていたのでは? 「どうしてそんなことをきくの?」

「疲れた顔をしている」バレット大将はぎこちない動作で腰をかがめ、小枝を拾ってバケツに放った。「昨夜はヴォクスホールの花火の音が聞こえていたね。おまえが行きたがっていたのはわかっている。かわいそうなことをした――」

「お父様、花火なんてどうでもいいのよ」ルシンダは枯れてもいない蕾を摘みとって舌打ちした。

「キャロウェイとジョージアナのことを気にしているんだな? 今日の会議で、盗まれた書類がなんだったのかはっきりわかるはずだ。それから、ロンドンに潜伏していると思われるナポレオンの支持者に関しても情報が入るだろう。それをもとにリストを――」

ルシンダは振り向いて父と向き合った。「盗まれた書類がなんなのかまだわかっていないというの? しかもロバートが捕虜だったという又聞きの情報で――」

「わたしはまだなにも行動を起こしていないよ、ルシンダ」

「わたしはあのことをお父様にしか話していないのよ。ほかの誰にも言っていないわ。お父様が話した人たちはどれくらい信用できるの?」

バレット大将は薔薇園の隅の石のベンチにゆっくりと腰をおろした。「なるほど、そういうわけか。わたしがおまえを裏切って、おまえが打ち明けてくれた秘密を口外したと言いたいのだね」

「違うわ！　いえ、わからない。もしかしたらそうかもしれない。お父様にならお友達の秘密を打ち明けてもいいと思ったのに、彼を怒らせてしまったわ」ロバートは激怒していた。孤立無援で傷ついていた。ルシンダは鼻をすすり、頬にこぼれ落ちる涙を園芸用の手袋であわてて拭った。

「昨日ロバートが来たとき、話を聞いていたのだろう？　玄関広間での会話を、おまえは立ち聞きしていたんじゃないのか？」

えっ？　ああ、あのときのことね。「ええ」ルシンダはひやりとしながら答えた。昨夜のことが父に知れたかと思ったのだ。

「ああするしかなかったんだよ、ルシンダ。これから徹底的な調査を行い、いずれ真相が明らかになるだろう。ロバート・キャロウェイが潔白なら、あとで謝罪すればすむ。あのときは体調が悪かったとでも弁解すればいい。だからヴォクスホールの花火にも行けなかったと言えばつじつまが合う。彼が犯人だった場合はなんの説明もいらない」

「ロバートは犯人じゃないわ。ねえ、お父様はロバートのことを知っているでしょう？」

「よく知っているわけではないよ。おまえのほうが彼とは親しいはずだろう」バレット大将は顔をしかめた。「昨日、彼がわたしに向かってバイヨンヌという名前を口にした理由を、おまえに尋ねようと思っていたくらいだ」

「わたしにはわからないわ」たとえわかっていたとしても、もう二度とロバートの秘密を父に告げたりはしない。少なくともそれだけは彼から学んだつもりだ。でもロバートに教わったもうひとつのことは、思い出すたびに体の芯が熱くなるばかりで、はるかに厄介に思える。

「彼の連隊長は誰だったか知っているかね？」

「さあ、知らないわ、お父様。ロバートがこれ以上わたしと話してくれるとは思えないし、ましてわたしは彼に会うこともできないのよ。だからもうわたしに質問するのはやめて」

バレット大佐は無言でベンチに座っている。ルシンダは枝を剪定するふりを続けた。いつのまにか軍の情報提供者のような真似をしていた。それどころか事件の容疑者とベッドをともにし、今度は彼のために情報を収集しようとしているのだ。

バレット大将が立ちあがった。「忘れるところだった。ジェフリーからことづてがある。昨日のチェコレートの礼をまだ言っていないようだね？」

「ええ、まだよ」チェコレートのことなど、すっかり忘れていた。まずいわ。

「それはさておき、彼は今夜のヘスターフィールドの舞踏会におまえを誘いたいと言っている」

「行かないわ。いやな話ばかり耳にするはめになるもの」

「いや、行ってきなさい。友人が犯罪者だからといって、おまえが家に閉じこもっている必要はない」バレット大将は彼女が口を開く前にあわてて手を上げた。「わかった。訂正するよ。おまえの友人は犯罪者ではなくて、ただの容疑者だ」

「お父様はわかっていないのね。今夜の舞踏会でジョージアナやトリスタンと顔を合わせても、言葉も交わせないんでしょう？　ふたりともわけもわからずわたしに無視されたら、気を悪くするわ」

「彼らだって噂は耳にしているだろう。おまえがふたりに近づこうとしない理由は察しがつくはずだ。わかってくれるさ。ふたりとも賢い人間だ」

「お父様はいつもわたしに、自分の信念にもとづいて行動しろと言っていたじゃない」

「ああ、だが、今回だけはわたしの言うとおりにしてくれないか。この事件の犯人はふたたび戦争を起こそうとしている」

「ジョージアナもトリスタンもロバートも、わたしの大切な友達なのよ」ルシンダは気持ちを静めながら言った。言うまでもないことだった。交友関係の窮地に立たされながらも、彼女はロバートの無実を心から信じていた。

「ルシンダ、よけいな憶測をする必要はないが、楽観的になるのも禁物だ。はっきり言って、この件でおまえは友人を失うかもしれない。それはかりはどうしてやることもできないが、おまえはなにひとつ間違ったことをしていないのだよ」

いいえ、それは違う。戦略家であり指揮官である父にとって、誰がどこで入手しようと情報は情報なのだ。だとしたらルシンダも手段を問題にしてはいられない。「このことはウェリントン公もご存じなんでしょう？」

「気づいているとは思うが、調査にかかわっているのは五人の幹部だけだ」

噂が広まる前に、ロバートがシャトー・パニョンにいたことを知っていたのは父を含めて五人。ということは、四人のうちの誰かが秘密をもらしたことになる。「卑劣だわ」ルシンダはつぶやいた。

「ナポレオンを逃がして、また戦争に持ち込もうとするほうがもっと卑劣だよ。この数日いろいろあったが、今夜は楽しんできなさい。ジェフリーはおまえをすっかり気に入っているようだ。おまえもまんざらではないのだろう？　今は自分の幸せを考えればいいんだよ。長い目で見れば、おまえが人に責められるようなことはなにひとつしていないのがわかるだろう。それどころか、歴史を変えた英雄として崇《あが》められるかもしれない」

「英雄になんてなりたくないわ。お父様の手柄にすればいいのよ」ルシンダはため息をついた。「もう少しここで作業をするわ」

「ジェフリーにはおまえが承諾したと伝えておくよ」

ルシンダは背を向けたままうなずいた。抵抗しても無意味なのはわかっている。父はルシンダにさえも、勇敢な軍人のように任務をまっとうすることを期待しているのだ。今夜の舞踏会では親友のそばに近づけもしないが、ジェフリーが同行するなら、少なくともひとり取り残された気分になることはないだろう。運がよければ、物陰に身をひそめるロバートに会えるかもしれない。そして彼は孤立無援ではないと伝えられるかもしれない。

ルシンダとジェフリーがヘスターフィールド邸に着いたとき、舞踏会はすでに始まっていた。ジェフリーは約束どおりの時間にバレット邸へやってきたが、彼女は二階でのろのろと身支度をし、一時間近くもたったころに付き添いのヘレナをともなってようやく階下へおりた。時間をかけたのはわざとだった。遅れていけば声高に名前を呼ばれて到着を告げられることもなく、人目につかない場所に落ち着ける。

「ダンスを二曲、踊りそこねてしまったようです」ジェフリーはルシンダをエスコートして舞踏室に入った。

「ごめんなさい」彼女は顔の前で広げた扇越しに人込みを見渡した。「メイドがグリーンの靴を探すのに手間どってしまって」

ヘレナが背後で咳払いをしたが、ジェフリーは気にもとめず、ルシンダの全身を眺めまわした。「謝る必要はありませんよ。待つだけの価値は充分ありました。それにバレット大将とまた話し込んでいましたから」

「そうだったんですの？」

「ええ。きみが例の噂で胸を痛めておられると聞きました」

ルシンダは眉をひそめそうになった。父がジェフリーとの縁談に乗り気なのはわかっているが、個人的な情報に関してはもっと口がかたかったはずだ。父にそのことを気づかせたかった。シャトー・パニョンの噂が広まったのは自分のせいだと父が認めてくれたなら、少しは救われた気分になるかもしれない。ほんの少しだが、今はそれさえもありがたい。

「ほかにはなにかお聞きになりました？」

「きみがキャロウェイ家の人間に近づかないように目を光らせていてほしいと頼まれました」

わかっているわよ。「それは父の要望です。わたしが望んでいることではありません。わざわざ伝えてくださらなくてもけっこうよ」

「しかし、ぼくもきみに同じ忠告をしようと思っていたんです。ロバートの様子は異常でしたからね。彼の家族はこうなるのがわかっていたに違いありません。注意するに越したことはありませんよ」

「たしかなことはなにひとつわかっていませんわ」ルシンダは嚙みつくように言った。「話題を変えてもいいかしら？」

「もちろんです、ルシンダ。だが、名武官の誉れ高いお父上をお持ちのきみならば、事実を直視することの大切さはご存じでしょう？」

「事実なら喜んで直視します」ルシンダは答えた。父の言葉を鸚鵡《おうむ》のように繰り返しているだけのジェフリーが恨めしかった。「今のところ、事実と呼べるものはいっさい見あたりませんのよ」

「友人に対するきみの誠実さは称賛に値しますが、それでも彼らには近づかないことをおすすめしますよ」

彼女は奥歯を嚙みしめた。「あら、コティヨンですわ。踊りましょう」唐突に言い、ジェフリーを引きずるようにダンスフロアへと向かう。

混雑したダンスフロアがルシンダにはありがたくもあり、呪わしくもあった。華やかなドレスに紛れて人目を避けるのは簡単だが、一方で誰が出席しているか見きわめるのは難しい。臨月間近のジョージアナはもちろんダンスのできる体ではないけれど、キャロウェイ兄弟のうち三人は、今ここで踊っていてもおかしくない。そこにロバートは含まれていない。昨日を境に、ロンドンの社交界の催しで彼を目にすることは二度とないのかもしれない。

「たぶん彼らは来ないと思いますよ」しばらく無言だったジェフリーが口を開いた。「ゆうべの花火大会にも姿を現しませんでしたから」

「まあ、そうでしたの？」

「セイント・オーバン夫妻がボックス席にいなかったら、ぼくが招待されたのはなにかの間違いだったと思って帰るしかなかったでしょうね」

そうだったわ。そのことをまた忘れていた。「昨夜はいろいろあって」本当にいろいろあったが、その中のひとつはけっして忘れられそうにない。

「いいんですよ、ルシンダ」

エヴリンとセイント・オーバンのことさえ忘れていたが、曲が終わりに近づいたころ、壁際の椅子に腰かけて話し込んでいるふたりの姿が目にとまった。エヴリンは一見冷静そうに見えるが、ルシンダは彼女が両手をかたく握りしめ、青ざめた表情をしているのを見逃さなかった。キャロウェイ家と親しい者にとっては、今夜はつらい夜になりそうだ。ルシンダは大きく息を吸い込んで、ジェフリーのそばを離れた。

「ルシンダ」エヴリンが立ちあがり、彼女の手を握る。「もう聞いているわよね？」

「ええ」ルシンダはセイントに視線を向けながら、エヴリンの向かいに座った。セイントはこの部屋にいる誰よりも事態を把握しているに違いない。ルシンダほどではないにしても。彼はいつでも、すべてを心得ているように見える。「ゆうべはあなたたちをふたりでヴォクスホールに行かせてしまってごめんなさい。お父様が体調を崩したものだから」

「このところ忙しい日が続いて、お疲れになったのだろう」セイントが言った。「で、容疑者は？」

「たとえ知っていても、ルシンダは口外してはいけないのよ、セイント」かたく手を組んだまま、エヴリンが口をはさんだ。「そうよね、ルース？」

「そのとおりよ。調査に全力をあげているとしか言えないわ」

「ホースガーズの盗難の話があったとき、ロバートに容疑がかかるかもしれないとジョージアナが言ってくれればよかったのに」エヴリンは声をひそめて言った。「昨日メリッサ・ミルトンにロバートがこの件にかかわっていると聞かされて、もう少しで彼女をひっぱたくところだったの。彼が捕虜だったことを知っていたとしても、それがこの事件と結びつくなんて考えもしないわ」

ルシンダは声が震えそうになるのをこらえた。床にもぐってしまいたい。「キャロウェイ家の人たちもみんな驚いているはずよ。たぶんロバートはなにも言わなかったはずだもの」

「だが、どうやら彼は誰かに話したようだな」セイントが穏やかな口調で言い、ルシンダの目を見つめた。「ロバートがシャトー・パニョンに監禁されていたのが事実だとしても、それをこの事件と結びつけて彼に罪を着せることはできない。たとえ彼が犯人だとしても」「彼は犯人じゃないわ！」ルシンダは自分でも意外なほど鋭い口調で言い返した。「きみの思いがきっと彼らに通じているはずだ」セイントはルシンダの肩越しに目を向けてうなずいた。「そろそろ来るころだと思っていたよ」

振り向いたルシンダは、思わず身がすくみそうになった。キャロウェイ一家が来ている。トリスタンとジョージアナが手をつなぎ、後方にはアンドルーとブラッドショーが続いているが、なんとその手前に見えるのはロバートではないか。

キャロウェイ兄弟の表情はけっして陽気とは言えない。ジョージアナの体調も気がかりだが、ルシンダはロバートから視線をそらすことができなかった。彼の瞳の奥を覆う苦悩の影がルシンダの胸を締めつけたが、その深い悲しみに気づく者はほかにいないだろう。それほどロバートはいつもどおり毅然《きぜん》としていた。周囲のささやき声など、まるで耳に入らないかのようだ。

今すぐロバートに駆け寄り、体に腕をまわしていつまでも抱き合っていたい。彼の唇を唇に感じたい。その指で肌に触れてほしい。ルシンダの顔が熱くなり、頬が紅潮しているのがわかった。遠くからただ見つめていることなどできない。ロバートのことも。ジョージアナのことも。

そのとき不意にロバートがルシンダを見た。彼女がどこにいるのか最初からわかっていたような揺るぎない視線だ。捕虜だった事実が世間に知れ渡ったいきさつを、彼は家族から問いつめられたに違いない。なんと答えたのだろう？　ロバートがどう答えたかによって、ルシンダは親友を失うはめになるかもしれない。ジョージアナのみならずエヴリンさえも。少なくとも彼女たちとの友情に深い亀裂《きれつ》が入ることは必至だ。昨夜寝室から出ていったロバートは怒っているようには見えなかったが、彼を裏切って父に秘密を口外したことを、ルシンダ自身がこれほど深く悔いているのだ。ロバートが彼女を恨んでいたとしても不思議ではない。

「さあ、ジョージアナのところに行きましょうよ。いつまで黙って見ているつもり？」エヴリンとセイントが立ちあがった。

あとに続こうとしたルシンダは驚いて足を止めた。セイントが目の前に立っている。「きみはここにいたほうがいい」彼はエヴリンにも聞こえるような大声で言った。「バレット大将は事件の調査に直接かかわっている。きみがロバートに近づくのは控えたほうが賢明だろう」

「でも――」エヴリンが割って入った。「そうね、セイント。そのほうがいいわ。ジョージアナには説明しておくから、あなたはここにいて、ルシンダ」

「いやよ」ルシンダは言った。友人たちにまで引きとめられたことを感謝する気にはなれない。それが愚かな行為とは知りつつも、自分自身を抑えられなかった。「つまらない噂のために友達を失うわけにはいかないわ」わたしのせいで広まった噂のために。

　ルシンダはセイントとエヴリンのあとから舞踏室の反対側に向かった。数歩も行かないうちに、誰かが彼女の肘をつかんだ。「おやめなさい」ジェフリーがささやき、飲み物のテーブルのほうへと彼女を引きずっていく。

「わたしを監視するように父に言われたんですの？」ルシンダはさりげない態度を装い、ジェフリーの手を振り払った。

「ええ、きみから目を離すなと言われました」ジェフリーが答える。「でもぼくはきみに好意を抱いているし、きみの父上の影響力も無視できない。どちらの機嫌も損ねたくないのです」

　少なくとも彼は正直だ。ルシンダはため息をついた。「ジョージアナとわたしが友達なのは誰もが知っていることです。言葉も交わさなければよけいに勘ぐられます。いつもどおり一緒にいるほうが自然ですわ」

「あのロバート・キャロウェイが逮捕されたら、きみたち父娘が彼を手引きしてホースガーズに侵入させたなどという噂が広まるかもしれません。今は他人の思惑を気にしている場合ではありませんよ、ルシンダ」

「わかっています」ルシンダは声の調子を落とすのも忘れていた。「でも、わたしが気にしているのは他人の思惑ばかりではありません。これは誠意と友情のためです」

　ジェフリーは再度彼女の腕を取った。「ぼくにはきみが必要だ、ルシンダ。こんな泥沼に足を突っ込むことはない」

「すでに泥沼にはまって――」

「ミス・バレット」低い静かな声が背後で聞こえた。「ワルツの相手はお決まりですか？」まるで忽然《こつぜん》と姿を現したかのように、ロバートがすぐそばに立っていた。穏やかで落ち着いた表情だが、ルシンダの反応を見きわめようとしているのだろう。もしかすると公衆の面前で彼女に無視されるかもしれないというのに。

「彼女のダンスの相手はもう決まっている」ジェフリーが割り込んだ。「家に帰りたまえ。そうすればきみは誰からも蔑まれずにすむ」

紺碧の瞳がジェフリーの不快そうな薄緑色の目をのぞき込んだ。「彼女はまだきみのものではないはずだがね、ニューカム」ロバートが静かな声で言う。「ぼくの誘いを受けるかどうかは彼女しだいだ。きみが彼女と踊る約束をしているのは承知のうえさ」

無口で口下手だとばかり思っていたロバートが、よどみない弁舌を振るっている。ルシンダはふたりの男性を見比べた。色白で端整なジェフリーと浅黒く情熱的なロバートは、さながら天使と悪魔のようだ。「ワルツのお相手をいたしますわ、ロバート」

彼が差し出した手をルシンダは握った。そのときになって、彼女は室内が静まり返っているのに気づいた。落ち着き払った態度や声とは裏腹に、ロバートの手が震えている。捕虜として敵国の責め苦を受けた彼は今、同胞から同じ扱いを受けているのだ。ルシンダは自分の決断が正しかったことに満足していた。ひとり安全な場所に隠れて傍観していることなどできるはずがない。

「あなたが来るとは思っていなかったわ」ワルツのステップを踏み出しながら、ルシンダは言った。人々が思い出したようにダンスフロアに戻ってきたが、彼女とロバートのまわりには大きな空間ができていた。父が知ったら激怒するのは目に見えているが、とりあえずそれはあとまわしだ。今はロバートのことしか考えられない。

「きみと踊りたかった。前回はその機会がなかったからね」彼がささやいた。

ロバートは片手でルシンダのウエストを抱き、もう一方の手で彼女の手を握っている。その手のぬくもりが熱気となって、ルシンダの背筋を駆け抜けた。「話したの？　あのことを……」

「噂が広まったいきさつをジョージアナに話したかということかい？」ロバートはかわりに言い、ルシンダに向けていた目をそらした。

「話したのね？」

「いや、なにも言っていない。言っても意味がないし、きみが苦しむことはしないよ、ルシンダ。きみがぼくの家族を大切に思ってくれているあいだは」

安堵の思いがこみあげ、彼女の膝から力が抜けた。「ありがとう」

ロバートが顔を上げた。「都合のいい例の友達とはどんな具合だい？」

「そんな言い方はやめて。みんなそれぞれ義務と責任があるのよ。それに、今ここでそんな話はしたくないわ。それよりあなたが心配よ」

「ぼくはきみが心配だ」彼はかすかに表情を曇らせた。「ずっとそのことを考えていた。父親の期待にそむくようにすすめるつもりはない。それはぼくには……できない」

ルシンダはため息をついた。彼に心を許せるような気がするのは、昨夜のできごとがあったせいかもしれない。「ロバート、わたしは後悔などしていないわ。あとのことも考えたつもりよ。あなたは不服かもしれないけれど、これは単純明快な話なの。わたしはあなたを窮地に陥れてしまった。それを償いたいのよ」

ロバートは踊りながらルシンダの顔を見つめた。彼のステップは流れるように優雅で、足を引きずっているのも気づかないほどだ。明日は膝が痛むのだろうけれど、今のロバートにとって、それはたいした問題ではないはずだ。

「ぼくも都合のいい男だったらよかったのかもしれない」彼がつぶやいた。

意外な言葉にルシンダは息をのんだ。それは彼女が考えていたことでもあった。とはいえ、ルシンダが惹かれてやまないのは、ロバートの人間的な奥行きの深さだ。ジェフリーには備わっていない深さであり、けっして知りようがない深さ。彼女はそれにようやく気づき始めていた。「父はホースガーズの上層部の四人と会議を開いたそうよ。その四人が誰だかわかる？」

ロバートはうなずいた。「ああ、わかるよ」

「軍でもっとも信頼されている幹部たちよ」

「そうだろうね」

「ホースガーズから盗まれた書類がなんなのか、まだ確認もできていないのに、ロンドンに潜伏しているナポレオンの支持者のリストを作っているらしいわ」

「リストを作っている？」ロバートはきき返した。目の奥でなにかがきらりと光った。

「ええ」重大なことなのだろうか。ルシンダは渋面を隠し、自分の言葉と彼の反応を思い返した。黙って見ているのは耐えられなかった。「ナポレオンの支持者のリストはすでにあったはずよね」

ロバートはうなずいた。一瞬口もとに浮かんだ小さな笑みに、ルシンダは目を奪われた。

「そのとおりだ」

「盗まれた書類の中にそのリストが含まれていたというわけね」彼女は顔をしかめた。「やっぱりあなたに言うべきではなかったのかもしれない」

「もう遅いよ。言うべきでないことはほかにもあるかい？」

「まあ、あなたにユーモアのセンスがあるなんて知らなかったわ」

「たまにはいいだろう？　それでバレット大将はほかになにを言っていた？」

「事件が解決するまで、あなたやあなたの家族には近づくなと」

ロバートの目がふたたび翳った。「バレット大将は本気でぼくを疑っているらしいな。きみにも面倒な思いをさせることになるだろう。先に言ってくれればよかったのに。ぼくは単にレッスンの協力者のつもりできみをダンスに誘ったんだ」

「面倒な思いをするとしたら、わたしがあなたと踊ったことが父の耳に入ったときよ」

「そうか。都合のいい友達は口がかたそうかい？」

ルシンダはジェフリーを見やった。彼はレディー・デスモンドと踊りながら、ルシンダとロバートをにらみつけている。「さあ。でもわざわざそんな話をしなくても、話題ならほかにたくさんあるわ」

こんな状況が恨めしかった。ロバートが潔白なのは直感でわかる。そして父が噂を流した張本人ではないことも。どちらもなにもしていないというのに、少なくともそのうちのひとりは苦悩している。

いつのまにかワルツが終わり、ロバートはルシンダのウエストから手を離した。「バレット大将はぼくたちがなにを話したか知りたがる」彼はルシンダの肩越しに視線を向けた。

彼女はため息をついた。「ええ。盗難事件について進展があったかどうか、あなたが知りたがっていたとでも答えるわ」

「それは事実だよ」ロバートは腕を上げ、ルシンダの頬に手を近づけて、不意にその手をおろした。「ぼくはきみになにも求めていない。ありがとう、ルシンダ」

この泥沼に、そして彼にもう近づくな、という意味なのだろう。ルシンダは息を詰め、ロバートの腕にすがりつきそうになるのを必死でこらえた。「今度はいつ会えるの?」

「会わないほうがいいと思う」

「わたしはそうは思わないわ」それどころか彼女は、また窓から忍び込んできてほしいと言いそうになった。だがどうしようもなくロバートに惹かれていく自分と、先の見通しが立たない彼の状況を考えると、それは賢い選択とは言いがたい。「明日、ジョージアナに会いに行くわ」

「父親に止められているんじゃないのかい？」

「でも――」

「ジョージアナはきみの立場を理解しているはずだよ、ルシンダ。心配しなくていい」

そのさりげない慰めの言葉は、今夜聞いたほかの誰の言葉よりもルシンダの心に染みた。

「だったら明日の正午、エヴリンに会いに行くわ。あなたはセイントを訪ねたら？」

ロバートはほほえんだ。「わかった。そうしてみよう。ところで、ジョージアナが出発を拒んでいるのを知っているかい？ トリスタンは腹を立てているが、内心はほっとしているはずだ。この事件をそのままにしてロンドンを離れるわけにはいかないだろうから、ジョージアナはここで出産することになる」

「あなたのせいではないわ」

「わかっている。書類を盗んだやつのせいだ」

ルシンダは人目も気にせず、ロバートの腕に手を置いた。「真犯人を見つけましょう」

「ああ、なんとしてでも見つけるよ」

17

「こんなときにいったいどういうつもりだ？」兄弟たちのところに戻ったロバートに、トリスタンが詰め寄った。

「踊りたかっただけさ」

「ビット、ルシンダとバレット大将がまずい立場に立たされるかもしれないのよ」ジョージアナがロバートの腕に手を置いた。今しがた、ルシンダが同じように手を置いた場所だ。ロバートは家族たちの顔を見まわした。「そのとおりかもしれない。ルシンダは今夜、ぼくたちのそばにいたかったようだ。明日はジョージアナを訪ねると言うから、やめさせたよ」義姉を見つめ、ためらいがちに言葉を続ける。「ぼくたちに近づいてはいけないとバレット大将に言われてきたそうだ」

「だったらそうすべきよ」ジョージアナが間髪を入れずに言った。「それでルシンダは納得したの？」

「そのはずだ」

兄弟たちはジョージアナを取り囲むように立っている。おもしろ半分に近寄ってくる連中を、けんかを売らんばかりの態度で威嚇していた。むっつりと黙り込んでいたトリスタンが不機嫌そうに舞踏室を眺めまわし、横にいるセイントにつぶやいた。「だんだん不愉快になってきたよ」

「共同戦線もこれまでだ」ブラッドショーが給仕を呼びとめ、飲み物を受けとった。「ぼくたち、そろそろヘスターフィールドに追い出されるんじゃないか？」

「舞踏会から追い出されるなんて初めての経験だよ。おもしろそうだな」アンドルーが口をはさむ。

「わたしは何度も経験ずみだが、騒ぎを起こしたところでいいことはなにもない」セイントが言った。

舞踏室の反対側では、ジェフリーがふたたびルシンダにまとわりついている。どうやらチョコレートで彼女の機嫌をとろうとしているらしい。幸運を祈るよ、とロバートは心の中でつぶやいた。家族同様、ルシンダも胸を痛めている。信頼関係を大切にすればするほど、そして公正であればあるほど、彼女はこの事件に深入りし、ぼくとの関係に苦しむことになってしまう。それでもなお、会わないほうがいいと言ったぼくの言葉をルシンダは拒んだのだ。ロバートの胸が熱くなった。彼女はぼくを求めている。今夜はたまたま、それがかなわないだけだ。

「もう帰ったほうがいいかもしれない」ロバートは言った。

「本気か？　それではやつらの思う壺《つぼ》だぞ」ブラッドショーが胸の前で腕を組み、けんか腰で言った。「誰かを一発ぶん殴ってやらないことには、腹の虫がおさまらないね」

家族がこれほど味方をしてくれることが、ロバートには嬉しくもあり意外でもあったが、だからといって状況は変わらない。まして疑いが晴れるわけでもない。なによりこれはロバートの問題だ。彼自身が引き起こした厄介ごとなのだ。長いあいだ家族との会話をないがしろにしたせいだ。家族をこれ以上巻き込むつもりはない。できることならルシンダも。だが、ロバートには彼女の手助けが必要だった。そしてそれ以上に、彼はルシンダに会うための口実が欲しかった。

頭に血がのぼっているのはたしかだが、今は噂を相手に闘っているにすぎない。真犯人を見つけ出し、イングランド国民の心にふたたび平安を取り戻すのが目下の急務だが、ホースガーズがどれほど真剣に犯人を割り出そうとしているかは疑問だ。罪を着せるにはもってこいの人物が手近にいるのだから。

無実の罪で牢《ろう》につながれる姿を想像すると、ロバートはまたもや黒いパニックの中に引き込まれそうになった。奇跡的にあとで真犯人が見つかったとしても、それまでの短いあいだ、たとえ一分でも、鉄格子の向こうに閉じ込められるわけにはいかない。

「ロバート」ジョージアナが声をひそめて言った。「あなたのことを誰にも非難させないわ」

彼は弱々しくほほえんだ。「ちょっと手遅れかもしれないな、ジョージアナ。ともかく、いきり立った犀《さい》でもあるまいし、みんなでここに突っ立っていても仕方がない。ぼくはもう帰ろうと思うが、もしも――」

な形相だ」

「帰ろう」トリスタンがさえぎった。「ヘスターフィールドが今にも心臓麻痺《まひ》を起こしそう

よかった。ロバートはすでにここへ来た目的を果たしていた。ルシンダに会い、シャトー・パニョンの話が誰に伝わったかを知ることができた。彼女は紛失した書類が特定できないということも話してくれたが、ロバートにはさらに多くの情報が必要だった。この窮地を抜け出すには真犯人を見つけるしかない。ただでさえ簡単に見つかるはずがないのに、容疑者の立場で調査を行うのは至難のわざだ。噂のせいで外に出られなくなる前に、なんとか手を打たなくては。

クロークルームでジョージアナがスカーフを受けとるあいだ、ロバートはうしろ髪を引かれる思いで、最後にもう一度ルシンダを振り返った。彼女がなにを着ていたかは目を閉じても言える。袖と襟が白いレースで飾られた薄緑色のシルクのドレス。肘までの長さのアイボリーの手袋。舞踏用の華奢《きゃしゃ》な靴と、同じ色のエメラルドの髪留め。

背が高く堂々としているルシンダを敬遠する男たちもいるが、ロバートは彼らの本音を知っていた。自分たちよりも聡明で、自立心が強く、正直なルシンダは、彼らにとって脅威なのだ。ロバートも彼女を恐れているが、その理由はまったく違う。彼女がいなければ、人間らしさを取り戻せそうもない。取り戻したいとも思えない。

「ロバート、帰るよ」アンドルーが肘でつついた。

彼は我に返った。「ああ、行こう」

セイント・オーバン夫妻は舞踏室にとどまり、ルシンダやジェフリーと残りの時間を過ごしたが、ふたりが目を光らせることで人々の噂の声を最小限に抑えるのがその目的だった。キャロウェイ兄弟は馬車に乗り込んで帰路についた。家に着くと、ブラッドショーとアンドルーは二階のビリヤード室へと姿を消し、残りの面々は居間へ向かった。居間のソファに座ったままいつまでも無言の兄弟に、ジョージアナがカードゲームをしようと誘った。

ロバートは立ちあがるきっかけを待っていた。「悪いがぼくは休むよ。膝が痛むんだ。熱いタオルで膝をくるんで寝ることにする。かまわないかい？」

トリスタンがうなずいた。「この騒ぎはすぐに静まるさ、ビット。心配するな」

「わかっている」

心配しないためには行動を起こさなければならない。ロバートは自室に入ると夜会服を脱ぎ、着古した作業着に着替えた。睡眠時間はもともと短いほうだ。それに今夜はある計画を思いついた。眠れるはずがない。

ロバートは窓を押し開け、身を乗り出した。この三年間で眼下のテラスから伸びる蔦《つた》を窓の下に密集させてあった。蔓《つる》をたどって下におりるのは容易だ。彼は窓枠に足をかけ、ふと思いなおした。

ロバートの姿が見えないと、臨月間近のジョージアナはもちろんのこと、家族全員が文字どおり大騒ぎになる。そのうえトリスタンには無断外出を禁じられていた。ロバートはため息をつき、窓から離れて机に向かうと紙を探した。

数年前のロバートなら、自分のせいで家族や友人に迷惑をかけているとは考えもしなかっただろう。この変化はルシンダによってもたらされたものだ。彼女のおかげで人間らしさを取り戻せた。だからこそ、二度と彼らを傷つけるわけにはいかない。絶対に。その誓いはロバートにとって、この国を裏切ろうとしている誰かを見つけ出すのと同じくらい大切に思えた。ロンドンに戻ってからというもの、ロバートは自分のことで精いっぱいだったが、今回の事件はもはや自分だけの問題ではなかった。彼だけの苦悩ではない。彼だけの名前が汚されるのでもない。彼だけが葬られるのではないのだ。ロバートはすばやく紙に行き先を書くと、万が一誰かが様子を見に来たら目にとまりやすいようにベッドの上に置いた。

ふたたび窓枠から身を乗り出したとき、ノックの音に続いてドアが開く音が聞こえた。

「くそっ」ロバートは舌打ちした。室内は暗い。このまま逃げ出せば――。

「なにをしている?」ブラッドショーが叫び声をあげ、部屋の中に入ってきた。「そんな真似をしたらよけい怪しまれるぞ。ちくしょう、ビット。二度と黙って出ていかないと約束したじゃないか」

「メモを残した」ロバートはベッドを指さした。「大声を出さないでくれ。エドワードが目を覚ます」

ブラッドショーはドアを閉めると、目を細めてベッドに近づいた。メモをつまみあげ、窓から差し込む月明かりにかざす。彼は一読してうめき声をもらし、メモを置いた。「ホースガーズに行くだって?　気はたしかか?」

「ナポレオンの支持者と見なされているのは誰なのかを知りたいんだ。それに犯人がどうやってホースガーズに侵入したのか、わかるかもしれない」

「真っ暗なオフィスに忍び込んでなにを発見しようと、つかまってしまえばおしまいだろう？」

ロバートは顔をしかめた。「ここでじっとしているわけにはいかないんだ！　ホースガーズが真犯人を見つけようとしていると思うのか、ショー？　やつらはなにもしようとしない。なぜだと思う？　ぼくに罪を着せればすむからさ。さあ、もう部屋に戻れよ。これはぼくの問題だ。自分でなんとかする」

「それは違うよ。おまえも自分で言ったじゃないか、ただの噂にすぎないと。これ以上こんなことに首を突っ込まずに、ホースガーズに任せておけ」

「それはできないよ、ショー」

「なぜだ？」

ロバートは窓枠に腰かけたまま、視線を手もとに落とした。理由をきかれても、自分にもわからないのだから答えようがない。「もしも……あんなふうに帰ってこなければ……」彼は言葉を探した。伝えたいことが頭の中で幾千もの破片となって飛び散っている。「あんなふうに家族に背を向けて部屋に閉じこもって暮らさなければ、なんの秘密もなかったはずだ」

ブラッドショーはベッドの端に腰をおろした。「たしかにおまえはこの数年間、ほとんど口を開かなかった。でも、おまえが好きこのんで家族を苦しめようとしていたとは思えない。言葉に言い表せないほどのなにかが起きて、おまえは必死に耐えていたんだろう。口を閉ざすしかなかったんだと思う」

家族をよけいな騒動に巻き込んだのはつらかったが、ロバートは兄の言葉に心を打たれた。たとえようのない感謝の思いが胸をつく。「ありがとう」

「ともかく、おまえがくだらない噂に振りまわされて危険を冒すのを黙って見ているわけにはいかないんだ。今夜おまえがホースガーズに忍び込めば、噂はもはや噂ではなくなってしまう」

ブラッドショーの言い分はもっともだ。反論のしようもない。それでもなおロバートは、自分の運命を他人の手に牛耳られることに激しい憤りを感じていた。かつて一度、その間違いを犯している。同じあやまちは繰り返したくない。ようやく生きる希望を見いだしたのだから。「ぼくは失うものはなにもないんだよ、ショー」

「おまえにだって人生がある」

大きく息を吸い込み、ロバートは窓枠にもたれた。「生きていることと、ただ息をしていることとは違う。ぼくはそれをシャトー・パニョンで学んだ。この数週間、ぼくは外を歩き、風のにおいを嗅ぎながら、自分が長いあいだ息をしているだけだったと気づいたんだ」

「なにがおまえを変えたんだ、ビット？」

「誰にも言わないと約束するなら――」

「あたりまえじゃないか。ぼくがトリスタンの鞍にいたずらをしたとき、おまえは黙っていてくれた」

なつかしい記憶に、ロバートは思わずほほえんだ。「そんなこともあったな。ぼくに借りがあるというわけか」

「教えろよ、ビット。おまえの変化にはみんなが気づいている」

「ルシンダ・バレットだ」

ブラッドショーは呆気にとられたようにロバートの顔を見つめた。「彼女はジェフリー・ニューカムと交際していると聞いたが」

「わかっているよ」

「彼女が……好きなのか？」

やはり言うべきではなかった。「そういうことじゃないさ」ロバートは答えたが、その答えが正しいかどうかは自信がなかった。ルシンダに惹かれているのはたしかだ。彼女とベッドをともにしたあとも、その思いは変わらないどころかますます募っている。「たぶん……感謝のような気持ちだ。彼女は希望を与えてくれた。うまく説明できないが」

「そうか。でも、そのこととおまえがホースガーズに忍び込むことに、どういう関係があるんだ？」

「彼女に真実を知ってほしい。彼女の父親……バレット大将に真実を突きつけてやりたい。事実を見つけない限り、ぼくはいつまでも疑いの目で見られ、陰口を叩かれるはめになる。

ホースガーズの事件以外にもなにかしたのではと疑われて、あの男ならやりかねないと侮辱され、見世物にされるんだ」

「ビット――」

「ショー、わからないか？　ぼくは侮蔑と嘲笑を一身に受けている。このままでは生きていけない」ロバートは大きく息をついた。時間が無為に過ぎていくのがもどかしかった。「もう一度、まともな人生を送りたいんだ」

「ホースガーズに忍び込めば、それがかなうというのか？」

「少なくとも役には立つ」

ブラッドショーはゆっくりと立ちあがり、小声で悪態をついて窓に歩み寄った。「だったら急ごう。のんびりしてはいられない」

ロバートは目をみはった。「まさか一緒に来るつもりじゃないだろうな。これはぼくの問題だと言ったはずだ。自分でなんとかする。ぼくひとりで」

「おまえがどこに行ったかを知ったら、トリスタンは怒り狂うぞ。その怒りにおまえが耐えられるものか。さあ、急ごう」

たとえそれがブラッドショーの口実にしろ、兄の支えはたしかに心強かった。ロバートはうなずき、窓から滑り出ると蔓棚の格子を這いおりた。

ブラッドショーもあとに続いて地面を踏んだ。「これは便利だな」二階の窓を見あげて言う。「初めてとは思えないほど手際がよかったが、なぜだ？」

「初めてではないからさ。いいから静かにしてくれ。トリスタンはまだ居間にいるはずだ」

「わかったよ。ぼくたち海軍は隠密《おんみつ》作戦に慣れていないんだ。そんなものは必要ないからね。海軍に必要なのは強靭《きょうじん》な胃袋なのさ」

　夜の闇の中で、ロバートは思わずほほえんだ。ふたりは屋敷の裏手にまわり、馬小屋へと進んだ。ブラッドショーがそばにいることで、ロバートは少なくとも黒いパニックの恐怖を忘れられた。とはいえ、それが兄の目的だったとは思えない。

「馬丁は？」馬小屋の前の薄暗がりに立ち、ブラッドショーがささやいた。

「もう寝ている時間だ。ウィーストだけは起きているかもしれないが、あいつは耳がほとんど聞こえない。庭で鞍をつけよう」

「どうしてそんなにいろいろ知っている？　いや、言わなくていい。聞かないほうがいいだろう」

　トリーとブラッドショーの愛馬ゼウスを手早く馬小屋の外に出す。夜中に走り慣れているトリーは、ロバートが鞍をつけるあいだも耳ひとつ動かさなかったが、黒いアラブ種のゼウスは鼻息を荒らげ、ブラッドショーがくつわを取りつけるのを拒んだ。

「動くな、ゼウス。じっとしてくれ」ブラッドショーが舌打ちした。

「これを試してみるといい」ロバートはポケットの中から角砂糖を取り出し、兄に手渡した。

「これでおとなしくなるはずだ」

　効果は抜群だった。「ふむ」ブラッドショーはゼウスの頭に馬具を取りつけながら言った。

「今度レディー・ダルトリーと真夜中の逢《あ》い引《び》きをするとき、一緒に来てくれないか?」

「彼女の夫は妻の情事の相手を知っているし、彼女は夫とレディー・ワルトンとの関係を知っているが、お互いになにも言わない」

ブラッドショーがまじまじとロバートを見つめた。「なぜそんなことを知っている?」

「夜中に出歩いていればわかるよ」ロバートは答え、鞍に飛び乗った。

ふたりは家の前の私道をゆっくりと進み、通りに出たところで速度を上げた。ヘスターフィールド家の舞踏会はもとより、ロンドン中のあちこちで開かれている催しは今ごろ宴もたけなわのはずだが、閑散とした通りには物売りの姿もなく、荷馬車も走っていない。ホースガーズまでは数キロの道のりだ。彼らはグロヴナー・プレイス通りを南東へ向かい、セント・ジェームズ・パークを過ぎると、ホワイトホールを北に進んだ。財務省の建物の前で、ふたりは馬を止めた。

「さて、このまま練兵場に乗り込むのか?」ブラッドショーが通りに目を向けたまま尋ねた。

「建物のまわりには見張りがいるはずだ」ロバートは答えながら、この司令部に頻繁に出入りしなかったことを悔やんだ。「ホースガーズのオフィスは二階と三階だ」

「事務所の部屋はいくつある?」

ロバートは肩をすくめた。「さあね。三〇か四〇だろう」

「朝までかかるな」

ロバートはトリーからおりて、巨大な白い建物のほうに向かって歩いた。建物のまわりはパレードや馬上槍《やり》試合が行われる広場で、不審な侵入者がいれば夜目にもはっきりと見てとれるだろう。

見張りが四人、建物の外壁に沿って立っているのが見える。死角になっている場所にも同じ人数の見張りが配置されているはずだ。

「ロープを持ってくるんだったな」ブラッドショーがロバートの横でつぶやいた。「どうする？」

「建物のまわりを一周してみよう。ここに近づいたのは久しぶりだから、様子を探りたい」

ふたりはしばらく無言で歩き続けた。見張りの目にとまっているはずだが、この闇の中ではどこの誰かまではわからないだろう。建物の一階は厩舎《きゅうしゃ》で、オフィスのある階は文字どおり迷路だ。たとえ望ましい状況下でも、目的の場所を探しあてることさえ容易ではないというのに、暗闇の中でめぼしい書類を見つけ出すのは不可能に近い。

「ビット、昔よくチェスをやったのを覚えているだろう？　おまえはいつも四手ほど指したあとでぼくが負けると宣言して、結局ぼくはいつも完敗だった」

「ああ」

「おまえは今、あのときと同じ顔をしているぞ。なにを考えている？」

「ぼくが考えているのは、ホースガーズに忍び込むのは時間の無駄ということだ。逮捕されるのが落ちだろう」その筋書きは考えたくなかった。ふたりは建物のまわりを一周して、もとの場所に戻った。

「それで？」

「書類を盗んだ犯人は、この建物の中に長いあいだとどまっていたはずだ。ぼくは自分が探すべきものがわかっているが、それでも資料室を探しあて、地図と書類を見つけるのに何時間もかかるだろう」

ブラッドショーはうなずいた。「たしかにそうだな。だったら、帰ったほうがいいんじゃないか？　どうやらぼくたちは注目されているようだぞ」

「ああ。どのみち、ここにいてもなにもできない」


ブラッドショーと出かけているあいだに、誰かがロバートの部屋に入ってきた形跡はなかった。兄が自室に引きあげると、ロバートは窓際の読書用の椅子に腰をおろした。ナポレオンの流刑以来、軍では兵の求人育成の必要性が激減し、ホースガーズでも職員が陸軍省の別の部署に配置換えになるなど、大幅な人員整理が行われている。その結果、今ではオフィスの大半は物置になっているか、まったく使われていないかのどちらかだ。

目的の書類をすぐに見つけられるほど建物の内部に詳しく、誰からも見とがめられずにオフィスに出入りできる人物が、先週ホースガーズを訪れていないかどうか調べればいい。簡単なことだ。もしぼくがホースガーズの関係者から情報を聞き出せればの話だが。

関係者がいないわけではない。ルシンダを通して情報を探るのは可能だろう。だが、そのためには彼女に事情を説明しなければならない。ルシンダはぼくを拒絶するどころか、協力的な態度を示してくれている。その寛容さの根拠がなんであろうと、彼女を窮地に陥れるような頼みごとをするつもりはない。

ランプに火をともし、ロバートは読みかけの本を手に取った。ルシンダは今もジェフリーと舞踏会で楽しい時間を過ごしているのだろうか。彼女のレッスンのうち、まだふたつは完了していないはずだ。でも彼女が言ったように、レッスンはもう必要ないのだろう。ルシンダとジェフリーは都合のいい条件を提供し合い、周囲は暗黙のうちにふたりの仲を承認している。いずれジェフリーは結婚を申し込み、彼らは都合のいい結婚をするのだ。ロバートは本のページに視線を落としたが、文字は目に入らなかった。ルシンダがぼくをレッスンの生徒に選んでいたとしたら、事態は違っていただろうか？

ジェフリーに先んじてルシンダの処女を奪いはしたが、ロバートがロバートであり、彼女の父親がバレット大将である限り、この事態は変わりそうもない。ロバートが数々の殊勲話をたずさえて意気揚々と帰還していれば、バレット大将は彼を違った目で見ていたかもしれないが、ロバートはそれでもオーガスタス・バレットを快く思えなかった。

ルシンダが与えてくれたのは希望……のようなものだ。長い苦悩のあとで心を照らした希望の陽光に、なぜ目をそむけることができるだろう。彼女が暗闇の中から引きずり出してくれなかったら、この忌まわしい噂を前に、今ごろどうしていただろうか？　ロバートは思わずため息をもらした。おそらくスコットランドの屋敷に身を隠し、憲兵が追ってくるのを怯えながら待っていたに違いない。

命が惜しいとは思わないが、問題は、生きる理由を見つけてしまったことだった。そして今、ロバートの生きる理由はほかの誰かと結婚しようとしている。どうすればいいのか、彼にはわからなかった。

18

「……結局、彼らは追い出される前に立ち去りました」

バレット大将の書斎の前でルシンダは足を止めた。ジェフリーは朝食も食べずに飛んできて、昨夜の舞踏会の様子を父に伝えているに違いない。ルシンダは壁にもたれて、ジェフリーが彼女のことに言及するかどうか耳をそばだてた。

「キャロウェイ兄弟にとってはいたたまれない状況だろう。なにしろ容疑者はまだ特定されていないのだからね」バレット大将が言った。

「それからもうひとつ」ジェフリーは言葉を続けた。「告げ口をしたくはありませんが、ルシンダの行動もお耳に入れておく必要があります。彼女はキャロウェイ家の人々に挨拶をすると言って聞かず、ロバートとダンスまでしました。彼女の心境もわからなくはありませんが、今は軽率な言動をつつしむべきです。ぼくは説得を試みたのですが、どうやら彼女の気分を害してしまったようで」

眉間に深い皺を寄せた父の顔がルシンダの目に浮かび、書きかけの原稿を神経質に叩く音がドアの向こうから聞こえてくるようだった。「娘の頑固さは母親譲りでね。言い出したら聞かないが、いつも筋が通っているのもたしかだ。きみが心配していることもわかっているはずだよ。とりあえず謝って仲なおりをするんだな」

まあ、常識的な忠告だこと。

「それはそうと、きみの気持ちについて聞かせてもらえないか、ジェフリー?」バレット大将が話題を変えた。

ジェフリーは笑いながら答えた。「もうおわかりのはずですよ。ルシンダはすばらしい女性です。彼女もぼくに好意を抱いてくれているといいのですが」

「娘もきみと同じ気持ちでいるはずだと、わたしは思っているがね」

「それでは彼女に結婚を申し込もうと思いますが、その前にあなたの承認をいただかなければなりません」

ルシンダは胃が締めつけられるのを感じた。ジェフリーの口調はまるで当然のことを話しているかのように淡々としている。たしかにこれは事務的な取り決めだとわかっているものの、こんなふうに耳にした求婚の言葉はあまりに冷たく、あまりに簡単で都合がよかった。

「今はなにぶん忙しいときだ。あわてて婚約発表をする必要もあるまい。娘にとってキャロウェイ一家が大切な友人であるのも事実だ」

「ええ、わかっています。それではこの騒動が片づいたら、彼女との結婚を許していただけるのですね?」

「もちろんだ」

「インドでの地位は？」

「任せておきなさい。わたしの口添えがあれば、デリーで士官の職につくのはわけもない。ルシンダがロンドンにとどまるか、きみに同行するかは、娘の意向を尊重してふたりで決めてくれ」

「もちろんです」ジェフリーが答えた。

サインをして、封印して、配達されるだけの事務事項。〝騒動が片づいたら〟というのはロバートが逮捕されたらという意味だろうかと思い、ルシンダの胸が痛んだ。ジェフリーが彼を快く思っていないのは承知のうえだが、騒動が片づくという言い方には人間的な温かみが感じられなかった。

「さて、そろそろルシンダがおりてくる時間ですね」

「ああ、もう来るはずだ。ところで、第二章は読んでくれたかね？」

「あと少しで読み終えるところです。すばらしい出来ですよ。シウダッド・ロドリゴの混乱と戦闘風景がありありと描かれていて興奮しました」

バレット大将が苦笑しながら言った。「わたしはすでにルシンダをきみに嫁がせることを許可している。これ以上おだてなくてもいい」

「お世辞ではありませんよ。今日の午後、第二章をお返しして、次の章をお借りしようと思っていたのですが」

「だったら、ホースガーズのオフィスに届けてくれないか？　第三章はブロンリン大将に読んでもらっているところだが、今日中にきみに渡せるだろう。もっとも、調査の進み具合にもよるが」

「なにか進展がありましたか？」

「いや、なにも」バレット大将はため息をついた。「ヨーロッパ大陸に出発する船の捜索に加えて、ロバート・キャロウェイの行動を監視することになった。万が一、書類を誰かに手渡すか、あるいは彼みずから国外に脱出することを目論《もくろ》んでいる場合を警戒してだ」

ルシンダの顔から血の気が引いた。ロバートが監視されるなど思ってもみなかった。ああ、どうしよう。二日前の晩も彼は尾行されていたのかしら？　彼に知らせなくては。でも尾行されているのなら、知らせるのも難しいわ。

ルシンダはものごとが公明正大に判断されるのを望みつつも、場合によっては巧みな口実を使い分けるすべを心得ていた。必要とあらば、その技を使おう。友達を見捨てたりはしない。人に管理されるのはいやだと最近になって思い始めていた。彼女は背筋を伸ばして部屋に入った。

「おはよう、お父様――まあ、ジェフリー。あなたがいらしていたなんて」

ジェフリーは立ちあがり、デイジーの花束を差し出した。「きみへのプレゼントです。もう薔薇は見飽きているでしょうから」

ルシンダは膝を曲げてお辞儀をし、花束を受けとった。「ありがとう、ジェフリー」

「少し外に出ませんか？」

「ごめんなさい、今朝はジョージアナに手紙を書きたいんです。彼女のことが気がかりでたまりませんの」

「ルシンダ」バレット大将が立ちあがった。「せっかく誘っていただいたのに、失礼ではないかね？」

「失礼？　まあ。お気に障ったのなら謝りますわ。ただ、わたしは友達に会えないのがつらくて。いつも心配していると彼女に伝えたかっただけなんです」

「会えないのがつらい？　ゆうべ会って話したばかりじゃないのか？」

引っかかってくれたわ。ルシンダはジェフリーをにらみつけた。「まあ、ひどい！　あなたはみんなのことを告げ口してまわっているの？　それともわたしのことだけ？」

「ルシンダ！」

ジェフリーは悔恨の面持ちで言った。「ぼくはきみのためを思ってそうしたんです。わかってください」

「わたしのためではなく、ご自分のためではないかしら」彼女は深く息を吸い込んだ。ジェフリーは自分で選んだ相手だと忘れないようにしなくては。盗難騒ぎがなければ、そしてロバートのことがなければ、すでに結婚を申し込まれていたかもしれないのよ。「失礼します。今朝は気分がすぐれませんの」

「いいえ、ぼくが帰ります。きみに謝ろうと思って待っていたんですが、どうやらタイミングがまずかったようだ」ジェフリーはルシンダの手を握った。「まだぼくの友達でいてくれますね？」

男性たちはみな、わたしの友達でいたいだけなの？　もどかしさを振り払うように、ルシンダは首を振った。わたしったら、いったいなにを苛々しているのかしら？「もちろんですわ。ただ今朝は……ひとりになりたいんです」

バレット大将はルシンダのかわりにジェフリーを玄関まで送りに出た。自室に戻ろうとした彼女は父の表情に気づき、書斎にとどまった。今日のわたしは、なんて大人気ない振る舞いをしているのだろう。ジェフリーの行為は単に社交界の人々の心境を反映しているにすぎないというのに。彼は自分がどう思われるかより、本当にわたしのことを心配していたのかもしれない。

「ゆうべロバートとダンスをしたそうだな」書斎に戻ってきたバレット大将は、机の前の椅子に座りなおして言った。

「頼まれたの」

「わたしも彼に近づくなと頼んだはずだ」

「お父様、ごめんなさい。でもわたしは軽率な友達づき合いをしてきた覚えもないし、根拠のない噂のために友達を見捨てるつもりもないのよ」

父の険しい目がルシンダを見据えた。彼女はその目を見つめ返し、けっして視線をそらさなかった。細く開いた書斎のドアをバローがノックしなければ、にらみ合いはいつまでも続いていただろう。「旦那様にお手紙でございます」執事が言った。

「ありがとう」

執事はバレット大将に手紙を手渡し、書斎をあとにした。封を開いて短い文面に目を走らせた父の表情が、彼女の胸を凍りつかせた。「なにがあったの？」

バレット大将は手紙を机に叩きつけた。その剣幕にルシンダは飛びあがった。「おまえの友達が昨夜、ホースガーズのまわりをうろついていたそうだ」

彼女の顔が青ざめた。「まさか！　なにかの間違いよ」

「見張りの兵士たちは人相書を手にロバートが来るかどうか見張っていたのだよ。昨夜一一時半ごろだったそうだ。ロバートともうひとりの男が馬で現れ、ホースガーズのまわりを一周して立ち去ったらしい」

なにかもっともらしい理由はないものかと、ルシンダはあわてて考えをめぐらせた。「彼はもうそこに侵入したと思われているのだから、せめてその建物を自分の目で見ておきたかったのではないかしら？」

「そして先週に引き続き、ホースガーズの警備が甘いことを確認したかったのかもしれない。言っておくが、警備は強化されている」バレット大将は立ちあがり、机に身を乗り出した。「二度と同じことを言わせないでくれ、ルシンダ。ロバートには近づくな」

彼女は一瞬、ロバートとベッドをともにしたことを告げてしまいたい衝動に駆られたが、かたい表情でうなずいて立ちあがった。「そうするわ、お父様」

「出かけるのか？」

「二階でしばらく本を読んで、そのあとレディー・セイント・オーバンに会いに行くわ。昼食の約束をしているの」ドアに向かいながら、ルシンダは父が眉をひそめたのを見逃さなかった。「心配しないで。ジョージアナは来ないから」

「あとになって振り返ったら、これでよかったとおまえもきっと思うはずだよ、ルシンダ。ドーヴァーやブライトン行きの船はすべて捜索されている。盗まれた書類がフランス軍の手に渡る前に、なんとしてでも見つけなければならない」

「きっと見つかるわ」

「ジェフリーに謝るべきではないかね？　彼はおまえに気に入られようと努力している。不機嫌になる理由はないはずだ」

「そうね、お父様」彼女は書斎のドアを引いた。

「ルシンダ？」

ドアの取っ手をつかんだまま、彼女は息が詰まる思いで立ちどまった。「なに？」

「たとえ今回の事件を考慮に入れなくても、ジェフリー・ニューカムはあらゆる点でロバート・キャロウェイに勝っている。ジェフリーは美男子で人望もあり、前途洋々だ。それに引きかえロバートは……まともな会話ひとつできず、将来はまったく期待できそうもない」

ルシンダは涙がこみあげそうになるのをこらえた。「ご忠告をありがとう、お父様。でも、ジェフリーをお父様に引き合わせたのはわたしよ。覚えているかしら？」

「もちろんだ」

ルシンダは二階の自室に駆け込み、ドアをかたく閉ざした。父とはつい最近までなんでも話し合える関係だっただけに、この張りつめた空気が耐えられなかった。結婚相手として申し分のないジェフリーがいながら、ロバートの面影を念頭から追い払うことのできない自分が恨めしい。そして誰ひとり、おそらくロバート自身さえも、本当の彼を知ろうとしないのがもどかしかった。

ルシンダは読書にも集中できずに部屋の中を歩きまわり、ついにヘレナを呼びつけて外出の支度を始めた。昼食の時間にはまだ早いが、この時間ならエヴリンを訪ねても迷惑ではないだろう。急いでロバートに知らせなければならないことがある。彼の行動がホースガーズによってすでに監視されているのだ。

ルシンダは眉をひそめた。彼女とロバートが同じ時間にハールボロー家を訪ねているところを目撃されるのはまずい。でも、そのときはそのときだ。なんとかなるだろう。たまには運が味方してくれることもあるかもしれない。

ハールボロー邸に着いたルシンダを、たまたま玄関広間におりてきたエヴリンが出迎えた。

「ルース！　ちょうどよかったわ。新しい帽子を買いにボンド・ストリートへ出かけるところだったの。一緒に行きましょう」

ロバートもここに来るつもりでいる。やはり事前にエヴリンとセイントに知らせておくべきだった。「今日は外出しないほうがいいと思うんだけど」ルシンダは気弱な笑みを浮かべて言った。

エヴリンは頭に帽子をのせて手を止めた。「あら、そう?」

「ええ。絶対にやめるべきよ」

ルシンダはコート掛けの横で遠慮がちに立っている執事のジャンセンを見やった。「外はひどい天気だもの」

「どうして?」

エヴリンはドアの横にある窓から外をのぞき、明るい陽光に目を細めた。「本当ね」帽子を脱いで同意する。「ジャンセン、ミセス・ドゥーリーに胡瓜《きゅうり》のサンドイッチとレモネードを用意してもらえる?」

「かしこまりました、奥様」執事は屋敷の奥に姿を消した。

エヴリンはルシンダの腕を取って居間に入った。「いったいどうしたの? ゆうべの舞踏会でも心ここにあらずだったし、今朝は今朝で普通じゃないわ」

「セイントはどこ?」ルシンダは恐る恐る尋ねた。なにをそわそわしているの? これではスパイにはなれないわね。

「馬小屋よ。メイヒュー卿から買い受けたハンター馬の世話をしているわ。どうしてそんなことをきくの?」

「あの……誰かがセイントを訪ねてくるかもしれないわ」

「そう」エヴリンはソファに座り、ピンクと黄色のモスリンのドレスのスカートを撫でつけた。従僕が居間に現れ、紅茶のセットを置いて立ち去った。「ルシンダ、あなたはびっくりするかもしれないけれど、実はわたし、秘密を守ることにかけては誰にも負けないと自負しているの」

「そうなの？　それがなにか――」

「たとえば」エヴリンは紅茶をカップに注ぎ、ルシンダに手渡して話し始めた。「今年の初め、わたしがセイントにレッスンを始めたころ、彼が一週間ばかりいなくなったことがあったでしょう。覚えているかしら？」

ルシンダはエヴリンの向かいに腰をおろし、紅茶をひと口飲んだ。本当は紅茶よりもウイスキーかブランデーが必要だった。「ええ、覚えているわ」

「セイントがいなくなったのは、わたしが彼を監禁したからなのよ」

ルシンダは思わず紅茶を吹き出しそうになった。「なんですって？」

エヴリンはこともなげにうなずき、紅茶を口に運んだ。「あのころセイントは、わたしが必死に立てなおそうとしていた孤児院を閉鎖すると言い出したの。それでわたしは彼の気持ちを変えさせるために一週間、地下牢に閉じ込めたというわけ」

ルシンダはしばらく呆然とエヴリンを見つめていた。三人の中で一番気弱だったはずのエヴリンが……。「それがうまくいったのね」

エヴリンは落ち着き払った表情でほほえんだ。「そういうこと。ともかく、なぜこんな話をしたかというと、あなたがどんな問題を抱えているにしろ、わたしを信用してほしいと言いたかったのよ」

「わたし――」

居間のドアが開いた。セイントに続いて、ロバートが姿を現した。「おはよう、ルシンダ」セイントが言った。

ルシンダは弾かれたように立ちあがったが、ロバートに気をとられ、セイントの挨拶は耳に入らなかった。昨夜も自分を抑えるのに苦労したが、今日はさらに強い自制心が必要だ。思わずロバートに駆け寄りそうになった。その胸に身を投げ出し、彼の目に宿る悲しみの影が消えるまでキスをしたかった。体の奥の熱い疼きが癒《い》えるまで、求め合いたかった。

セイントがドアの横の壁にもたれて言った。「昼食の用意はさせているのかい、エヴリン?」

「ええ」

「それならいいが、昼食に友達を招いていたとは知らなかったよ」

「実はわたしも知らなかったの」

「やあ」ロバートが言い、まわりのことなど目に入らないかのようにルシンダの全身を眺めまわした。

そのまなざしにルシンダの頬が熱くなった。みだらな欲望が生温かい風のように体を駆け抜ける。ジェフリーがこんな興奮を与えてくれたらいいのにという思いが頭をかすめたものの、父に嫌われているこの男性でないとだめなのだと思いなおした。「ごめんなさい。あなたたちに伝えるのを忘れていたの」彼女は言い訳をした。

「さあ、それより座ろう。それとも、エヴリンとぼくは席をはずすべきかな？」セイントが言った。

「わたしはここにいるわよ。わたしたちの家ですもの」エヴリンが口をはさんだ。

ロバートが目をしばたたいた。今になって、ようやくエヴリンとセイントの存在を思い出したかのような表情だ。「きみたちは席をはずしたほうがいいかもしれない」彼はセイントに向きなおった。「ぼくは今、世間の目を逃れている身だ」

「だが、きみたちは今ここにいる。どこか安全な場所で会う必要があったということだろう？　ここは安全だ。さあ、座ってくれ」セイントは窓際のテーブルからボトルを取りあげた。「ブランデーでも飲むかい？」

ロバートは首を振り、ルシンダの隣に腰をおろした。ロバートも彼女と同様に、ほとんど眠っていないのかもしれない。だが、紺碧の目の翳りは睡眠不足のせいばかりではなさそうだ。不安に苛まれているのだろう。そして今からルシンダが告げることは、彼をいっそう不安にさせるに違いない。

「誰かにあとをつけられなかった？」ルシンダは声をひそめて言った。

「つけられたよ。ふたり組の男に。たぶん兵士だろう」

彼女は青ざめた。「ええ。でも、わたしがここであなたと会っていることまではわからないはず――」

ロバートはルシンダを元気づけるように手を握った。温かな手の感触に彼女は身を火照らせたが、同時に緊張感が指を伝わるのを感じた。「やつらはぼくがピカデリーにいると思っている。大丈夫だよ、ルシンダ。尾行されるのはわかっていた」

「ゆうべのことが原因で？」

ロバートは眉を寄せた。「ゆうべのこと？」彼の目に珍しく驚きの色が浮かんだのを、ルシンダは見逃さなかった。

「今朝、父のところに連絡があったの。昨夜ホースガーズの近くにいるのを目撃したという報告よ。あなたともうひとりの男性がいたって」

「ブラッドショーだ」ロバートは苦しげな面持ちで答えた。「ホースガーズの建物を見ておきたかったんだよ。侵入するのが簡単かどうか知りたかった」

「きみが行くべきではなかったな」セイントが口をはさみ、エヴリンの横に腰をおろした。

「ほかの誰かに頼めることじゃない」ロバートはかたい表情で言った。ブラッドショーを巻き込んでしまったのを悔やんでいるのが見てとれたが、ルシンダはむしろ安堵していた。

「ショーを連れていくつもりはなかったが、窓から抜け出すところを見つかってしまったんだ」

「窓から？」ルシンダは思わずつぶやき、意味ありげな視線をロバートと交わした。この秘密だけは誰にも打ち明けられない。

「きみがここにいることでわたしの立場が危うくなったとしてもいっこうにかまわないが、とりあえず今のきみの状況を教えてくれないか？」セイントが言った。

「きみたちは知らないほうがいい。これ以上、話を広めたくないんだ」

「だが――」

「噂が広まったのはわたしのせいよ、セイントのせいじゃない」ルシンダはそう言って立ちあがった。「あなたが打ち明けてくれた秘密をわたしが父にもらしたりしなければ、誰もウェリントン公を疑ったりしないのと同様、あなたのことも疑ったりしなかったはずだわ」

ロバートはなにか言いたげに口を開きかけたが、無言で立ちあがると窓際へ行き、前庭を見やった。「やはりここに来るべきではなかった」

ルシンダはエヴリンを見つめ、ドアのほうを目顔で示した。ロバートがセイントとエヴリンを信用するかどうかは、他人が強制できることではない。彼と同じ過去を持ち、同じ状況に立たされたとしたら、おいそれとは人を信用できなくなるだろう。ルシンダのせいで噂が広まったにもかかわらず、それでもなおロバートは彼女を信用している。その事実がルシンダには不思議でならなかった。自分が彼の信頼に値するとは思えなかったのだ。

エヴリンが咳払いをして立ちあがった。「昼食の用意ができているかどうか見てくるわ。セイント、ショールを取ってきてくれる？」

セイントは脚を組んだまま答えた。「ぼくはここにいるよ」

「ねえ、一緒に来て」

「今日はふたりの付き添い役をするつもりだ」

ルシンダは窓際に立っているロバートを見ながらセイントに言った。「五分だけ、席をはずしてほしいの」

セイントが頼みを聞き入れてくれると期待していたわけではなかったが、結局彼はため息をついて立ちあがった。「五分だけだぞ」

セイントとエヴリンが廊下に姿を消し、居間のドアが閉まると、ルシンダは無理に笑ってみせた。「セイントを巻き込んだら、きっと騒ぎが大きくなるわ」

ロバートが振り向いた。ルシンダに歩み寄り、両手で顔を包み込むと、息もつかせぬ激しさでキスをした。電流のような疼きが彼女の全身を駆け抜ける。ルシンダは息をはずませながらロバートの胸に身を預けて、上着の内側に滑らせた手を背中へと回した。

この関係がなんであろうと、ルシンダは身も心も奪われていた。ロバートだけがこれほどまでに彼女を酔わせる。あってはならないことだとわかっているのに。彼の唇がルシンダの唇と甘く溶け合い、ふたりはソファに倒れ込んで熱い抱擁を繰り返した。

ようやくロバートが顔を上げ、荒い息をつきながらささやいた。「きみのせいではないよ。ぼくが自分で引き起こしたこと……起こるべくして起こったことなんだ」

「いいえ、違うわ。あなたはなにも間違ってなどいない。それどころか、あなたは死線を乗り越えて生還したのよ。普通の人なら殺されているわ」

「ぼくは殺されたも同然さ」

ルシンダは首を振った。「あなたは殺されてなどいない。そして誰にも、あなたを殺させはしないわ」

ロバートは口もとにやさしい笑みを浮かべた。「きみの言葉だけは素直に聞き入れられそうな気がする」だが、ふたたび暗い影がゆっくりと彼の瞳を覆った。「ゆうべぼくは目撃されるのを承知で出かけた。どうしても知りたいことがあったんだ」

「よほど大切なことなのね？」ロバートの黒髪に指を絡ませたい衝動を抑え、ルシンダは身を引いて座りなおした。五分間を無駄にはできない。

「そのとおりだ。ぼくはどこかに忍び込むのが得意だが——」

「ええ、知ってるわ」

ロバートは目の端に秘密めいた笑みを浮かべた。「ホースガーズは入り組んだ迷路のような場所だ。ナポレオンの支持者のリストと地図以外になにか盗まれたものがあるか、バレット大将から聞いていないかい？」

「いいえ」

「だとしたら、犯人はホースガーズの建物に簡単に出入りができ、あらかじめ目的のものがどこにあるかを知っていた人物ということになる」ロバートは眉間に皺を寄せ、部屋の中を歩きまわった。「真犯人はおそらく——」

「ホースガーズの職員かしら？」ルシンダはそう言って、しばらく考え込んでから言葉を続けた。「そうとは言いきれないわ、ロバート。わたしもあのオフィスには何度も足を運んでいるけれど、いつもたくさんの人たちが出入りしているもの。ウェリントン公の側近。父の知り合い。将校。父の本の編纂にかかわっている人たちもいるし、議会や陸軍省とのあいだを行き来する使者も――」

ロバートは舌打ちをした。「職員も外部からの訪問者同様に、出入りの際には確認しているんだろうか？　誰がいつ出入りしたかの記録があるといいんだが」

「訪問者の記録はあるはずよ。正面入口で来客名簿に名前を書くことになっているの」一瞬希望のきざしが見えたものの、すぐに警備の厳重さに思いあたった。ロバートさえも、昨夜目撃されているのだ。「中に入っても監視の目は厳しいわ」

「そこから手がかりが見つかるかもしれない」ロバートは肩をすくめて言った。

「そうかしら」ルシンダは大きなため息をつき、窓際のテーブルに歩み寄ってウイスキーをグラスに注いだ。「この事件にあなたはなんの関係もないと、何度も父に言ったけれど無駄だった。父はわたしがジェフリーの機嫌を損ねることと、この件に深入りすることを懸念しているの」

「ジェフリーとけんかをしたのかい？」

「わたしの交友関係について彼が口出しをしたから、言い合いになっただけよ。彼にとって最優先事項は昇進なの」

「それで彼はその後どうしたんだ？」

「今朝、花束を持ってきてくれたけど、父のご機嫌とりばかりしていたわ」

「どんな花束だった？」

ルシンダはロバートの顔をのぞき込んだ。「どんな花束だったかですって？　こんなときに、よくそんなのんきな話をしていられるわね」

　ウイスキーのグラスを片手に部屋の中を歩きまわるルシンダを、ロバートは興味深そうに眺めた。「デイジーだろう？」

「どうして知ってるの？」

「きみは薔薇を育てているから、薔薇の花束など興味がないと思ったんだろう。それに今年はデイジーがありあまるほど咲いている」

「安あがりだったというわけ？」

「簡単だったということさ。どこにでもあるし、誰にでも気に入ってもらえる」

「なるほどね。じゃあ、あなただったら、わたしにどんな花束をくれるの？」

「薄紫色の薔薇の花束だ」ロバートは即座に答えた。

　ルシンダの胸がときめいた。「なぜ？」

「薄紫色はきみの一番好きな色だし、薔薇はきみの一番好きな花だからさ」彼はふたたびルシンダに歩み寄り、頬に手の甲を走らせた。

　彼女は息をのんだ。動きたくない。かすかに触れ合いながら、この場にこうして立ち尽くし、いつまでも互いの目を見つめていたい。不意にそんな思いが胸に押し寄せた。「薄紫色がわたしの一番好きな色だというのを、どうして知っているの？」

「いつもきみを見ているから」ロバートは静かに言い、身をかがめてまたキスをした。

　ゆっくりとやさしい羽根のようにやわらかいキスが、唇を温かく撫でる。ルシンダは目を閉じて爪先立ちになった。

「ルシンダ？」

彼女は目を開けて、果てしなく深いブルーの瞳をのぞき込んだ。「なに？」

「ジェフリーとはキスをしたのかい？」

ウイスキーを飲まないと！　ルシンダはグラスを持ちあげ、一気に喉へ流し込んだ。焼けつくような喉の熱さにむせ返り、目に涙がこみあげる。「な……なんてことを！」

居間のドアが開いた。「五分――」セイントは言い終わる前にルシンダへ駆け寄り、手で背中をさすった。「どうしたんだ？」

「だ……大丈夫よ」ルシンダは咳《せ》き込んだ。

「ウイスキーを飲んだのさ」ロバートが言った。

「それはぼくも見たかったな。さあ、昼食の準備ができた」

セイントは先に立ち、ふたりを案内しながら廊下を食堂へと向かった。ロバートがあとに続き、ルシンダはその横に並んでささやいた。「どうしてあんなことをきいたの？」

「彼と結婚するなら、少なくともキスぐらいはするだろう？」

「だとしたらわたしたち、もうキスをしてはいけないのね？」

ロバートは息をのむほど美しい笑顔を見せたかと思うと、真顔になって言った。「その約束はできない」

困ったわ。わたしにもできないのに。

19

ロバートは馬房の扉にもたれ、馬丁がトリーにブラシをかけるのを見つめていた。この数日間、トリーにはかなりの距離を走らせている。尾行者の追跡から逃れるためとはいえ、昼食前に五キロも走ることになろうとは思ってもみなかった。だがルシンダに会い、触れることができたのだから、それで満足だ。

自分の言った言葉が大きなヒントになったと、彼女自身は気づいていないだろう。来客名簿だ。ホースガーズをよく知らないロバートは、犯人は内部の人間だと思い込んでいたが、内部の状況に精通するほど頻繁にホースガーズを訪れる来客がいるのに、今になって気づいたのだった。

もちろん職員である可能性は見過ごせない。しかしロバートの頭の中では、犯人は外部の人間というほうがつじつまが合う気がした。ホースガーズの将校や職員たちは、わざわざ戦争を起こさなくても、安定した収入や身分が生涯保証されているのだから。

金銭絡みのことだけが動機とも限らない。犯人はナポレオンの熱烈な支持者の可能性もある。だが、戦争は三年前に終わっているのだ。そんな人物がいれば、噂が耳に入るか、あるいはとうの昔に逮捕されているだろう。スパイでもない限り。

「なにしてるの？」馬小屋の入口でエドワードの声がした。背後にトリスタンの姿も見える。

「考えごとをしていたのさ。おまえこそ、なにをしている？」

「トリスタンに魚釣りに連れていってもらうんだ。本当はウィリアム・グレイソンと馬に乗りに行くはずだったんだけど、ウィリアムは病気なんだって」

エドワードの頭越しに、ロバートとトリスタンの目が合った。言葉はいらなかった。キャロウェイ家の息子が自分の子供と友達だと知れば、病気にもしたくなるだろう。「きっとすぐ元気になるよ」トリスタンは言葉に詰まりそうになりながら言った。

「そうだといいけど。ウィリアムとぼくは来週、ポーツマスでショーの船を見せてもらう約束なんだ」

「ジョンがストームクラウドの準備をしているぞ。手伝ってきたらどうだ？」トリスタンがエドワードの背中を押した。

エドワードは足を踏ん張り、胸の前で腕を組んで兄たちに向きなおった。「ぼくをばかにしないでよ。ぼくに聞かれたくない話があるなら、そう言えばいいじゃないか。ビットとふたりきりで話したいことがあるって」

トリスタンは苦笑した。「おチビ、ビットとふたりきりで話したいことがあるんだ」

「わかった。でも、あとでなんの話か教えてよ」

「さあ、行け」馬小屋を出ていくエドワードのうしろ姿を見送ってから、トリスタンはふたたびロバートに向き合った。「セイントとの昼食はどうだった？　彼の家に行っていたんだろう？」

「心配ない。ちゃんと報告したさ。セイントとエヴリンがよろしくと言っていたよ。できることがあったら力になると言ってくれた」ロバートは干し草を指でつまんだ。

「持つべきものは友達だな」

　ロバートはうなずいた。「釣りを楽しんできてくれ。それじゃあ」

「待ってくれ、ロバート」トリスタンは眉根を寄せ、彼に近づいた。「おまえが自分を責めているのはわかっている。それに――」

「なぜそんなことがわかる？」

「おまえはそういう人間だ。見ていればわかるよ。でも、自分を責めるのはやめろ。家族がいる限り、おまえはひとりじゃないんだ」

「兄さん」ロバートは言いかけて口をつぐんだ。家族たちは知るべきだ。なぜぼくがひとりで犯人を見つけようとしているのかを。「ぼくは自分を責めている。こんな事態になったのは、三年前にやろうとして失敗したことのせいなんだ」

　トリスタンの青い目がロバートを見据えた。「なにをやろうとしたんだ？」

「死ぬつもりだった。あるいはフランス兵に殺してもらうつもりだった。いずれにせよ同じことだ」

　トリスタンの顔から血の気が失《う》せた。「ロバート」

「シャトー・パニョンから逃げ出す方法はそれしかなかった。限界だった。いよいよ耐えられなくなったとき、銃殺されるつもりでフランス兵に逆らったんだ。それなのに、息絶える前にスペイン軍に救助されてしまった」

「まさかおまえは……」

「もう一度同じことをするつもりかとききたいんだろう？　そんな気はないよ。ともかくシャトー・パニョンのことを誰にも話せなかったのは、そういう理由があったからだ。ひとりで犯人を見つけようとしている理由も同じだ。すべてはぼくのせいなんだよ。それに家族の誰かがぼくに協力したために告発されたらと思うと……耐えられない。兄さんだって、もうじき父親になる身だろう」

トリスタンはロバートの腕をつかんだ。「おまえに言われなくてもわかっている。そして生まれてくる子供にはおじが必要だ」

「おじならほかに三人もいるじゃないか」ロバートは腕を振りほどこうとしたが、兄は手を離さなかった。

「真の知性と良識を持ったおじという意味だ。それはおまえなんだよ」トリスタンはようやくロバートの腕を放した。「わたしを、そして家族を排除しないでくれ。そうするのが正しいとおまえは思い込んでいるが、それはわたしたちに決めさせてくれないか？」

「考えておくよ」ロバートは目を閉じた。家族を巻き込むことなど考えられない。ぼく自身のためではなく彼らのために、それだけはありえない。「それはそうと、ぼくはホースガーズの誰かに行動を監視されている」

「なんだって？　いったい――」

「ピカデリー広場で尾行をまいたが、すぐにここへやってくるだろう」

「ちくしょう」トリスタンは低くつぶやいた。「ほかに知っておくべきことは？　もっとあるなら、その前に酒を飲んでおくよ」

「今のところはそれだけだ」もちろんルシンダとのことは別だ。どんな言葉で説明したとしても、彼女に対する執着心をトリスタンに理解してもらえるとは思えなかった。

まもなく馬の準備が整うと、ロバートはエドワードを鞍に乗せ、兄と弟が出発するのを見送った。ふたりのあとに続く馬丁の馬には釣竿《つりざお》が積まれている。

「ロバート様、ほかにご用は？」トリーを馬房に戻したギンブルが声をかけてきた。

ロバートに首を撫でられ、トリーは主人の肩に鼻をこすりつけた。「今はなにもない」

「かしこまりました」

馬小屋で考えごとに没頭したかったが、馬丁たちの仕事の邪魔になるのはわかっている。ロバートは馬小屋を出て薔薇園に足を向けた。二週間前、生気のない枝には数枚の葉がついていただけだったが、今は新芽と若葉がそこかしこに吹き出し、一番太い枝には蕾がふくらみつつあった。

彼は雑草に覆われた地面にしゃがみ込み、草をむしり始めた。薔薇の木々のあいだにはびこる雑草のように、悪人も簡単に見分けがつけばどんなに楽だろう。だがこの三年間、ロバート自身が雑草のようにむしりとられて捨て去られる不要な存在だったのだ。この比較は的はずれだと彼は思った。

寡黙でなんの可能性もないロバートの存在をみすぼらしい雑草に、そしてルシンダを鮮やかに開花しようとする薔薇にたとえることももちろんできる。でも、だからどうだというのか。ルシンダを腕に抱き、心の奥の秘密を打ち明けた今もなお、彼女はジェフリー・ニューカムと結婚するつもりでいるのだ。

ジェフリー・ニューカムなどこれまで関心を持ったこともなかったのに、ルシンダが結婚を考えている相手だと知ったとたん、無関心が嫌悪感に変わった。そして今、災難に巻き込まれたロバートの形勢は、若き英雄のジェフリーを相手に完全に不利になっている。もはや嫌悪感さえ覚えない。いや、違う。最後の雑草を引き抜いて、ロバートは気づいた。嫌悪感などではない。憎悪だ。ぼくはジェフリー・ニューカムを驚くほどの激しさで憎んでいたのだ。

ロバートは地面をこぶしで叩きつけた。いったいこれからどうすればいい？　地面にうずくまり、ルシンダがほかの男と結婚するのを指をくわえて見ていろというのか？　彼女の相手がジェフリーではなかったとしたら？　ぼく自身だったとしたら？　まさか。ロバートはうめいた。このぼくが結婚？　しかもルシンダ・ギネヴィア・バレットと？　どれほどそれを望んだとしても、ぼくは反逆罪のかどで絞首刑に処されるかもしれない身だ。ほかのことはともかく、身の潔白だけはなんとしてでも晴らさなくては。

「ビット、みみずでもつぶしているの?」ジョージアナのやさしい声が背後から聞こえてきた。

ロバートは飛びあがりそうになった。「考えごとをしていたんだ」こぶしを開き、指の関節についた土を払い落とす。

「なにを考えていたの?」

「自分が立ち入ることのできない場所から、ある書類を手に入れるにはどうすればいいかをね。しかもぼくは茂みの中から監視されている」

「だったら誰かに頼めばいいわ」

ロバートは振り返り、ジョージアナを見つめた。「ほかの誰かを巻き込むのだけは避けたいんだ」

彼女は唇をとがらせた。「すでに人を巻き込んでいるのよ。家族や友達に頼んでみたら?」

「そんなことはできない――」

「なぜ? わたしはあなたを助けたいの。手に入れたい書類ってなんなの?」ジョージアナはロバートの言葉をさえぎった。

「ジョージアナ、きみに――」

「もう遅いわ。わたしはすっかりその気ですもの」ジョージアナは強い意志を秘めた目をいたずらっぽく輝かせてほほえんだ。「大切な人があらぬ罪を着せられているのを黙って見ているなんて耐えられないわ。さあ、どんな書類?」

ロバートは立ちあがった。ジョージアナがこの家に来てからというもの、家族の生活は大きく変わったが、中でもその影響をもっとも強く受けているのは、トリスタンの次にロバートだろう。ジョージアナがいたからこそ、ルシンダに出会い、ロバートの小さな暗い世界に陽光がもたらされたのだ。「ホースガーズの来客名簿なんだ。先週の訪問者を知りたい」

「それで、その名簿はどこにあるの？」

「正面入口にあるはずだが、警備は厳しい」

「まだそこにあると思う？　名簿の調査をしているかもしれないわ」

彼はうなずいた。「訪問者として許可された人物は調査の対象になっていないらしい」

「それならいいわ」ジョージアナは玄関前の私道に目を向けた。「本当に茂みの中に誰かがひそんでいるの？」

「五分ほど前から見張られている」

「この一件が片づいたら、バレット大将とゆっくりおしゃべりをしたいものだわね」ジョージアナの目がきらりと光った。「さてと。あなたはわたしが出かけるまでここにいて」

「出かけるって――」

「悪いけど、静かにしてちょうだい。これは女性の仕事なの。今からちょっと書きものをするわ。とにかくわたしが出かけるまで、家には入らないで」

ロバートが想像している以上に、ジョージアナはこの状況に憤慨しているようだ。家に戻っていく彼女のうしろ姿を、ロバートは眉根を寄せて見守った。ほどなく家から従僕が飛び出してくると、通りに出て流しの貸し馬を呼びとめた。ロバートはなにごともなかったようにバケツを手に取り、薔薇園の作業に戻った。ジョージアナがなにを企んでいるにしろ、これ以上事態を複雑にするつもりはない。

従僕の乗った馬が走り去った一〇分後、家の前に馬車が止まった。薔薇の葉についた虫をつまみとるふりをしながら、ロバートはそちらの方向を盗み見た。セイント・オーバン家の黄色と赤の紋章が、馬車の扉できらめいた。ジョージアナがなにを書いていたのかわからないが、彼女の計画が動き出したことだけはたしかなようだ。

メイドとエヴリンに手を取られてジョージアナが乗り込むと、三人を乗せた馬車は出発した。ロバートは水を撒き終え、家に入った。ジョージアナの計画がなんであれ、今は待つしかない。

「ルシンダ！」

馬車からおりた彼女は突然名前を呼ばれ、危うく転びそうになった。「ジェフリー」

馬車寄せに止まった鹿毛の馬からジェフリーが飛びおり、ルシンダに駆け寄った。「話があります」

執事のバローが玄関のドアを開けて彼女を待っている。「昼食から帰ってきたところですのよ」ルシンダは口ごもった。二〇分前にロバートとキスをしていたのだから、うしろめたさを感じるべきだ。だがジェフリーに手を取られた瞬間、真っ先に心に浮かんだのはわずらわしいという思いだった。ホースガーズの来客名簿を父に気づかれずに手に入れる方法を考えなければならない。ジェフリーの相手をしている暇はないのだ。「よろしければ客間でお待ちになって――」

「いいえ、少し歩きましょう。今すぐ話したいのです」

ジェフリーはルシンダの手を自分の腕にまわさせた。ここまで興奮している彼を見るのは初めてだ。彼女は内心不安に駆られてうなずき、薔薇園のほうを示した。そこなら付き添いをともなう必要はない。「それでは少しだけ」

家の横から裏手に向かいながら、ルシンダは急ぎ足のジェフリーに歩調を緩めてもらおうと腕を引いた。彼はルシンダの手を握り、薔薇園の片隅に置かれた石のベンチの前に彼女を引っぱっていった。

「さあ、ここでいい」

「ジェフリー、どうなさったの？」

「座ってください」

ルシンダは言われたとおりに腰をおろしたが、ジェフリーはベンチの前を歩きまわっている。彼女がジェフリーにきつい言葉をかけたことを考慮に入れたとしても、今日の彼の態度は不可解だった。いったいなにを怒っているのかしら？

「ジェフリー、なにがあったのか話してください」

彼はルシンダの前で立ちどまった。「きみのあとを追ってみたんです」

ルシンダは凍りついた。「なんですって?」

「ぼくが気づかないとでも思っていたのですか? きみがあの男を……ロバート・キャロウェイを見つめるときの表情に。今朝きみと口論になったあと、ひょっとしたら彼に会いに行くのではないかと思い、セイント・オーバンの家に向かうきみのあとをつけたんです」

心臓が胸から飛び出しそうだった。ああ、どうしよう。またしても言いつけにそむいたことが知れたら、父はもう二度と許してくれないだろう。「彼が来るとは知らなかったんです」

「そんなことは問題ではありません。迷子の犬や傷ついた小鳥をいたわろうとするきみのやさしさはよくわかります」ジェフリーはルシンダの横に腰をおろし、ふたたび彼女の手を握った。「この件が片づくまで待つとバレット大将には言いましたが、どうやらぼくはそれほど忍耐強くはなさそうだ」

不意にルシンダは大声をあげて家に逃げ込みたい衝動に駆られた。わたしが望んだことよ。こうなるのを期待して、ジェフリーをレッスンの生徒に選んだのでしょう? 落ち着いて。彼女は自分に言い聞かせた。

ジェフリーは片手を伸ばし、ゆっくりとルシンダの顎を傾けると、前かがみになって唇を重ねた。通りを駆け抜ける馬車の音と、屋根の上にとまった二羽の烏《からす》の鳴き声にまじって、馬丁たちの低い話し声が馬小屋の中から聞こえてくる。

ようやく気分が落ち着いたのか、ジェフリーが口もとに笑みを浮かべて体を離した。「ぼくたちは似合いのカップルです」

ルシンダはジェフリーの顔をのぞき込んだ。背筋を伸ばした彼は自信に満ちた表情をしている。これほどハンサムな男性のキスよりも、娘に指摘されて素直に原稿の間違いを認める父によほど心を動かされる自分が、彼女は奇妙でならなかった。これがロバートの言う都合のいい関係なのだとしたら、なぜそんな味気ないものを求める必要があるだろう。

ジェフリーがベンチからするりと身を滑らせ、地面に片膝をついた。「あつかましいと言われようと、不躾と思われようとかまいません。答えてください、ルシンダ。ぼくの妻になってくれますか？」

「大切な友人が窮地に陥っているんです、ジェフリー。彼らを見放すことはできませんわ」

「すぐに結婚してほしいと言っているわけではありません。ただきみの気持ちを知りたいのです。結婚はこの騒動が終わってからというなら、それでもいっこうにかまわない」

たったひと言、承諾の返事をすればいいだけだ。そうすれば父は喜ぶだろう。そしてルシンダには不自由のない安定した暮らしが、ジェフリーにはインドでの士官の地位が約束される。彼女がインドに同行することを望めば、父も一緒に行くと言い出すだろう。そんな将来が待っているというのに、それでもなおルシンダはジェフリーではない男性の面影と声と感触を忘れられずにいた。「まだたしかなことはわかりません。今は頭の中が……ほかのことでいっぱいなんです」ゆっくりと答える。

ジェフリーは彼女を見つめた。「ぼくはきみに結婚を申し込み、きみは忙しすぎてそれどころではないと言う」

「そんなことは言っていません。この件については明日でも、来週でも、来月でも、いつでもまた話し合えますが、ロバート・キャロウェイは今すぐ助けてあげなければ手遅れになってしまいます」

ジェフリーは前を向いて座りなおした。「きみの忠誠心には感服しますよ。しかしキャロウェイが嘘をついているかもしれないというほんの小さな可能性を、もう一度考えてみていただきたいんです」

「そんなはずは――」

「もし彼が書類を持ち出した犯人だとしたら、きみに本当のことを話すと思いますか？　きみはバレット大将の娘だ。彼にとってこれほど心強い味方はいなかったのでしょうね。この一週間、きみのご機嫌をとるのに、彼は必死だったはずです。ルシンダ、きみは彼にとって最高の、そして最後の望みの綱なのですよ」

「そんなことを言うものではありませんわ」神経が高ぶり、声が震えているのにルシンダはうろたえた。問題はジェフリーの言葉が当たっていることだと彼女は気づいた。ロバートが犯人だろうと潔白だろうと、ルシンダが彼の望みの綱であるのはたしかなのだ。

「ええ、わかっています。それにきみの機嫌を損ねたくはありません」ジェフリーは大きく息をついて腰を上げ、彼女の手を引いて立ちあがらせた。「先ほどの話は考えておいてください。それから、これだけは覚えておいてほしい。きみの友達の身になにが起こったとしても、ぼくはきみを見捨てたりはしませんよ」

「ありがとう、ジェフリー」ルシンダは弱々しい笑みを浮かべた。「考えさせてください」

なにが気に入らないというの？　望みどおりのものがすべて用意されているのに、なにを考える必要があるの？　それにロバートは問題がありすぎるわ。

「ええ、どうぞ時間をかけてじっくりと」

それだけ言うと、ジェフリーはルシンダの頬に軽くキスをして立ち去った。彼女はベンチに座り込み、両手で頭を抱え込んだ。なんてこと。最悪だわ。三角関係。信頼と裏切り。そんな人間関係のもつれだけは避けたかったのに。ジェフリーの申し出を受け入れさえすれば、おとぎの国の妖精が魔法の杖をひと振りしてくれて、単純で都合のいい生活に戻れるはずなのに。

ルシンダは大きなため息をついた。とりあえず、今すぐに返事をしなくてすむことだけが救いだった。

薔薇園からバレット邸の正面にまわったジェフリーは、ルシンダの姿が見えなくなると、乗馬鞭を腿に力いっぱい叩きつけた。薄くて華奢な鞭はふたつに引き裂かれ、彼はそれを茂みの中に放り捨てると馬に乗った。厄介ごとはごめんだ。ジェフリーはロバート・キャロウェイに憎悪を燃やした。

玄関が開く音がすると、ロバートは書斎から廊下に飛び出した。ブラッドショーとアンドルーが玄関広間で帽子とコートを脱ぎ、ドーキンズに手渡している。

「ちくしょう」ロバートはつぶやいた。

ブラッドショーが振り返った。「ご挨拶だな」

「すまない。ジョージアナの帰りを待っているんだ」

「なるほど。ところで、家の向かいの茂みの中に隠れている男たちに心当たりは？」

「ぼくを監視している」ロバートは答えた。

「迷惑な話だ。追い払ってこようか？」

ロバートは首を振った。「ぼくがここにいることを知ってもらうほうが都合がいい」

ブラッドショーは眉をひそめ、手袋を帽子の中に放った。「誰かを叩きのめしてやりたい気分なんだ。ビリヤードでもやるか？」アンドルーに声をかける。

「いいね」アンドルーはドーキンズの手から書簡の束を取りあげて言った。「ありがたいことに、ロンドンでなにが起きているか知らない友人がまだ数人いる」申し訳なさそうな、それでいて腹立たしそうな表情でロバートを見つめる。「返事を書いて、なにも変わったことはないと強調しておくよ」アンドルーはトリスタンの書斎に向かった。

「アンドルー、そんなことをする必要はない」ブラッドショーが言った。

「放っておけよ。あいつも兄さんたちと同様に、この一件で胸を痛めているんだ」

「おまえの苦しみに比べたらたいしたことはないさ」ブラッドショーは階段をのぼりながら言った。「ビリヤードをしよう」

それも悪くないかもしれないと思い、ロバートは兄のあとに続いた。『フランケンシュタイン』の同じページを九回も繰り返し読んでいるのに、なにも頭に入らない。「おかしなものだな」彼はキューを二本手に取り、一本をブラッドショーに放った。「自由に外を出歩けなくなった今になって、これまで家の中に閉じこもっていたのが悔やまれるよ」

「おまえを牢獄になど行かせない。そんなことはぼくが許さないよ」

「それはずいぶん尊大な考えだな。そう思わないかい？」

ブラッドショーはビリヤード台に玉を並べながら首を振った。「気づいていないかもしれないが、最近のおまえは恐ろしいほど昔のロバートと似ている。そうだな、五年ほど前のおまえだ。あのころのおまえが帰ってきてくれて嬉しいよ」身をかがめて狙いを定め、玉を突く。「それから、ポーツマスに停泊中の船はあと三日で出港準備が整う」

突然の言葉にロバートは目をみはった。「それなら、もうこの件から解放されるな」

「そうではないんだ。ぼくはこの事件が解決するまで、数週間ばかり休暇をとろうと思っている。その結末しだいでは、アメリカの大統領がなんとしてでも手に入れたがる船に乗って、おまえとアメリカに渡るつもりだ」

ロバートは呆然と兄の顔を見つめた。「冗談はやめてくれよ、ブラッドショー」

「本気だ。おまえを監獄になどけっして行かせないよ、ビット。シャトー・パニョンからせっかく生きて帰ってきたんだ」ブラッドショーは言いよどんだ。「ハイド・パークでばったりトリスタンに会った。おまえが今朝兄さんに話したことを聞いたよ。心配するな。アンドルーとエドワードはなにも知らない」

「だめだ」ロバートは首を振った。「約束してくれ。ぼくのために将来を棒に振らないでほしい。なにが起きてもそれだけはやめてくれ」

「海賊になったほうがいいと、おチビにいつも言われていたんだ」ブラッドショーは笑った。

「さあ、おまえの番だ」

今の言葉は単にビリヤードの順番なのか、それともほかに意味があるのかとロバートが思ったとき、女性の賑やかな笑い声が階段のほうから聞こえてきた。よかった。少なくともジョージアナとエヴリンがロバートのために逮捕される事態はまぬがれたようだ。誰も彼もが熱くなりすぎている。その中で自分ひとり冷静でいることに、彼は言いようのない悲しさを感じた。

「ビット？」

「ここにいるよ」ブラッドショーが答える。

女性たちは部屋に入ってくるなり、壁際の椅子にくずおれるように座った。ふたりとも笑い転げている。ことにエヴリンは涙を流さんばかりだ。

「なにがあったんだい？」ブラッドショーが尋ね、キューを床に突いてもたれた。

ジョージアナが真顔になってロバートを見やり、満足そうに笑った。「秘密なの」

「ジョーには説明するべきだよ」ロバートは言った。ブラッドショーは罪を犯してまでぼくを助けようとしている。今の状況を知る権利くらいあるだろう。「それで、手に入ったのかい？」

「なんのことだ？」

ジョージアナが咳払いをした。「まあ、聞いてちょうだい。ホースガーズに着いて、わたしは――」

キューが床を叩く大きな音がした。「なんだって？」ブラッドショーが顔色を変えた。

「あら、心配しないで。わたしたち、計画があったの」

「座って話を聞こう」ブラッドショーはエヴリンの横の椅子に腰をおろしながら、ロバートに鋭い視線を向けた。「おまえは知っていたんだな、ビット？」

「もちろんよ」ジョージアナがかわりに答える。「でも誤解しないで。危険にさらされているのはわたしたちではなくて、ロバートなのよ」

「彼女たちは大丈夫だ」ロバートはビリヤード台にもたれ、笑い出したい衝動と闘った。この世にただひとつ怖くないことがあるとしたら、それは死だとようやく気づいたのだ。すでに一度死にかけている。そして、死んでしまえば、少なくとも牢獄に入らなくてもすむのだ。

「さあ、わたしたちの話を聞いてくれる？」

「ああ、聞かせてもらうよ」ブラッドショーはかなわないという表情で、ジョージアナを促した。

「ホースガーズに入っていくなり、わたしはバレット大将に面会を申し込んだの。エヴリンには止められたけど、ルシンダに会わせてもらえないことに憤慨していたのよ」ジョージアナはエヴリンの肩にもたれた。「それにおなかの子供はもういつ生まれてきてもおかしくない状態だから、気が立っていたの」

「あと数週間よね」エヴリンが笑いながら言った。

「入口の警備員はあわてた様子で、バレット大将は今日はオフィスに来ていないと言ったけれど、わたしは引きさがらずに中へ入っていこうとしたの」

「そのときよ。ジョージアナは叫び声をあげて警備員の腕の中に倒れたの」エヴリンがあとを引き継いだ。「みごとな演技だったわ。警備員があなたの赤ちゃんを取りあげるはめになるんじゃないかと、わたしまでだまされそうになったほどよ」

「やれやれ」ブラッドショーがつぶやき、両手で顔を覆った。「兄さんの耳に入ったら殺されかねないぞ。わかっているだろう？」

「ここからが愉快なのよ」ジョージアナが言った。「エヴィは取り乱して騒ぎ出し、オフィスからは職員たちがわたしを助けようと集まってきたの。エヴィは来客名簿を手に取って、わたしの顔を仰いでくれたわ。わたしは数分後に起きあがり、トリスタンの待つ家に帰りたいと泣き出した。陸軍の外科医の診察を受けたほうがいいと引きとめられたけど、わたしが家に帰ると言い張ると、彼らは根負けしてわたしたちを馬車に乗せてくれて、こうして帰ってきたというわけよ」

「それで？」ロバートは尋ねた。「ただ遊びに行ったわけではないだろう？」

「それで」エヴリンは同じ言葉を繰り返し、ドレスの裾に手を伸ばして、皺くちゃになった紙を取り出した。「はい、これを手に入れたわ」

ロバートはその紙を受け取り、皺を伸ばした。ふたりは彼のためにこんなことまでしてくれたのだ。本当の危険にさらされているのはロバートだとしても、彼女たちのどちらか、あるいはどちらもが罰を受けることになるかもしれない。それも厳罰を。「ありがとう」

ブラッドショーが立ちあがり、ロバートの肩越しに紙を見た。「それはいったいなんだ?」

「先週ホースガーズを訪れた来客全員の名簿だよ」ロバートは指で紙をなぞった。

ルシンダの言ったとおり、大勢の訪問者がさまざまな時間にホースガーズを訪れている。滞在時間もまちまちだ。ほとんどの名前は聞き覚えがあったが、中には文字が不明瞭《ふめいりょう》で読めないものもあった。

「この中に容疑者がいるというわけか」ブラッドショーがつぶやいた。「五〇人ほどもいる。大変な数だ。ピット、彼女たちが大騒動を起こしたことと、来客名簿からページがなくなっていることとの関連を見破られるのは時間の問題だぞ」

「わかっている」ロバートは答えたが、会話は耳に入っていなかった。エヴリンが破りとった名簿のページには、三日間にわたってひとつの名前が繰り返し記入されていた。名前の横には署名のたびに階級が記されているが、この人物は半額の給金を支給されて延長休暇中のはずだ。陸軍大尉ジェフリー・ニューカム卿。「これはおもしろい」彼はつぶやいた。

20

ルシンダは寝室の椅子に座り、窓ガラスに映る自分の姿と眼下の馬小屋を交互に見つめながら、自分の愚かさを否定し続けた。ジェフリーの求婚を受けなかったことには立派な理由があった。なんといっても、彼女はジェフリーに対する四つのレッスンのうちのふたつしか実行に移していないのだ。

だが、本当の問題はそれほど単純ではない。ルシンダはため息をつき、膝の上にすり切れた紙を広げた。一年と少し前には重要に思えたレッスンのリストだ。女性と話をするときは会話に集中すること。舞踏会では女性をダンスに誘うこと。自分の外見を飾る以外のなにかに興味を持つこと。交際中の女性の父親に対しては、ご機嫌とりをするのではなく本物の敬意を払うこと。

「ナンセンスだわ」ルシンダはその紙を丸めてごみ箱に放った。

ジェフリーへの返事を引き延ばしている理由はレッスンではなく、ロバートなのだ。暖炉のそばで過ごす静かな午後を頭に思い描くとき、聞こえてくるのはロバートの声だった。肌に触れる温かい指はロバートのものだった。

非現実的な話なのはわかっている。まず、父が許してくれるはずがない。そしてロバートがルシンダに求婚するなど、けっしてありえない。どちらにしろ、数日中に真犯人が名乗り出て罪を認めない限り、求婚の機会など彼には永遠に訪れないのだ。

ロバートが鎖につながれ、窓のない狭い独房に投獄されるのかと思うと、胸が締めつけられて息ができなくなった。彼をそんな目にあわせることはできない。このロンドンで、いや、このイングランドで、ロバートほどナポレオンとの再戦を忌避する者はいない。それは考えればすぐにわかる。彼は戦争で失われるものの大きさを身をもって知った、数少ない人間のひとりなのだから。

だとしたら、いったい誰が？　書類を盗んだのは誰なの？　ルシンダは眉をひそめて立ちあがり、部屋の中を歩き始めた。ほかの可能性はいくらでもある。ナポレオンの支持者。戦うために雇われた傭兵《ようへい》。戦争によって利益を得る人物。

窓に物音がして、ルシンダは胸を押さえながら振り返った。なにも変わったことはない。

「ばかね、ルシンダ、ロバートが会いに来てくれたとでも思ったの？」自分自身につぶやく。

ロバートが会いに来てくれるという自分の言葉に、ルシンダは胸をときめかせた。数日前まではまったく未知の世界だったはずなのに、今の彼女はもう一度ロバートと体を重ねることばかり夢想している。ジェフリーのキスと求婚のあと、ルシンダは彼とベッドをともにすることを想像した。だがハンサムでキスも手慣れたジェフリーに抱かれると思っても、すべてにおいて完璧な男性と親密になることへのかすかなとまどい以外、なんのときめきも感じないのが不思議だった。

ふたたび窓になにかがぶつかる音がした。椋鳥《むくどり》の巣がすぐ上にあるのを思い出し、ルシンダは窓を開けた。見あげると、巣の中の椋鳥がビーズのような目で彼女を見つめている。ルシンダは胸苦しい思いで眼下に視線を戻した。馬小屋と木立と道路沿いの垣根に目を凝らしていると、やがてすぐ近くの樫《かし》の木のかたわらで人影が揺れた。ロバートだった。

「ここでなにを——」

ロバートが唇に指を当てて手招きする。かすかな笑みの浮かんだ彼の口もとを見つめ、ルシンダの胸は高鳴った。

自分自身に考えるいとまも与えず、ルシンダはロバートにうなずいて窓を閉めた。父は書斎にいるはずだが、気まずい状態が続いているときに呼びとめたりはしないだろう。でも用心するに越したことはない。彼女は使用人たちが使う廊下とキッチンを通り抜け、裏の勝手口から外に出た。

「ロバート、ここに来てはだめよ」ルシンダは声をひそめて言った。「父に見られたら——」

「大丈夫だ」ロバートは彼女の手を取り、馬小屋の脇へと促した。

「尾行は？」

「まだキャロウェイ邸を見張っている。それよりきみに話があるんだ」

「エヴリンか誰かにことづてを頼めばよかったのに。見つかったらとんでもないことになるのよ」

「もうなっているさ」彼はルシンダの頬に指を走らせた。「でも、きみのおかげで少しはまともな気分でいられる。そうでないほうがきみのためにはよかったんだが、本当にきみには救われているよ」

今ここでロバートにキスをしてほしかったが、どうやら彼は紳士的に振る舞うつもりらしい。一時間前にほかの男性に結婚を申し込まれたことを考えれば、彼のつつしみ深さはルシンダにとって残念ではあるものの、賢明な態度と言えた。「それで、わたしに話って?」ロバートに触れたい。触れずにはいられない。彼女は指に力をこめて欲望と闘った。

「名簿を手に入れた」ロバートはあたりをうかがいながら言った。「ホースガーズの来客名簿だ」

「なんですって?」ルシンダは凍りついたように身をすくめた。

彼の口もとにやさしい笑みが浮かんだ。「実は友達が盗み出してきてくれたんだ」

ルシンダは怪訝そうにロバートを見あげた。友人の存在はありがたいが、協力者とは初耳だ。「友達って?」

「ジョージアナとレディー・セイント・オーバンさ」

「ジョージアナとエヴリンが? いったいどうして――」

「話せば長くなる。だが数日後には、たぶん彼女たちの口から聞くことができると思う」

「来客名簿からなにかわかったのね?」

ロバートはためらった。「ぼくたちはもう会わないほうがいい。きみは婚約しているも同然の身だ。こうして会うこと自体が間違っている」

ルシンダの顔が引きつった。「会わないほうがいいですって？　わたしが書類を盗んだ犯人だとでもいうの？」

「そうではないんだ。だが――」彼はため息をついた。「この二、三日はあらゆることに用心してほしい」

ロバートはどこかに行ってしまうつもりなのだろうか。彼女は声を詰まらせた。「いったいどういう意味？」

「たしかなことは言えない」紺碧の瞳がルシンダを見据えた。「まだなにもわからないんだ」ロバートは落ち着きのない様子で、彼女の肩越しに再度あたりをうかがった。「やはりここへ来るべきではなかった。ただ、ひと目きみに会いたかっただけなんだ。とにかく気をつけて、ルシンダ」小さくうなずくと、彼は向きを変えて立ち去ろうとした。

彼女はロバートの肩をつかんだ。「行かないで。わたしの前から消えるつもりなのね。わけを話して」

「ぼくは――」

彼を引きとめる方法がひとつあることをルシンダは知っていた。黒い髪に指を絡め、彼女はロバートの顔を引き寄せて唇をふさいだ。その瞬間、脚のあいだに熱い官能の泉がわきいでた。

ロバートの首に腕をまわし、引きしまった体に身を寄せる。彼を引きとめるための方法とはいえ、ルシンダ自身が耐えられないほどの欲望に駆られていた。先ほどロバートに会ってからまだ数時間しかたっていないというのに、会えない時間は果てしなく長く感じられ、頭の中は彼のことでいっぱいだった。お願い、無事でいて、どうか誰にもとらえられていませんように、と祈り続けていた。彼と会って、ありとあらゆることを話したかった。そして彼と会ってなにも話さず、ただ互いの存在を確かめたかった。ロバートをどこにも行かせはしない。もう一度、熱い体を重ね合うまでは。

ロバートはルシンダを抱えたまま苦しげな表情で芝生の上に膝をつき、馬小屋の壁にもたれて座ると、彼女を腿の上にのせた。薄いモスリンのドレスの上から胸を愛撫され、ルシンダは息をあえがせた。午後のこの時間、使用人たちのほとんどはキッチンで食事をしているはずだが、大きな物音をたてなくても気配を彼らに感づかれるかもしれない。誰かが馬小屋の周囲を見まわりに来たら、水用の樽《たる》と二輪馬車の陰に隠れるしかないだろう。

だが、ルシンダはそのことを気にかける余裕もなくしていた。なにものも彼女を止められそうにない。ズボンの中でロバートの欲望が張りつめているのを腰に感じ、ルシンダは震える手でボタンをはずした。「まあ、すごいわ」彼女はささやき、ロバートの唇を熱いキスでふさいだ。

彼はルシンダを抱きかかえて膝をつかせるとスカートを引きあげ、猛《たけ》り狂った下腹部に彼女の体を沈めた。身を裂かれるほどの圧迫感と甘い苦痛に襲われて、ルシンダはロバートにしがみついた。彼がうめき声をもらし、ルシンダのヒップに指を食い込ませる。彼女は上体を起こし、ロバートの動きに合わせて腰を上下させた。

「ルシンダ」彼はかすれた声で言い、頭をのけぞらせて腰を突きあげた。

飽くなき欲望がルシンダを翻弄する。「もっと、ああ、お願い」歓喜の渦が背筋を伝い、彼女はロバートの紺碧の目に吸い込まれるように絶頂を迎えた。時の流れさえも止めてしまう底なしの湖のような青さだ。

思わず叫び声をあげたルシンダの唇をキスでふさぎ、彼は低くうめいてすべてを解き放った。

彼女は荒い息をつきながらロバートの胸に額を押しあて、彼の動きが静まるのを待った。

ロバートがゆっくりとドレスの中に手を滑らせ、ルシンダの腿を撫でた。「きみと一日中、こうしていたい」

ルシンダは目を閉じて、胸につかえた思いをのみ込んだ。「ええ、ひと晩中」ロバートの肩に腕をまわし、顎に唇を寄せる。「ここはわたしの家の庭よ」彼女は静かに言った。「昼日中に、勝手口のドアから十数メートルしか離れていない場所で、あなたに抱かれているの。わたしがどれほどあなたを信頼しているかわかるでしょう、ロバート？　あなたもわたしを信頼してくれるなら、なにがあったのか話してちょうだい」

ロバートはルシンダの中に身をうずめたまま、彼女を抱く手に力をこめた。「動かないでくれ」

その言葉が心の中に響き渡る。ルシンダはふたたび唇を合わせた。今度はゆっくりと時間をかけたキスだ。ロバートは馬小屋の壁にもたれ、彼女のキスと愛撫に身を任せた。今もルシンダの体を満たし続けていることに、彼自身が満たされていた。そして彼女はロバートを燃えあがらせていることに無上の喜びを感じている。三年ぶりに奈落《ならく》の底から這いあがった彼が求めているのは、ルシンダただひとりなのだ。

シャツの上から引きしまった胸に手を這わせながら、彼女はロバートの目をのぞき込んだ。

「話して」

「来客名簿に目を通してみた」彼はルシンダのそばにいられる喜びを噛みしめながらも、心の命令にそむいてこの場を立ち去らなかったことを悔やんでいた。

「それで？」

勝手口のドアが開く音がして、ロバートは脚を引いた。「しいっ」声をひそめたが、腰の上でルシンダが体を動かし、彼は思わず息を荒らげそうになった。

裏庭の生垣に水が撒かれ、ふたたびドアの開閉する音が聞こえた。誰にも見とがめられなかったのは幸運すぎたのかもしれない。ロバートはうしろ髪を引かれる思いでルシンダから体を離した。スカートを直して立ちあがる彼女のはしばみ色の瞳が、昼下がりの陽光にきらめく。ロバートも立ちあがってズボンのボタンをとめた。こんな状況でも全身が充足感で満たされていることに、かすかなとまどいを覚えた。

「来客名簿に書かれていたのは聞き覚えのある名前がほとんどで、あの建物に出入りしたとしてもなんの不思議もない人たちだった。ただ……」

「ただ、なんなの？」

ルシンダに恨まれたとしても、彼女を責められはしない。今度こそ心の命令に従い、彼女に真実を告げなければ。「ジェフリー・ニューカムはホースガーズでなにをしているんだろう？」

「えっ？」

「彼は先週、ホースガーズに四回も足を運んでいる。その理由に心当たりはないか？」

「彼は……父の執筆を手伝っているの。ホースガーズで原稿の受け渡しをしているはずよ」

「原稿の受け渡し？」ロバートはきき返した。ジェフリーがバレット大将の原稿をたずさえてホースガーズに出入りしていることを職員たちが知っているなら、書類を持ち出したとしても誰も疑いはしないだろう。

「彼は父に会いに行っていたのよ」ルシンダは魅力的な胸の前で腕を組んだ。「来客名簿には、ほかに誰の名前があった？」

ロバートはポケットの中から名簿を取り出し、彼女に手渡した。「書類を持ち出した犯人とその理由は、これを見れば明らかだ。ほかになにか可能性があると思えるなら言ってくれ」

ルシンダは名簿に目を落としたが、すぐロバートに返した。名簿のすべての名前に目を通したとは思えない早さだった。「ジェフリーじゃないわ。彼の人生計画はもう決まっているの。わたしと結婚して少佐になり、インドに行って財を築くつもりよ。書類を盗んだことが発覚すれば投獄される。そうでない場合はフランスと戦争になるのよ。わざわざそんな危険を冒す必要がどこにあるの？」

「わからない。彼はきみと結婚することにどのくらい確信を持っているんだ？」

ルシンダは頬を上気させた。「それとこれにどんな関係があるの？」

ジェフリーとのあいだになにかあったに違いない。彼女の口調から、ロバートはそう確信した。「きみと結婚することを前提に、彼は人生計画を立てたんだよ、ルシンダ。その前提が崩れれば、彼には計画などないに等しい。だから、きみとの結婚に確信があるかどうかが重要な点なんだ」

ルシンダは眉をひそめた。「そんな態度、わたしはいやよ、ロバート。疑われる立場から一転してジェフリーを疑う立場に立つのは、あなたにとって都合がいいでしょうけれど」

「たしかにそうかもしれない」ロバートは口を閉ざし、バレット邸から聞こえてくる物音に耳をそばだてた。「きみはぼくを信用していると言ったはずだ。ぼくはきみの意見が聞きたい」

彼女はしばらく無言のままロバートの目を見据え、ようやく口を開いた。「あなたを信用するのと同じくらい、彼を疑う理由がないわ」

「ルシンダ！」

バレット大将の声にルシンダとロバートは飛びあがった。「隠れて、ロバート」彼女がささやき声で言う。

「ホースガーズでの一件がバレット大将の耳に入ったのかもしれない」

「まあ、どうしましょう」

急いで父親のところに駆けつけようとするルシンダを、ロバートは腕を引いて止めた。

「ジェフリーに結婚を申し込まれたんだね?」答えはどちらでもかまわないという表情を装って尋ねる。

「それは……そうよ。今朝、求婚されたの」

ロバートの胸が凍りついた。「それでなんと答えたんだ?」息苦しさに襲われながら、それでもきかずにいられなかった。体を求め合ったばかりだというのに、ルシンダにとって将来に関することと感情とは一線を画しているようだ。彼女はそうやって人生を都合よく操っていくつもりなのだろう。だが、ロバートは違う。彼女がジェフリーの求婚を承諾したのであれば、今後の方針を変えなければならない。

「わたしは……考えさせてと答えたわ」ルシンダはゆっくりと言い、ロバートの胸を押しのけて歩き出した。「早く逃げて」

ルシンダはジェフリーの求婚を承諾していない。ほんの一瞬、ロバートの頭から心配ごとが消し飛んだ。完全に拒絶したわけではないことが心に引っかかりはしたものの、彼女が答えを引き延ばしたのがありがたかった。これからどんな手を打つべきか、そしてその結果、ルシンダとの関係をどうすべきか考える時間ができたのだ。だが、たったひとつロバートが抑えがたい憤りを感じるのは、不正直な行為に対してだった。真犯人が誰であれ、書類を持って消え去るのならまだしも、その人物は物陰に身をひそめて、ほかの誰かに罪をなすりつけようとしているのだ。

そのとき、ロバートは大きな足音が近づいてくるのに気づいた。「だから馬小屋の陰でなにをしていたのかときいているのだ」バレット大将の声が聞こえる。

ロバートは背後の茂みに身を隠し、楡《にれ》の木陰の暗がりにしゃがみ込んだ。こぶしを握りしめ、顔を上気させたバレット大将の姿が目に飛び込んできた。どうやらルシンダの友人が来ていると思っているらしく、バレット大将はその場でぐるりと一回転すると、鋭い視線を茂みに向けた。

「考えごとをしていたと言ったでしょう」ルシンダが父親のあとを追うように現れた。「いったいどうしたというの？　あんな声で叫ぶんですもの、びっくりしたわ」

ああ、ルシンダがいとおしい。父親に嘘をつくのは彼女にとってなによりつらいはずだが、それでもぼくがここにいることを隠しとおそうとしてくれている。彼女が自分の言葉を信じてくれたのだとロバートは思ったが、だからといって、それ以上深い意味をそこから読みとるつもりもなかった。

バレット大将がなにに憤慨しているのかはさておき、近所の住人がふたりの口論を聞きつける前に、ルシンダは父親をなだめながら家に入った。彼女がひとりでこの状況に立ち向かわなければならないことを思うとロバートの胸は痛んだが、彼が介入したところで事態は悪化するばかりだ。それにバレット大将に逮捕されでもしたら、ロバートはこれから始めようとしていることを断念しなければならなくなる。

ロバートは通りに出ると辻《つじ》馬車を拾い、キャロウェイ邸の裏でおりた。そこからなら不自由な脚でも塀を飛び越え、蔦の格子棚を伝ってすばやく自室に戻ることができた。バレット大将は今日のロバートの行動を知ろうとするだろう。そのときのために彼は階下におりて外に出ると、薔薇園でふたたび水を撒き始めた。ふたり組の尾行者は今も通りの向こうの茂みに身をひそめている。ロバートがどこかに行っていたとは夢にも思っていない様子だ。こんなことが続けば水を撒きすぎて、薔薇を枯らしてしまうかもしれない。

「おまえが熱心に薔薇の世話をするように、おチビも勉強に熱を入れてくれるといいんだが」トリスタンの声が背後から聞こえた。

「やつらに姿を見せてやっているだけさ」ロバートは尾行者たちがひそんでいる茂みを顎で示した。

「ルシンダはなにか感づいていたかい？」

ロバートは背筋を伸ばして兄に向き合った。「彼女に知らせるつもりはなかったんだが、結局、彼女に言っても意味がなかった。ぼくを信用してジェフリーを信用しないのは不公平だと言っていたよ」ルシンダがジェフリーと自分を平等に扱おうとするのは不服だったが、それについてはあとでゆっくり考えればいい。

「彼女の言うことはもっともだ」

「そうだとすると、ぼくは少々荒っぽい方法をとらなければならなくなる」

トリスタンがため息をついた。「その言い方をやめてほしいものだな」

「その言い方って？」

「〝ぼくは〟という言葉さ。わかっているよ。これはおまえの問題だから、おまえひとりで解決する。家族にはいっさい立ち入らないでもらいたい、と言いたいんだろう？」

「そのとおりだ」ロバートは馬小屋の脇にバケツを放った。

「頑固者め」

ロバートは眉をつりあげ、胸の前で腕を組んだ。「なんだって？」

トリスタンはロバートに歩み寄り、肩に手を置いた。「考えてみてくれ、ロバート。明日、おまえはどこにいたいと思う？　あさっては？　来週は？　どこでもいいと思うなら、わたしたち家族を排除するのもいいだろう。だがそうでないなら、みんながおまえの力になるつもりだ」

それだけ言うと、トリスタンは向きを変えて正面玄関のほうへ立ち去った。ロバートはズボンの汚れを払い、兄のあとを追った。数週間前のロバートなら、今のトリスタンの質問に答えられなかっただろう。未来を夢見ることさえ許されなかった彼が、将来どこにいたいかなど考えられるはずもなかった。

しかし今のロバートにとって、兄の質問の答えを見つけるのは簡単だ。明日は？　ルシンダのそばにいたい。来週は？　ルシンダのそばにいたい。そのあともずっと、永久に、彼女のそばにいたい。ロバートは玄関前の階段を上がり、ドーキンズが開けたドアには目もくれずに立ちどまった。

これまでの人生のうち、ロバートは三年間イングランド陸軍に従事し、三年ものあいだ死人も同然の暮らしをした。その間、徐々に体が快復しているのはわかっていたが、穴の中から這いあがろうとしているだけで、なにかがよくなっているとは思えなかった。だがこの数週間のあいだに、なにもかもが変わったのだ。彼は今、生きていることを実感していた。そして人々の疑いの目と口さがない噂によって、激しい怒りの感情と、長らく忘れていた生存本能が呼び覚まされた。

そればかりか、ロバートはユーモアのセンスと熱い思いを取り戻していた。それはルシンダのおかげだった。感謝してもしきれないが、彼女への思いは単なる感謝ではない。彼はルシンダが欲しかった。彼女を抱き、彼女と話し、彼女を守り、彼女を見つめていたかった。そしてほかの誰かにルシンダを奪われるのは、なんとしても許しがたかった。

「ビット、入らないのか？」トリスタンの声がした。

「今行くよ」

だからこの事件の犯人がジェフリー・ニューカムであってほしいと思ったのは、無理からぬことだったのだ。ロバートはルシンダに伝えたかった。シャトー・パニョンの捕虜ではなかったとしても、それを彼女に伝えるのは簡単ではないだろう。だが、それでも彼女に伝えたい。愛していると。単純でありたいと願う彼女の人生計画が、その告白でなにひとつ変わらないとしても、ロバートは知りたかった。もしかして、ひょっとして、ほんの少しだけでいい、ルシンダも彼を愛してくれているかどうかを。

それを知るためには、ロバートは今抱えている問題をできるだけ早く解決する必要がある。そして、もうひとつしなければならないことがあった。数週間前の彼には絶対にできなかったことだ。ロバートは誰かに協力を求めなければならなかった。


ルシンダは髪をかきむしりたい思いで、膝の上で手を組んで座っていた。父は彼女の親友たちへ暴言を吐きながら、書斎の中を苛々と歩きまわっている。

「そのうえスターリー中尉の報告によると、来客名簿の中の数ページがなくなっているというではないか！　これが偶然だと言われて、信じられると思うのか？」

これが偶然ではないと知っているどころか、そのページをまのあたりにしたルシンダは沈黙を守るしかなかった。そうでなくてもひとりでじっくり考えたいことがあったが、父の剣幕に気圧されてそれどころではない。それにしても、ロバートがあの名簿の中からジェフリーを選び出し、疑いの目を向けたのは、ロバートの嫉妬によるものだろうか？　忌まわしい想像に彼女は身震いした。

「どうやらキャロウェイ家の連中はレディー・セイント・オーバンをそそのかし、悪事の片棒をかつがせたらしい。セイント・オーバンも、とんだ恥さらしだ」

個人的な感情を交えずに論理的な目で状況を見渡すと、ジェフリーとロバートのどちらにも動機が見あたらないような気がした。三年前にシャトー・パニョンから生還したロバートが、先週になってわざわざ謀反を企てたのだとしたら、その理由はまったく説明がつかない。そしてジェフリーはといえば、父がサラマンカの記録について協力を求めたのは……四週間前だったかしら？　ということは……。

つまり、ジェフリーがホースガーズに出入りするようになったのはそれ以降のこと。ルシンダは脳裏に浮かんだ考えを追い払おうとするように頭を振った。そんなはずないわ。単なる偶然よ。ロバートの過去とホースガーズの盗難事件が、たまたま同じタイミングで人々の好奇の的となったように。

「こうなっては選択の余地もなさそうだな」バレット大将が言った。「これまではおまえのために疑わしきは罰せずの原則を貫いてきたが、それが失敗だったばかりか、またもやロバート・キャロウェイが絡んでいると思われる盗難騒ぎが起きた。しかも白昼堂々と再度ホースガーズを狙うとは許せん！　これ以上どんな証拠が必要かね、ルシンダ？」

彼女は目をしばたたいた。「お父様の話では、名簿のページがなくなったとき、ホースガーズの入口には少なくとも三〇人以上の人がいたわけね」

「それも偶然で、ほかの誰かが盗んだとでも言いたいのだろう？　わたしがそんな話を信じると思っているのか？」

「ジョージアナとエヴリンのことは、お父様だって自分の娘と同じようによく知っているでしょう？　彼女たちが罪を犯すはずがないわ」

「彼女たちが自分の意思で罪を犯したとは言っていない。ロバート・キャロウェイだ。またしても」バレット大将は語気を荒らげて言い、机の前の椅子に腰をおろすと引き出しを開けて、中から紙を取り出した。「この際、質問に答えてもらうしかないだろう。公の場で」

「彼を逮捕するの？」ルシンダは金切り声をあげた。座っていたからよかったものの、立っていたら卒倒していたかもしれない。

「事情聴取のため、ホースガーズへ出頭するように要請する。出頭を拒否するなら、逮捕に踏み切ることになるだろう」

「だめよ！」彼女は弾かれたように立ちあがり、父の手からペンを取りあげた。

「ルシンダ！　気でも違ったのか？　ペンを返しなさい」

ああ、ロバートに協力すべきだったわ。時間がもう少しあれば、彼は真犯人を見つけるか、さもなければスコットランドかどこか国外に逃亡できるのに。ルシンダの頬に涙がこぼれ落ちた。ロバートをどこにも行かせたくない。ここにいてほしい。このロンドンに。わたしのそばに。

「ルシンダ！」

「彼にもう一日だけ時間をあげて、お父様」彼女は震える声で言った。「それがかなわないなら――」

「かなわないなら、なんだというんだね？」バレット大将は気色ばんだ。

「わたしの頼みを聞いてくれないなら、もう二度とお父様と話をしないわ」ルシンダはゆっくりと言った。涙がとめどなく頬を伝う。

「おまえは……」バレット大将は言葉をのみ込んだ。憤怒《ふんぬ》の形相をいくぶんやわらげ、ルシンダの顔をのぞき込む。「本気なのだな」

「ええ、本気よ」

バレット大将はがっくりと頭を落とした。やがて顔を上げてルシンダに向き合った父はかつてないほど疲労し、老け込んでいるように見えた。「数年前のわたしなら、とうに彼を牢に入れ、どんな手を使ってでも自供させていただろう。だが、今のわたしにとっては自分の立場や国家への義務より、娘の気持ちのほうが大切に思える」

「お父様」

「今日は水曜だ。金曜の正午まで待とう。彼に書状を送り、今のことを知らせてやりなさい。その間も彼は監視されている。逃亡するなら、盗んだ書類だけは置いていくように伝えてくれ。書類が戻ってくるまではどこまでも追跡すると」

「ありがとう、お父様」ルシンダはささやき、立ちあがった。

「それからもうひとつ。彼に逃亡をすすめてくれないか？　この事件にかかわりがあろうとなかろうと、わたしは彼にこの国にいてほしくないのだ」

ルシンダは思わず父の顔を凝視した。激しい抗議のまなざしに、バレット大将は娘のロバートへの思いがただの友情ではないことを悟ったらしい。ジェフリーを気に入っている父にとって、ロバートの存在は邪魔なのだ。そのうえあろうことか、父はすでにジェフリーにルシンダとの結婚を許可している。本来ならば、それで彼女は幸せになれるはずだった。でも、ルシンダは幸せではない。「ロバートは潔白よ」彼女はきっぱりと言った。

「わたしにとっても、おまえにとっても、そうであってほしいね」

同感だわ。だって彼が逃亡するなら、ひとりで行かせるつもりはないから。

21

ロバートが玄関に入ろうとしたとき、バレット家からの使者が到着した。ドーキンズが来る前に使者から直接書簡を受けとったロバートは、執事の機嫌を損ねたかもしれないことに気づいたが、差出人の名前と筆跡を目にしたとたん、そんなことはどうでもよくなった。

ルシンダがバレット家の従者を使って手紙を送ってよこしたということは、バレット大将は彼女がロバートに手紙を書いた事実を知っているのだろう。彼の心臓が早鐘を打った。バレット大将になにを知られたのだ？　もしかしてふたりの関係に気づかれたのでは……。

ルシンダの手書きの文字はこぎれいで整然としていた。そこかしこに小さな飾り書きがあり、それは彼女の人柄を思わせた。ロバートはかすかな笑みを浮かべ、書簡を開いた。〝ロバート、父は来客名簿の一件について知っています〟文面に目を走らせた彼の顔から笑みが消えた。〝父はあなたをふたつの盗難事件の首謀者としてホースガーズに召喚し、事情聴取をするつもりです〟

「おやおや」二階からおりてきたブラッドショーが声をかけてきた。「浮かない顔だな」

「静かにしてくれ。手紙を読んでいるところだ」ロバートは顔も上げずに言った。〝父はわたしの願いを聞き入れ、金曜の正午まであなたに時間を与えると言ってくれました。その間もあなたは監視されていますが、金曜の正午にあなたがまだロンドンにいるなら、ホースガーズに連行するそうです〟

「誰からの手紙だい？」

「ルシンダだ」

ブラッドショーは向きを変えて居間に入っていった。ほどなく廊下に戻ってきた彼のうしろにはトリスタンの姿が見えた。「ビット、どうした――」

「ちょっと待ってくれ。もうすぐ読み終わる」ロバートは兄の言葉をさえぎり、ふたたび文面に目を落とした。〝くれぐれも気をつけて、ロバート。それからもうひとつ、伝えたいことがあります。四週間前まで、ジェフリーはホースガーズに出入りしたことはなかったはずです。あなたのルシンダより〟

ロバートから手紙を受けとった兄たちは文面を読み始めるなり、バレット大将の気はたしかかと口々にわめきたてた。しかし、ロバートの頭の中はほかのことでいっぱいだった。手紙の末尾の〝あなたのルシンダ〟という言葉は、彼女がぼくのものという意味なのだろうか？　それともただの決まり文句なのか？

「ジェフリーとホースガーズのことが書いてあるのはどういうわけだろう？」トリスタンの手から手紙を取りあげ、アンドルーが言った。

「それが解決の手がかりになるかもしれないんだ」ロバートは答えた。

「手がかりって、なんの？」エドワードの声がした。うしろに家庭教師の姿も見える。

「彼女はおまえに協力する気がないのかと思っていたが」トリスタンがロバートを見据えた。

「彼女って誰のこと？」エドワードが割って入る。

　ロバートは肩をすくめた。「気が変わったらしい」どうやらジェフリー・ニューカムを詳しく調べる必要がありそうだ。ルシンダと結婚してインドで少佐に昇格することを目論んでいる以外、彼についてはなにも情報がない。

「おまえに与えられた時間はたった一日半だ。そのあいだに身の潔白を証明しなければならないというのか？」ブラッドショーがうめくように言った。

「バレット大将は一日半のあいだに、ぼくが国外に逃亡するだろうと思っている」ロバートはゆっくりと言った。そう考えたほうが自然だ。彼の時間を稼ぐために、ルシンダがどんな方法で父親を説得したのかはわからない。だがそのときにバレット大将は娘の思いに気づき、ふたりを引き離さなければならないと決意したのだろう。

「イングランドを出ちゃだめだよ！」エドワードが地団駄を踏んで叫んだ。「なにが起きたのか、ぼくだけ知らないなんてひどいよ。ちくしょう、ちくしょう！」

「エドワード！」兄弟たちがいっせいに叫ぶ。

「かまうもんか！　ちくしょう、ちくしょう！　誰か、ちゃんと説明してよ！」

　ブラッドショーが家庭教師のミスター・トロストに席をはずすよう促した。ロバートはエドワードの前にひざまずき、弟の腕を取って言った。「ちょっと事件に巻き込まれただけだよ」静かな声で話し出した彼は、エドワードにこの騒動を感づかれてしまったことを悔やんでいた。「これ以上問題が大きくならないように、みんなで相談しているところなんだ」

「このあいだ心配してたのと同じ問題なの？」エドワードが尋ねる。

「そうだよ。でも、もうじき解決できる」

「ぼくもなにか役に立ちたいんだ」

ロバートはほほえみ、弟の髪をいとおしそうにくしゃくしゃにした。「こんなにすばらしい弟でいてくれることで、おまえは役に立っているよ」

エドワードはロバートの肩にしがみついた。「どこにも行かないと約束して」

無実の罪を着せられて処罰されたら、あるいは逃亡して行方をくらましたら、家族たちをどれほど悲しませるだろう。ロバートはようやくそのことに思い至った。「約束するよ」彼はエドワードを抱きしめた。

「それで、なにから始めればいいんだい？」アンドルーが言ったとき、ジョージアナが廊下に姿を現し、兄弟たちの輪に加わった。彼女は手紙に目を走らせた。

「まずは場所を移動しよう」ロバートは一同を促し、廊下から居間へと移った。

「ルシンダはいたたまれない思いでいるに違いないわ」ジョージアナは先頭に立って居間に入るとソファに腰をおろし、手紙を読み返してからロバートを見あげた。

「いたたまれないのはぼくも同じさ」ロバートは答え、戸口の近くの椅子に座った。一同が部屋に入り、ドアが閉まると、椅子の上で身を乗り出しておもむろに口を開いた。「みんな」

自分のせいで家族に被害が及ばないことを祈るしかない。「助けてほしい」

「なんでも言ってくれ」トリスタンがジョージアナの手を握りながら言った。

ロバートは深呼吸をした。「まず、ジェフリーに猜疑心《さいぎしん》を起こさせずに話ができるのは誰だろう?」

「キャロウェイ家の人間では無理だ。セイント・オーバンはどうかな?」ブラッドショーが言った。

「いいかもしれない」ロバートは眉根を寄せてから、トリスタンに視線を向けた。「〈タッターサルズ〉が開催されるのは明日だったね?」

「ああ。かなり混雑すると思うが」

「それなら好都合だ。気づかれずにジェフリーを監視できるだろう」

「トリスタンかぼくに任せて、おまえは家にいたらどうだ? 出歩くのは危険だよ」ブラッドショーが顔をしかめて言った。

「もう一生分、家で時間を過ごしてきたから、自分で行動を起こしたいんだ。セイントひとりでは怪しまれる恐れがある」ロバートは答えた。

「エヴリンはどうかしら?」ジョージアナが小さな笑みを浮かべて提案した。「彼女なら、いつでもわたしたちに協力してくれるわ」

「エヴリンなら怪しまれる心配はないが、彼女よりも……」ルシンダのことが念頭に浮かんだが、ロバートは言葉を濁した。彼女は手紙で重要な情報を与えてくれたものの、協力するつもりはないはずだ。「よし、エヴリンに頼もう」

「エヴリンからルシンダにも伝えてもらうわ」ジョージアナはいつものように鋭い勘を働かせて言った。「エヴリンとセイントを今すぐここに呼んで、一緒に計画を練ってもらいましょう」

ジョージアナはトリスタンに手を取られて立ちあがり、書斎へと向かった。まもなく従者が外に出ていく物音に続き、ふたり分の夕食を追加するようにとドーキンズに告げる彼女の声が聞こえてきた。

「わからないよ」エドワードはブラッドショーの足もとの床に座り、子供らしからぬ深刻な表情で言った。「どうしてジェフリー卿をこっそり見張るの？」

トリスタンが口をはさんだ。「おチビ、ディナー用の服に着替えてきたらどうだ？」

「いやだよ。これはぼくの家族のことなんだから、ぼくも知りたいんだ。邪魔はしないから教えてよ」

「もう少し大人になるまで待たなければいけないことも、世の中にはあるんだよ、おチビ」

ロバートは穏やかな口調で言った。

大きなグレーの瞳に涙があふれた。「だけど、ぼくも手伝いたいんだ」いつもの声では気持ちが伝わらないとでもいうように、ささやき声で懇願する。

やれやれ、仕方がない。ロバートの絶対的な支持者である末の弟を、なにがあっても悲しませたくはなかったが、ほかに方法はなかった。「わかった。話すよ。もしかしたらジェフリー卿は盗みを働いて、その罪をぼくになすりつけようとしたかもしれないんだ。だから彼の行動を見張る必要がある」

「どうやってビットに罪をなすりつけたの？」

アンドルーがため息をついた。「これじゃあ手伝いにならないよ」

「あら、これは重要な質問だわ」戻ってきたジョージアナがたしなめた。「事件が絶妙のタイミングで起きたのは、いったいどういうわけかしら？」

ロバートは口ごもり、咳払いをした。エドワードがいなければ、この話はどれほど簡単だろう。「実はあのことを……シャトー・パニョンにいたことを、ある人に話したんだ」

「ルシンダでしょう？」

エドワードが床に膝をついたまま上体を起こした。「ルシンダがジェフリー卿に話したんだ！　あのふたりは結婚するんだよね？」

「いや、違う」ロバートは即答した。ほかの誰かに口をはさむ隙を与えたくなかった。思わず唾をのみ込み、取り繕うように続ける。「ルシンダが話した相手はバレット大将だけだ」

「じゃあ、バレット大将がジェフリー卿に話したんだ」エドワードは言い張った。

部屋中が静まり返った。バレット大将が噂を流したのではないかという思いはロバートの中でくすぶり続けていたが、どれほど憎んでいたとしても、彼はルシンダの父親なのだ。

「バレット大将がホースガーズの上級司令官に話し、それが誰かはわからないが、その人物からジェフリーに伝わったんだろう」

アンドルーが首を振った。「しかしジェフリーが犯人だとすると、彼はビットの……例の話をなにかに利用するつもりだったはずだ」

「上級司令官は調査もせずに、そんな噂を広めたりするだろうか？」トリスタンが言う。

「考えられないね」ブラッドショーが自分でグラスに注いだブランデーをすすり、身を乗り出した。「ホースガーズが海軍本部のような場所なら、そんな旨《うま》みのある噂話を簡単に外へ流したりはしない。仲間内で存分に楽しんで、自分の昇進のために使えそうな可能性を絞りとるのさ」

なるほど。ありうる話だ。「だとしたら、バレット大将はルシンダとジェフリーを結婚させたがっているのだから、未来の婿に噂をもらしたとしてもおかしくない。バレット大将に真相を確かめられないのが残念だよ」

「わたしたちには無理かもしれないけれど、ルシンダならできるわ」ジョージアナが言った。

「いや、彼女に自分の父親の行動を探らせるわけにはいかない」

「ビット、それくらいは――」

「彼女が〈タッターサルズ〉にジェフリーを誘い出してくれれば、それで充分だ」ルシンダには頼みたくなかった。ジェフリーに嫌疑の目を向けるつもりはないと、彼女はすでにロバートに告げている。まして父親を疑うなどもってのほかだ。そう思いながらもロバートは、自分の愚かさにあきれるほどルシンダに恋いこがれていた。彼女のそばにいられるなら、理由はなんでもよかった。

「ルシンダに協力を仰ぐべきかどうかわからないな。彼女はビットを罪に陥れようとしている男の娘だ」アンドルーが言った。

これからの計画にルシンダを関与させるべきかどうか、兄弟たちが議論を続ける中、ロバートは無言だった。もう一度じっくり考えたかったのだ。彼女の言ったことは当たっていた。たしかにロバートはジェフリーに疑いの目を向けたがっている。こざっぱりとして愛想がよく、ほかの兵士の失敗談や不運を軽い口調で言いふらし、それによって世間から英雄視されているジェフリーを、ロバートはたしかに憎みたがっている。ルシンダの結婚相手としてロバートよりもジェフリーがふさわしいと誰もが、彼女自身さえもが思っていることになにより憤りを感じていた。彼ら全員が間違っていると証明せずにはいられなかった。

「これではいつまでたっても埒が明かない」トリスタンが苛立ちをあらわにして言った。「バレット大将から与えられた時間は一日半しかないんだ」眉間の皺を深くして言葉を続ける。「極論は避けたいが、噂を流したのがバレット大将だとしたら、彼はどんなことでもやりかねないぞ」

「だったらジェフリーをつかまえてきて、白状させるしかない」ブラッドショーがすごみのある声で断言した。

「そんなことをしても意味がないわ」ジョージアナが言う。これほど深刻な表情の彼女をロバートは初めて見た。「証拠を見つけましょう。それから動機も。今のところ、有力な手がかりはなにもないのよ」デア子爵夫人であり、ワイクリフ公爵を従兄弟に持つジョージアナは、打つ手なしという状況に置かれたことは少ないのだろう。

それに引きかえロバートは七カ月ものあいだ運を天に任せ、イングランド人に憎悪を燃やす敵国の兵士たちの気まぐれを当てにするしかなかった。「証拠と動機を見つけよう」彼は言った。「何年もかかってようやくここに戻ってきたのだから、もうイングランドを出たくないんだ」

そのとき玄関のドアが開いた。「ご機嫌いかが？」エヴリンがドーキンズには目もくれず、居間に駆け込んできた。セイントがあとに続く。ふたりとも夜会服に身を包んでいた。

ジョージアナが黙ってルシンダからの手紙を差し出した。セイントは妻の肩越しに手紙を読み終えると、ロバートに視線を向けた。「どうやら我々の助力が必要なようだね」エヴリンの腕に手を置いて言う。「あるいはさらなる助力と言うべきかな？　ぼくの妻はすでに盗《ぬす》人《つと》の汚名を着せられている」

「あれは必要があってやったことよ」ジョージアナが不服そうに言った。

「きみたちを非難しているわけではないんだ」セイントはかすかな笑みを浮かべた。「事情はエヴリンから聞いた。彼女が盗んだものをどこに隠したかというくだりは傑作だったな」

エヴリンが頰を染めた。「セイント、もうやめて。真面目な話をしているのよ」

セイントはうなずき、妻を椅子に座らせるとその肘掛けに腰をおろした。「国外逃亡の手はずを整えればいいのかい、ロバート？　それとも……」もう一度ルシンダの手紙に目を走らせる。「……ジェフリー・ニューカムを追いつめようか？」

「もちろんジェフリー卿だよ」エドワードが答えた。

一同がいっせいに考えや計画を口にする様子に、ロバートは耳を傾けた。自分のためにみなが興奮し、活発な意見が交わされているのが意外に思える。トリスタンがまとめ役をつとめる一方でセイントが問題点を指摘し、議論は白熱していた。今後の展開も含めて、この一件の中心人物がロバートであることを誰もが忘れているようだった。

「今回の計画がうまくいくかどうかはルシンダにかかっている」ロバートが大声で言うと、一瞬にして室内が静まり返った。「彼女がジェフリーを〈タッターサルズ〉に連れ出せるかどうかなんだ。そのあとはセイントとエヴリンの出番だ」

「エヴリンとわたしはなにをすればいいんだい？」セイントが尋ねた。

「馬を眺めるふりをして、ジェフリーに一頭購入するようにすすめてほしい」

「どうしてジェフリー卿に馬を買わせるの？」エドワードが口をはさむ。

「馬を買わせるのが目的ではなく、ジェフリーの懐具合について知りたいだけなんだ」ロバートはセイントを見据えた。「それからもうひとつ、ルシンダが結婚を承諾しなかった場合の彼の心づもりも、できれば聞き出してほしい」

「そんなことは夢にも思っていないんじゃないかしら？」ジョージアナが言った。「ルシンダは率直な人だから――」

「ジェフリーは彼女に断られるのではないかと不安に駆られている。そう思えるだけの理由があるんだ」ロバートは落ち着き払って告げた。

「それなら話は簡単だ」セイントは見えない埃《ほこり》を払うように、黒い上着を軽く叩いた。「そのあいだきみはなにをするんだい、ロバート？」

「きみたちの話を立ち聞きさせてもらうよ。そしてこの計画が間違っていないと確信できたら、ジェフリーの家を訪ねるつもりだ」ロバートはエドワードの顔を見ながら言葉を続けた。「これはよほど差し迫った状況でない限り、やってはいけないことだぞ」

「ぼくたちはどうすればいい？」アンドルーが口を開いた。

「一緒にジェフリーの家に行こう」ロバートは答えた。「書類を探すには時間がかかるし、少なくとも誰かひとりその場にいて、ジェフリーの家に書類があったのがでっちあげでないことを証明してほしいんだ」

「それならキャロウェイ家の人間でないほうがいい」ブラッドショーが言う。

トリスタンが咳払いをした。「わたしがなんとかするよ。せっかくワイクリフ公爵のような親友がいるのだから、この計画にひと役買ってもらおう」

「危険があることを彼に納得してもらえるならいいだろう」なにも知らない人間をこれ以上関与させるつもりはない。すでに多くの人たちを巻き込んでしまっている。ロバートはセイントに向きなおった。「きみたち三人で、できるだけ長くジェフリーを引きとめてほしい。そのあいだに彼の家を捜索する」

「手荒な真似はしないほうがいいか？」

「ルシンダやバレット大将とジェフリーとのつながりを考えると、それはやめておいたほうがいいだろう。もっとも、きみが我慢できればの話だが」

セイントは残念そうな表情でうなずいた。「もしなにも見つからなかった場合はどうなる？」

「見つけるさ」ロバートは答えた。「ぼくは逮捕されるつもりもないし、国外に逃亡するつもりもない」

ドアにノックの音が聞こえ、ドーキンズが夕食の準備ができたことを告げると、一同は食堂へ移動した。ジョージアナが最後まで残っているのに気づき、ロバートは彼女のそばに近づいた。

「質問がふたつあるの」ジョージアナが彼の腕を取った。

その内容は見当がついたが、ロバートは彼女の言葉を待った。「どうぞ」

「まずひとつ目は、盗まれた書類がジェフリーの家から見つかったとしたら、あなたはどうするつもりなのかということよ」

「ジェフリーを出頭させる」

「バレット大将のところに？」

かすかな震えが全身を襲った。ジョージアナに気づかれていないことを願いながら、ロバートはうなずいた。「彼がこの調査を取り仕切っているようだからね」

「バレット大将はなんでも仕切りたがる人らしいわ。それに彼がジェフリーに目をかけていることは周知の事実よ」彼女は一瞬口を閉ざした。「そしてあなたを嫌っていることも」

「嫌っているのはお互いさまだよ」ロバートはかたくなな表情で言った。「バレット大将と対決するつもりだ」自分でも信じられないことに、彼はそれを心待ちにしていた。「それで、ふたつ目の質問は？」

「ルシンダがジェフリーの求婚を承諾していないと、なぜわかるの？」

「彼女がそう言ったんだ」

「ルシンダはあなたにいろいろなことを打ち明けているのね」

ロバートはほほえんだ。「ぼくは聞き上手でね」

ジョージアナはグリーンの温かいまなざしで彼を見あげた。「それだけではないと思うわ、ロバート・シルヴェスター・キャロウェイ」

彼はジョージアナを促し、食堂に入った。「そのうちわかるさ」まもなくすべてが、なんらかの形で明らかになる。

席に着こうとしたロバートの上着を小さな手がつかんだ。振り向くと、エドワードが廊下に戻るよう身ぶりで誘った。

「なんだい？」

「ぼくは役に立った？」

ロバートは膝の痛みを隠し、無頓着な様子でエドワードの前にしゃがんだ。「おまえの意見が大事な手がかりを与えてくれたんだ、おチビ。役に立ったどころではないよ」

エドワードはまばたきをした。「ぼくの意見って？」

「すべての鍵は、ぼくがシャトー・パニョンにいたことをバレット大将がジェフリー卿に話したかどうかなんだ。おまえがそれを気づかせてくれた」

エドワードは胸を張った。「ぼくは勘が鋭いんだ。でも、シャトー・パニョンにいたってどういうこと？　いったいそれはどこなの？」

ロバートはゆっくりとエドワードを引き寄せ、力いっぱい抱きしめた。「約束してほしいんだ」弟の耳にささやく。「今夜ここで話したことを、金曜の正午まで友達にもミスター・トロストにも内緒にしてくれるなら、シャトー・パニョンのことをおまえに教えるよ」

「約束する――」

「待て、まだ終わっていない。パニョンのことをおまえに話すのは七年後だ」

エドワードは体を離し、怪訝そうな顔でロバートを見つめた。「七年後？」

「今はそれしか言えない。どうだ、約束できるか？」彼は手を差しのべた。

エドワードはしばらく考えてからため息をつき、ロバートの手を握った。「わかった、約束するよ」

「もう休むのか？」書斎のドアの取っ手に手をかけ、バレット大将が言った。

ルシンダは階段の踊り場から階下を見おろした。「ええ。疲れているの」

バレット大将はうなずいた。「ヘレナに食事を運ばせようか？」

「いいえ、けっこうよ。おなかはすいていないから」彼女はふたたび階段をのぼり始めた。

「ルシンダ？」

「なに、お父様？」

「ロバート・キャロウェイがこの事件のもっとも有力な容疑者であることは否定できない。どうかその事実から目をそむけず、最悪の場合を覚悟しておいてくれ」

ルシンダは歩みを緩めた。ロバートが牢獄につながれ、さらには極刑に処せられるかもしれない。そんな言葉を耳にするだけでわたしがパニック状態に陥ることを、父は知っているのだろうか。数週間前まではなんでも話し合える関係だっただけに、今の言葉は彼女の胸にことさら深く突き刺さった。父との関係がこんなに変わってしまったのはなぜ？　事件のなりゆきが自分の将来を決定づけると思うから？　本当に大切なことがなんなのか、大切な人が誰なのかを知ったから？　守ろうとするものがなければ、単純に都合よく生きていくのは簡単なのだと、ルシンダはようやく気づいた。

むごたらしい戦争回顧録の編纂は女性のルシンダにとって衝撃的すぎるのではないかと父の仲間に言われたことがあったし、もっともな懸念だと思える。とはいえ、実際には悲惨な記録を読んでも、彼女はショックを受けたこともなければ胸を痛めたこともなかった。ロバートから戦争の真の恐ろしさと悲しみを知らされるまでは。

ルシンダは階段の手すりにもたれて階下の父を見おろした。「どうして彼がもっとも有力な容疑者なの？」できる限り穏やかな声で尋ねる。「彼が拷問を受けて生き延びて帰ってきたから？　わたしがもしもそのことをお父様に話さなかったとしたら？　そのときは誰がもっとも有力な容疑者になるの？」

バレット大将は眉をひそめた。「わたしはおまえに知らされてその情報を得た。意味があるのはその事実だけなのだよ。おかげで調査は簡単だった」

「ロンドン中に噂を広めたのは誰かわかった？」

「ルシンダ、そのことはもう言ったはずだ。噂を広めたのが誰であろうと、事態はなにも変わらない——」

「いいえ、そんなはずはないわ。考えてみて。お父様が話した人たちの中に、また戦争が起こることで利益を得る人物はいない？　あるいは盗んだ書類を売ってお金を稼ごうとする人物は？　どう考えても、ロバート・キャロウェイはこのどちらにも当てはまらないわ。それはお父様も知っているはずよ。だからこそ彼に時間を与えたんでしょう」

「おまえのためにそうしたんだ」

ルシンダは大きく息を吸い込んだ。できればこんな質問は避けたいと思いながら口を開く。「お父様、ひょっとしてシャトー・パニョンとロバートのことを、回顧録の編纂作業中にジェフリーに話したりしなかった？」

バレット大将はあきれたように口を開けたかと思うと、やがて閉じた。「ジェフリーを疑っているのか？」

ルシンダはすぐさま首を振り、階段を駆けおりた。ここで父の思考の方向性を変えられなければ、話を聞き出すのは不可能だ。今、ルシンダは父の答えをなにより必要としている。

そしてそれは彼女にしか入手できない情報なのだ。

「違うの、そうではないのよ。わたしと知り合ったばかりのジェフリーは、ロバートとわたしの友情に嫉妬したのだと思うわ。ロバートの評判を落とすためには、よくない噂を流すのが一番でしょう。噂が真実で出所もたしかだから、うってつけだったのではないかしら」ルシンダの顔がゆがんだ。「もしロバートが本当に書類を盗んだ犯人だとしたら、ジェフリーは噂など流さなくてもすんだはずよ」

「ばかげているよ、ルシンダ。ロバート・キャロウェイが潔白なら、できるだけ早く彼を呼びつけて尋問するべきだな」

「尋問するべきなのはロバートではないわ」ルシンダは静かに言った。噂を広めたのがジェフリーでなければ、父の仲間のひとりということも考えられる。父と同様に年老いて、おもしろおかしいだけの噂話と人の人生を台なしにする話との見境がつかなくなった連中がいたのかもしれない。そうだとしても、またもやロバートが槍玉にあげられたことになる。「おやすみなさい、お父様」

「おやすみ、ルシンダ。ジェフリーが嫉妬していると思い込んでいるようだが、彼は誰にも言っていない。それだけはたしかだよ。ほかの誰が知らなくとも、彼だけは秘密を守るすべを知っている」

ルシンダは危うく階段から足を踏みはずしそうになり、靴を直すふりをしてかろうじて持ちこたえた。ジェフリーは知っていたのだ。父がジェフリーに話したのだ。

ああ、ロバートに知らせなければ。彼が寝室にひそんで待っていてくれたらいいのに。動悸があまりに激しく、ルシンダは今にも気絶しそうだった。ジェフリーが盗難事件の犯人であるというロバートの推測を裏づけるものではないとしても、ジェフリーは彼女が思っていたほど正直ではなかったことだけはたしかなのだ。

今夜はもう休んだほうがいい。ルシンダはそう自分に言い聞かせた。明日の朝一番で、ロバートにこの情報を知らせよう。これ以上、中立の立場をとることはできない。彼女はようやく心を決めた。

22

ルシンダは眠れぬ夜を過ごした。ジェフリーが単に嫉妬に駆られたのか、あるいはもっと悪質な動機があったのかを考えずにはいられなかった。夜明けとともにベッドを出た彼女は、すぐ机に向かった。ロバートへの手紙を書きながら、これをどうやって彼のもとに届けようかと思っていたところ、エヴリンからの手紙が届いた。

〝ルシンダ、セイントとわたしからあなたにお願いがあるの。今日の朝〈タッターサルズ〉で開かれるオークションに、ジェフリー卿と一緒に来てほしいのよ。あなたから彼を誘ってもらえると助かるわ〟

なにかが動いている。ロバートに協力する意向を示した昨日の手紙に、ルシンダはジェフリーのことも記したが、どうやらロバートはその情報を重要視してくれたらしい。そのことに感謝しつつ、ルシンダは手紙を読み進めた。待ち合わせの時間と場所は指定されているものの、その目的にはいっさい触れられていない。おそらくこの手紙がバレット大将の目にとまった場合のことを考慮して、エヴリンはあえてなにも書かなかったのだろう。

ルシンダは眉根を寄せた。父はつまはじきにされたばかりか、信頼さえも失っている。こんなことがあっていいのだろうか。彼女には耐えられそうもなかった。急いでエヴリンに承諾の返事を書き、ジェフリーへの手紙に取りかかろうとしたときだった。

「ルシンダ？」父の声に続き、寝室のドアを叩く音がした。

まずいわ。「どうぞ」ルシンダは答え、エヴリンからの手紙と、彼女への返信を手帳の下に隠した。「どうしたの、お父様？」

「今朝は会議がある」バレット大将は彼女の机に視線を向けて言った。「わたしの留守中に面倒を起こさないよう、約束してほしい」

「面倒？」ルシンダは憤然とした表情できき返した。「わたしが魚売りと駆け落ちでもすると思っているの？　それなら心配ご無用よ」ゆっくりと息を吸い込み、言葉を続ける。「今ジェフリーに手紙を書こうとしていたところなの。彼は新しいハンター馬を欲しがっていたから、今日の〈タッターサルズ〉のオークションに一緒に行こうと思って。実は昨日、彼と少し気まずくなってしまったのよ」

「なにがあったんだ？」

「彼に……結婚を申し込まれたの」

バレット大将は眉をつりあげた。「ジェフリーに？　なぜすぐに言わなかった？　それで、なんと答えたのかね？」

「ロバートの騒動に決着がつくまで待ってほしいと答えたわ」父にいつわりなく話せたことにとりあえず満足するしかなかった。すべてがあまりに複雑になりすぎている。「ジェフリーはわたしに断られたと思っているらしいの。だから、そうではないと説明するつもりよ」

「おまえの誠意と同情心を批判するつもりはないが、もっと趣味のいい友達とつき合ってほしいものだな」バレット大将は顎をしゃくって廊下に出た。「ジェフリーによろしく伝えてくれ。それから原稿を読み終わったかどうか、きいておいてくれるかね？」

「わかったわ、お父様」


ロバートとブラッドショーが〈タッターサルズ〉に到着したとき、セイントとエヴリンの姿はまだ見あたらなかった。柵《さく》のまわりやオークションが開催されているテントは、すでに多くの人々で賑わっている。人込みに紛れていればジェフリーに気づかれる心配はなさそうだが、会話を盗み聞きするとなると話は別だ。だが、もうあとには引けなかった。

「どこにいればいい？」物乞《ものご》いの少年たちにトリーとゼウスを預けてから、ブラッドショーがきいた。

「できればどこか高いところがいい。ジェフリーよりも先に彼の家に着けるようにしておいてほしい。さもないと、逮捕者はぼくひとりではすまなくなる」

ブラッドショーはうなずいた。「それは彼が明らかに疑わしい発言をして、おまえが彼の家の捜索に乗り出すことを決意した場合だ。そうでない場合は家探しなどしないだろう？」

ロバートは兄に向き合った。「ジェフリーが気に入らないからといって、それだけの理由で逮捕されるような真似はしないさ」

「だったらいいが」ブラッドショーはロバートの肩に手を置いた。「じゃあ、あとで。おまえはどこにいるつもりだ？」

「この辺をうろついているよ。ここなら人目につかないし、会話を盗み聞きするにはもってこいだ」ロバートは向きを変えた。人込みの中に消えようとしたブラッドショーが立ちどまり、ロバートの腕をつかんだ。

「ききたいことがある」ブラッドショーはかすかな笑みを浮かべた。「その服はどこで見つけたんだ？」

「馬小屋の隅にあった。この格好なら目立たないだろう」

「うまい変装だよ」

ロバートは〈タッターサルズ〉の馬の世話係になりすますつもりだった。形の崩れた帽子を目深にかぶり、粗末な服を身にまとっているばかりか、馬丁のジョンから借りた馬糞《ばふん》まみれの長靴まで履いている。ぴったりサイズが合った長靴のおかげで、足を引きずらずに歩くこともできた。正体を気づかれるどころか、場内には誰ひとり彼に注意を払おうとする者はいない。そのうえ馬糞のにおいを漂わせているのだから、人の目をあざむくには願ってもない方法だった。

ロバートは人込みの中にたたずみ、セイントとエヴリンを待った。人の群れと緊張感のせいで、黒いパニックが不意に忍び寄ってくるのを感じた。だが彼は意識の奥深くにそれを追いやり、寄せつけようとしなかった。今はそんなことにかまけている暇はないのだ。

見あげると、バルコニーで美しい女性とにこやかに談笑するブラッドショーの姿が目に入った。ロバートは思わずほほえんだ。いかにもショーらしい。彼はどんな状況でも楽しみを見つけることのできる才能の持ち主だ。

場内を見まわしたロバートの目に、セイント・オーバン夫妻の姿が飛び込んできた。彼らがこうして協力してくれることがいまだに信じられない。自分が思っている以上に友人には恵まれている。身にあまるほどだ。

落ち着き払った様子のセイントは、明らかに妻よりもこうした局面に慣れているのだろう。エヴリンは何度も振り返っては、群集に目を凝らしている。ロバートやブラッドショーを探しているのがわかった。すべては計画どおりに進んでいると伝えるためにロバートはふたりに近づこうとしたが、人々は馬の世話係になど目もくれず、道を空けてくれようともしない。彼は謝罪の言葉を口にしながら人込みをかき分け、ようやくセイントとエヴリンの前に出た。

「おはようございます、旦那様。おはようございます、奥様」ロバートは帽子を傾けてみせた。

エヴリンが手で口を覆った。「まあ、驚いた！　誰かと思ったわ」

セイントは苦笑している。「くさいぞ」

「これも扮装《ふんそう》のうちなんだ。ショーはこの上にいる」ロバートはエヴリンに忠告した。「気づかないふりをしてほしい。ぼくもブラッドショーも、ここにはいないことになっている」

エヴリンは深呼吸をした。「ええ、そうだったわね。ルシンダからジェフリーを誘ってみるという返事が来たわ。その後どうなったかはわからないけれど、彼女のことだからきっとうまくやっているはずよ」

「そうか」

ルシンダが協力してくれる。ぼくを助けてくれる。ロバートは人込みの中を歩きながら口もとを引きしめ、にやけた笑みが浮かびそうになるのをこらえた。それでもなお、頬がゆるむのをどうすることもできない。大声で歌い、踊り出したい気分だった。ルシンダが選択してくれたのだ。もちろんそれは単に彼女がジェフリーを疑い始めたというだけで、社交界の人気者を捨ててロバートを選んだわけではない。彼女がそこまで愚かでないのはわかっている。

とはいえ、ルシンダがジェフリーを疑っているのなら、彼を誘うこと自体が愚かな行為だったはずだ。ロバートは彼女にそんなことをさせた責任を感じていた。もしジェフリーがルシンダを怪しんでいる様子なら、この計画は中止してもいい。たとえそれで祖国を追われようと、彼女の名誉を守りたい。ぼくのせいで、いや、どんなことのせいであろうと、彼女を傷つけたくはない。

ルシンダが到着したのは気配でわかった。そよ風が吹いたように皮膚の下を温かい血が駆け抜け、振り向くとそこに彼女がいた。ジェフリーとともに。

体にぴったりしたモスリンのドレスは胸もとが大きく開き、体の線を強調している。ロバートはやわらかな胸のラインに目を奪われた。口の中がからからに乾いている。ジェフリーがルシンダに夢中になるのも無理はない。だからこそ、反逆者であろうとなかろうと、ぼくはやつを叩きのめしてやりたいのだ。

　エヴリンがふたりを手招きしたのが目に入ると、ロバートはそっと彼らに近づいた。肩を抱き合い、握手をする四人は、たまたまここで顔を合わせた仲のいい友人同士のように見える。ロバートはジェフリーを観察した。なにか疑いを裏づける兆候がないかと目を凝らしたが、ハンサムで愛想のいい彼はまるで紳士の見本のようだ。

　ロバートがジェフリーのような風貌だったら、あるいはジェフリーのように振る舞っていたら、世間はあの噂をあれほどすんなりと受け入れなかったに違いない。ロバートは悪臭の漂う薄汚い自分の姿に目を向けた。この格好なら誰にも怪しまれるはずがない。ともかくここで正体を見破られないことを祈るばかりだ。

「……父への誕生日プレゼントに買いたいの。でも、父が好みのうるさい人だというのはご存じでしょう？」ルシンダがジェフリーの腕に手を絡めて言った。

「今日購入するかどうかは別として、良品質の馬の生産者を覚えておくといいですよ」ジェフリーが言う。

「それはどうかな」セイントがエヴリンの腕を取り、オークションの最前列へと進んだ。

「良質の馬を見つけたからといって、その生産者の馬がいつも良質とは限らない。いいと思う馬を見つけたら、その場で購入すべきです。バレット大将に気に入ってもらえなければ、いつでもまた競りに出せる。そうではありませんか、ジェフリー卿？」

「ジェフリーと呼んでください。今のご意見には賛同しますが、ぼくの場合は買い物に慎重にならざるをえないのです」

「なるほど。きみはたしか四男でしたね？」哀れみもあざけりも感じさせない口調で、セイントが言った。「お父上と面識はないが、噂によると……その、財布の紐《ひも》がかたい方のようですね」

ジェフリーは笑いながら答えた。「ええ、そうかもしれません。おまけの息子たちの面倒までは見られない、というのが父の考え方なのです」

「まあ、それは厳しすぎるわ」ルシンダが同情の視線をジェフリーに向けた。「でもお父様はあなたのことを、きっと誇りに思っておられるのでしょうね」

ロバートはルシンダにキスをしたかった。彼のために心にもないせりふを口にして、芝居を演じている彼女がいとおしかった。ロバートの知る限り、ジェフリーは陸軍での昇格を目論んでいる。ルシンダとの結婚が破談になれば、昇格への道は戦争しかない。うまい具合に彼女と結婚することになれば、書類を盗んだ罪は誰かになすりつければいいだけだ。そんな折にロバートの噂を耳にしたジェフリーは、まさに渡りに船と思ったに違いない。

ジェフリーはいつもの魅力的な笑顔でルシンダの手を取ると、指にキスをした。「ぼくが結婚して軍隊での地位も確立できたら、父はもっと誇りに思ってくれるはずです」

「軍隊での地位とは？　きみはまだ陸軍に所属しているのではなかったかな？」セイントが尋ねる。

「そのとおりです。陸軍にもまだ昇進の機会はありますし、ぼくはその機会をなんとか自分のものにするつもりです」ジェフリーはルシンダを見つめてほほえんだ。「そして彼女のことも」

ちくしょう。ジェフリーが潔白だったとしたら、ルシンダになれなれしくした制裁をどうやって彼に加えるべきか真剣に考えなければならない。ロバートは四人に近づき、荷車の車輪にもたれて帽子のつばで顔を隠した。

「キャロウェイ家の連中は、ロバートが陸軍にさえ入らなければこんな事態にならなかったのにと嘆いているだろうね」セイントが言った。

エヴリンが気色ばんだ。「セイント！　ひどいわ。彼らはわたしの親友の家族なのよ」

「だが本当のことだ」

「たしかにセイントの言うとおりかもしれないわ。今回の件で父も打撃を受けているの」ルシンダがゆっくりと言った。

顔を上げたロバートはルシンダの視線に気づき、心臓が止まりそうになった。彼女はもう一度ジェフリーに顔を向けた。「ロバートはわたしの友人です。それはいつまでも変わらないけれど、だからといって彼がトラブルに巻き込まれていいわけではありません」

「もうじきオークションが終わるよ」セイントが言った。

ルシンダは目をみはった。「こんなに早く？」ジェフリーに向きなおり、彼に握られていた手を引く。「ちょっと失礼してよろしいかしら？」

「ええ、もちろん。でも、ひとりで歩きまわってはいけません。馬車からメイドを呼んできましょうか？」

「わたしも一緒に行くわ。喉が渇いたの」エヴリンが言った。

ロバートはすばやく頭をめぐらせ、荷車から離れて近くの建物のほうへと移動した。建物の背後にひとけがないことを確かめ、細い路地に入る。ほどなくルシンダとエヴリンが姿を現した。彼は思わずルシンダに笑いかけた。「よくここがわかった――」

ルシンダがロバートの襟もとをつかみ、爪先立ちになって唇にキスをした。彼女の体に腕をまわし、力いっぱい抱きしめようとしたロバートが自分の薄汚い格好を思い出したとき、エヴリンが唾をのみ込む音が聞こえた。

「ルシンダ」彼はこらえきれずにもう一度キスをして、うしろに下がった。「気をつけよう。誰かに見られたら大変だ」

「わたし、見たわ」エヴリンが目を丸くしたまま言う。「あなたたち、いつのまにこんな関係になっていたの？」

「説明している暇はないわ」ルシンダはロバートに目を据えたまま言った。

はしばみ色の澄んだ瞳の奥をのぞき込んだロバートの胸に、長いあいだ忘れていた熱い希望と激しい恐怖がこみあげた。彼はルシンダの頬に指を走らせた。「きみに迷惑をかけてすまない。きみはかかわりたくないと言っていたのに――」

「気が変わったの」彼女がさえぎり、視線を足もとに落としてからロバートの全身を眺めまわした。「その格好……おもしろいわね」

「あの、ちょっといいかしら？　わたしに説明する暇がないのなら、こんなことをしている暇もないはずよ。もう戻らないと。それで、確証はつかめたの？」

「たぶん」ロバートは答えた。「エヴリン、少しのあいだルシンダとふたりにしてもらえないか？」

　エヴリンは顔をしかめた。「わかったわ。じゃあ、わたしはそのあたりを歩いているから」胸の前で腕を組み、彼女は踵を返して歩み去った。

「わたしにききたいことがあるんでしょう？」ルシンダがロバートの袖を引いた。

「バレット大将が一日待ってくれたのは、きみのためだったんだろう？」彼はささやき、ルシンダの目を見つめた。

「ええ。だからくれぐれも慎重に行動しましょう」彼女がささやき返す。「そうしないと父に合わせる顔がなくなるわ」

「バレット大将のことだが……例の話を誰に伝えたか、もう一度尋ねてもらえないだろうか。どうでもいいことに思えるかもしれないが、それが真犯人を見つける重要な手がかりになる」

「つまりジェフリーが犯人かどうかということね」ルシンダは穏やかな口調で言った。

「ルシンダ、噂がどうして広まったかは、ほかに調べようがないんだ――」

「あなたがシャトー・パニョンにいたことを、父はジェフリーに話したわ。たしか会議の前日だったはずよ。父に問いつめられて、わたしはあなたにシャトー・パニョンのことを打ち明けられたと話してしまったけれど、父はすでにそれを知っていたの」

深い安堵の思いが胸を満たした。ロバートの推測は正しかったのだ。やはり犯人はジェフリー以外に考えられない。不謹慎とは知りつつ、そしてバレット大将に気まずい質問をしてくれたルシンダの胸中を慮《おもんぱか》りながらも、ロバートは思わず相好を崩した。「ありがとう」

「そのほうがいいわ」ルシンダがささやいた。

「なにがいいんだい？」

彼女はロバートの口もとを指でなぞった。「笑っているほうがいいと言ったの」ゆっくりと爪先立ちになり、ルシンダはふたたび彼にキスをして、ふたりは唇をむさぼり合った。

「もう行かないと」

「ぼくもこれから行くところがある。ジェフリーを引きとめておいてくれるかい？」

「ええ、わかったわ。気をつけて、ロバート。もし国外に出ることになったとしても、必ず居場所を教えてちょうだい」

ロバートはルシンダの頬をそっと撫でた。「笑えるようになったのはきみのおかげだ」低くつぶやいてから、彼は人込みの中に紛れた。いよいよ計画を決行する時が来た。

23

「ぐずぐずしている暇はない」ロバートは落ち着きなく歩きまわった。「ルシンダがやつを引きとめてくれているんだ」

「セイントとエヴリンも一緒だ、心配するな」トリスタンは植え込みの向こうの小さな家に視線を据え、淡々とした口調で言った。「人の家に押し入るのだから、誰にも見られないように慎重を期さないと」

「やつの留守中に終わらせたい」ロバートはトリスタンが手にしている豹《ひょう》のマスクを指さした。「マスクもある。さあ、行こう」もうひとりの仲間は先ほどから楡の木にもたれたまま、これから侵入する家には目もくれず、ロバートを見つめている。しだいに苛立ちが募り、ロバートはたまりかねて尋ねた。「なにか気にかかることでも?」

ワイクリフ公爵は首をかしげた。「どうしても我慢できないことがいくつかある。きみのその格好がまずひとつ」

「変装しなければならなかったと言っただろう」

「それからもうひとつは、きみの口数が多くなったことだ」

「そのうち慣れるさ」ロバートは両手を上げた。「とにかくぼくは行く。ふたりでおしゃべりに興じていたいならそれでもかまわないが、ぼくはつき合えないよ」

ロバートは虎《とら》のマスクをかぶり、通りを横切った。ほどなくワイクリフとトリスタンの足音が背後に聞こえ、ロバートは歩調を速めた。足を引きずらないように細心の注意を払う。マスクをつけていても、歩き方で正体を見破られる恐れがあった。

「いいか？」ドアのノッカーに手をかけて、ロバートはふたりに言った。「書斎、図書室、寝室の順だ。見つからなければ、見つかるまで探す」

ワイクリフとトリスタンがうなずき、ロバートはドアをノックした。ドアはすぐに開いた。堂々とした初老の執事が、三人をひと目見るなり叫び声をあげた。「強盗だ！」

執事はロバートに押されてあとずさりすると、杖を手に取って振りまわした。ロバートは腕で防御しながら、執事の手から杖をむしりとった。「そこに入れ」客間の脇のクローゼットを指し示す。

「いったいなにを――」

「いいから入るんだ」ワイクリフが低い声で繰り返し、執事の体をつかんでクローゼットの中に押し込んだ。

従僕がふたり、家の奥から駆けつけてきたが、ロバートは杖を銃のように突きつけて立ちはだかった。「執事と一緒にそこに入れ」

「使用人は全部で六人らしい」ワイクリフが執事の首から手を離して告げた。

「そっちはたった三人だ」体の大きな従僕がこぶしを握りしめて言う。「この家の物を盗むつもりはないし、危害を加えるつもりもない。だが、こちらの指示に従わないなら話は別だ」ロバートは苛立ちをあらわにして言った。

「ちくしょう」

従僕が飛びかかってきた。ロバートはさっと身をかわし、杖を振りかざして男の頭を殴りつけた。従僕が床に倒れ込む。ロバートはもうひとりの従僕に言った。「クローゼットに入るか、叩きのめされるか、好きにするんだな」

従僕は苦々しい顔で両手を上げると、前を向いたままクローゼットのほうに移動した。トリスタンが気絶したほうの男の脇に両手を差し入れて引きずり、クローゼットの中に押し込んだ。

「次に誰かを気絶させるときは」トリスタンが息を切らして言う。「小柄なやつにしてくれ」

「使用人はあと三人いる」ロバートはキッチンに続く廊下を奥へと進んだ。「二階を見てきてくれ」

トリスタンが二階に上がり、ワイクリフがクローゼットを見張った。使用人たちがジェフリーの行為に関与していたとは思えないが、彼らを自由にすれば通報されるだろう。すばやく捜索を行い、ジェフリーが帰ってくる前に立ち去らなければならない。

キッチンで鍋《なべ》を洗っていた料理人と助手をクローゼットに閉じ込めたとき、トリスタンが顔面蒼白の大柄な家政婦をともなって二階からおりてきた。使用人全員がクローゼットに入ると、ワイクリフは鍵をかけ、家具を並べてドアを封鎖した。

「よし」トリスタンがつぶやいた。「書類を探そう」


「美しい鹿毛ですね」ジェフリーがルシンダに身を寄せ、耳もとでささやいた。頬に息がかかるほどの距離だ。

「ええ、きれいな馬ですわ」ルシンダは答え、彼がこれ以上近づいてこないよう必死で祈った。「でも、以前にもオークションで見たことがあったような気がするのですけれど、違ったかしら？」

「よく覚えているね」セイントが言った。「あの馬は先週レイバーン卿を振り落とし、去年の秋にはトトレイの息子に噛みついている」

「まあ。そんなじゃじゃ馬なら、お父様には向かないかもしれないわね」ルシンダは言った。ブラッドショーがバルコニーの椅子に座り、醜聞の絶えない若い女性たちに囲まれているのが目に入る。セイントが横にいて、ブラッドショーが上から監視の目を光らせているのだから安全なはずなのに、彼女は横に立つジェフリーに脅威を感じずにはいられなかった。彼は幾度となくバレット家を訪れ、なごやかに会話を交わしながら父をあざむいていたのだ。そのうえルシンダは彼にキスされ、結婚まで申し込まれている。

ロバートの推測が正しいなら、ジェフリーは戦争を始めるきっかけとなる以外になんの使い道もない書類を盗んだ犯人なのだ。誰かの人生を台なしにするとわかっていながら、というより、そうなることが狙いでジェフリーは噂を広めている。それにしても、いったいなぜロバートを？　たまたま手近にいたから？　それともジェフリーは慎重に考え抜いたあげく、ロバートを生贄《いけにえ》に選んだのだろうか？　どちらにせよ、ジェフリーの悪意を否定することはできない。

「じゃじゃ馬を手なずけるのも楽しいものですよ」ジェフリーが言った。

ルシンダは囲いの中の馬に目を向けたまま、ふと思った。ジェフリーは今の言葉に特別な意味をこめ、誰かに、特にわたしに聞かせようとしたのだろうか。ただの一般論であってほしいけれど、そうではないような気がする。

「ジェフリー卿、あなたはインドへの赴任を希望しておられるとか？」エヴリンが陽気な声で尋ねた。

「ええ、そのとおりです。ウェリントン公もインドに赴いてから頭角を現しました」

「もしご結婚なさったら、奥様をインドに同行させるおつもりですの？」

ジェフリーは美しい薄緑色の目をルシンダに向けた。「妻は夫に同行するものだと思います」

インドに行くか行かないかはルシンダしだいだと、ジェフリーは父に明言したはずではないか。彼女はそう指摘したかったが、盗み聞きした話だったことを思い出して口をつぐんだ。

それにしても、なぜだろう。ジェフリーが事件にかかわっていると知らなかったころでさえ、彼が数年間インドに行くと聞かされてもなにも感じなかったのに、ロバートがロンドンを追われると想像しただけで、恋しさに胸が引き裂かれそうになるのが不思議でならない。

この場ではなごやかな見せかけの会話をすればいいことが、むしろありがたかった。ルシンダは弱々しい笑みを浮かべた。「インドの話題はいろいろと耳にしています。香辛料をふんだんに使った食べ物や音楽の話……どれも異国情緒たっぷりですわね」彼女は言葉を切り、今ごろ書類を探しているはずのロバートに思いをはせた。「父もインドに行くのを楽しみにしていると思いますわ」

薄緑色の瞳の奥をなにかがよぎったことに気づいたが、それがなんだったのかルシンダにはわからなかった。「バレット大将が？　もちろん来ていただくのはかまいませんが、楽しんでもらえるかどうかは疑問です。お仲間もいない場所では、きっと寂しい思いをなさるでしょう」

「でも、わたしたちが一緒ですわ」

「ええ、もちろん。高官として輝かしい名声を築かれたバレット大将をインドにお連れするのは身にあまる光栄とはいえ、なにぶん大将はご高齢です。ロンドンにとどまっておられるほうが、なにかとご安心なのではありませんか？　インドまでの航海も楽ではありませんよ」

まあ、聞き捨てならないわ。父の正直さと公正さを、ジェフリーは煙たがっているのではないかしら？　彼がインドでひともうけを企み、密輸や不正行為で暴利をむさぼる魂胆なら、なおさら父が邪魔なはずだ。「インドまでの航海はそんなに大変ですの？　でしたら、わたしもロンドンにとどまるほうがなにかと安心ですわ。航海に耐えられる自信がありませんもの」

ジェフリーの笑顔が引きつった。「この件に関しては、後日また話し合いましょう」

「わたしはあなたがどんなお考えでいらっしゃるのか、なにも知らされていません。あなたは最低限のことしか話してくださらないおつもりですか？ 少なくとも結婚してどこに住むかということくらい、わたしにも知る権利があるはずです」

「きみは陸軍大将のお嬢さんだから、軍人の生き方というものを心得ているでしょう？」

「父が軍を率いて戦っていたころ、わたしはまだ子供でしたから、おばに預けられて教養と作法を身につけました。父はけっしてわたしを戦地に連れていこうとはしませんでした」

ジェフリーがルシンダを見据えた。「きみがぼくの求婚の返事を引き延ばしているのは、キャロウェイのこととはなんの関係もないのですね。きみはぼくと結婚するつもりなどないのでしょう」

なんてことを。ジェフリーへの疑惑が募り、彼の言葉の一字一句がルシンダの癇《かん》に障った。もう耐えられそうにない。「そんなことを言った覚えはありません。わたしはただ、なにも知らされていないのが不満なだけです」

「見て、ルシンダ」エヴリンが割って入った。「あの鹿毛の馬は本当にきれいね」

「なぜそんな話をここでしなければならないのです？」ジェフリーはエヴリンを無視して言葉を続けた。

いけない、彼の機嫌をとらなくては。「じゃじゃ馬を手なずけるのがお好きだったのではありません？　それともなにかほかに意味がおありなのかしら？」

ジェフリーが彼女の腕を強くつかんだ。「答えてください、ルシンダ。きみの大事な友達が引き起こした騒動の決着がついたら、ぼくと結婚してくれるのですか？　これ以上きみの友人の相手をさせられて、貴重な時間を無駄にするつもりは……」

彼の目の奥に浮かんだ冷たい光を、ルシンダも今度ばかりは見逃さなかった。ジェフリーは口をつぐみ、背を向けて歩み去った。

「ジェフリー！」ルシンダは彼の背中に向かって叫んだ。「どこへ――」

「まずい」セイントが言った。「ちょっと手厳しすぎたようだな」

「でも、わたしが彼のご機嫌とりをして陽気に振る舞ったら、怪しまれると思ったのよ」ルシンダはうろたえて上を見た。ブラッドショーの姿はすでにない。ジェフリーが家に向かっているとロバートに知らせに行ったのだろう。「ああ、どうしましょう。なんて愚かなことをしてしまったのかしら」

「そんなことないわ」エヴリンがいたわるように言う。「あなたの言うとおりよ。遅かれ早かれ、ジェフリーは自分がここに引きとめられているのに気づいたはず。だからこそ、ブラッドショーの監視が必要だったんだわ」

「ここへはなにに乗ってきたんだ？」セイントは両手にそれぞれエヴリンとルシンダの手を取り、オークション会場を離れた。

「二頭立ての馬車よ。メイドが中で待っているの。まあ、どうしましょう。ヘレナは大丈夫かしら」

「ジェフリーは彼女を馬車からおろして出発しただろう。ブラッドショーの馬は、おそらく五、六分早くジェフリーの家に着くはずだ」

「わたしたちはどうすればいいの？」ルシンダは言った。自分の愚かさを悔やんでも悔やみきれない。あと数分、口を閉ざしてさえいれば……ああ、まだ書類が見つかっていなかったらどうしよう。わたしのせいで、ロバートがとがめを受けるはめになるかもしれない。

「バレット大将は会議だと言ったね？」セイントが尋ねた。

「ええ、ホースガーズに出かけたわ」

「では、我々もホースガーズに行ってバレット大将を探そう。ロバートが書類を見つけたら、誰かに確認してもらう必要がある」

「ここにもない」ロバートはうめき声をあげ、かぶっていたマスクを頭の上に押しあげた。ちくしょう。書斎は塵《ちり》ひとつなく、ここで仕事をした形跡もないほどだったが、今は見る影もない。同様に、本棚に並んだ書籍は一度も開かれたことがないと思えるほど整然としていた。乱雑に床に放り出した本の山を、彼は元どおりにするつもりもなかった。ジェフリーに人生を台なしにされかかったことに比べれば、家の中を引っかきまわすことなどたいしたこととは思えない。

「ここにもない」しゃがみ込んでキャビネットの中を調べていたトリスタンが立ちあがり、ワイクリフに目を向けた。ワイクリフはオーク材の棚の上に散らばった本や書類に目を通していたが、やがて首を横に振った。

ロバートは舌打ちした。「この家のどこかにある。間違いない。売れば大金が転がり込むが、見つかれば監獄行き、そんな書類を持っていたとしたら、どこか身近なところに隠しておくはずだ。そうすれば誰かにうっかり見られる心配はない。家の中といっても使用人が近づかず、取り出すときにも怪しまれない場所だ」

「そんな場所はいくらでもあるだろう」トリスタンがズボンを払いながら言った。

ロバートは部屋の中を歩きまわり、家の見取り図を頭に思い描いた。小さな借家だ。その事実がジェフリーの経済状況を物語っている。とはいえ、彼は自分を英雄と称してはばからず、外見や名声をことさら鼻にかけている。かつての戦争の英雄は、結婚して少佐の肩書きを手に入れるか、さもなければ戦争を起こして殊勲を立てようとしたのだ。

「制服だ」ロバートは書斎を出て階段に向かった。「制服はどこにあると思う？」

「制服？」トリスタンがきき返す。「なぜ――」

「彼は今も陸軍の軍人だ」ロバートは肩越しに言った。「制服は誰も手を触れることのできない場所にきちんとしまってあるはずだ。昇格しようと、殊勲を立てようと、なんであれ彼は制服姿で特別なセレモニーに出席するのを心待ちにしていただろう。陸軍の制服は彼の未来であり、誇りと喜びなんだ」

「だが書類が見つかれば、彼は売国奴だ」トリスタンもロバートのあとを追って階段を上がり、ジェフリーの寝室へと向かった。「その書類を制服と一緒にしまっておくだろうか？」「彼にとって、あの書類は昇格を手に入れる唯一の方法だった。売国奴と呼ばれることになるなど、考えてもいないだろうね」

ワイクリフが小さく口笛を吹いた。「証拠はなにも見つかっていないが、わたしはきみの言葉を信じられるような気がしてきたよ」

「おそらく間違いないと思う」ロバートは寝室のドアを開けた。

広々としたスイートルームに入った三人は、衣装戸棚がいくつも並んでいるのに目をみはった。薄給にしては衣類が多すぎる。どうやらジェフリーは収入の大半を着るものに注ぎ込んでいたらしい。

「ジョージアナは服を買いすぎだと思っていたが、どうやらそうでもなかったらしいな」トリスタンはつぶやき、戸棚の中を調べ始めた。

隣の衣装戸棚には上着やベストやズボンが詰まっている。シャツ類は別の場所にしまってあるようだ。ロバートは床に膝をつき、戸棚の一番下の引き出しを開けた。靴下とクラヴァットが出てきたが、制服は見あたらない。

そのとき玄関の開く音が、静まり返っていた家の中に響き渡った。ロバートは弾かれたように立ちあがり、廊下に出た。ブラッドショーが言ったように、ジェフリーを叩きのめして口を割らせるのがいいように思えてきた。

「どこにいる？」階下から、ブラッドショーが息を切らして叫ぶ声が聞こえた。

ロバートは階段の手すりから身を乗り出した。「ここだ」

「ジェフリーが〈タッターサルズ〉を出たぞ。気分を害している様子だった」

「ルシンダは？」

「ジェフリーは彼女を置いて立ち去ったんだ」ブラッドショーは階段をのぼりながら答えた。「どうやらふたりは口論になったらしい。ジェフリーはルシンダを残して自分の馬車に乗り込んだ。あと五分もすれば帰ってくる」

「ここになにかあるぞ！」ワイクリフの叫び声がした。

ロバートは寝室に駆け戻った。ワイクリフがベッドの下からオーク材の小型トランクを引っぱり出した。

「鍵がかかっている」ワイクリフはトランクをこじ開けようとしながら言った。「おそらく鍵は家にないだろう」

「そうだな。中に入っているのが制服なら、ジェフリーは鍵を持ち歩いているはずだ」ロバートはしゃがみ込んでトランクの錠前を調べた。シャトー・パニョンを逃れて九死に一生を得たとき、彼の制服は泥と血にまみれ、シャツは見るも無残に引き裂かれていた。上着やブーツが原形をとどめていたとしても、二度と目にすることがないように葬り去っていただろう。

一方、ジェフリーは制服にこのうえない誇りを抱いている。制服によってもたらされる威信を鼻にかけ、いつか手に入れるつもりでいた経済力を当てにしていた。トランクの錠前は不必要なほど頑丈だった。「これだ」ロバートは確信した。

「なんとか開けられないか?」ブラッドショーがきいた。

「ぼくは金庫破りではないよ」ロバートは笑みを浮かべて答えた。内心、開けられないことはないと思ったが、ジェフリーが帰路についているというのに時間をかけてはいられない。代わりにロバートはポケットから銃を取り出した。

「ロバート」トリスタンが驚愕の表情で言った。「なぜそんなものを持っている?」

「万が一のために持ってきたんだ」ロバートは撃鉄を起こした。ブラッドショーの部屋からこの銃を盗み出し、弾を装塡《そうてん》したときには手が震えたが、今ではすっかり落ち着いている。

「撃つぞ」彼はつぶやき、引き金を引いた。

室内にとどろいた銃声と爆音のすさまじさに、ロバートは思わず身をよけた。発砲したのは久しぶりだが、腕はなまっていないようだ。トランクの前部は粉々に砕け、錠前は吹き飛ばされていた。

「今の銃声なら誰にも聞かれていないはずだが」ブラッドショーが眉をひそめて皮肉を言った。「そうでなければとんでもないことになるぞ」

「仕方がない」ロバートはトランクの蓋を開けた。中にたたまれた陸軍大尉の制服は、左胸の弾痕《だんこん》以外は皺ひとつない。

「みごとだな。心臓を打ち抜いている」ワイクリフが上着を取りあげ、左右に振った。

折りたたまれた紙の束が床に落ちた。その瞬間、ロバートは目を閉じて感謝の言葉をつぶやいた。彼の推測は正しかったのだ。「内容を確かめてくれ」ロバートは手短に言い、トランクの奥をさらに探った。地図もあるはずだ。ジェフリーの犯行を裏づけるだけでなく、イングランドが再度ナポレオンを相手に戦争を始めることのないよう、盗まれた書類はすべて見つけ出さなければならない。

「なんてことだ」トリスタンが怒りに満ちた声で言った。「これはナポレオンを信望するイングランド将校のリストだ。このリストを拝借できないのが残念だな。たっぷり思い知らせてやりたいものだよ」

ロバートはトランクの中を調べながら、顔も上げずに言った。「誰を信望しようと勝手だが、謀反を起こすのは許せない」

トランクの奥を探っていた指に羊皮紙が触れた。礼装用の短剣の陰に丸められている。ロバートは羊皮紙を取り出し、トランクの上で開いた。目の前にセントヘレナ島の地図が広がる。高度や距離などが細かく記載された要塞の青写真だった。

「地図だ」トリスタンがロバートの肩をつかんだ。「やったな」

「さあ、用がすんだのなら引きあげよう」ブラッドショーが言った。「世間の脚光を浴びるのはいいが、強盗の罪で逮捕されるのはごめんだよ。使用人はどうしたんだ?」

「階下のクローゼットに閉じ込めてある」書類を腕に抱えたトリスタンが答えた。

四人は階段を駆けおり、玄関の外に出た。ジェフリーの姿は見えないが、帰宅した彼の様子が見ものだ。家の横につないであった馬に近づいたトリスタンを、ロバートは呼びとめた。

「書類はぼくが持つ」ロバートは手を差し出した。

「今からわたしがホースガーズに届ける。心配するな。おまえはどこか安全なところにいてくれ」

「ホースガーズには届けないでくれ」

ワイクリフが立ちどまった。「なんだって？」

「ジェフリーはバレット大将に会いに行ったとき、この書類を盗んだんだ。手配中の売国奴がバレット大将の未来の義理の息子だったとホースガーズの本部に報告したら、大将の立場にまで影響が及ぶ」

「ビット、おまえはバレット大将を快く思っていなかったんじゃないのか？」

「そのとおりだが、彼の娘は大切な友人だ」ロバートはトリスタンの手から書類をつかみとり、上着のポケットに入れた。父親が失脚すればルシンダは悲しむだろう。そんな事態は避けたかった。それにロバートが抱き続けてきたバレット大将に対する憎しみは個人的な理由によるものだ。誰もがバレット大将を高潔で公明正大な人物と思い込んでいる。その輝かしい名声を汚す気にはなれないと、ロバートは思い始めていた。

「それならバレット邸に行こう」

ロバートはトリーに飛び乗った。「いや、バレット邸に行くのはぼくだけだ。みんなは家に帰って、ぼくがアメリカに逃亡したと報告するか、ジェフリーのトランクから書類を発見したと証言するか、相談しておいてくれ」

「それはおまえが決めることだ」トリスタンが気落ちした表情で言った。「とにかく気をつけろよ」

「わかっている」ロバートはトリーを出発させた。すべてはバレット大将の反応しだいだ。危険も覚悟している。大事なのはジェフリーの将来でもなければ、自分の将来でもない。ルシンダの将来。そしてルシンダの幸せ。ロバートの頭の中にはそれしかなかった。

24

ホースガーズの入口の哨兵《しょうへい》たちは、エヴリンの姿を目にするなり動揺した。バレット大将の娘をともなっているにもかかわらず、兵たちの顔色が変わったのをルシンダは見逃さなかった。セイント・オーバンを同行していることに気づき、彼らはよけいに困惑しているようだ。バレット大将はもう帰宅したと告げられて、ルシンダは内心ほっとしていた。この仲間たちと父を訪ねても、歓迎してもらえなかっただろう。

「だったら、父は家にいるはずよ」ルシンダはセイントに手を取られて、ふたたび馬車に乗り込んだ。「そのほうがいいかもしれないわね。わたしが父に説明するわ。みんなで一度に押しかけたら、父は意固地になるもの」

「あなたひとりでお父様と対決するのはやめたほうがいいわ」エヴリンが眉間に深い皺を寄せて言った。

「父が心を開いてくれれば、対決などしなくてすむのよ」ルシンダは答えた。ロバートが書類を見つけたかどうか、ジェフリーの家を無事に去ることができたかどうか、誰かに知らせてもらうように手配すればよかったと悔やんでいた。

「ルシンダ、きみは危ない橋を渡ることになる」セイントが前方に視線を据えたまま言った。「ジェフリーへの疑惑を口にしたら最後、バレット大将ときみの関係はもう修復できなくなってしまう。ロバートがきみたち親子の仲を取り持ってくれるとも思えない。きみは本当に――」

「セイント、ルシンダはちゃんとわかっているわ」エヴリンが口をはさみ、夫の手を取った。エヴリンの言葉がありがたかった。ジェフリーを非難することがなにを意味するかはわかっている。だが、それより気がかりなのはロバートのことだった。彼がジェフリーの企みを暴くことができたかどうかではなく、この一件が落着したら、彼はまたもとのロバートに戻って、ルシンダの前からいなくなってしまう気がしたのだ。

「本当にわたしたちがいなくて大丈夫？」エヴリンがきいた。

ルシンダは目をしばたたいて顔を上げた。馬車が速度を落とし、バレット邸の前で止まった。「ええ、大丈夫よ」

「彼らが書類を見つけたとしたら、まっすぐホースガーズへ向かうだろう。バレット大将はまた呼び出されることになる」

ルシンダはうなずき、ヘレナとともに馬車をおりた。「それを父の耳に入れておくわ」

「幸運を祈っている。わたしたちはキャロウェイ邸に向かうよ。嬉しい知らせが待っているといいが」セイントはふたたび馬車を駆って通りに走り出た。

バローがルシンダのために玄関のドアを開けた。「旦那様は書斎におられます」彼女の手からショールを受けとり、執事は告げた。「なにか……問題がおありのようでございます」

まあ、そんな。今はまだなにも起きるはずがないわ。早すぎる。ルシンダは父の書斎へと急いだが、ドアは施錠されていた。「お父様？」彼女はノックをしながら声をかけた。「お父様、話があるの」

重々しい足音が近づいてきて、鍵を開ける音に続いてドアが開いた。怒りをあらわにした父の険しい表情に、ルシンダは身をこわばらせた。「わたしもおまえに話がある」バレット大将は脇によけて彼女を通した。

「なにかあったの？」ルシンダはそう言ってから息をのんだ。ジェフリーが窓枠にもたれ、彼女を凝視している。「まあ、ジェフリー」彼女は言葉を探した。「どうして先にお帰りになったの？　それに、ここにいらしたのはなぜ？　お父様、いったいなにがあったの？」

「ぼくは帰ります」ジェフリーはかたい表情のままルシンダの前を素通りし、ドアへと向かった。

ジェフリーがここにいるということは、ロバートの捜索時間が増えたはずだ。真っ先にルシンダの頭に浮かんだのはそれだった。「わたしがなにか気に障ることでも申しあげたかしら？」

ジェフリーは戸口で彼女と向き合った。「きみには失望しました。もっと賢い女性だと思っていたのに」

廊下を通り抜け、玄関を出ていくジェフリーのうしろ姿を、ルシンダは眉をひそめて見つめた。振り向くと、父が鋭い目で彼女をにらんでいる。「おまえはわたしを裏切った」バレット大将は低い声で静かに言った。「猶予など与えるのではなかった。その隙におまえがほかの誰かを陥れようとしているとは思わなかったよ。しかも彼はわたしが目をかけ、おまえに友達以上の好意を持ってもらいたいと思っていた人物だ」

「ジェフリーになにを言われたの？」

彼はなにも知らないはずだ。知っていたとしたら、父に告げ口をする前にまっすぐ家へ帰っているはずではないか。だがそのとき別の考えが頭に浮かび、ルシンダの心臓が凍りついた。ジェフリーがいち早くロバートの計画に気づき、すでに手を打ってあったとしたら、たとえば書類を別の場所に保管しているなら、あるいはけっして誰にも見つかる心配のない場所に隠してあるなら、あわてて家に帰る必要はないのだ。

「ジェフリーから聞いた」バレット大将は書斎のドアを閉めようともせずに大声で言った。「おまえは仲間と共謀して、ロバート・キャロウェイがホースガーズから書類を盗んだ容疑を晴らそうとしていたそうだな。そしておまえたちは、その罪をジェフリーになすりつけようとした」

「わたしは――」

「そのうえキャロウェイはジェフリーを罪に陥れるために、証拠をでっちあげようとしているというではないか。策略の準備はもう進められていて、罠を仕かけられているのに気づき、ジェフリーはそのことをわたしに知らせに来たのだ」

誰にも負けないことがジェフリーにひとつだけあるとするなら、それはあつかましさだ。彼の話は疑惑を寄せつけないほどの信憑性《しんぴょうせい》がある。「お父様が知っている以上の事実があるのよ」

「わたしが知っている以上の事実？　わたしは三〇年間陸軍の軍人として、三年間はホースガーズの高官として国家に仕えてきたのだ。おまえたちの策略にかかわっている暇などない」

「そうじゃないの――」

「いいえ、お通しするわけにはまいりません！」バローの困惑した甲高い声が聞こえてきた。ルシンダははっと振り向いた。ロバートが執事を押しのけ、玄関広間に足を踏み入れたところだった。彼の目の輝きを見ただけで、ルシンダにはわかった。書類を見つけたのだ。胸が高鳴った。だが一瞬ののち、不安と戦慄《せんりつ》が彼女の胸を締めつけた。書類を見つけたのなら、まっすぐホースガーズに行くはずだ。「ロバート」ルシンダは震える声で言った。「ここでなにをしているの？　あなたは――」

「ルシンダ」ロバートは歩み寄り、視線を彼女の父親に向けたまま言った。「バレット大将とふたりだけで話をしたい」

「帰れ、このごろつきめ。わたしが猶予を与えたのをいいことに、なにを調子に乗っているのだ？」

ロバートはルシンダに顔を寄せてささやいた。「図書室で待っていてくれ」

彼女はうなずき、ロバートの腕にそっと触れた。「大丈夫なの？」

「たぶんね」

ルシンダが立ち去るのを見届けてから、ロバートは再度バレット大将と向き合った。「あなたの書斎で話しましょう。それとも、この廊下がいいですか？」

「どちらも断る。つまみ出される前にここから出ていきたまえ」

「数分後にはそうしますよ」こみあげる怒りと苛立ちを必死で抑え、ロバートは書斎を手で示した。「中にお入りください」

バレット大将は品定めをするような目をロバートに向けた。身長が一〇センチ、年齢は二五歳もの違いがあることに思い至ったのだろう。苦虫を嚙みつぶしたような表情で冷たく言い放った。「二分間だけやろう」

二分ですむ話ではないと思いながら、ロバートはバレット大将に続いて部屋に入ると、うしろ手にドアを閉めて鍵をかけた。「座ってください」

「どんな話をするつもりか知らないが、きみが売国奴である事実を変えることはできないぞ、キャロウェイ。わたしを殺すつもりなら、この家に証人がどれだけいるかをよく考えるんだな。そうでないなら逃亡をすすめる。この家からではない。この国から出ていくのだ。それがきみに対するわたしの最大の譲歩で、ルシンダにとっても最善の道だ」

「一八一四年四月」机の前の椅子に座り、目の前に散らばった書類に視線を向けながら、ロバートは唐突に言った。「あなたが率いる陸軍部隊はバイヨンヌを包囲していた」

「ああ、たしかに。だが、きみに言われる必要はない」

「いや、必要があるから言っているんです。ナポレオンが退位し、あの日終戦協定が締結した」

「それがどうしたと――」

「だがあなたはトゥーヴノー陸軍大将がバイヨンヌを死守しようと籠城《ろうじょう》していることと、トゥーヴノーがあなたを襲撃する計画を練っていることを捕虜から聞き出していた」

「その情報を真に受けたわけではない」

「なるほど。だからあなたは真夜中に、フランス軍の陣地へ偵察隊を送ったわけですか？　協定が締結したにもかかわらず、トゥーヴノーが撤退していないことをあなたは知っていた」

「そうではない。いったいなにを――」

「偵察隊として送られたのは我々の小隊だったのです、バレット大将」ロバートは絞り出すような声で言った。こぶしを握りしめ、叫び出しそうになるのをこらえる。「一〇〇〇人ものフランス兵が一五人のイングランド兵を待ち受けていた。仲間の兵士は武器を手に取る間もなく、ひとり残らず殺されました。ぼくは意識がなくなるまで殴られましたが、殺されなかったのはイングランド人の捕虜が欲しかったからでしょう」

　バレット大将の顔がこわばった。普段は血色のいい顔から赤みが消えている。「偵察兵が全員殺されたという報告は受けとった」彼はようやく口を開いた。

「全員ではない。ひとりは生きていました。そしてあなたがバイヨンヌを占拠した二〇日後、トゥーヴノーはようやくナポレオンが退位したことを受け入れ、戦争は事実上終結した」ロバートは身を乗り出し、バレット大将のグレーの目と視線を合わせた。「でも、ぼくにとってはなにも終わっていませんでした。シャトー・パニョンは落城せず、イングランド軍もこだけは攻め入ろうとしなかった。フランス軍の情報網はシャトー・パニョンを拠点として活発に機能し、彼らはナポレオンを脱出させる綿密な計画を練っていた。所属部隊の指揮官だったあなたとあなたの家族のことを、ずいぶん聞かされたものです。彼らはイングランド軍の総督を暗殺もしくは脅迫しようとしていました」

「きみは――」

「ぼくは口を割らなかった。だが七カ月後、世にも恐ろしい光景を目にして、これ以上口をつぐんでいるのは不可能だと悟りました。ぼくは敵の銃口の前に身を投じ、自殺を企てた。計画どおりにはいかなかったとはいえ、結局ぼくは死んだものと判断され、城壁の外に捨てられました。二日後、スペイン軍の兵士に発見され、手当てを受けたのです」実際にはこんな生やさしいできごとではなかったが、それを伝えるのが目的ではない。今は自分が売国奴であるはずがないことをバレット大将に納得させたかった。それ以上は自分の胸におさめ、人に話すつもりはなかった。

「それで……きみの身に起こったことはわたしの責任だと言いたいのかね？」バレット大将はゆっくりと言った。声がかすれている。「だからきみは――」

「ええ、あなたの責任です。でも、だからといってあなたに復讐《ふくしゅう》したいとは思わない。まして、もう一度戦争を起こしたいと思うはずがない」ロバートの体が小刻みに震えた。「あんなできごとを誰にも体験させたくないんです」

「それならなぜ――」

「いいですか？　これから言うことをよく聞いてください。あなたのためでも、ぼくのためでもない。ルシンダのために。口をはさんだり、反論したりせず、最後まで黙って聞いてください。わかりましたか？」

バレット大将の顔にふたたび怒りが浮かんだ。「それ以外にきみをここから追い出す方法はなさそうだな」憤懣《ふんまん》やるかたない声の調子に力強さはない。

「そのとおりです。まず質問に答えてください。ホースガーズの書類が紛失したことがわかってから、ぼくが盗んだという噂が広まるまで、どれくらい時間がたっていましたか？」

バレット大将はしばらく考え込んでから、ようやく口を開いた。「一日だ」

「ぼくがシャトー・パニョンの捕虜だったと、あなたがジェフリー・ニューカムに話してからは？」

「わたしは話していない――」

「質問に答えてください」

バレット大将は言い逃れできないことを察したようだった。やむをえないとでも言いたげな目の表情から、それは明らかだ。「一二時間。ひょっとしたら、そんなにたっていなかったかもしれない」

「ぼくは格好の身がわりだったわけですね」ロバートはつぶやいた。「でも、犯人はぼくじゃない」

「ジェフリーを疑っているのだな？」

「ジェフリーが犯人です」ロバートは大きく息をつき、上着のポケットから折りたたんだ書類と地図を取り出して机の上に広げた。「今しがた、彼のトランクから見つけたものです。制服と一緒に入っていました。必要とあらば、ワイクリフ公爵がその事実を証言してくれます」

「あらかじめそこに隠しておいたのだろう？　きみがジェフリーに罪をなすりつけようとしていたことは、すでに彼から聞いている」

「そもそも、あの書類を盗んでぼくになんの得があるというんです？」

バレット大将は舌打ちした。「それならジェフリーはなにを得るというんだね？」

「ジェフリーはインドで指揮官の地位につくことを望んでいます。だが今は軍人といっても名ばかりで、経済力もない。ルシンダと結婚すれば昇格は約束されるが、そのためにはなんとしても彼女の承諾を得なければならない。彼は代替の対策を講じる必要に迫られていたんですよ。あの書類を手に入れれば、売って大金を得ることも、もう一度ナポレオンとの戦争を起こすことも可能だ。少なくとも望んだものを確実に手にできます」

「それならなぜきみがこの事件にかかわっているのかね？」

ロバートは肩をすくめた。「便利な存在だったんでしょう。ぼくはみんなにうさんくさいと思われている。それにルシンダとのことで、ジェフリーはぼくを敵対視していた。でもそんなことより重要なのは、バレット大将、あなたがこの事件にかかわっていることです」

バレット大将はよろけながら立ちあがった。「きみはわたしを告発するつもりか――」

「いいえ、違います。しかしジェフリーがホースガーズに出入りしていたのは、あなたに会うためでした。それにあなたが彼に目をかけていたのは周知の事実です。その影響を心配しているんですよ」

「先ほどジェフリーがここに来た」バレット大将はひとり言のようにつぶやいた。「ルシンダと彼女の友達が、きみを救うために彼を罠に陥れようとしていると言いに来たのだ。わたしは激怒したが、そのときふと思ったことがある。ルシンダの友人たちが結婚した相手は、ふたりとも根っからの品行方正な紳士というわけではない。つまりデアとセイント・オーバンのことだが。それなのに野心的だというだけで、なぜジェフリーを嫌うのか、まるでわからない。ルシンダはジェフリーに好意を持っているはずだ。いや、持っていたと言うべきだが」

「ええ、たしかにそうでした」ロバートは立ちあがった。「ともかく、盗まれた書類は今あなたの目の前にあります。そしてジェフリーを疑うに至った事情も話したとおりです。これからどうするかは、あなたがご自分の立場と名声を考慮したうえで決めてください。図書室で待っています」

「ジェフリーとわたしを告発したいなら、気のすむようにしたらどうだね？」

「いいえ。そんなことをすればルシンダが悲しみます」ロバートは言葉を切った。どれほど彼女を大切に思っているか、バレット大将に感づかれたのではないかと思ったのだ。「あなたの決定に従うつもりです。でも、もしぼくを告発するつもりなら、ひとつだけ頼みがあります。家族にだけは嫌疑がかからないように取りはからってください」逮捕されたらどんな罰を受けるのかはわからない。だが、すべての判断をオーガスタス・バレット大将の手にゆだねるのが正しい選択に思えた。善と悪、そして正義と不正が、今ではロバートの行動を方向づける重要な指標となっていた。

ロバートは廊下に出るとドアを閉めた。ルシンダは図書室のソファに座っていた。膝の上で両手をかたく握りしめ、窓の外を見つめている。指の関節が白く浮きあがり、緊張感に体が震えているのがわかったが、彼女を知らない者の目には、なにかを待ち続ける静かな姿と映ったことだろう。

「ルシンダ」ロバートはささやき、図書室に足を踏み入れた。

彼女は弾かれたように立ちあがった。「どうだったの？」ロバートに駆け寄って袖をつかむ。「書類は見つかった？　ジェフリーがここに来ていたのよ。父とどんな話をしていたのかはわからないけれど、あなたのことを――」

ロバートは身をかがめ、キスで唇をふさいだ。ルシンダの温かさと躍動感が伝わってくる。少し前まで彼女の父親に話していた、冷たく暗い世界とはなんとかけ離れていることか。

でつけた。

「書類は見つかったよ」ロバートは静かに言い、赤茶色のほつれ毛を彼女の耳のうしろに撫でつけた。

ルシンダは腕をまわし、彼の体をしっかりと抱きしめた。「よかった」細い体を震わせて、大きく息をつく。「本当によかったわ。心配でたまらなかったの。ジェフリーがここに来たとき、なにがどうなっているのかわからなくて」

ロバートは体を離してルシンダの顔を見つめた。彼女に会う前の灰色の世界を思い出すことは、もはや難しくなっている。すべてのものがルシンダの慈愛と美しさに彩られ、輝いて見えるのだ。あの噂が一年前に広まっていたなら、ロバートは迷うことなく行方をくらましただろう。守りたいものなどなにひとつなかった。生きていると実感したことすらなかった。ルシンダと言葉を交わし、希望に満ちた彼女の明るさに心を奪われるまでは。こうして抱きしめていても不安だった。目を閉じたら煙の中に消えてしまうのではないかと思うほど、ルシンダははかない。それでいて力強く、真摯で思いやりにあふれていることをロバートは知っていた。

ルシンダに伝えたい。どれほど愛しているかを告白したい。だが、それが彼女を困らせることもわかっている。彼女は単に都合のいい誰かを求めているのだ。父親の承認を得られる誰かを。ロバート以外の誰かを。

「ロバート」ルシンダが顔をしかめてささやいた。「どうしたの？」

彼は笑ってみせた。「なんでもないよ。すべてをバレット大将の手にゆだねた。今後のことは彼の決断しだいだ」

「父になにを話したの？」

「ふたりの軍人のあいだの話だ。きみに話すわけにはいかないんだよ、ルシンダ」

バレット大将の咳払いが聞こえ、ふたりは振り返った。ロバートがルシンダのウエストを抱き、彼女が彼の肩を抱いている姿を、バレット大将が見つめている。ロバートは体を離そうとしたが、彼女の指に首のうしろをしっかりとつかまれ、動くことができなかった。

バレット大将は例の書類を手にしている。「ルシンダ、ロバートとわたしは行くところがある」

彼女の心臓が凍りついた。指の下でロバートの筋肉が硬直したのがわかったが、彼は身じろぎもしなかった。ふたりはどんな話をしていたの？　お父様はどんな決断を下したの？　ロバートを行かせたくない。もう二度と会えなくなるのではないかという不吉な予感がルシンダを襲った。「どこへ行くの？」

「ホースガーズに行って――」

「だめよ、お父様！　ロバートはなにもしていないわ！」

バレット大将は片手を差し出した。「ようやくそれがわかったのだ。今になって」彼はロバートに視線を向けてから、ふたたびルシンダを見つめた。「わたしの頼みを聞いてくれるかね、ルシンダ？」

頼みとはなんなのか、承諾する前に尋ねたいと思ったのは初めてだった。ルシンダは深呼吸をすると、かつて父に裏切られたことはなかったと自分に言い聞かせた。「もちろんよ」

「きみの共謀者たちはキャロウェイ邸にいるんだな？」

ロバートはうなずいた。「そこで会う手はずになっています」

「よし、ルシンダ、今からキャロウェイ邸に行き、彼らに協力を依頼してほしい。すぐにジェフリー・ニューカムの居場所を突きとめなければならないのだ。発見したらなにも手を下さずに、キャロウェイ邸に連絡をよこしてほしい。ロバートとわたしもすぐに駆けつける」

「約束して」

「ああ、約束するよ」バレット大将はもう一度咳払いをした。「少し時間がかかるかもしれないが、なすべきことをするつもりだ」

「帽子を取ってくるわ」ルシンダは二階へと急いだ。

「〝なすべきこと〟」ロバートはバレット大将の言葉を繰り返した。「それがあなたにどんな影響を及ぼすかもおわかりなのですね」

「わたしにも責任の一端があったのだから、いさぎよく制裁を受けようと思う」バレット大将は答えた。「ともかく、ジェフリーを無罪放免にしてまで自分の体裁を取り繕うつもりはない」

思いがけない言葉だった。おおかたジェフリーは突然オーストラリアかアメリカに旅立ち、盗まれた書類はいつのまにかホースガーズに戻っているのが落ちだろうとロバートは予想していたのだ。この数年間、ひそかにバレット大将を観察してきたロバートは、敵が待ち伏せしている中に偵察隊を送った横暴で卑劣な指揮官という目でしか彼を見たことがなかった。もしかしたら、それはあまりに厳しく批判的な見方だったのかもしれない。

ルシンダがふたたび戸口に姿を現した。息を切らし、興奮で体を震わせている。「ヘレナを連れて馬車で行こうと思うの。すぐに捜索を開始するわ」

「気をつけて、ルシンダ」ロバートは言った。

外に出ようとしたルシンダが不意に振り向き、彼は虚をつかれた。彼女はつかつかとロバートの前に歩み寄ると、彼の髪をつかんで顔を引き寄せ、キスをした。「あなたこそ気をつけて」ささやき声で言うと、ルシンダはドアの外に姿を消した。

「ふむ」

バレット大将に見据えられ、ロバートは冷ややかな視線を返した。バレット大将にどう思われようとかまわない。そしてルシンダがロバートとの関係をどんなふうに父親に告げようとかまわない。彼女とのあいだに起きたことや、ふたりを結びつけているものがなんであれ、それは誰にも知らせる必要のないことなのだから。

バレット大将の馬の準備が整うと、ふたりはホースガーズを目指して出発した。どちらも無言だった。ロバートはなにも話したくなかった。バレット大将は考え込んでいる様子だった。

「どうやら情報の行き違いがあったらしい」前方に目を向けたまま、バレット大将が唐突に言った。「わたしが入手したのは、トゥーヴノーが翌朝サン・テティエンヌに撤退するという情報だった。だから敵陣の動きと大砲の配置についての詳細が必要だったのだ。待ち伏せされていると知っていたら、偵察隊を孤軍で送ったりは絶対にしなかった」

謝罪の言葉ではなかったが、たとえそうだったとしても、ロバートは受け入れる気になれなかっただろう。うなずくしかなかった。「ぼくがシャトー・パニョンから逃れたいきさつについては、あなたの胸にだけとどめておいてください」

「わかっている。さて、きみはここで待っているほうがいいだろう。今のところ、きみが中に入っても歓迎されるとは思えない」

「ホースガーズで歓迎されようとは思っていませんよ」トリーからおりたロバートは見張りの兵たちの探るような視線にさらされたが、見て見ぬふりをした。「ここで待っています」

片手に書類を握りしめ、バレット大将は建物の中へと姿を消した。万が一ここから逃げ出さなければならない事態になったときのことを考えると、実際ロバートはトリーのそばにいなければ安心できなかった。塀に囲まれた練兵場とホースガーズの建物は、まるで刑務所のようだ。バレット大将は首尾よく話し合いをすませて、じきに戻ってくるだろう。ジェフリーに対する処置が決まったら、ルシンダが新たな生徒を見つけるのを阻止する方法を考えなくては、とロバートは思った。

25

「ビットがホースガーズに行った？」トリスタンが気色ばんだ。「自分から？」

ルシンダは息を静めた。これほど馬車を急がせたのは初めてだったが、空を飛んできたとしても遅く感じたに違いない。ロバートとバレット大将が助けを必要とし、彼女はその手配を任されたのだ。「父も用がすみしだい、ここに来るわ。お願い、ジェフリーを見つけるのを手伝って」

キャロウェイ兄弟とジョージアナにまじって、エヴリンとセイントの姿も見えた。ワイクリフもいる。それだけの人数が一堂に会し、居間は大混雑していた。

「ふたりずつに分かれて探そう。そうすればジェフリーが見つかった場合、ひとりが彼を見張り、もうひとりが連絡係としてここに戻ってくることができる」ブラッドショーが提案した。

トリスタンがうなずく。「そうしよう。では、わたしとワイクリフ。ブラッドショーとアンドルー。セイントと——」

「わたしをのけ者にしないで」ルシンダは腕を組んで進み出た。「わたしも探しに行くわ」

「わたしも」エヴリンが言った。

「ぼくも行く！」エドワードが大声を張りあげる。

ドアにノックの音がした。「お話し中、失礼いたします、ご主人様」ドーキンズが肩を怒らせて立っていた。「わたくしでお役に立てることがございましたら、なんなりとおっしゃってくださいませ。ほかの使用人たちもそう申しております」

「なにをするにしても急いだほうがいい」ワイクリフが口をはさんだ。「ジェフリーは家に帰って書類がなくなっているのに気づいたはずだ。今ごろブリストルに逃げる途中かもしれない」

「その心配はないと思うわ」ルシンダは言った。「ジェフリーはロバートが書類を家に隠しておいたのだと言い張るつもりよ。自信満々だったわ。もし逃げたら、罪を認めたことになるでしょう？　たぶん今ごろ、その噂を広めているはずよ」不意に彼女の顔から血の気が引いた。「もしかしたらボウ・ストリートの捕り手をそそのかして、ロバートを謀反の罪で逮捕させようとしているかもしれない」

「早合点は禁物だ」トリスタンはたしなめたが、深刻そうな表情にすごみが増している。

「ドーキンズ、きみはここにいて連絡を待ってくれ。馬丁と従僕たちは連れていこう。ジョージアナは留守番だ」

「わたしもエヴリンたちと一緒に行くわ」ジョージアナが抗議した。

「エドワードはわたしが連れていくよ」セイントがエドワードの髪をくしゃくしゃにした。

「でも、どこに行くの?」エドワードが尋ねる。

「わたしは〈ホワイツ〉に行ってみる。きみたちは出入禁止だろう? それから社交クラブにも」ワイクリフが言った。

「わたしたちはほかの社交場を当たってから、彼の家に行く。もしかしたら帰っているかもしれない」トリスタンが言い、アンドルーの腕を叩いた。

「わたしたちはボンド・ストリートに行きましょう」エヴリンが言い、ルシンダはうなずいた。ボンド・ストリートならジェフリーが行きそうな場所だ。この騒動のすべての罪をロバートに着せて、彼女にご機嫌とりのプレゼントでも買っているのかもしれない。それに午前中のこの時間は、メイフェアの女性の半数が通りを歩いている。彼女たちなら、ハンサムなジェフリーの話に耳を傾けてくれるに違いない。

「わたしはピカデリー広場だ」セイントが言った。

「ぼくたちはコベント・ガーデンに行こう」ブラッドショーが乗馬用の手袋をはめながら言う。


男性陣はいっせいに馬小屋へと急いだ。ジョージアナがトリスタンに手を取られてルシンダの馬車に乗り込むあいだ、ルシンダはロバートの薔薇園に目を向けた。挿し木の一本はすでに蕾をつけ始めている。彼女は思わずほほえんだ。ロバートと関係を持ったことで、彼女自身が女性として花開いたような気がしていた。

トリスタンが手を差し出し、ルシンダも馬車に乗った。「三人とも、気をつけてくれ。ジエフリーは国家を裏切ろうとした男だ。きみたちに危害を加えることなど、なんとも思わないだろう」

「任せておいて。そんな機会を与えるものですか」ルシンダは答えた。

彼女は手綱を握り、二頭の馬に声をかけて馬車を出した。「わたしたちにもできることがあってよかったわ」重苦しい沈黙が何分か続いたあとで言う。「家でじっと連絡を待っているなんて耐えられないもの」

後部座席に座ったエヴリンが、ルシンダとジョージアナのあいだに身を乗り出した。「ねえ、ジョージアナ、〈タッターサルズ〉でなにを見たと思う?」

ルシンダの頰が赤く染まった。「エヴリン、そんな話をしている場合じゃないわ」

「なにを見たの?」ジョージアナが尋ねる。

「どこかのふたりがキスをしていたの。といっても、ただのキスじゃないのよ。今にも気絶しそうなほどうっとりした顔で、情熱的に抱き合っていたわ」

「わたしたち、うっとりした顔なんてしていなかったわ」ルシンダは頰を火照らせ、言下に否定した。

ルシンダの顔をのぞき込んだジョージアナは目に驚きの色を浮かべたが、すぐ心得顔になった。「あなたとビットね」

「つまり、その……どうしてそうなったかはわからないけど……とにかく彼は……すばらしい人よ」ルシンダは口ごもった。「彼自身が思っている以上に」

「そう言っていたわね」ジョージアナがつぶやいた。「あなたはどのくらい真剣なの?」

ロバートのことを夢に見ない夜がないほど真剣よ。起きているあいだは二分おきに彼のことを考えてしまうほど。彼がイングランドを離れるなら一緒についていこうと思うほど。それがかなわないなら追いかけていくつもり。「彼とのことを公にするつもりはないの」

「ルシンダ、それはよくないと思う——」

「さあ、着いたわよ」ルシンダはほっとして言った。「ジェフリーは栗毛《くりげ》の去勢馬に乗っていたわ」

「表通りをもう少し行ったところで馬車を止めて歩きましょう」

さっと見渡したところ、ジェフリーの愛馬ヘラクレスは見あたらなかったが、裏通りか路地につないであるのかもしれない。通りのはずれに馬車を止めると、ルシンダとエヴリンは地面に飛びおり、ジョージアナはのろのろと這うようにおりた。

ルシンダは慎重にあたりをうかがいながら、商店街を先頭に立って進んだ。自分で見つけなければ気がすまない。ジェフリーはロバートを破滅に追い込もうとしたのだ。彼女に言い寄り、キスをし、求婚するかたわらで、国家の機密文書をフランスに売り渡して新たな戦争を始めようと目論んでいた。誰かがまたロバートのように悲惨な犠牲者となることを知っていながら。

「ルシンダ、もっとゆっくり歩いて」エヴリンがジョージアナの手を取り、背後で叫んだ。

「ジェフリーを逃がしたくないのよ」ルシンダは先を急ぎながら振り返って答えたが、前に視線を戻して不意に足を止めた。うしろのふたりが危うくぶつかりそうになる。「いたわ」彼女は声をあげた。

ジェフリーはグレーのコートの裾をひるがえし、菓子店の中に姿を消したところだった。三人はすぐそばの路地に入って身をひそめた。

「本当にジェフリーだった？」ジョージアナがきいた。

「ええ、間違いない」

エヴリンがうなずく。「ジョージアナを連れて走るわけにはいかないから、あなたたちふたりはここにいて。わたしがドーキンズに知らせに行くから。すぐに戻ってくるわ」彼女はそう言って、路地を飛び出していった。

「彼を見張っていないと」ジョージアナは表通りのほうに身を寄せた。「家から誰かが来る前に彼がここを立ち去ったら、また同じことを繰り返さなければならなくなるわ」

ルシンダは深呼吸をし、動悸を静めた。ジョージアナのことが気がかりだった。なにしろ彼女はあと数週間で出産予定なのだ。こんな騒動に巻き込んでいいはずがない。「ここで待っていて。わたしが彼のあとを追うから」

「一緒に行くわよ」

「みんなで歩きませんか？」路地の入口から不意にジェフリーの声が聞こえた。

まずいわ。ルシンダは真っ先にジョージアナを気づかった。だがジョージアナの表情には恐怖よりも、怒りがみなぎっている。驚くには当たらなかった。彼女が心から大切に思っている義弟を、ジェフリーが陥れようとしているのだから。

「まあ、ジェフリー」声が震えていないのがありがたい。「こんなところで会えるなんて幸運ですわ。ジョージアナの具合がよくないんです。わたしのことをまだ怒っているのでなければ、手を貸していただけないかしら？」

ジェフリーはうなずいて、ふたりに歩み寄った。「喜んでお手伝いしますよ。レディー・セイント・オーバンはどこに行ったんです？」

「トリスタンを呼びに行きました。馬車で迎えに来てもらったほうがいいと思ったので」

「ああ、それがいい。では、〈カフェ・ダルシー〉に行きませんか？　援軍が来るまで、そこで座って待っていましょう」

援軍という言葉が気にかかったが、公衆の面前でジェフリーがおかしな真似をするはずがないと、ルシンダは自分に言い聞かせた。彼はジョージアナの腕を取り、表通りへと戻った。ジェフリーがルシンダの言葉を本気にしていないのは明らかだったが、彼がだまされたふりをしているということは、時間稼ぎができるということでもある。時間を引き延ばせればなんとかなるだろう。少なくとも七人の男性が、あと数分でここに着くことになっているのだ。ただし、ホースガーズで不測の事態が生じた場合はその限りではない。ロバートが逮捕されて地下の薄暗い牢獄に引きずられていく姿を想像し、ルシンダの喉もとに不安がこみあげた。

ロバートと父との会話の内容はわからなかったが、父は彼を信じたようだった。でも、ホースガーズで権力を握っているのは父だけではない。ロバートが無事でいてくれますようにと、ルシンダはジェフリーに目を据えたまま心の中でつぶやいた。みんなが無傷のうちに、この騒動が終結することを祈らずにいられない。ジェフリー・ニューカム以外のみんなが。

ジェフリーはルシンダとジョージアナを〈カフェ・ダルシー〉に案内すると屋外のテーブルに着き、ふたりのあいだに座った。彼の思惑どおり、はたから見ればジェフリーとルシンダは、貴族の婦人をともなった恋人同士に見えるだろう。彼がルシンダの横に自分の椅子を近づけた。思わず身をよけそうになり、彼女は自分を戒めた。偶然ジェフリーに会って喜んでいるふりをしなければ。そのとき、なにかかたいものが脇に触れたのを感じ、ルシンダは下を向いた。外側から見ただけで、彼のコートのポケットに入っているのが拳銃《けんじゅう》であることはすぐにわかった。

「動かないでください、ルシンダ。ここでは仲のいいふりをしましょう」ジェフリーがささやいた。

「なんの真似ですの？」彼女はささやき返した。ジョージアナが目を丸くしたところを見ると、彼女もジェフリーの動きに気づいたのだろう。

「誰がきみたちふたりを迎えに来るのかを見届けたいだけです。男は自分で自分の身を守らなくてはなりませんからね」

「拳銃を突きつけて？」

ジェフリーは空いているほうの手で給仕を手招きした。「紅茶とビスケットを」

「かしこまりました」

「ジェフリー、ばかな真似はやめてください。昨日わたしたちは結婚の話をしたばかりではありませんか」

「結婚の話をしたのはぼくだけです。どうやらきみは、ぼくを笑い物にして楽しんでいたようですね。〈タッターサルズ〉に行っているあいだに、ぼくの家に泥棒が入ったのはご存じでしょう？」

「まあ、本当ですの？　お気の毒に！　被害届けは出しました？」

「ええ、もちろん。運よく使用人のひとりが犯人の人相をはっきり覚えていました」ジェフリーはジョージアナに視線を向けた。「残念なことに、犯人はあなたの義弟のロバートでした。彼は完全に頭がどうかなったようですね。おとなしく取り調べに応じてくれるといいのですが。彼が狂犬病にかかった犬のように撃ち殺されるのは見たくありませんから」

ルシンダの胸から恐怖が霧消し、かわりにジェフリーを思いきり殴りつけたい衝動がわきあがった。自信に満ちた不遜《ふそん》な笑みの浮かぶ端整な顔を踏みつけてやりたい。「ロバートに危害を加えたら、あなたは監獄に行くことになります」彼女は静かな声で言った。

「ご心配なく。ぼくは監獄になど行きませんよ。国家のために戦って武功を立てたので、ジョージ皇太子から感謝されているんです。ですからこれまでの計画どおり、ぼくには輝かしい将来が待っているんですよ」

そのとき、バレット大将の乗る馬が疾走しながら近づいてきた。両側にトリスタンとブラッドショーを従えている。ロバートはどこ？　彼の身になにが起こったの？

「おや、これはおもしろい。レディー・デアは馬車の迎えを待っていたはずですが」ジェフリーが言った。

「なにか手違いでもあったのですわ」

「ジェフリー！」バレット大将が怒鳴った。「テーブルから離れなさい」

「バレット大将？　いったいどうなさったのです？」ジェフリーが眉をつりあげた。「落ち着いてください。ルシンダとぼくはおしゃべりを楽しんでいるだけです。なにか問題でも？」

カフェの客たちのささやき合う声で周囲が騒がしくなったが、ルシンダはジェフリーが武器を持っていることを目で訴えようと父に視線を送り続けた。トリスタンは怒りをみなぎらせているが、警戒している様子はない。彼の目には妻の青白い顔しか映っていないのだろう。

ルシンダは引きつった笑みを浮かべた。「大げさね、お父様ったら。ここで銃撃戦でも始めるつもり？　ジェフリーの言うように、わたしたちはおしゃべりをしていただけよ」

トリスタンの顔色が変わり、バレット大将が顎をこわばらせた。ルシンダの言葉でふたりは状況を察知したのだ。「ジェフリー、ここにいてもなんにもならないのではないかね？」

バレット大将が低い威圧的な声で言った。「我々と一緒に来てもらいたい。きみと話したいことがある」

「ここでくつろいでいるところですから、どうぞお気づかいなく。ところで、デア、きみのごろつきの弟さんはどこにいるんです？　ぼくを陥れようと、とんでもない作り話を触れまわっているようだが」

「きみの家に強盗が入ったらしいが、弟はその容疑でホースガーズに逮捕された。どうやら誰かが弟を告発したらしい。一緒に来て、それが間違いだったと証言してもらいたい」

「彼がぼくの家に押し入ったのはたしかです。ホースガーズから盗んだ書類をぼくの家に隠して、ぼくに罪をなすりつけるつもりだったのですよ」

「ジェフリー、拳銃を渡しなさい。穏やかに話し合おう」バレット大将は武器を持っていないことを示すように両手を差し出した。

周囲の客たちが避難し始め、通りに人垣ができている。カフェには拳銃を持ったジェフリーを含む三人だけが残された。ジェフリーがジョージアナではなく自分に銃口を向けているのがせめてもの救いだ、とルシンダは思った。いかに国賊といえども、妊娠中の子爵夫人を狙うのは気がとがめるのだろう。

「ジョージアナを解放してください。ここに残るのはわたしひとりでいいでしょう？」ルシンダはささやいた。

「せっかくふたりの美しい女性に囲まれて楽しんでいるところですよ。体調はいかがです、レディー・デアア？」

「あなたの毒気に当てられて、めまいがするわ」ジョージアナが噛みつくように言う。「拳銃を置いてちょうだい。わたしたちに危害を加えたら、死ぬのが一度でよかったと感謝することになるわよ」

「おやおや、ぼくたちは礼儀をわきまえた節度ある会話を楽しんでいたはずですよ。残念ですね。せっかく快適な午後を過ごしていたのに」

「これからますます快適になる」ロバートのかたい声が背後で聞こえたと同時に、ジェフリーがお辞儀をするようにうなだれた。振り返ったルシンダは、ジェフリーが頭を下げたのは謝罪のためではなく、後頭部をロバートに銃口で殴られたためだと知った。

「彼女を撃つぞ、キャロウェイ」ジェフリーがうめいた。いつもの愛想のよさは微塵も感じられない声だ。

「監獄に行くか、地獄に落ちるか、どちらにする、ニューカム？」ロバートが冷たく言い放った。「逃れる道はそれぞれひとつずつあるが、どっちを選ぶかはきみしだいだ」

ルシンダの脇から銃口がゆっくりと離れた。「ジョージアナ、一緒に来て」彼女は男たちを刺激しないように声をひそめて言った。

テーブルをまわってジョージアナを立ちあがらせると、ルシンダは彼女の手を引いて後方に移動した。トリスタンがふたりの前に躍り出る。バレット大将がルシンダの肩を抱きかかえた。

「ルシンダ、怪我は？」

ロバートとジェフリーは彫像のごとく微動だにしない。ルシンダはふたりに目を据えたまま答えた。「大丈夫よ、お父様。ロバート、わたしたちは大丈夫よ」大声で繰り返す。

「拳銃を置け」ロバートは奥歯を嚙みしめ、うめくように言った。

ジェフリーはその言葉に従った。「わかった、キャロウェイ。きみの勝ちだ。お互い紳士的に振る舞おうじゃないか」

「それは無理な話だ」まだ勝負は終わっていないとでも言いたげな表情で、ロバートは言った。目の前に座るジェフリーを身じろぎもせずに凝視する彼は、呼吸さえしていないように見える。

「やめろ、ビット」トリスタンがささやいた。不意にルシンダはジェフリーの置かれた状況を悟った。彼の犯した罪は取り返しがつかない。ロバートが誰よりも大切に思っている女性の命を脅かしたのだから。

ああ、だめよ。やめて。前に進み出たルシンダの肩を、バレット大将が強い力で押さえつけた。

「動くんじゃない」

彼女は父の手を振り払い、ゆっくりともう一歩前に出た。ロバートはジェフリーの後頭部に拳銃を突きつけたまま、依然として動かない。拳銃を握りしめた指の関節が白く浮き出ている。

「ロバート」ルシンダは低い声でささやき、テーブルの端に近寄ると、てのひらをテーブルに置いた。「彼は監獄に行くのよ。あなたが言ったとおりになるわ。あなたのおかげですべてが解決したのよ」

ロバートがようやく口を開いた。「この男はきみに銃を突きつけた」かすれた声で言う。

「わたしは無傷よ」

「そうだ。彼女は傷ひとつ負っていない。いいかげんにしてくれ、キャロウェイ」

「ジェフリー、お黙りなさい」ルシンダは穏やかな声で命じた。「ロバート、彼はもう逃げられないのよ」テーブルに手をついたまま、ロバートに身を寄せる。「彼を撃ったら、あなたは牢につながれるわ。あなたを監獄になど行かせたくないの、ビット。ここにいて。わたしのそばに」

ジェフリーはうめき声をあげたが、怖じ気づいたようにルシンダの言葉に従い、黙り込んだ。ロバートが顎をこわばらせる。不意に彼女はあたりが静まり返っていることに気づいた。

「わたしたちのことだけを考えて、ロバート」ルシンダは彼の肩に手を置いたあと、ゆっくりとおろし、手を握った。

「わかったよ」ロバートは身を震わせて深いため息をつき、体の力を抜いた。ルシンダに拳銃を渡そうと腕を上げ、てのひらを返す。

ルシンダが拳銃を取りあげたとき、ジェフリーが椅子に背中を激しく叩きつけた。三人はもつれ合うように地面に倒れ込み、拳銃が飛んだ。彼女は取り乱して、おろおろとうしろに這った。ジェフリーは歯をむき、転がりながらロバートに襲いかかろうとしている。ルシンダは叫び声をあげた。

ロバートはルシンダをかばいながら身をかわすと、鋭いパンチを返した。ジェフリーがよろめく。ロバートはその隙を逃さずに突進し、ジェフリーを地面に押し倒して殴打した。腹部と胸と顔を何度も殴りつける。

「生死をかけて戦うのがどういうことか、おまえにはわからないだろう？　ぼくがわからせてやる」ロバートはジェフリーの襟をつかんで立ちあがらせ、渾身《こんしん》の力で突き飛ばした。ジェフリーがうしろのテーブルに倒れ込んだ。

「ロバート、やめろ！」

トリスタンとブラッドショーが駆け寄り、ジェフリーをロバートから引き離した。ジェフリーが取り押さえられたことを確認すると、ルシンダはよろよろと立ちあがり、ロバートに抱きついた。大勢の人が見ている。噂になるだろう。それでもかまわない。彼は一瞬ためらいを見せたが、震える体でルシンダの背に腕をまわすと抱き寄せた。

「きみのためなら死んでもいい」ロバートがささやく。

「わたしのために死ぬのではなく、わたしのために生きて」ルシンダは彼の顔を引き寄せて唇を重ねた。人目もはばからずに何度も熱いキスを浴びせる。やがてロバートが抗《あらが》いがたい情熱に押し流されるように、激しいキスを返してきた。いつのまにか体の震えは止まっている。「愛しているわ、ロバート」ルシンダはキスをしながらささやいた。彼が同じ言葉を返してくれることはない。返せないのだ。それはわかっている。

次の瞬間、彼女は耳を疑った。「愛しているよ、ルシンダ」ロバートがささやき返した。

「きみが求めているような男になりたかった」

ルシンダは顔を上げ、彼の紺碧の瞳をのぞき込んだ。「わたしが求めていたのはあなただったのよ。わたし自身が気づかなかっただけで」

「ぼくはほかの男のようにはなれない」ロバートの瞳に宿る炎が、彼女の胸を焼き尽くそうとしていた。「どんなに努力しても――」

「三つ目のレッスンは、外見ではなく中身を磨くことだったの」ルシンダは彼の左目にかかった前髪をそっと払った。「そして四つ目のレッスンは、女性の父親に、見せかけではない本物の敬意を払うこと。あなたが父を嫌っているのは知っているけれど、あなたが父に示してくれた敬意はジェフリーには望むべくもないわ。ロバート、あなたこそ、わたしが探し求めていた男性なのよ。単純な人などつまらない。わたしはあなたが欲しいの」

「ぼくが欲しい……」ロバートは繰り返した。険しい表情がゆっくりとやわらいでいく。口もとに弱々しい笑みが浮かんだ。「きみは愚か者だ」

「いいえ。わたしはやっと愚かではなくなったのよ」

ロバートはふたたび身をかがめ、ルシンダにキスをした。羽根のように軽く、やさしく、唇を重ねる。「本気なのか?」

「ええ、本気よ」

彼は深呼吸をした。紺碧の瞳が輝いている。「結婚してくれるかい、ルシンダ? ずっと一緒にいてほしいんだ」

ルシンダはうなずいた。「あなたと結婚するわ。ずっとそばにいる。あなたと一緒でなければ幸せになれないの」

「きみがいなければ息もできない」

トリスタンがロバートのかたわらに歩み寄った。「それに、きみがいなければ薔薇は間違いなく枯れてしまう」兄は明るく笑ったが、深い瞳が言葉にならない思いを物語っている。

「そのとおりだよ」ロバートはルシンダのウエストにまわした手に力をこめ、体を抱きあげた。「きみのおかげでぼくは生き返ったんだ」

彼女は頬にこぼれ落ちる涙を拭った。ロバートの腕に抱かれ、喜びと安堵と希望に満たされているというのに、泣いている自分が不思議だった。「あなたは生きることの意味を教えてくれたの。だからお互い様よ」

まもなく兵士の一群が到着した。うずくまるジェフリーに蹴りかからんばかりの勢いのエドワードを、セイントが腕をつかんで止めた。兵士たちの顔には驚きと称賛の入りまじった表情が浮かんでいる。バレット大将さえも異議を唱える気配は見せない。バレット邸の書斎で交わされたロバートとの話の内容はわからないが、父はよほど心を動かされたのだろう。

ロバートが満面に笑みをたたえた。「どうしたの?」ルシンダも笑顔を返した。

「膝の痛みが消えている。きみは奇跡を起こしてくれた」

「じゃあ、わたしたちの結婚式ではダンスができるわね」

ロバートは声をあげて笑った。初めて耳にする彼の笑い声。これから毎日、この笑い声を聞きながら生きていくのだ。一生この笑い声を聞くために生きていく。ロバートはほかの男性のようにはなれないと言ったが、だからといって、ふたりの関係が損なわれるとは思わない。過去の暗い記憶が彼を苦しめているのはわかっているけれど、ふたり一緒なら乗り越えていける。わたしはロバートを救いたい。そしていつの日か、彼が臆《おく》することなくまばゆい陽光を全身に浴びる姿を見届けたい。ルシンダはエヴリンとジョージアナを振り返った。ふたりは手を取り合って泣き笑いをしている。

レッスンは終わった。男性たちを紳士に変身させながら、同時に愛する人を見つけた三人。雨の日の退屈しのぎが生んだアイデアにしては上出来だった。ルシンダはもう一度ロバートを見あげた。彼は笑顔でルシンダの唇にそっとキスをした。三人の思いつきから生まれた恋のレッスンは、大成功だったと言えるだろう。

訳者あとがき

ある雨の日の昼下がり、三人のレディーたちが世の男性への不満を書き綴り、リストを作りました。そこには〝紳士の条件〟が記されています。たとえば、〝女性と話をするときには、真摯な態度で会話に集中すること〟〝外見を流行のもので飾り立てる以外に、なにかに興味を持つこと〟といった具合に。そのリストをもとに、三人はそれぞれ生徒を選び、〝恋のレッスン〟がスタートしました。シリーズも本書でいよいよ第三弾、完結編を迎えます。

第一作ではジョージアナがトリスタンを、第二作ではエヴリンがセイント・オーバンを生徒に選び、それぞれ幸せな結婚に至っています。ひとり残されたルシンダは少々焦りを感じ始めていました。彼女が結婚を大いに意識しつつ、生徒を選んだのも無理からぬことと言えるでしょう。幼いころに母を亡くし、陸軍大将の父とふたりで暮らしてきたルシンダは、父のお眼鏡にかなう男性と結婚し、父の老後の面倒を見ながら、平穏でつつがない暮らしをしたいと思っていました。そんなルシンダにとって、戦争で活躍したハンサムな軍人ジェフリー・ニューカム卿は、すべての条件を満たす格好の標的でした。しかも尊大で鼻持ちならい彼は、レッスンの生徒としても最適です。陸軍でさらなる出世を望むジェフリーにとっても、陸軍大将の娘であるルシンダと親しくなるのは願ってもないチャンス。というわけで、万事が都合よく運ぶはずだったのですが、そんな折、ルシンダの前にレッスンの手助けをしようという男性が現れます。ジョージアナの義弟、ロバートです。かつてはその放蕩ぶりで知られたものの、戦争で傷を負い、家族にさえも心を閉ざし、屋敷にこもりきりで暮らしていたロバートの出現によって、ルシンダの心は揺れ動きます。そして予期せぬ事件が……。

シリーズ三部作中、本作品には若干複雑でシリアスな趣が感じられますが、それはナポレオン戦争というあまりにも大きな歴史的事実をもとにサブプロットが組まれているせいかもしれません。加えて、夜ごと繰り広げられる上流階級のパーティーと戦争の傷跡の生々しさは残酷なまでに対照的で、陰惨な闇の部分にも焦点を合わせた本書は平坦《へいたん》なヒストリカル・ロマンスとは一線を画し、奥行きの深い、読みごたえのある作品となっています。

第一作、第二作で活躍したトリスタンやセイント・オーバンがここでは名脇役として登場するほか、トリスタンの弟たち、つまりキャロウェイ家の兄弟たちが、事件に巻き込まれて窮地に陥ったロバートを家族の強い絆《きずな》で支えます。ロマンス小説でありながら、家族愛や友情、人類愛といった心温まるテーマを秘めたこのシリーズは大変人気が高く、『ニューヨークタイムズ』『USAトゥデイ』『ウォールデンブックス』のベストセラー作品として注目を浴びるほか、アマゾンのロマンス部門でトップテン入りを果たしています。個性あふれる登場人物はまさにスーザン・イーノック作品の魅力ですが、中でもキャロウェイ家の次男、ブラッドショーにはファンが多く、彼を主人公にした作品を、という要望が多数寄せられているのだとか。そして蛇足ながら、最年少の弟、エドワードの十数年後も関心の集まるところです。

〝男性を教育しなおして立派な紳士に〟という、なんとも小癪《こしゃく》で大それたアイデアは、世の男性たちから間違いなく煙たがられることでしょうが、古今東西、女性たちがひそかに抱き続ける願望かもしれませんね。そんな女性の心理を巧みに描くスーザン・イーノックは一九九五年、英国摂政時代を舞台にした〝The Black Duke's Prize〟でデビュー。最近ではヒストリカルのみならずコンテンポラリーでも注目を集めています。日本でも今後、多くのファンを獲得することでしょう。

二〇〇九年九月

ライムブックス

微笑《ほほえ》みをもう一度《いちど》

著　者　スーザン・イーノック
訳　者　高村《たかむら》ゆり

2009年10月20日　初版第一刷発行

発行人　成瀬雅人
発行所　株式会社原書房
〒160-0022東京都新宿区新宿1-25-13
電話・代表03-3354-0685　http://www.harashobo.co.jp
振替・00150-6-151594
ブックデザイン　川島進（スタジオ・ギブ）
印刷所　中央精版印刷株式会社

落丁・乱丁本はお取り替えいたします。
定価は、カバーに表示してあります。
 ISBN978-4-562-04371-2　Printed in Japan

全米ベストセラー作家
スーザン・イーノックの好評既刊

華やかな社交界でめくるめく恋
ヒストリカル・ロマンス

あぶない誘惑

水山葉月訳　920円

「レッスンinラブ」シリーズ1

ジョージアナは、ある理由で6年前から犬猿の仲になったデア子爵に「レッスン」を行うことを宣言。彼を懲らしめることも兼ねたこのレッスンで、ロンドン一の放蕩者は改心できるのか…!?

天使の罠にご用心

高村ゆり訳　940円

「レッスンinラブ」シリーズ2

引っ込み思案な上流階級の令嬢エヴリンは孤児院の支援を志す。放蕩者で名高い侯爵セイントは、そんな彼女に興味を持っていたが孤児院の理事である彼には院を取り壊す計画があった…!

スリルとロマンスが駆けぬける
ロマンティック・サスペンス

恋に危険は

数佐尚美訳　980円

価値が高い美術品を盗むプロの泥棒サマンサは、実業家リックの邸宅に侵入。そこへ突然爆発事故がおこり、リックの命を救った彼女に殺人の容疑が。事件の謎を追うことになった2人はいつしか…。

価格は税込